VICTOR
ou
l'Amérique

DU MÊME AUTEUR

L'Apologie du mariage (Table ronde, 1981).

Flèches (le martyre de saint Sébastien) (Table ronde, 1982).

Fiasco (Balland, 1984).

Les Dieux du jour (essai sur les mythologies contemporaines) (L'Infini-Denoël, 1985).

Le Roman de Virginie, avec P. Poivre d'Arvor (Balland, 1985).

Côté cour, côté cœur (Balland, 1986).

En préparation :

L'Époque.

OLIVIER POIVRE D'ARVOR

VICTOR
ou
l'Amérique

JClattès

On ne s'occupe pas assez de l'histoire des familles. L'humanité fut faite par un certain nombre de familles énergiques.

BUFFON.

1

Novembre 1787

Le voyage du Superbe

Ci-gît un plaisant solitaire
Qui fuyant tout n'abjure rien
Dont la paresse est le seul bien
Et le repos la grande affaire.

Victor DU PONT.

I

Les bestioles ont, une fois encore, fait la java. Victor en a même écrasé une, cette nuit, qui courait sur son visage : un gros insecte, que les matelots appellent ravet, un énorme scarabée, noir d'encre, très puant, qui ronge tout, empeste tout, la vaisselle, le pain et généralement toutes les provisions des armoires qui en sont pleines.

Quand le ravet s'éclipse, repu ou définitivement écrasé, le *rôdeur rouge des mers* pointe son nez dégoûtant : tel est son surnom à bord parce que « Punaise » est celui du capitaine Guillotin et parce qu'il ne faut pas confondre l'insecte punaise et le capitaine Punaise, cosaque infâme qui n'a guère l'instinct de moins que la bête. Entre cette petite chose rouge qui gratte à n'en plus finir, démange, mord et n'en démord pas, fait son nid dans les balles de coton et les paillasses, et cet odieux contremaître tout bleu qui met son nez partout — un gros tarin écarlate rongé par le madère et le xérès — et fouille les vareuses pour s'assurer qu'on n'a pas chipé une ration de tabac supplémentaire, l'équipage a fait son choix, bel et bien : les petits hétéroptères, ça s'écrase gentiment, tandis qu'un capitaine de la trempe de Guillotin, c'est lui qui vous aplatit, vous fait ramper dans la lessive, vous frappe à la figure de sa longue-vue quand vous ne voulez pas monter au mât par gros temps. Et puis il y a la raison sentimentale : les marins aiment la chasse aux punaises comme les princes celle à la grosse bête. Ils la font souvent, en tuent beaucoup, et seraient bien fâchés d'en détruire l'espèce.

Victor a vraiment mal dormi : les vents se sont levés vers minuit, il n'a pas dû s'assoupir avant les deux ou trois heures. Et il y a eu ce bruit épouvantable qui l'a réveillé à la hauteur de la cloison, des voix fortes qui s'engueulaient horriblement, un type au souffle court qui hurlait de belle façon de l'autre côté, les portes qui ont claqué comme claquent des coups de feu en faisant résonner les couloirs, des pas lourds dans l'escalier qui mène au pont, des paires de gifles — il en jurerait — pour faire taire ce cochon qu'on égorgeait et qui proposait un peu d'argent pour qu'on le laisse dans son sang, un grand coup sourd, comme une tête qui rebondit sur une pièce de bois très dur, et puis plus rien, rien que l'affreux bêlement des pétrels qui tournoient autour de la boutique, rien, sinon ce bruit tout simple dont on lui avait parlé avant qu'il ne prît la mer, un bruit lugubre, sans écho, *plouf,* de quelque chose qu'on balance à la flotte.

Toute la nuit, ils ont été au moins trois ou quatre à se saouler, un boucan d'enfer, de gros rires un peu navrés, le choc froid des verres. Le capitaine est venu, Victor en est sûr, il a reconnu la voix de la Punaise.

Le lendemain matin, quand il a mis le pied sur le pont, encombré de voiles à réparer et de vergues qui séchaient avant qu'on ne les repeigne, Victor n'a pas vu Harper, son voisin de cabine, le marin américain qui avait le scorbut, disait-on, le seul type à bord qui ne fût pas une brute, à qui il avait parlé, filé un peu de tabac à chiquer et qui lui avait raconté sa vie. Tex Harper rentrait au pays, à Baltimore précisément où il était né et comptait bien s'établir *settler*[1] sur des terres de Virginie que son père avait fait valoir ; venu en France il y avait deux ans sur un brick anglais pour se risquer au commerce, il n'avait tellement plus le sou qu'il avait dû s'engager, sans solde, sur la *Diane* pour payer son retour. On ne l'aimait guère, cet Américain, tête de vieille chouette déplumée sur un grand corps incertain qui flottait dans son vêtement, un type qui chantait à tue-tête le *Yankee Doodle* sur un vieux rafiot français en grimpant au cabestan, on ne l'aimait vraiment plus surtout depuis qu'il était affalé dans sa

---

1. Voir la traduction des termes américains dans le lexique, p. 393.

cabine, une dysenterie lui grignotant les entrailles, et qu'il refusait de sortir de là. Guillotin l'avait fait lever, attacher sur le mât de misaine et, l'ayant déshabillé, l'avait lui-même fouetté cul nu, devant le restant de l'équipage, mi-goguenard, mi-embarrassé.

Comme Harper était retourné sur sa couche et qu'il ne la quittait plus, on avait supposé qu'il faisait sous lui.

— Le scorb ! j' te dis, à coup sûr, je m'y connais, quand les gars n'en peuvent plus comme ça...

La rumeur avait filé comme un poisson volant, rebondissant partout, à tous les étages de la *Diane* : « Harper va crever et nous avec... »

Victor a fouillé partout, dans les soutes, dans les baraques, il a même été jusqu'à regarder dans la turne de Guillotin. Quand il a demandé à Ned, le cuisinier, un grand type correct sans plus, le bonhomme a fait une moue contrainte. « Je te le dis à toi, mais motus, mon colonel : pendu ! le Harper, pendu, c'est la Punaise qui l'a retrouvé cette nuit, au grand mât, tout violet, pas beau à voir ! Paraît qu'il en avait marre, qu'il se savait fichu, alors... »

Sur le livre de route de Guillotin, six mots, sans rature : *Tex Harper, suicide, 26 novembre 1787.*

Le jour même, on a vidé sa cabine, aéré une heure ou deux, balancé la literie et le linge infecté à la mer. « Et un plumard pour les baleines ! » s'est exclamé Ned en rigolant.

Victor a traîné sur le pont et vers midi est passé prendre sa ration de la journée. Il y a deux sortes de biscuit à bord : celui dans lequel les charançons se sont fourrés et d'où ils sautent sans vergogne dès qu'on le croque. Et l'autre.

Victor a choisi l'autre parce qu'il en a vraiment assez des coléoptères, de tous ces machins qui s'envolent et dessinent son horizon d'un pointillé bourdonnant. Il a choisi le biscuit grillé qui craque sous la dent et fait saigner les gencives en les dégraissant, tellement il est dur. Mais il vaut mieux le manger d'un coup, l'œil en vacance : si on le mouille dans du vin sucré, ce sont les vers qui en sortent. Jamais seul même pour les repas, telle est la morale de cette navigation.

Le biscuit de mer, c'est la première fois qu'il en

consomme autant : il ne pouvait s'imaginer que trois boisseaux de patates élastiques, autant de pois, quarante livres de riz brisé, cinq d'oignons et trois de fromage séché s'épuiseraient aussi vite... Maintenant qu'il n'y en a plus, il est, comme dit Guillotin en souriant de toutes ses dents gâtées par la chique, « à la table du capitaine », c'est-à-dire qu'il déjeune, dîne et soupe tous les jours d'une tranche triste de bœuf salé. Il a pris au commencement ce régime pour un traitement de luxe : au bout d'une semaine, cette viande archisalée lui a fait sortir des petits feux par la figure. Des boutons de la taille d'une tête d'épingle ! De quoi faire frémir sa coquetterie.

Avec une envie de boire après, qui prend toute la langue, la rejette au-dehors. Avec cette chaleur surtout, à l'heure du déjeuner. Comme un vieux chien crevé, étique, il se tapit à l'ombre des voiles quand le soleil est vraiment trop brûlant, quand sa caresse se fait cuisson. Devant déménager tous les quarts d'heure. A croire que Guillotin et sa bande de tournebroches font exprès de virer de bord pour le mieux rôtir, avant qu'on ne songe à le saler. Des rayons mal placés, la tête qui se met à bouillir, la gorge à écumer, le délire, et la nuit, *plouf.* Victor du Pont, suicidé par défaut.

Victor en pensant à Harper vient de recracher cette gorgée d'eau puante et épaisse de son quart réglementaire, au goût de laiton. Il préfère encore ce café infect où il peut au moins verser un peu de rhum : tuées sur le coup par ce jus brûlant de canne, les vermines qui se disputent les parois de sa tasse.

Jusqu'alors, le vent avait été bon, presque excellent, et bien fort depuis deux jours comme s'ils avaient atteint la latitude des Bermudes. Mais, à cet endroit de la navigation, on redoutait les convulsions de l'équinoxe qui ne devait plus tarder. Les tempêtes d'hiver avaient une détestable réputation. Après quelques tranquilles rafales qui soufflaient contraires, le redouté vent de nord-ouest vint, qui les força à mettre à la cape. Le lieutenant Seguin était à la barre. Le second, petite boule de chair patinée et lustrée sous un crâne chauve, aimait à se citer lui-même en prêtant ses traits foudroyants à Shakespeare, Voltaire ou Dante.

— Connaissez-vous, monsieur du Pont, cet admirable

vers de Calderón de la Barca dans... je ne sais plus quoi..., *la Tempête,* me semble-t-il ! Un passager, voyant que le bateau avance bien, que l'horizon est dégagé, la mer paisible, dit au capitaine que probablement ils sont en passe d'arriver. Et le capitaine de répondre : « *et le ciel qui se rit des vains projets des hommes* »...

Seguin se replongea dans sa navigation et s'en alla faire le point.

Victor attendit sur sa couche. C'était du repos gagné sur *le ciel qui se rit des vains projets des hommes,* vers douteux de Calderón. « Où allons-nous si les marins se prennent pour des poètes », songea-t-il en s'endormant.

Il fut réveillé par un tintamarre digne du sabbat. Le navire tremblait, grinçait de toutes ses jointures, par toutes ses planches, ses madriers, avec un tremblement réel, semblable à un homme qui a pris froid et lutte contre les fièvres en frissonnant plus encore. Dans sa cabine, la glace tomba contre le tabouret en bois blanc et se brisa. Sans se lever, il voulut ouvrir le hublot. Un peu d'eau entra qui inonda sa literie. Rien d'extraordinaire à cela : depuis vingt jours qu'il dormait dans cette odeur de rouille, de sel et d'urine, Victor n'avait jamais pu aérer correctement ce réduit sans prendre un peu d'eau à bord. Mais cette nuit-là, bien que le navire fût ballotté en tous sens, il ne reçut que quelques giclées de mer. Dehors la route paraissait calme. C'est le bruit qui venait du ventre du navire qui le décida à aller voir à quelle étrange fête se livrait la *Diane.*

Le gaillard d'avant évoquait ces scènes gravées des grandes guerres puniques qui recouvraient, enfant, les murs de sa chambre, un mélange assez saisissant de guerriers battant en retraite, d'infirmeries de campagne et d'un certain nombre d'hommes laissés pour morts devant l'arrivée d'un ennemi pourtant invisible à tous. Si la *Diane* et ses passagers avaient identifié leur adversaire en la personne du mal de mer occasionné par le formidable tangage du vaisseau, la lutte paraissait cependant inégale et les dégâts disproportionnés au danger : ce n'étaient plus sur les quarante mètres du pont que corps défaillants et visages comme blanchis à la céruse. Le plus prestigieux de ces embarqués, futur ministre de France en Amérique, le comte de Moustiers, sorti à son tour, s'improvisait infirmier de ces dames, tenant dans ses bras la marquise de Bréan effondrée sur un matelas placé à l'air frais pour qu'elle y rende son dernier soupir. Déjà au royaume des chavirés, on se disputait les baquets, qui sous le coup des mouvements du navire glissaient telles les boules d'un billard infernal sous les cordages, dans les pattes des marins. La marquise avait une crise de nerfs.

— Apportez-nous l'eau d'oranger, cria Moustiers à Victor accouru à ses côtés.

Victor n'avait jamais été sujet au mal de mer depuis le départ de la *Diane* et ignorait tout des vertus de l'eau de fleur d'oranger. Quand il revint, chargé du flacon salvateur, un spectacle assez singulier l'attendait : M. de Moustiers, qui avait pris le parti d'assister la marquise jusque dans ses vomissements, lui soutenait la tête au-dessus d'un baquet tandis qu'Otto, le jeune et fringant secrétaire de légation, présentait à l'ambassadeur un autre baquet que le comte, en parfait homme du monde, remplissait du bout des lèvres par petits hoquets retenus de bile.

Jeté à terre par un brusque coup d'épaule du navire, Victor rejoignit en s'accrochant aux rampes du bastingage la barre à laquelle Seguin s'était maintenu par des lanières de cuir serrant fermement les mollets et les poignets. L'horrible secousse déménageait à elle seule le ventre de la *Diane,* jetant la vaisselle personnelle du comte de Moustiers contre les caisses des coupes, des verres et des carafes en cristal aux armes de France, roulant les colis des passagers dans les escaliers, organisant ce grand tremblement général aux allures de roulements de tambour. Le vent tonnait dans les voiles trempées, c'était la première fois que Victor affrontait une tempête en pleine mer et tous les récits furieux qu'il avait lus sous la plume d'explorateurs en chambre lui semblaient timorés et bien délicats. Une agitation mêlée d'ivresse le portait déjà : l'ennui de ces dernières journées, l'écœurement d'un voyage en compagnie d'un équipage de si piètre tenue, tout cela avait fait place à un certain bonheur devant la confrontation. Il l'avait attendue, sa tempête, ou plutôt, ne l'attendant plus, son arrivée par la porte dérobée de cette nuit le confirmait dans sa bonne impression de la mer, de ses aléas,

de la complexité de ses ruses autant que de sa nature
foncièrement sournoise et barbare. La vie médiocre à bord,
l'horreur des passions humaines, le grand vent de la mer
nettoyait tout, arrachait poutrelles et haubans et faisait son
nid dans des voiles déchirées. Même Guillotin, ce grand
gaillard, entre deux âges, comme on dit poliment d'une vieille
femme qu'elle est entre deux feux, toujours perfide, même
cette abomination de Punaise lui devenait sympathique,
manœuvrant cette *Diane* à la presque dérive qui vivait enfin,
luttait de toute l'avancée de sa coque, baissait pavillon en
abattant ses voiles et faisait son noble métier de navire perdu
dans la tempête.

Les marins couraient sur le pont, s'accrochaient aux
cordages, butaient contre des fantômes.

Victor se souvint de ces matinées du dimanche où il
passait des heures entières sur son cheval à bascule, se
donnant à force de grands coups de reins le moyen de
chavirer. Et machinalement, quand la *Diane* se mit à pencher
plus fort, il s'accrocha, pour ne point tomber à la renverse, à
la veste de Seguin, comme autrefois à la poignée de crins
naturels du cheval de bois.

Le vent se mit à souffler sans brides, et toutes les lampes
à huile de l'entrepont dont la lumière était déjà ordinairement
vacillante s'éteignirent à l'unisson. Il fit absolument noir de
tous côtés, mais devant eux la noirceur était la plus menaçante
parce que la *Diane* allait, portée par ce souffle sans sources, se
jeter dans la gueule du diable. Et, quand les yeux de Victor se
furent habitués à l'obscurité, un nuage chassé par une
bourrasque laissa la place à un rayon de lune qui éclaira alors
le plus beau théâtre du monde, le plus terrifiant, ce quelque
chose que ces marins qui naviguaient pour certains depuis
trente ans n'avaient encore jamais vu, cette apparition qui
aurait fait la matière de la plus belle histoire de Ned le
cuisinier, si Ned lui-même avait pu l'imaginer.

Devant eux la mer était absolument calme. Lisse, toute
répandue et calme, comme éclairée de son plus profond. Le
ciel par effet contraire était sombre, par instants sillonné
d'éclairs immenses. Il n'y avait pas de tonnerre, point d'autre
grondement que celui des cœurs dans les poitrines et le vent
lui-même avait pris son congé, ne couvrant plus les voix de la
manœuvre. Mais personne n'avait plus à parler, les corps

défaits s'étaient redressés et les passagers comme les marins portaient leurs regards stupides vers l'horizon. Les mains étaient moites, celles de Victor presque trempées tandis que l'air se faisait de plus en plus pesant, comme habité tout entier d'électricité, une électricité de l'intérieur également, qui faisait trembler leurs nerfs, dresser le cheveu, hurler les animaux ; les chiens allaient d'un bord à l'autre, jappant tantôt à la mer, tantôt aux nuages comme si le danger était à leurs frontières. Les volailles maintenues dans leurs cages sur le gaillard d'avant faisaient bruisser leurs ailes en cherchant l'envol et se fracassaient le corps contre les grilles en piaillant d'horrible manière.

Devant eux, à trente voiles d'encablure, trois gigantesques trombes d'eau s'élevaient régulièrement à plus de cinquante mètres, immenses colonnes propulsées des abysses de cette mer trop tranquille, trois colonnes d'écume blanche, tels ces sexes arrachés à Chronos et d'où naquit Aphrodite, ces projections anadyomènes qui à peine retombées dans un grand nuage de vapeur bouillonnante rejaillissaient quelques instants plus tard de plus belle, crevant la nuit, lacérant l'horizon terne de l'Atlantique.

Ned vivait bien sa plus saisissante histoire ; demain, s'il y avait un lendemain, il raconterait aux mousses effarouchés la légende des trois sœurs en colère contre leurs amants incapables. Ces trois vieilles filles de la mer qui s'étaient un jour vengées d'eux en les couchant dans le lit des océans, à plus de mille pieds par le fond, là où tout n'est que silence et application.

On ne plaisanterait plus jamais, comme l'avait fait Seguin, avec cet éternel conte de l'océan qu'il avait si souvent entendu et qu'en vingt années de métier il avait rangé au rayon des chimères de la marine. Déjà il faisait préparer les haches pour couper les mâts tandis qu'un petit groupe s'était muni de fusils, prêt à tirer dans les voiles, qu'on ne pouvait plus amener, afin de les déchirer. Car, si ces trombes avaient été sous le vent, le danger eût été moindre, on aurait su l'éviter, mais à l'allure où ils naviguaient, et placées au vent comme elles l'étaient, la *Diane* fonçait tout droit sur elles.

Guillotin ne pouvait plus rien ; il envia Harper qui n'avait été que noyé tandis qu'eux, punis peut-être, seraient submergés, coulés bas, retournés.

Victor en s'aplatissant sur le pont eut une pensée drôle :
il revit le visage désemparé de son petit frère après qu'il lui eut
balancé un grand pot d'eau froide du haut du premier étage de
leur maison du Bois des Fossés.

II

Victor du Pont avait un petit frère, de cinq ans à peine son cadet, mais un petit frère tout de même. C'était, avec son père, la chose au monde qu'il préférait.

Les deux garçons avaient perdu leur mère, Nicole-Charlotte-Marie-Louise Le Dée de Roccourt, quelques années plus tôt. Et ces années-là, comme toutes celles depuis leur naissance, les deux frères les avaient partagées sans qu'une ombre vînt ternir le paysage d'une amitié presque excessive.

Victor avait un surnom, qui lui avait été donné par Germaine de Staël, et lui convenait parfaitement : Victor ou le Superbe.

A vingt ans, à la veille de s'embarquer sur la *Diane,* le Superbe était dans son plus bel âge et plaisait également aux femmes comme aux hommes parce que, disait de lui la romancière de *Corinne,* il avait cette qualité, bénie des dieux et des fées : *son physique était spirituel.*

Il était grand et bien proportionné, naturellement beau ; cheveux châtain brun légèrement ondulés, sourcils noirs, forêt épaisse qui soulignait de grands yeux couleur noisette, nez court, menton fourchu, visage presque ovale et une barbe un peu rouge qui lui donnait un air de mauvais diable, élégant jusque dans la négligence. Aristocrate sur le bout des ongles bien qu'il ne le fût que par quelques gouttes de son sang, sa très belle simplicité compensait pour qui le rencontrait une première fois son naturel imposant ; le respect et la crainte semblaient les dernières impressions qu'il voulait produire.

Son silence étonnait souvent : on l'imaginait en effet de

la race des beaux parleurs. Mais il parlait peu et jamais de
lui, qualité familiale, tenue de son père. Il avait en horreur
ces conversations qui commencent par des questions, aussi
n'en posait-il jamais : c'était plus par crainte d'avoir à
répondre à son tour que par manque de curiosité. Il ne
conseillait personne, n'imposait rien parce que de toute
manière il eût détesté qu'on exigeât quelque chose de lui.
Cela et d'autres choses avaient été les principaux obstacles
auxquels l'éducation voulue par son vieux père s'était constamment heurtée. Certaines personnes à qui il était présenté
ne le trouvaient pas totalement exempt de légères inad-
vertances de politesse et d'exactitude dans ces petits devoirs
de la société auxquels il ne pouvait jamais entièrement se
soumettre.

Seul son petit frère savait son vrai caractère et qu'il
n'était vraiment aimable que lorsqu'il prenait du plaisir à la
conversation, ce qui ne lui arrivait qu'une ou deux fois l'an et
seulement dans les soirées absolument de son goût.

Dans la promiscuité d'un long voyage en mer sur un
navire chargé de plus de cent vingt âmes, l'équipage et les
proches passagers l'avaient trouvé un peu trop absent : la
peur des dangers, les effets du mal de mer et la nécessité de
faire corps commun dans ces circonstances où la volonté
s'abandonne à la marche du bateau, aux coups de vent et aux
coups de gueule du capitaine Guillotin avaient consacré à
bord le règne de la familiarité. Victor s'en était tenu à une
politesse un peu distante. Seul d'entre tous les passagers à
n'être point malade, cette délicatesse l'avait rendu moins
désagréable auprès de Guillotin et de son second, le lieute-
nant-poète Seguin. La Punaise appréciait les gens propres.

En vingt jours de voyage, on ignorait toujours ses
préoccupations, ses tourmentes, ses surprises. C'était un
privilège réservé à son cadet de le savoir pourtant dépourvu
de tout amour-propre, de toute croyance sérieuse et durable
— de celles qui font les discours bien ennuyeux, aussi bien
en politique qu'en amitié —, et de toute forme d'intérêt pour
les défauts d'autrui. Et le petit frère connaissait ainsi ses trois
qualités principales : une très grande facilité à fuir par
instinct tout ce qui l'embarrassait ou le fatiguait, beaucoup
d'aisance à adapter sa conduite aux événements et un réel
talent pour écarter de son esprit les choses et les êtres du

passé, talent exercé avec cette même aisance qu'il avait à élaguer de sa garde-robe les vêtements qui n'étaient plus à son usage.

Et, bien qu'il fût à la racine un être excessivement facile à vivre, un homme d'une gaieté et d'un enthousiasme extraordinaires, son père, désespéré d'en tirer quelque chose en France, avait imaginé que cette grâce et cette réserve propres à l'Ancien Régime, ce goût pour la nouveauté et les langues inconnues, lui laissaient une chance — la dernière — de réussir dans une profession, celle des Affaires étrangères.

L'idée, parce que saugrenue, n'avait pas déplu à Victor. Incapable de rester en place, un peu las de l'étroitesse de la société parisienne, ayant raisonnablement fait le tour des jeunes filles de son pays, la proposition d'aller, même comme secrétaire non appointé de l'ambassade de France à New York, tâter un peu de l'Amérique et de sa conjugaison, les Américaines, l'avait facilement séduit. Il y trouverait des horizons à sa mesure, un peuple entreprenant, une religion et des usages jeunes. Et quand son petit frère lui avait demandé, avec cette candeur respectueuse des cadets de famille, comment il comptait occuper sa nouvelle vie, Victor avait souri.

— Justement, mon bon frère, parce que je n'ai rien à faire, je suis constamment occupé. Ne faut-il pas courir après un dîner, courtiser une fille que l'on veut faire semblant d'épouser, éviter des créanciers et tromper des maris la même journée, commencer de nouvelles intrigues, se battre avec des rivaux mécontents et forcément bien armés, faire les sorties d'opéra, l'antichambre chez les premiers commis, écrire toutes les nuits, dormir toutes les matinées, brosser un habit, raccommoder un bas, rosser Bellefond, gronder Lamotte, crier après le perruquier, lire les journaux qui parlent des livres afin de ne pas lire les livres dont parlent les journaux, aller au café ou au... et au..., etc. Tout cela ne laisse pas que d'occuper un pauvre garçon comme moi !

Et si c'était pour de telles envolées que le petit frère adorait son Superbe, c'était pour les mêmes que Pierre-

Samuel, son père, se souciait de cet aîné qui soignait trop sa mise, n'avait de conversations qu'avec son bottier et son tailleur, incapable d'assiduité, même dans sa manière de les ruiner tous, par ses folies d'incorrigible dilettante dont le plaisir se mesurait à l'aune des dépenses engagées.

III

En ces temps-là, les Dupont n'étaient pas encore de Nemours. Et c'est Victor qui avait eu l'idée de couper leur nom trop commun en deux parties, lorsque le roi avait anobli son père. Un écu avait été dessiné : Pierre-Samuel en avait gravé les armes sur écartelé d'azur à une colonne d'argent, avec une terrasse de sinople, le tout surmonté d'un casque à visière avec ces mots pour devise, *Rectitudine sto*. « Je resterai droit. »

Si les lettres de noblesse avaient pris dans le monde, l'usage de prononcer *Pont* après *du* en marquant un léger temps d'arrêt n'avait guère convaincu. Passe encore dans l'écriture, sur les documents officiels, mais dans la conversation ! Au grand dam de son père que ces « affaires » n'avaient point bouleversé comme son fils, Victor avait pris l'habitude, lorsqu'il se présentait en société, de se nommer *Victor du...*, d'éternuer bruyamment et en relevant la tête de l'air le plus aimable, son mouchoir à la main qu'il agitait pour tromper l'ennemi, de conclure tout naturellement par son cher... *Pont*.

Et les femmes dont il est bien connu qu'elles trouvent toute chose drôle pourvu qu'elle vienne d'une personne bien faite et qui sache apprécier leurs talents, les femmes applaudissaient à l'insolence charmante du Superbe. Et Victor, à défaut d'être vraiment du Pont, fut absolument des leurs.

Les du Pont, même avec un petit *d,* n'avaient jamais vécu sur un grand pied. Descendant tant bien que mal du célèbre

Pontius Nemoracensis — personne ne sachant très bien qui il était — Pierre-Samuel, lorsqu'on lui laissait entendre que sa famille ne s'était pas grandement illustrée, le doux Pierre-Samuel se fâchait tout rouge.

— J'ai pour ancêtre un homme qui porta des messages de Camille au Capitole et qui, bien que ne sachant pas nager, franchit le Tibre sans embarcation ! Les du Pont furent toujours des hommes pleins de courage et je ne voudrais pas leur voir aujourd'hui plus de biens que de vertus.

Une fois de plus Pontius Nemoracensis, cette passerelle de gloire, cet illustre Romain échappé tout droit de l'imagination de Pierre-Samuel, s'imposait et remettait les pendules en place.

De pendule, il en était d'ailleurs question dans la généalogie du Pont : le père de Pierre-Samuel, Samuel tout court — dont le visage avait, paraît-il, quelque chose du feu roi Louis XV — était horloger de la cour. Chassée de Rouen parce que huguenote dans un pays à prédominance catholique, la famille du Pont avait depuis ce temps pris l'habitude de fabriquer, de démonter et de régler les horloges royales. Et, si un heureux grain d'ambition n'avait pas détraqué ces beaux rouages huilés, Pierre-Samuel eût à son tour exercé ce métier qu'il avait appris de son père.

Pour Victor, ces histoires de balancier et de pendules étaient la part maudite de la famille : que son grand-père ait épousé Anne de Montchanin, son père Charlotte Le Dée de Roccourt lui apportait quelque consolation et il s'était juré de faire lui aussi en temps venu un grand mariage. Le petit frère, seul, n'avait point honte : « Dieu n'est-il pas horloger ? » demandait le cadet.

Victor n'avait rien emprunté à la beauté de son père, car ce dernier, malgré toute l'indulgence que son caractère inspirait, n'en demeurait pas moins très laid. Si les papiers officiels définissaient ses cheveux comme *blancs,* ses sourcils comme *clairs,* ses yeux *bleus,* son nez *gros,* sa bouche *moyenne,* son menton *fourchu,* son visage *ovale,* son teint *frais* et son front *large,* la réalité était encore moins flatteuse que l'état civil. Sa mère ne lui avait-elle pas souvent répété qu'il était né d'une vigueur extraordinaire et qu'il avait, en venant au monde, des moustaches qui étaient tombées au sol quelques semaines plus tard ? Les moustaches n'avaient jamais repoussé, mais le visage parfaitement glabre avait au cours des ans perdu beaucoup de son éclat.

Il y a peut-être quelque induction à tirer de la ressemblance frappante qu'on trouve parfois entre certains hommes et certains animaux. Quand Pierre-Samuel se voyait les yeux, le front, le menton, le col, les reins, la marche, les passions, le caractère, la bonhomie, l'orgueil, la douceur, la colère, la paresse, l'opiniâtreté à ne point lâcher prise d'un dogue de forte race, il n'avait aucune répugnance à croire qu'il avait été, naguère, de l'autre côté du grand Fleuve, un très honnête chien, singulièrement fidèle à maître et à maîtresse, cherchant et rapportant à merveille, gardant les troupeaux le jour et le seuil la nuit, n'ayant aucune peur du loup. Pour toutes ces raisons obscurcies de quelques hogneries, de quelques querelles déplacées et de quelques caresses inopportunes, il était devenu *l'animal qu'il était.*

Si les accidents physiques qui avaient quelque peu exténué sa première enfance avaient amélioré son esprit et contribué à former son caractère moral, certaines traces paraissaient tout de même indélébiles. Sa première nourrice avait si peu de lait qu'elle oublia de l'alimenter. Atteint de rachitisme à l'âge où d'autres s'engraissent aimablement, il devint pâle, anémique, ses articulations enflèrent, perdirent de leur souplesse : il en resta toujours assez petit. Le mari de la seconde nourrice, ivrogne qualifié, imagina pour l'amadouer lorsqu'il criait trop de lui faire téter de l'eau-de-vie. A trois ans, Pierre-Samuel était devenu alcoolique ; il se blessa en tombant de son lit et en gardait depuis un cuisant souvenir sous la forme d'une claudication marquée.

Après qu'on l'eut retiré de ce débit de boissons, il attrapa la variole. Le pouls et le cœur s'arrêtèrent bel et bien. On l'avait veillé pour mort une nuit durant quand il se réveilla et se mit à parler : mais la paralysie faciale avait atteint l'œil droit et Pierre-Samuel fut de ce jour un joli petit borgne boiteux. La vérole vint et grêla son visage. Il acheva de se gâter la figure en se cassant le cartilage du nez. Ce qui faisait de lui, à l'âge adulte, un assez remarquable croisement, dans ce qu'ils ont de plus désavantageux, d'un champion de boxe et d'un Benjamin Franklin, au demeurant son ami. Très jeune, il pratiqua l'escrime, dansait gracieusement et se mit à écrire, tout en apprenant son métier d'horloger. Ces poèmes et ces tragédies, rédigés pour tromper son ennui, ne trompèrent guère leur premier public en l'ennuyant beaucoup.

Sa bonté et sa droiture étaient légendaires ; Victor Riqueti, comte de Mirabeau, parrain de notre Victor à qui il avait donné son prénom, s'en moquait parfois et dressait à son filleul un portrait acide de son ami : « Ton père, vois-tu, est un peu politique et finassier à mon goût. Il a aussi plus de finesse dans l'esprit que dans le caractère, ce qui ne laisse pas d'être fâcheux. Son principal défaut est, je crois, de n'avoir pas assez de trempe pour trop d'intelligence... Il est capable de grandes vues, de concevoir et d'ordonner un grand dessein, mais, s'il passe à l'exécution, il pourrait bien échouer, parce que assez souvent il se trouve rebuté par les obstacles mêmes qu'il avait prévus... »

Mirabeau n'était guère tendre et c'était pour cette impitoyable amitié que Pierre-Samuel du Pont l'aimait comme le plus exigeant des frères et avait même fini par acheter près de ses terres du Gâtinais un petit domaine à Chevannes, à égale distance de Nemours et Montargis. Ainsi étaient-ils voisins de campagne. Quant au nom de Bois des Fossés pour cette propriété, il était venu tout seul, de vastes tranchées, construites, assurait-on, par les Romains, entourant la bâtisse. Une nouvelle fois, Pontius Nemoracensis était mis à l'honneur. Bientôt, avec de l'imagination, cette maison serait *sa* maison, ces fossés ces mêmes douves qu'il s'entraînait à franchir en préparation de sa grande expédition sur le Tibre.

On pourra s'étonner de trouver dans le roman de cette vie un nom aussi illustre que celui de Mirabeau. Ce serait ignorer de grands hommes comme Turgot, Talleyrand, Quesnay, Vergennes, Necker ou d'autres non moins célèbres, tous amis intimes de celui qu'à Versailles la Pompadour avait surnommé « notre jeune agriculteur » : ces gens-là dînaient à la table de Pierre-Samuel et Victor se souvenait même d'avoir ouvert la porte de leur appartement de la rue Montorgueil à ces demi-dieux qui avaient nom Voltaire, Diderot ou Franklin. Pierre-Samuel était en effet — faute de pouvoir s'en dire le capitaine, cette place étant réservée au bon docteur Quesnay — le greffier attitré d'une secte alors fort en vogue. Une secte d'économistes, qu'il avait de sa propre initiative débaptisés pour les nommer *physiocrates,* mot court, pratique et glorieux qui résumait par l'étymologie cette savante définition : « ceux qui choisissent la constitution naturelle du gouvernement la plus avantageuse au genre humain ».

En ces temps-là, deux écoles de pensée se déchiraient. D'une part celle des gens au pouvoir avec à leur tête l'abbé Terray, contrôleur général des Finances, qui disait bien haut qu'on « ne pouvait tirer la France de cette crise qu'en la saignant » et qui la saignait si bien et en tirait un tel profit qu'il s'en déformait les poches. Et de l'autre côté nos physiocrates, menés par le médecin de la Pompadour, Quesnay, qui en bon spécialiste de la circulation du sang, mondialement connu pour ses travaux sur le sujet, affirmait que toute la vérité de l'économie tenait dans ce seul mot de *circulation,* qu'il fallait donc que les richesses circulent dans le pays comme circule le sang dans un corps et que si elles ne circulaient qu'à la tête du pays ou dans les poches de Terray, ne descendant plus jusqu'au cœur et encore moins dans les parties inférieures, alors le pays allait mourir d'une hémorragie interne. C'était comme on le voit deux types de chirurgie très éloignés l'un de l'autre.

Du Pont, le meilleur écrivain de sa troupe, avait un sens aigu de la formule : son « Laissez faire, laissez passer » devient bientôt le signe de ralliement des partisans de l'école libérale. C'est ainsi que le fils de l'horloger avait brûlé sa jeunesse, son oxygène et sa tradition, en se faisant le publiciste de l'école, n'ayant de cesse de se passionner pour le commerce des grains, l'agriculture, les impôts et tout ce qui était redevable à cette mère nourricière d'un Etat dont il rêvait d'accroître les richesses, *la mère Nature.*

Pierre-Samuel n'était en cela que le dernier maillon d'une chaîne presque ininterrompue depuis un siècle, amorcée par la folie de l'herboristerie, relayée par le goût de l'époque pour la petite plante domestique, le brin d'herbe à répertorier et l'amour du potager philosophique, entraînée par le formidable essor de la botanique et des grands jardins royaux, rationalisée et élevée au rang de commerce par l'acclimatation des épices venues d'Orient en Europe. La fortune se mesurait alors en onces de poivre, de cannelle ou de muscade, la réputation au nombre d'expéditions entreprises à la recherche des végétaux prodigues ou à la qualité des tables de classification des espèces ; des savants du monde entier s'écrivaient des lettres en forme de traités scientifiques pour disputer chiendent et pissenlit sauvage, s'envoyant des graines comme on s'adresse des pneumatiques, chargeant les cales d'énormes vaisseaux qui traversaient les guerres et les océans de plants et de boutures divers, d'arbres conservés dans leur terreau avec leurs racines ; des savants qui, pareils aux enfants d'Héraclite jouant avec des cailloux, coloriaient des jours entiers de grands albums où des fleurs rares séchaient entre des pages d'une littérature bienheureuse, laissant sur le cahier en se décolorant l'empreinte de cette mode si délicate.

Pierre-Samuel avait donc baigné dans cette religion du feuillage, cette croyance à l'immanence d'un être qui se manifestait jusque dans l'étamine de la fleur de pommier, dans le respect de cette terre d'autant plus lourde à travailler qu'elle était riche et généreuse : comme Mirabeau au Bignon, Lavoisier à Freschines — car le chimiste était des leurs —, du Pont au Bois des Fossés implantait partout des prairies artificielles, retournait ses champs cailloux pour en faire de bonnes terres à blé, imaginait de subtils systèmes d'irrigation, conférait pendant des heures sur le moyen de produire des noix de muscade de la taille d'un œuf de poule, rêvait au terreau, à la fumure, à l'épandage comme d'autres à l'or et aux pierres précieuses du Pérou. De ce que les Indiens avaient planté en Amérique des grains de poudre à canon en les prenant pour quelque bouture d'une plante nouvelle, il en avait même tiré une observation remarquée et toujours pertinente : l'enfouissage du salpêtre en terre, faute de produire une fleur, un fruit ou une carabine, favorisait la croissance de la végétation avoisinante.

Les physiocrates avaient un journal d'opinions dont la rédaction fut confiée au jeune agriculteur : en publiant plusieurs années durant les désormais oubliées *Ephémérides du Citoyen,* Pierre-Samuel s'employa à chanter les louanges de la liberté commerciale, à transformer le régime fiscal, à demander la suppression des douanes intérieures. S'attaquant vivement au développement de l'industrie et des manufacturiers, « cette classe stérile qui ne dégage aucune richesse naturelle », disait-il, il encourageait les efforts de la vraie classe productive, occupée par l'agriculture, parfois détentrice du sol. Mais, à force de trop défendre les libertés, celle de la presse ou de l'instruction publique, de demander l'abolition de l'esclavage dans les colonies, les *Ephémérides* furent tout bonnement interdites à la publication.

A bientôt quarante ans, père de deux garçons, Pierre-Samuel se retrouva inemployé, suspect et sans argent ; Victor, à peine adolescent, se souvenait très bien de ces années-là, tristes au possible, mais plus moroses encore avaient été celles qui avaient suivi la mort de leur mère, ces journées entières où son père, pour assurer leur subsistance à tous trois, s'enfermait dans son cabinet de travail et rédigeait des correspondances économiques et politiques avec les grands de ce monde soucieux d'être informés des nouvelles de la plus grande cour d'Europe. Contre vingt ducats le mois, le roi Gustave III de Suède, que la renommée de du Pont avait attiré, lui demandait la rédaction d'un bulletin régulier et le fit même chevalier de l'ordre de Vasa, titre qui valait à lui seul toutes les fortunes romaines ou imaginées de la famille. Puis ce fut le tour du margrave Friedrich de Bade qui en fit à distance son conseiller aulique de légation et pour qui il rédigeait sans discontinuer des pages et des pages retraçant la vie parisienne, l'état des cultures et des récoltes, le mouvement des idées, les idées en mouvement et les humeurs de Versailles. Les souverains, comme on le sait, forment un club réservé qui s'échange les bonnes adresses ; ils se passèrent le mot, se disputèrent les télégrammes de du Pont, jusqu'au jour où Stanislas Poniatowski, roi de Pologne, lui demanda très officiellement de venir assurer l'éducation de son neveu le prince Adam Czartoryski. Il y avait trente mille ducats à la clé, le titre de conseiller honoraire du roi et de la République de Pologne, un carrosse, six domestiques dont deux laquais à demeure, un magnifique appartement dans le palais royal.

Du Pont mit dans la berline pour Varsovie ses deux fils et sa collection de l'*Encyclopédie.* Victor, tout rempli de ces histoires gothiques qui peignent ces peuples de l'Est comme barbares et mangeurs de petits enfants, pleura pendant tout le voyage.

Quand ils arrivèrent enfin à Varsovie, le dos rompu, ce fut pour apprendre, avec un peu de retard, que Louis XV venait de mourir de la petite vérole. Et que son successeur avait choisi comme nouveau contrôleur des Finances un certain Turgot, l'ami intime de du Pont et le champion des physiocrates. La berline n'eut que le temps de réparer ses essieux, et, répondant au courrier exprès de Turgot qui le rappelait à ses côtés, Pierre-Samuel fit le chemin en sens contraire.

Pour Victor et son jeune frère, ce fut une belle époque, l'été tous les matins et la Providence chaque jour ; leur père, le plus proche collaborateur du ministre, était célèbre, puissant, respecté, ils étaient à l'aise et mieux encore ! En bon du Pont blasonné qu'il était maintenant, Victor se crut riche. La réputation de son père traversait les mers en asséchant les trop grands fossés entre les peuples, depuis qu'il avait hâté sous la demande de Vergennes la signature du traité de reconnaissance des Etats-Unis par l'Angleterre et celle du traité de commerce entre ces deux nations. L'aîné des garçons se réjouit de ce luxe apparent, se figura que ce crédit était sans fin, précipita ses rendez-vous avec le tailleur, commanda de nouvelles bottes de peau fourrée et dépensa sans compter sur la base d'une fortune surestimée.

Vint la disgrâce de Turgot, qui suivit un trop grand zèle de réformes dont ne s'accommodait point la reine. Celle de du Pont n'attendit guère : « Rien de rien, rien sans cause et rien qui n'ait d'effet », prononça en philosophe Pierre-Samuel qui s'arrangeait assez bien de ce que les grandes fortunes s'asseyent souvent sur de grands abîmes. Jusqu'au jour où cette morale fut contredite par la certitude qu'on s'était endetté : le bottier, le perruquier et le tailleur avaient enfin réuni leurs comptes pour envoyer au chef de famille les factures impayées de M. Victor.

Il fut décidé ce jour-là que le Superbe avait grand besoin d'aller voir du pays.

IV

La *Diane* était un assez beau bâtiment de quatre cents tonneaux, armé pour la circonstance d'une vingtaine de canons. Ses trois mâts qui montaient au ciel, en haut desquels flottait le pavillon blanc de la marine royale, portaient plus de vingt voiles, ce qui le faisait, au vent, ressembler assez exactement à une gigantesque toile d'araignée.

Guillotin avait ordre d'éviter tout pavillon et tout abordage avec un autre vaisseau. Sa mission lui avait été signifiée simplement par l'intendant : conduire le comte de Moustiers et son ambassade à New York en perdant le moins de temps possible. La Punaise se souvenait d'avoir déjà fait cette traversée en vingt-sept jours, record du genre, mais c'était dans l'autre sens, réputé pour être beaucoup plus portant, et à une autre saison, la plus belle de toutes, en septembre. Avec l'arrivée de l'hiver, les vents qu'on pouvait trouver en route, on estimait la durée du voyage entre cinq et neuf semaines.

La consigne générale était d'alléger le vaisseau : à la veille du départ, les nouvelles de la paix avec l'Angleterre ayant été confirmées et les ordres de désarmer accordés, on avait débarqué les troupes d'infanterie — trente soldats en armes —, descendu quelques canons et mis ceux du gaillard et de la batterie dans la cale, libérant ainsi une cabine sous la dunette pour Victor. Puis Guillotin, malgré les protestations des passagers, avait laissé à terre plusieurs cargaisons de riz et d'alcool destinées aux troupes. Quant au gruau d'avoine et aux cinquante livres de sucre brun, ils avaient tout simplement été oubliés.

La marquise de Bréan, dans la précipitation, avait laissé

son passeport à l'auberge : on lui avait raconté tellement d'histoires épouvantables, les corsaires algériens, les requins sauteurs, les tempêtes, le choix entre le mal de mer et la faim, le choléra, la petite vérole, le typhus, les viols à bord, qu'elle avait failli ne jamais embarquer. C'est Victor qui l'avait convaincue : n'en était-il pas lui-même à son premier voyage et nullement effrayé ? Le passeport était resté entre les mains de l'aubergiste.

— On s'ra moins lourd, avait grommelé Guillotin en apprenant la nouvelle quand la *Diane* filait déjà dans la rade de Rochefort.

Avec son gaillard d'arrière tronqué pour ne pas offrir de résistance au vent, ses grandes voiles carrées, la *Diane* avait un atout décisif pour faire la course : une belle coque toute neuve, que lui enviaient les autres frégates et brigantins au mouillage, et qui avait été doublée d'une feuille de cuivre sur toute sa surface, dernière innovation afin d'éviter le pourrissement, les vers, les insectes, les algues et les coquillages qui s'y fourraient. Seguin fanfaronnait : « On va gagner deux nœuds sur tout le monde... »

Tout le monde, c'est-à-dire personne, parce que aucun bateau n'avait eu l'idée saugrenue de s'aventurer vers l'Amérique à pareille saison.

Le départ s'était éternisé, Victor avait dépensé tout son argent dans une épouvantable auberge de Rochefort, ville peu agréable qui faisait son commerce et sa traite d'esclaves avec la côte de Guinée. Il avait traîné des jours dans ces rues tirées au cordeau, si mal pavées qu'il y était presque impossible d'y circuler autrement qu'à pied. Le port du roi était encombré de bricks anglais qui contre l'eau-de-vie et les vins de Saintonge déversaient dans la ville une quantité énorme de leur faïence jaunâtre connue sous le nom de terre anglaise.

Le port et sa rivière étant constamment envasés et si étroits parfois que deux bâtiments seuls pouvaient s'y tenir côte à côte, la *Diane* avait dû pour prendre ses canons et ses provisions aller au mouillage de l'île d'Aix où les chattes[1] de la capitainerie s'étaient chargées de les lui porter.

Les rues de la ville n'ayant ni ruisseau ni égout, une tenace odeur de vase morte acheva de rendre ce séjour exténuant : les marins, couchant sur des chariots recouverts de sciure de bois en attendant qu'on embarque, formaient de leur côté un équipage assez pitoyable. Il y avait même parmi eux quelques matelots qui n'avaient jamais navigué et qui, devant l'océan, faisaient leur prière à Notre-Dame de Bon-Secours sans oublier de jurer et de sacrer après s'être signés. Ils étaient pour la majorité saintongeais, c'est-à-dire plus mous, moins bons marins que les Bretons, mais aussi plus propres et moins ivrognes. L'état-major, composé de MM. de Kervades, de L'Echelle, Le Gardeur de Tilly et Sébastien-Wille, était parfaitement novice en matière de voyage en mer et Victor ne les vit durant cette traversée que rarement, tapis qu'ils étaient dans leurs cabines enfumées à jouer aux cartes entre deux nausées fatales.

Une fois les passagers embarqués, Guillotin avait attendu une jolie brise de nord-ouest pour mettre à la voile. Le 18 novembre au matin, on avait calé les mâts de hune et amené la basse vergue, puis guindé et hissé le tout. Sur ordre du comte de Moustiers, la Punaise avait fait tirer un coup de canon et déferler le petit hunier en signe de partance.

La *Diane* était alors fort correctement descendue à la marée. Mais, lorsqu'on s'était apprêté à lever l'ancre, les vents étaient passés au sud-est et il avait été impossible de sortir de la rade.

Le 19, à six heures du matin, nouvelle sortie, nouveau coup de canon et hunier hissé : le vent devint contraire et ils furent encore obligés de jeter l'ancre, chassèrent dessus, brisèrent deux grands câbles, perdirent deux chaînes et faillirent être jetés à la côte.

Le 20, ils pêchèrent avec une ligne de crin une assez grande quantité de petits poissons nommés pilonaux et un gros chien de mer qui s'était jeté sur eux.

Dans la nuit, les vents étant revenus au nord-ouest,

---

1. Petits bâtiments employés au chargement des navires et au cabotage.

Guillotin fit gréer les perroquets, insistant pour qu'on tire le canon en pleine nuit, trop tard cependant car les vents s'annonçaient déjà contraires à la sortie.

Le 21, le temps resta couvert et assez frais : Victor et Le Gardeur de Tilly allèrent en chaloupe louvoyer dans la baie et tuèrent un goéland.

L'ennui était à son comble, et si cela avait continué ils auraient été prêts, pour s'occuper la tête et les mains, à tirer sur les barques qui mouillaient à côté d'eux.

Le 22, à quatre heures du matin, Guillotin fit prévenir les passagers à terre qu'on s'apprêtait à appareiller. Les canots et la chaloupe furent embarqués vers onze heures, juste avant qu'on ne grée les perroquets et qu'on ne hisse les basses vergues et les huniers. A midi on avait abattu sur tribord et fait route toutes voiles dehors. La *Diane* sous un petit vent très frais passa le goulet en filant environ quatre nœuds, évitant une roche couverte d'énormes oiseaux bruyants. A six heures, nuit tombant, ils avaient dépassé toute terre et Guillotin releva le cap de la Chèvre, sud-est un quart de sud, et Saint-Mathieu au nord-est du compas sans corrections.

A sept heures, ils passèrent très près d'un gros bâtiment qui courait des bordées pour entrer dans le goulet ; ils crurent reconnaître dans l'obscurité la *Méduse,* goélette dont on pensait à Rochefort qu'elle s'était abîmée au large. Personne à bord de la *Diane* n'était prêt à imaginer que ce navire serait le dernier rencontré avant qu'ils n'arrivent de l'autre côté de cette gigantesque flaque sombre qui s'offrait maintenant à eux.

Victor s'aperçut alors qu'on lui avait volé dans le chargement hâtif du matin sa petite malle avec tous ses effets de voyage et son nécessaire à traversée. Et, comme Guillotin se refusait pour le moment à faire sortir de la cale ses colis et ses bagages, Victor n'eut à lui, en plus de sa chemise et de sa veste, que ce petit manuscrit que son père lui avait remis à Paris, dont il avait toujours ajourné la lecture, oublié même l'existence et qui se rappela maintenant à lui par la bosse qu'il faisait contre sa poitrine.

*Instructions à mon fils Victor
pour son voyage en Amérique.*

Je te demanderai, mon enfant, de copier cette instruction que je jette à la hâte sur le papier, il importe de t'en souvenir et n'oublie pas que la peine de transcrire grave dans la mémoire.

C'est uniquement de ta conduite que dépendra désormais le destin de ta vie, Je fais les derniers efforts qui soient en mon pouvoir pour te rendre les circonstances moins désagréables et je ne saurais empêcher qu'elles ne le soient beaucoup.

J'ai dû te jeter dans la carrière des Affaires étrangères parce que c'était la seule qui nous fût ouverte, parce que les épines de ses commencements en dégoûtent beaucoup de monde, parce qu'il y a en conséquence peu de concurrence, parce qu'elle a la dignité qui convient à une famille qui a un commencement d'illustration et qu'elle n'exige cependant pas de preuve comme le service militaire, ni de fortune comme la magistrature, parce que, d'ailleurs, elle ne rend impropre à aucune de celles qu'on peut rencontrer dans son chemin et lui croire préférables, et que le genre de ses services honore toujours et fait supposer la capacité.

J'ai cru devoir préférer l'Amérique parce que M. le comte de Moustiers a beaucoup de réputation et que la réputation du premier patron que l'on a suivi aide à faire celle dont on jouit toute sa vie ; la fortune de M. de Vergennes est venue de ce qu'il était regardé comme l'élève de M. de Chavigny. J'ai encore préféré l'Amérique parce que c'est le pays où il y a le plus de santé et de raison, les deux premiers trésors de la vie.

Il me semble clair que la vie agricole donne des idées justes et nécessite des vertus habituelles : que les femmes des cultivateurs doivent faire autre chose que leur toilette, et savoir plus qu'arranger leurs chapeaux ; qu'elles ne doivent penser ni à carrosse ni à livrées. Je puis enfin me persuader qu'un peuple dont tous les individus savent lire ou écrire, et lisent au moins les gazettes, et qui, dès l'enfance, a entendu tant bien que mal parler de « liberté », doive être plus éclairé, et partant meilleur, qu'un pays dont le peuple pour les deux tiers ne sait pas lire et n'a reçu d'autre instruction qu'un catéchisme très imparfait, chez lequel l'office divin se fait dans une langue étrangère ; où enfin ce même peuple a été constamment soumis à des impositions arbitraires, accablé par les corvées, vexé par les gens de justice, avili par les hauteurs et les droits onéreux de la noblesse. Les habitants des villes d'Amérique peuvent ne pas valoir mieux que ceux des nôtres (cependant as-tu vu rien de pire au monde que ceux de Marseille ou du Palais-Royal ?), mais certainement vos country men doivent être à tous égards supérieurs à nos paysans. C'est entre gens du même état qu'il faut comparer les hommes et l'état fondamental de la société : celui de cultivateur doit être meilleur en Amérique qu'en Europe. C'est un si grand avantage de n'avoir ni noblesse, ni clergé, ni corporations de magistrature que, telle mauvaise que puisse être l'origine et le fond de la race, il est impossible qu'elle ne se soit pas rapprochée de l'égalité de sentiments et de mérites. La distinction que nous trouvons dans nos premières classes et qui leur procure quelques lumières et quelque élévation d'esprit, se répandant sur tout le peuple, doit faire qu'il y a moins loin de Washington, de Franklin, de Livingston, de Madison, de Jefferson aux dernières classes d'habitants qu'il n'y a chez nous de Turgot, de Montesquieu ou même qu'il n'y a de Condorcet et de moi aux gens de notre village. Regarde bien la chose sous cet aspect, et quitte donc les latrines de nos villes intrigantes et marchandes.

Tu sais que le comte de Moustiers a accueilli avec une certaine froideur non dénuée de bon sens ma demande de t'embarquer à son bord et à son service : qu'il m'a refusé la seconde faveur, qu'il s'est interdit de te loger et de te nourrir une fois en Amérique, qu'il n'est pas sûr, loin de là, de pouvoir te placer à son ambassade, qu'il ne veut point former d'élève à cette carrière dans un pays qu'il ne connaît pas et redoute même, et m'a dit clairement que, sachant l'incertitude de l'avancement et les désagréments du noviciat, nous prenions sur nous de te mener dans ce voyage. Que donc, dans l'état actuel des choses et avant qu'il ne prenne une décision pour te donner du travail, tu es un voyageur qui va en Amérique, non pas avec lui, mais par le même vaisseau et que cela même n'était pas un commencement d'engagement.

Ceci te met parfaitement au courant de ta situation qui n'est ni bonne ni agréable : tout y est à faire et à faire par toi-même, ce qui ne laisse pas de m'inquiéter, connaissant ton caractère. Dans cet état, sois respectueux mais ne fais pas trop ta cour. Montre-toi réservé, poli, prudent et sage, souviens-toi, puisqu'on nous l'a signifié si durement, que tu n'es pas de la maison, n'affecte point d'en être, mérite d'en devenir un jour et n'en montre qu'un désir étouffé.

Que tes moindres désirs et actions soient pesés.

En arrivant au port d'embarquement, le danger peut être dans les jeunes officiers de la *Diane,* qui destinés à faire le voyage avec toi croiront t'obliger en liant une connaissance virile. Très poli avec eux, ne te laisse engager à aucune partie de jeu et bien moins encore de filles, ni même de dîner ou de souper. Ne sors jamais de ta table d'hôte.

Il n'est point honteux d'être pauvre quoi que tu en dises, ces messieurs sont presque tous des nobles très désargentés, sauve-toi du défaut d'argent par l'allégation de la mauvaise santé, par le prétexte du travail et s'il se peut, j'insiste, par sa réalité.

Il n'y a aucun inconvénient lorsque l'on est destiné au corps diplomatique à passer pour froid et même pour pédant auprès de jeunes étourdis.

M. de Moustiers, arrivé à Rochefort, va le voir après lui avoir fait demander son heure.

Dis-lui que, quoique tu n'aies pas l'honneur d'être attaché à son ambassade comme tu le désirais, tu espères qu'il daignera dans l'occasion ne point te refuser sa protection et ses conseils, que tu tâcheras de ne point abuser de ses bontés et de les justifier.

Le surlendemain, tu pourras y retourner et alors seulement lui demander s'il ne serait pas indiscret de désirer être présenté à Mme la marquise avant de monter sur le vaisseau. Pas la moindre insistance sur cette demande si elle n'est pas accueillie.

Si elle l'est, visite très courte de trois minutes au plus, à moins que l'on ne t'invite à rester.

Si on t'interroge sur ce que tu fais, tu répondras que tu tâches de voir le port et de le comparer avec celui de Toulon que tu connais déjà.

Ne t'empresse pas de montrer tes observations. Si on te les demande, deux solutions : si tu les as véritablement écrites, dis que tu ne les crois pas dignes d'un regard et tu verras bien ce qu'il te sera répondu. Si comme je le crains elles ne le sont point, dis la même chose, mais, si l'on insiste encore, reporte la chose au lendemain et écris-nous le manuscrit la nuit durant.

A bord tiens ton journal, lis Montesquieu, la constitution des Etats-Unis, apprends les principes de navigation, la boussole et le compas, ne touche pas aux voiles et n'ouvre pas devant M. le comte les volumes d'histoire diplomatique que je t'ai fait passer.

Si vous êtes attaqués par les Anglais, bats-toi bien, tout combat de mer est court et il est aisé d'avoir pendant quelques heures une valeur brillante, ce n'est jamais que la fatigue qui est dure à soutenir. Cependant, si le délabrement du vaisseau obligeait de travailler à la pompe ou à aider à la manœuvre, porte-toi volontaire avant qu'on ne t'en prie.

Toi qui te piques de la noblesse de ta mère, n'oublie pas ses armes : *un lion à tête de pucelle.* Sois le lion dans le péril, souviens-toi du droit d'écarteler ces belles armes et, dès que le danger sera passé, reprends ta modestie, ta simplicité, ta douceur, ta tête de pucelle.

Garde vis-à-vis des subalternes une dignité affectueuse et polie, évite ce qui pourrait te compromettre avec la femme de chambre. On se perd quand on ne passe pas pour mettre de la noblesse dans tous ses penchants, mais cependant que toute femme soit traitée avec égard, avec intérêt, avec une sorte de respect.

Si l'on t'engage à quelque travail et que l'on te témoigne quelque bonté, sois-y sensible et laisse en voir une grande reconnaissance, mais qu'elle ne soit jamais exprimée de manière à faire croire que tu la regardes comme un titre pour en exiger plus.

Demande à M. de Moustiers quels jours tu lui seras le moins incommode, n'y va jamais qu'à ceux indiqués ; s'il répond *quand vous voudrez,* n'abuse point de cette permission vague, montre-toi régulièrement toujours à quelques jours d'intervalle. Visites courtes.

Adieu, mon enfant. Que Dieu bénisse ton voyage et ton travail ; il n'y avait pas d'autre recours pour calmer ton esprit échauffé que cette rigoureuse solution, où ton argent sera incertain, fruit de ton habileté. Demande à Dieu la prudence et la raison, elles te resteront et suppléeront à ton père qui passe comme les feuilles d'automne et qui, serait-il encore au commencement de son été, dans le plus grand crédit, la plus grande gloire, ne pourrait, si tu n'avais pas ces vertus, te sauver, ni lui, ni la protection des plus grands rois.

V

Mauvais temps aidant, Victor avait bien sûr omis de recopier les instructions données par Pierre-Samuel. S'il les avait lues — on s'ennuie tant sur un bateau qu'à force de fainéanter sur le pont et de prendre des leçons d'anglais on finit par tolérer la lecture — il ne jurait pas ne pas les avoir oubliées tout de suite, connaissant si parfaitement l'esprit de son père qu'il était certain, sans consulter cet évangile exaspérant de bons sentiments et de petites ruses polies et honteuses, de respecter à la lettre la volonté de Pierre-Samuel en chacune de ses actions.

Il n'avait certes pas envahi la cabine du comte — que d'horribles relents rendaient infréquentable, Guillotin ayant fait jeter à la mer pour alléger le navire ces gros entonnoirs en tube qui laissaient circuler l'air frais du dehors et refoulaient, comme des ventilateurs, l'air pestilentiel des cabines et des cales — mais lui rendait chaque matin ses politesses sans trop l'importuner, disait à qui voulait l'entendre qu'il n'était point de son ambassade, n'avait pas partie liée — ni de cartes ni de filles bien sûr — avec les jeunes officiers. Pierre-Samuel se fût certainement dit, à voir ce beau Victor vêtu d'un habit et d'une culotte de silésie rayée de bleu ciel, que son terrible fils s'amendait déjà et que l'air vif de la mer lui faisait enfin toucher terre.

Sa conduite eût été irréprochable si la marquise de Bréan, avec son joli turban de mousseline, sa redingote de levantine garnie en peluche de soie imitant l'astrakan, n'eût été formidablement à son goût.

La présence de cette élégante parfumée à bord de la

Diane était une énigme : le comte de Moustiers présentait comme sa sœur (il voulait dire belle-sœur selon l'usage de l'époque) une jeune veuve de trente ans à peine et qui semblait plutôt lui servir de dame de compagnie, laquelle compagnie paraissait à tous — ces mauvaises langues dont Ned le cuistot faisait le bonheur — bien intime.

Mme la marquise, que la perspective d'aller en Amérique suivre son imposant ministre d'amant ne réjouissait guère — elle bâillait beaucoup et ce n'était pas le seul mal de mer — passait ses journées en déshabillé dans sa cabine, se faisait descendre ses repas et n'apparaissait que rarement sur le pont, répugnant à visiter ce que Ned appelait pompeusement « la salle à manger de ces messieurs-dames » et qui n'était qu'un petit réduit parfaitement obscur et enfumé où seuls les hommes se retrouvaient, mangeant leurs tranches de bœuf salé à la main, debout, parce qu'un unique tabouret cassé faisait office de desserte et de table à thé.

Cet environnement n'était guère fait pour contenter la marquise de Bréan qui n'entendait pas changer ses habitudes versaillaises sous prétexte qu'un rafiot bruyant les transportait d'un continent à l'autre : elle occupait ses journées fort mollement, les commençait par quelque exercice de chant — la voix n'étant guère assurée, un peu chevrotante, l'équipage que cette mélopée de sirène rendait fou annonçait bien haut devant M. le Comte que le temps était, décidément, fort incertain et ne tarderait point à se gâter — les gaspillait par la prise continue de médecines contre le mal de mer, de bouillon en tablettes, de gelée de groseille et de poudre de James.

Mais ce qui ne cessait d'épater Victor et d'exaspérer Guillotin et son second, c'était, sans nul doute, les poissons rouges.

Les poissons rouges... deux spécimens assez plats de la race, larges comme une main étendue et qui faisaient le voyage d'Amérique dans de l'eau douce des sources de Versailles. Deux compagnons fidèles pour cette femme aux humeurs souvent contrariées, à la bile maladive, qui n'avait pu se défaire de ces « deux adorables petits êtres inutiles », comme les nommait M. le Comte, souvent interrogé sur la présence de poissons sur un océan qui en fourmillait, parfois embarrassé dans sa réponse, mais prenant toujours le parti de la dame, même quand le ridicule le menaçait, lui le ministre de France, aux plastrons à jabots, aux bas garnis de galons dorés et de plumes qu'il ne cessait de lisser à hauteur de son mollet quand on lui parlait, comme si un ravet s'était mis à le gratter par là.

Au quatrième jour de traversée, Victor rencontra la marquise, sortie exceptionnellement après la tempête — le beaupré était encore trempé et les passagers de l'entrepont se séchaient à grand-peine sous un soleil aussi blanc que timide — et venue, sur les conseils du comte, visiter la ménagerie, c'est-à-dire ces nombreuses cages mal ficelées, accrochées à l'avant du pont et dans lesquelles une population assez diverse de moutons, de cochons, de poulets et de chiens organisait son pitoyable et étourdissant concert de lamentations dès que la *Diane* versait un peu trop.

C'était une visite officielle : devant l'affreux caquetage des volatiles, le bêlement des brebis trempées depuis le départ et grelottantes sous leur laine grise et l'infect relent de porcherie qui s'offrit à elle, la marquise crut défaillir, s'aéra le visage avec une petite planche de liège et s'écria : « Mon Dieu, quelle horreur ! Pourquoi les gens n'ont-ils donc pas tous des poissons rouges ? »

Ned qui présidait à l'inspection des troupes fit une mine aussi amusée que stupéfaite, eut un éclair dans l'œil, un petit plissement drôle de la bouche. Victor profita de la confusion générale pour placer son compliment :

— M. le Comte m'a souvent parlé de vos poissons rouges. C'est une idée, je trouve, diablement amusante que de leur montrer la mer, leurs petits compagnons d'eau salée et d'en faire l'attraction des Américains...

— Merci, cher monsieur, de prendre ma défense. Ces adorables poissons s'ennuyaient dans les bassins du château, tout le monde s'ennuie d'ailleurs à Versailles ! Mais savez-vous, cher monsieur, savez-vous ?

— Certes pas, mais... mais quoi ?

— Il n'y a pas de poi-ssons-rou-ges-en-A-mé-rique !

Et Victor avait cru poli d'accepter l'invitation de la marquise à venir saluer ces poissons, mâle et femelle pour perpétuer la race « là-bas » (dit avec une nuance de mépris), et de « venir quand il le voulait » (sur le ton de la légèreté et de la simplicité).

L'hésitation du Superbe fut de taille. Il se replongea dans son manuel de bon garçon postulant à la carrière des Affaires étrangères. Pierre-Samuel avait envisagé tous les cas de politesse et de son contraire, sauf celui-ci. Il y avait bien l'hypothèse où le comte de Moustiers inviterait Victor « à lui rendre visite quand il le voulait », le cas de la première visite à la marquise qui « ne devait pas durer plus de trois minutes », l'éventualité d'une « rallonge » proposée par celle-ci (le temps d'un thé ou d'un bavardage las sur le cher Paris qu'ils quittaient et ce village de New York dont on ne savait rien), mais rien, à bien déchiffrer ces consignes, quant à l'hypothèse d'une marquise qui dirait elle aussi « quand vous voulez », pour une visite de poissons rouges dont Pierre-Samuel n'avait pas précisé si elle s'appliquait au registre politique, diplomatique ou simplement mondain.

Ces instructions, recopiées ou non, ne valaient donc rien, juste bonnes à être jetées à la mer. Victor n'eut pas un regard pour ces feuillets rédigés de la grosse écriture nerveuse de son père, qui rejoignaient déjà l'écume laissée par la *Diane* dans son sillage.

Marie-Antoinette et *Louis* — c'étaient leurs noms en souvenir des propriétaires du bassin d'où ils avaient été soustraits — dormaient au fond d'un grand bocal de verre dont l'eau était changée quotidiennement, au grand dam d'un Guillotin qui avait voulu employer cette réserve des sources de Versailles pour son usage personnel.

Quand Victor ouvrit la porte de sa cabine, la marquise était étendue, en déshabillé comme toujours, sur son lit, s'appuyant le dos aux planches de la cloison.

VI

Guillotin est une sacrée ordure. Tout ce qui tombe à l'eau allège la *Diane* et cela l'arrange bien.

Hier c'était un chien. Aujourd'hui c'est Jérôme, dit *le Mulot*.

La marquise a tout vu, tout raconté à Moustiers : le ministre a voulu porter plainte quand il a appris le comportement de l'équipage jusqu'à ce qu'Otto, le secrétaire de légation, lui dise qu'il valait mieux se taire tant qu'on était sur la *Diane* et si loin d'arriver.

Tout cela, répète la Punaise, c'est la faute de cette bonne femme, de ses fichus poissons et de ses goûts extravagants. Le Mulot était au mât de beaupré par un joli temps, ensoleillé, une mer parfaite, pas une ride à l'horizon. Il a aboyé « Pavillon en vue » et, quand il a cru reconnaître un espagnol, la marquise qui promenait sa robe rose sur l'entrepont lui a crié : « Faites-lui signe, quelque chose ! Un espagnol ! Il doit avoir des oranges, je veux des oranges ! »

Victor a prié Guillotin de tirer le canon pour mettre le navire espagnol en panne, soutenant que c'était une manœuvre qui prendrait à peine une petite heure, que de toute façon ils avaient bien le temps puisqu'ils ne filaient qu'à deux nœuds et qu'il ne fallait pas refuser à la marquise ce petit caprice, qui ferait d'ailleurs plaisir à tout le monde.

— Vous vous f... de moi ! Arrêter ce forban pour acheter des oranges... Et pourquoi pas du melon, de la glace et du vin de Madère !

Entre les imprécations de la marquise qui tenait à ses oranges bien plus qu'à l'idée d'arriver une heure en avance à

New York et les hurlements de la Punaise qui croyait rêver, le Mulot, grimpé sur son mât, ne savait que faire.

— Descends, connard, tu m'entends, descends immédiatement ou je te flanque cinq jours d'arrêt sans eau, sans pain et sans… oranges !

Le Mulot paniquait là-haut. Il voulut se réfugier dans les vergues du haut mât, mais, glissant le long d'un boute humide, son pied s'emballa, il lâcha tout et en hurlant horriblement tomba à l'eau.

C'était déjà trop tard pour jeter du cordage en mer, le Mulot qui était bon nageur se trouvait maintenant à cent pieds de la *Diane* qui filait pourtant doux.

« Homme à la mer ! » avait gueulé le type du quart tandis que Guillotin, qui avait manqué la scène finale, était retourné dans sa cabine pour faire son point.

Ce qui avait été incroyable, ç'avait été l'apathie des marins, tous bons copains du Mulot pourtant. Eh bien, rien, rien du tout, pas une once de panique, ils vont presque sans courir à la chaloupe, ont du mal à la descendre parce que les chaînes d'ancre se sont prises dans les boutes de la *Diane*, mettent un temps fou, pendant qu'au loin le Mulot hurle toujours, fait des signes, nage bravement mais se demande vraiment ce qu'ils fichent, ses camarades.

Une fois la chaloupe à l'eau, il fait son possible pour la rejoindre tandis que les rameurs luttent contre des courants qui les renvoient contre la coque de la *Diane*. Enfin on se rapproche un peu, on pourrait presque lui parler, quand tout à coup, patatras, sous l'effort, l'aviron casse.

Panique à bord du navire, l'autre canot est descendu, vite cette fois, mais, chose inouïe, il fonce d'abord droit sur la chaloupe à l'aviron rompu ! pour ramasser six hommes qui se trouvent dessus bien au sec, sans autre menace que celle de dériver un peu et d'être ramassés par le marchand d'oranges. Le Mulot n'en peut plus, on n'entend plus sa voix, il plonge et replonge et replonge encore de plus en plus fréquemment, a la tête presque constamment sous l'eau quand enfin le canot arrive à trente pieds de lui, assez pour lui dire de tenir, qu'on remonte le courant, que dans une petite minute…

Ils n'eurent pas à attendre. Cette minute fut pour le Mulot celle de l'éternité. Ses forces lâchèrent devant tant de mauvaise grâce, on vit sa tête et ses bras s'enfoncer, sa main qui disait un mol adieu, et il ne reparut pas. Personne ne plongea.

Le bateau des Canaries, qui n'avait rien manqué de la scène, a pris le large sans rien dire, sans rien vendre, ni la mèche ni les oranges.

La cloche a tinté, Ned a fait une drôle de tête parce que Guillotin lui a ordonné de sonner l'heure du déjeuner quand même, les marins ont mangé sur le pont comme d'habitude, sans dire grand-chose, la gorge étranglée, un peu sous le choc mais pas vraiment tristes, non, juste un peu étonnés que cela soit arrivé au Mulot qui était l'un des meilleurs matelots et habile nageur.

— J' t'assure que le Mulot, il a plongé parce qu'il avait trop de fric dans ses poches... Je plaisante pas : Mulot, il était plein à craquer !

Alors les conversations ont glissé comme glissent toutes les conversations à bord, sur l'argent, le leur bien sûr, mais surtout celui qu'ils n'avaient pas, celui des autres.

— Combien tu crois qu'il a, le comte ? et la marquise ?

— Tu sais, le Mulot, il serait resté en Amérique. Paraît qu'il y a là-bas un type comme nous qu'est arrivé avec vingt dollars et qu'aujourd'hui il possède des terres grosses comme la Bretagne.

Ils ont rêvé toute la soirée, les Saintongeais, de cette Bretagne américaine. D'or qui leur passait entre les doigts, de tout celui qui était au fond des poches du Mulot, la bouche ouverte sur un tas de sable, une vraie perte que tout cet argent, de grosses piastres qui faisaient du bruit quand il montait au mât, parce que jamais il n'aurait laissé son petit trésor sous son galetas.

— On lui aurait pas piqué, pourtant.

— Et puis des fois qu'on aurait eu envie. Le Mulot, il avait pas besoin de tout cela, il avait pas de femme !

Le Mulot n'avait pas de femme, ni là ni ailleurs, c'est vrai. Mais un petit garçon, Pierre, qui malgré ses douze ans était mousse à bord de la *Diane*. Jusqu'à ce que la Punaise le fasse attacher, pour changer, au mât, lui fiche une belle raclée et l'envoie dans les cales, fer à la patte. Le petit Pierre... qui n'aurait jamais dû essayer de piquer la montre de Seguin, une chose qui ne se pardonne pas, même quand on est le fils du marin le plus honnête, le plus brave gars. Deux jours de taule. Ça s'était passé hier soir, le Mulot n'avait même pas protesté, c'était réglementaire. Guillotin a envoyé un type en bas pour qu'on relâche l'enfant, pour lui annoncer.

Le petit Pierre était en train de regarder la surface de la mer, sans pleurer, quand la marquise a fait son entrée sur le pont, gesticulant, poussant des cris de rage et menaçant du poing jusqu'aux oiseaux qui tournoyaient.

— V'là le poison rouge, a dit Ned.

La marquise s'est avancée vers lui, l'a injurié et, blême d'une colère qu'on ne lui avait jamais vue, lui a fichu deux énormes gifles qui ont résonné bien fort.

— On a tué mes poissons ! Quel est l'individu qui a osé... Et dire qu'il n'y aura jamais de poissons rouges en Amérique !

Ned n'y était pourtant pour rien. Quelqu'un avait changé l'eau du bocal en son absence et l'avait remplacée par de l'eau de mer : Louis et Marie-Antoinette avaient bu une tasse mortelle.

Victor s'est mis à sourire, malgré lui. Pas mécontent. Jamais plus, il le jure, foi de Pierre-Samuel, jamais plus il ne passera ses mains sur cette gorge, ou ne dénouera ce chignon savamment dressé. Avec la mort des poissons rouges, il n'a décidément plus aucune bonne raison d'aller visiter cette cabine qui sent l'eau de rose et la femme folle.

VII

Puis ce fut leur dernière heure à tous. La *Diane* filait à grande vitesse sur les trois trombes mystérieuses, dans la nuit électrique. Seguin avait abandonné la barre, c'était déjà trop tard pour éviter le choc, l'éclatement du bateau sous ces masses d'eau ; il ne jurait même plus, le second, Victor avait cru apercevoir dans l'obscurité qu'il s'était mis à prier, lui qui disait avoir oublié toutes ses prières.

Quand la *Diane* arriva à la hauteur de la première trombe, ils furent tous jetés à terre, plaqués comme ces insectes qui en automne se fracassent contre les vitres des maisons qui se calfeutrent. Victor vit la *Diane* plonger une dernière fois dans l'écume, ne se redressant plus, tandis qu'un grand fracas de bois brisé et de voiles arrachées couvrait le bruit de cette douche infernale qu'ils prirent de plein fouet, avec une violence absolue. Là-haut dans les nuages d'eau et de feu, les voiles s'abattirent sur eux, grandes toiles blanches qui tissaient leur linceul en les assommant. La tête de Victor résonna lourdement sur le pont.

La *Diane* avait abandonné sa lutte. Dans une cabine de l'entrepont, un bocal fut balancé sur le sol, deux cadavres furent envoyés au plafond, deux poissons rouges à l'étrange goût de saumure.

En recevant en pleine figure une giclée d'eau salée, Victor pensa se réveiller au beau milieu de cette tempête furieuse. Ce devait être, ce ne pouvait être que la deuxième ou la troisième trombe. Mais il aperçut au-dessus de lui un grand bonhomme diabolique, descendant de la haute hune, vêtu de peaux de moutons, le corps recouvert d'une épaisse peinture noire, rouge et jaune, et roulé dans de la plume de volaille qui le faisait prendre pour un immense oiseau des forêts d'Amérique. Tel était ce sorcier grimpé sur une pyramide formée d'une dizaine de diablotins, peints eux aussi, coiffés de bonnets de prêtre, la silhouette enveloppée dans une tunique de laine qui ne descendait pas en dessous des hanches. Nus par ailleurs, ces hommes grimaçants faisaient une haie d'honneur, armés de leurs flèches et de balais en paille de riz, de fourches et de fleurets. Fermant la marche, un grand homme à la figure badigeonnée de noir d'où semblaient surgir deux gros yeux rougis, aux épaules ceintes d'une peau de bœuf encore sanguinolente, promenait sur le visage de l'assistance son pinceau enduit de colle et en barbouillait le nez des curieux.

Il y avait parmi ces derniers tous les passagers de la *Diane* avec à leur tête le comte de Moustiers, suivi d'assez près par le secrétaire de légation Otto et la marquise de Bréan en grande tenue d'apparat.

« Sa dernière heure est venue, elle va expier tous ses péchés et payer pour avoir trop séduit dans sa vie d'intrigante, cela est juste », songea Victor que l'eau salée, lui piquant les yeux, venait de réveiller. « C'est drôle, ils sont tous là, la Punaise, l'équipage, toutes ces horreurs, je ne pensais pas qu'il faisait un aussi beau soleil aux portes de l'enfer ni que Satan en personne se déplaçait pour ces cérémonies », se dit-il. Car cet étrange rituel auquel la dépouille du Superbe assistait se passait bien sur la *Diane,* remontée des flots pour l'occasion, encore tout étourdie de son grand choc contre les trombes, avec ses mâts brisés, ses lambeaux de voilures, ses boutes emmêlés et mille débris encombrant le pont.

Victor était couché, un oreiller derrière la nuque, dans les habits du jour de sa disparition d'entre les vivants, avec une barbe longue d'au moins cinq jours : « Ainsi il est donc vrai qu'après la mort les poils poussent encore et les ongles aussi... »

Au-dessus de sa tête, un autre petit diable contrefaisait le bruit du tonnerre en frappant à coups redoublés sur une casserole avec une grossière cuillère en bois tandis que du haut d'un mât, le seul qui fût resté entier sur ce vaisseau fantôme, un acolyte dispersait sur l'assistance une pluie de haricots secs.

C'était l'enfer le plus dérisoire qu'on eût jamais pu rêver : un troisième diablotin chargé de grosses chaînes d'ancre et portant à bout de bras le chaudron empli de colle se dirigeait vers le gaillard d'avant où un autel avait été aménagé pour la célébration de cette messe aux parfums de soufre, une petite table haute faite de planches et derrière laquelle était une minuscule chambre noire tissée de voiles tendues au bout de piques. A grands coups de marteau frappés sur le sol, il appela tour à tour chacun des passagers, en commençant — les politesses d'usage ne se perdent décidément pas dans l'au-delà — par le comte de Moustiers qui se tenait, pâle et guindé, à la tête du groupe formé par les victimes.

Seul Victor reposait encore à terre.

Moustiers se dirigea d'un pas étudié, lent, vers l'autel derrière lequel le grand prêtre officiait dans un mélange assez invraisemblable de contorsions et de paroles mystérieuses, tirées d'un grimoire qui paraissait écrit dans une langue étrangère à tous : le plus gravement du monde, le cérémoniant lui fit jurer de ne jamais coucher avec aucune femme d'un marin de la *Diane,* ce que, sans se départir de son habituelle gravité, le comte promit avant d'être introduit sous les toiles noires où une sorte d'enfant de chœur avec des ailes de poulet accrochées dans le dos lui tendit une sébille pour recueillir une aumône. C'était le pourboire de l'équipage.

Puis ce fut au tour tant attendu de la marquise, plus belle encore morte que vivante, qui dut jurer sur le *Code de la navigation* de Géraud de Fontviel que si jamais elle faisait une infidélité à l'homme de sa vie, ce serait avec un marin de la *Diane.* Victor voulut croiser son regard à cet instant, y traquer la cagoterie de cette mandragore ; elle se détourna de lui sciemment et jura de dos. Le prêtre grotesque lui mit une goutte d'eau dans son corsage, au creux que faisaient ses deux seins superbes, comprimés et portés à hauteur des regards insistants.

« Victor du Pont », appela le grand prêtre. Il avait donc conservé son nom, devait se relever, découvrit que ses membres étaient épuisés, brisés presque et s'avança péniblement vers l'autel en se soutenant au bastingage. « Un miracle! il marche! » murmura la marquise, parole qui fut reprise par l'assistance tout entière.

L'officiant le prit par les épaules, lui chuchota quelques mots incompréhensibles à l'oreille, un discours qu'il acheva en lui balançant à la figure un grand verre d'eau salée. Puis il mena Victor jusqu'à la petite cabine, le fit asseoir sur un baquet recouvert artificiellement de la dépouille puante d'un ours du Canada : le Superbe s'effondra dans la cuvette, les fesses dans l'eau.

La marquise éclata de rire; « M. du Pont est baptisé », lança Ned. Il ne le fut vraisemblablement, selon le grand prêtre, qu'après avoir versé une pièce d'or dans la tirelire tendue par l'enfant de chœur à la face barbouillée de suie.

Trempé jusqu'à la moelle, grelottant de froid et sujet à une petite fièvre qui empourprait son visage — à moins qu'il ne se fût agi de la honte à s'exhiber ainsi devant une femme qui l'avait séduit et possédé —, il rejoignit la suite de l'ambassade et assista à la fin de la cérémonie : les autres baptisés eurent droit à un traitement assez semblable, redoublé dans sa vexation et ses duretés par le barbouillage de leur nez de peinture noire à l'aide d'une grosse spatule que l'officiant faisait virevolter comme s'il se fût agi d'un encensoir. Puis vinrent les fièvres, la folie et les jeux de l'enfance : les prêtres, les diables peinturlurés et leurs assistants, le comte, la marquise et leur suite se jetèrent en riant des litres d'eau de mer contenue dans le grand canot de sauvetage. En s'approchant de Victor, Mme de Bréan frôla sa main de la sienne, lui lança une œillade en lui confiant : « Quel bonheur de vous avoir, mon cher du Pont, pour cette petite fête... Vous sembliez ne jamais vouloir vous éveiller de ce mauvais rêve... »

La *Diane* avait vaillamment traversé les trois furieuses trombes. Dans sa chute, le mât de beaupré avait heurté la tête de Victor, il s'était évanoui, on l'avait retrouvé sur le pont, atteint d'un profond coma et de fièvres qui avaient duré trois jours. Le temps s'était remis au beau, la *Diane* avait réparé mâts et gréements, les voiles avaient été recousues et l'on venait de dépasser les tropiques : selon la tradition, l'équipage avait organisé une petite cérémonie joyeuse à l'usage de ceux qui les franchissaient pour la première fois. Un mousse déguisé en Bonhomme Tropique avait administré aux confins de la ligne équinoxiale le baptême à tous les novices de cette navigation.

C'est la marquise qui avait eu l'idée de faire monter Victor sur le pont afin qu'il prît un peu de l'air frais du large : un premier verre d'eau salée, en lui fouettant le visage, l'avait miraculeusement sorti de sa torpeur.

VIII

Aujourd'hui, quatre-vingt-septième jour de traversée.

Les neuf semaines, temps limite imaginé pour le passage en Amérique, ont été largement dépassées depuis que les vents ont fait retraite, laissant la *Diane* seule à sa dérive dans l'océan, petit tas de bois rafistolé qui s'ennuie ferme.

Ned lui-même, le magnifique histrion, trouve le temps long : il a épuisé sa provision de délicates histoires et de rocamboles comme s'épuise le bœuf salé au fond des buffets, de plus en plus salé à mesure qu'il se fait plus rare. Et, comble d'infortune, on est à table chaque jour plus nombreux : les vers.

La marquise s'étiole sous l'air chaud, ne sourit plus au comte qui ne sourit plus à personne. M. de Moustiers pense à cette ambassade désertée de New York, au canon qu'on doit tirer à son arrivée et qui fait figure de vilain pétard mouillé.

Ned a quand même déniché une dernière histoire : celle d'un bateau qui voulant aller en Amérique a manqué son cap, laissé les côtes à bâbord et a filé sûrement plus au nord faire un tour du monde qui s'est achevé dans un grand fracas de bois brisé par les glaces. Guillotin, lui, s'accroche à ses certitudes de vieux loup : il a fait son point tous les jours, la *Diane* est en route même si elle ressemble à un moulin à eau dans le désert. Elle n'avance plus, ce pourquoi on imagine qu'elle s'ensable.

Les sables, justement. On attend toujours Terre-Neuve qui ne se laisse pas dépasser.

Si Victor avait ouvert les douze volumes d'histoire diplomatique de son père, il eût probablement, à raison d'une trentaine de pages chaque jour, achevé d'en lire la collection. Mais, fidèle à lui-même, excellant dans l'art de s'ennuyer, il se contente de passer ses journées sur le tillac à perdre ses yeux à l'horizon tout en surveillant le petit ménage d'une marquise qui vient en dernier recours de jeter son dévolu sur le jeune secrétaire de légation. Le Superbe a fini par se prendre d'affection pour le comte qui le lui rend fort poliment. Cet homme mille fois trompé, jamais aimé, toujours quitté, lui est devenu sympathique avec sa bonhomie triste, ce corps un peu grêle qu'il trimbale par tous les temps sur le bateau, ce talent qu'il a de garder en mer comme en ville sa respectueuse élégance de seigneur un peu blasé de *tout cela*. Que lui est donc cette Mme de Bréan, hâtivement donnée pour maîtresse?

Les bancs de Terre-Neuve sont la dernière conversation à laquelle ces rescapés des papillons noirs s'accrochent encore. Ayant épuisé la surprise des rencontres et des présentations au lendemain du départ, fini de se haïr dix jours plus tard, ayant fait le tour de l'ennui en personne, s'étant lassés des mots d'esprit, des jeux de brelan, des dés pipés ou non, de la nourriture et de la protestation devant le menu unique, du mépris et de la répulsion pour Guillotin et les siens, ils n'ont plus rien à dire de la mer, des vents, ont cessé de compter les semaines sans parler des jours, n'ont plus le goût de se voler, de se disputer, d'en venir aux mains et même, chose extraordinaire, n'ont plus le cœur chaviré, ils n'ont vraiment plus, ces pauvres embarqués du radeau le plus lent de l'Atlantique, que les bancs de Terre-Neuve à espérer, sans bien savoir pour beaucoup ce qu'ils sont et si même ils sont encore sur le chemin de leur Amérique.

Faute d'être rapide, Victor décide que la navigation sera scientifique: toutes les trois heures, il analyse l'eau et jette la sonde pour caresser un fond qui se dérobe toujours. Certains signes ne peuvent cependant mentir: la venue du mauvais temps, épais et sombre à l'horizon, quelques rafales, la présence des premiers courants, d'éclairs, une superbe aurore boréale et le refroidissement de l'eau. Mais l'orage et ses sommations à n'en plus finir énervent Guillotin au physique comme au moral : cet homme a connu la foudre sur un navire, a gardé dans sa mémoire l'image d'un incendie à bord et s'en veut certainement d'avoir perdu le paratonnerre en route. Son sang-froid l'abandonne à mesure que l'air se fait plus oppressant, comme chargé de fluide électrique. A la troisième sonde, l'eau apparaît décolorée, avec cette teinte verdâtre que l'on trouve souvent près des côtes. Terre-Neuve pointe son banc : à quarante-quatre degrés de latitude, la mer se ressent maintenant des courants des eaux glaciales et les lames elles-mêmes montent plus haut, semblant vouloir prendre d'assaut les flancs du navire. La sonde enfin répond à plus de cent brasses et apporte avec elle un peu de cette poudre de coquillages pilés et de gravillons sablonneux qui ne trompe guère. Ned qui sait que bientôt son garde-manger va se remplir et qu'à la viande va succéder le poisson persuade la marquise, crédule comme le sont les enfants, de bientôt remonter ses robes : « Pour la bonne cause ! vous pourrez bientôt marcher dans l'eau au beau milieu de l'océan ! »

Quatre-vingts brasses à la dernière sonde. On aperçoit quelque chose dans l'eau, droit devant, en longueur, sombre, qui flotte. L'équipage entier est à la lunette : à part les trombes et quelques poissons volants aux ailes de gaze humide qui sont venus se fracasser sur la *Diane* (Ned : « Ils ne manquent pas d'air ! »), c'est leur premier abordage en trois mois. L'intrus se rapproche, on reconnaît enfin une immense poutre d'acajou qui vient cogner la coque cuivrée de la *Diane* et qu'aussitôt les marins s'obstinent à remonter au moyen d'un câble passé autour. C'est très lourd, il faudrait être beaucoup plus nombreux pour la tirer hors de l'eau, mais moins ils seront, meilleur sera le bénéfice : il s'agit bien d'acajou, un morceau abandonné par un navire ou d'un navire abandonné envoyé par le fond, et avec cette taille-là, avec ce poids, on le revendra facilement pour soixante ou quatre-vingts louis. Comme les cinq premiers qui ont repéré l'affaire n'y arrivent pas, on accepte un sixième, puis un septième, mais la poutre glisse le long de la coque, dérape, leur échappe et fait saigner leurs paumes sitôt que la corde sèche se dévide entre leurs mains. Enfin la pièce est à bord, sous les hourras, un beau tronçon de mât, qui marine dans l'eau depuis longtemps, dont le bois est mangé de petits crabes et d'une espèce courante de chenilles des mers. Un trésor que ces

écailleurs au petit pied gratteront une heure durant avec leurs
canifs.

Cinquante brasses ! La mer se peuple enfin, jardin
exotique et désordonné : touffes d'herbes, de cette petite
plante flottante qu'on nomme Gulph Weed et boules de gros
raisins mous qui en se pressant contre le bateau font des bruits
de ventre. Le goémon commence à affleurer, soutenu par des
algues habitées de coquillages et de crabes verts, l'eau devient
vraiment limpide, fait miroiter le fond jaune d'or, d'autres
débris de naufrages salissent la surface, petits chicots de bois
gorgés d'eau. Et, tandis que se lève la lune qui se rétrécit sur
les voilures, la nuit de la mer se fait peu à peu phosphores-
cente, l'horizon d'un bleu électrique tandis que le ciel encore
clair s'offre aux mille piqûres d'étoiles de cette première
soirée de Terre-Neuve.

L'immense banc est là, sous la panse ventrue de la *Diane*
qui se frotte presque à lui, gigantesque colline de sable sous-
marine de plus de deux cents lieues, désert s'échappant des
eaux, une présence si humaine qu'elle les fortifie dans l'espoir
de retrouver un jour la terre ferme.

Tandis que les brumes gagnent lentement, que les
premiers nuages se mettent à flageller le ciel et portent ce
brouillard qui annonce le climat septentrional, la mer ne cesse
de s'éclairer : ce sont les polypes, de grosses membranes
visqueuses, cartilagineuses, éclatantes de filaments d'or et de
sang. Victor veut en pêcher avec un panier, les marins
protestent, décrivent leurs morsures, les terribles fièvres,
parfois mortelles, qu'elles donnent. Qu'importe ! Au nom de
l'observation scientifique, le comte impose la cueillette de
quelques spécimens : en pleine nuit, ces formes flasques,
quand elles ne se ramassent pas en boule sous le contact d'un
soulier qui les taquine, se mettent à éclairer de tout leur
phosphore le pont en des dizaines de petits points très vifs,
d'un bleu enflammé beaucoup plus soutenu que celui du
soufre.

Mais les hommes de la mer, ces incorrigibles prédateurs,
attendent autre chose des bancs de Terre-Neuve. Ils patiente-
ront jusqu'à demain matin tandis que la *Diane* se met en
panne pour le restant de la nuit : Seguin, d'un archet grinçant,
tire d'un violon au coffre déformé par l'eau de mer des sons
joyeux pour accompagner l'équipage qui prépare sa grande

journée en finissant un fût de rhum. Victor qui s'endormira avec une polka dans la tête se réveillera assez tard le lendemain dans une horrible odeur de sang et d'entrailles, au milieu de cris furieux, des cris de tueurs professionnels.

Tout a commencé très tôt avec les fameux petits nourrains pilotes, annonciateurs du gros. On a très vite sorti d'un filet quelques carrelets, des harengs, une assez belle morue, de nombreux black-fishes et suffisamment d'orfils pour nourrir les deux chiens du bord. A dix heures, quand Victor s'extrait de sa cabine, il découvre déjà sur le pont six grosses morues d'environ trente livres, à peine pêchées qu'aussitôt ouvertes par Ned, qui fouille avec un plaisir évident ces cadavres éventrés quoique palpitants encore. Le premier requin, qui ne mesure pas plus de quatre pieds, a dans le ventre de gros œufs à membrane blanchâtre qu'on fait éclater au sol. Cris de joie, on jette de nouveaux appâts avec les viscères des morues. Ce qui avait commencé par un petit bout de bœuf salé se poursuit maintenant avec de gros morceaux de foie ou de cœur et, d'entrailles en entrailles, les poissons s'entre-dévorent en se laissant prendre au piège de l'*autophagie*, mot de Victor qui plaît beaucoup à Mme de Bréan. Une marquise fascinée, qui ne peut s'arracher au spectacle du carnage de ce pont, de ces flots de sang dans lesquels les marins pataugent pieds nus, dérapant sur des écailles, des têtes arrachées où les yeux globuleux et les bouches ouvertes semblent exprimer la stupeur de cette marée miraculeuse. En deux ou trois heures, une centaine de pièces de morues seront ainsi accommodées, promesse d'une nouvelle monotonie dans les menus à venir : ces grosses et stupides bêtes ne laissaient pas même filer la ligne jusqu'au sable que déjà elles s'y accrochaient goulûment. A la cuisine, Ned leur ôtait le foie et les entrailles, tirait d'un coup sec une partie de la grosse arête et les plongeait dans un bain de saumure. Et, tandis que la marquise se prenait d'affection pour un petit requin aux yeux de jade, le cuisinier la faisait agréablement frissonner en lui contant l'histoire — probablement exacte — d'un requin bleu attiré par l'odeur de tripaille de la pêche de Terre-Neuve et qui, repu ou écœuré, vomissait à la surface : on lui avait fichu deux harpons dans le corps et, après une course rude, il s'était épuisé, avait rendu l'âme en bâillant mortellement. Une fois dépecée sur le pont, cette énorme bête avait confié le secret de sa vigueur fabuleuse : on avait découvert dans son ventre deux corps d'hommes déchiquetés.

Victor, un instant, imagina le Mulot bien au chaud dans la graisse d'un estomac de requin.

Une colonne de thons passa alors près du bateau sans que l'on fît quelque chose pour les attraper.

Il n'y en avait plus que pour les baleines.

La Punaise, qui s'était plaint de ce que la *Diane* était trop chargée, ne rêvait aujourd'hui que de s'encombrer d'une baleine... Déjà quelques hommes préparaient leurs harpons, attendant un signe de celui d'entre eux qui, grimpé au mât de misaine, fouillait l'horizon à la recherche du gros animal.

D'épouvantables mugissements firent découvrir les baleines à une petite lieue d'eux, des cris de folie comme le spectacle qu'elles offraient, bousculant les lames pour tracer leur chemin, hurlant à faire frémir. On mesura le fond pour s'en approcher, quarante pieds, du sable gris mêlé à de petites pétoncles, c'était peu, mais suffisant.

On ramassa deux dauphins au passage, le contremaître les visa, les atteignit du premier coup et les fit hisser en s'assurant d'eux par une corde passée sous les nageoires.

Il fallait tuer une baleine. Une baleine fut tuée. Une qui n'était pas des plus grosses, de vingt-cinq à trente pieds tout de même, un spécimen qui s'était aventuré tranquillement sur la route de la *Diane,* semblant presque dormir, pour se jeter dans la gueule de ces petits Jonas saoulés au rhum blanc. Attirée par la réverbération de la feuille de cuivre de la coque sur les fonds sablonneux, elle s'était même frottée à eux, il avait suffi de la harponner entre les deux nageoires, elle avait à peine protesté, chassé de la queue et, en crachant un peu d'eau rougie à la surface, n'avait plongé qu'une seule fois et s'était laissée mourir en une petite heure. Du canot qui s'approcha d'elle, un marin l'ouvrit, parvint à extraire sa réserve d'huile, avec une dextérité qui supposait un certain métier, et la découpa sur l'eau tandis qu'un feu allumé sur le pont s'appliquait à faire bouillir les morceaux dans une cuve. On lui retira sa cervelle dont la graisse était réputée excellente, puis on s'attaqua à la gueule en taillant à grands coups de hache l'énorme museau, car c'était la langue qui les intéressait tous, une langue très grasse, large d'au moins trois ou quatre pieds.

La viande fut dédaignée, on laissa la carcasse saignante aux oiseaux, hirondelles à queue fourchue et gros goélands blancs, signes avant-coureurs de tempête, qui depuis le matin n'avaient cessé de survoler la *Diane*. Les pétrels fondirent à leur tour sur la baleine crevée, se faisant le bec sur cette grosse éponge méconnaissable, rejoints par des mouettes dont le ciel à mesure que le jour avançait s'emplissait jusqu'à s'assombrir.

Bien qu'il fût insensible au mal de mer et que la gîte fût fort légère cette fois, le Superbe eut toute la soirée une irrépressible envie de vomir.

Et si c'était l'Amérique, bientôt en vue, qui était écœurante ?

IX

Son père, un soir, rentrant de Versailles, l'avait trouvé éveillé et de bonne grâce était venu s'asseoir au bord de son lit, lui avait pris la main et lui avait offert son premier grand rêve d'Amérique. Victor avait douze ans.

Ce n'était point un de ces romans extravagants mais toujours démodés comme on en fait aux enfants en flattant leur imagination mais bien une histoire vraie, qui circulait dans les ministères, qui vint à lui, drapée des velours royaux, frappée du sceau du gouvernement, parée de toutes les excitations des secrets d'Etat, un conte à dormir debout qu'il devait à l'imposante place de son père, conseiller du roi et influent à la cour.

On venait de trouver sur les côtes de Normandie un enfant qui paraissait avoir quinze ans, dont on ne savait point la nation et dont on ne connaissait point la langue. M. l'Intendant de Caen l'avait envoyé à Paris, le croyant suédois bien qu'il eût le teint légèrement bistre. Il avait été présenté au secrétaire de l'ambassade de Suède ; cette visite avait déçu tous les espoirs.

On avait alors prié M. de Candé, commis des finances, réputé pour avoir fait le tour du monde, d'examiner ce présent du ciel, dont les dames, avec ce goût répandu pour la nouveauté exotique, faisaient déjà la coqueluche de Versailles. Ayant engagé avec lui une conversation par figures, il reconnut que l'enfant avait voyagé au Canada et peut-être dans le nord de l'Amérique où M. de Candé lui-même avait vécu plus d'un an chez les sauvages. Désignant des raquettes, l'enfant avait très bien compris qu'il fallait les mettre aux pieds, faisant même la manœuvre de ces hommes qui se déplacent avec elles sur la neige.

Mais le garçon ne parlait point l'anglais.

Il avait, par les seuls gestes, montré qu'il avait été dans un vaisseau, qu'il avait sauté en l'air, comme sous le coup d'une explosion, et s'était ensuite sauvé dans une chaloupe, blessé à la nuque.

Une grande cicatrice ornait son cou, trace d'une lame qui avait manqué de le décapiter.

L'enfant, qui n'était point sauvage, savait écrire avec assez de rapidité et très droit, usant d'un caractère parfaitement inconnu de tous les savants qui l'avaient étudié. On imagina qu'il était bas breton, gallois ou encore basque. La langue qu'il parlait était composée de nombreuses voyelles, le ton de la voix étant doux, mais la prononciation guère nette. Sa physionomie spirituelle étonnait et le fait même qu'il savait écrire le fit prendre pour un enfant d'une naissance distinguée. Turgot vint le voir, le présenta au roi, lequel lui fit décrire avec beaucoup d'amusement et de patience la vie et les mœurs de son pays.

L'enfant fit entendre qu'il était ordinairement vêtu d'un habit bleu avec des boutons d'or, des revers et des parements rouges, qu'il avait un fusil, un grand chien de chasse et des chevaux qui lui appartenaient. Il mena devant Sa Majesté un étalon avec beaucoup de grâce quoique avec une autorité un peu forcée et les dames de la cour applaudirent à cette noble allure. Son père, fit-il comprendre, était fort âgé et portait les cordons de deux ordres sur sa poitrine tandis que sa mère semblait vêtue à l'européenne, avec un chapeau orné de plumes, une aigrette de pierreries, des perles au cou et aux oreilles ; dans leur maison, il y avait des pavés de marbre, un pavillon tapissé de glaces au plafond et recouvert d'une étoffe rouge aux murs, ce qui fit plutôt voir un palais qu'une simple habitation. Cependant, comme il appliquait le nom de père, qu'il prononçait *poupa,* à ses protecteurs en France, au ministre, au roi en personne qui s'amusait décidément beaucoup de lui, il était possible que ce nom n'exprimât pas réellement celui de son père mais celui de quelque commandant d'un établissement européen par lequel il aurait été secouru et protégé. Et, quand Sa Majesté lui avait tendu un beau louis, il avait ri

en expliquant par gestes que dans son pays il y avait des mines
où l'on tirait beaucoup de cet or-là.

En ces temps, à Paris, quand les savants et les poètes
voulaient se réconcilier, ils parlaient de l'Amérique, parce
que les savants n'étaient point mécontents de rêver un peu et
parce que les poètes trouvaient tant d'imagination aux récits
des voyageurs de l'Institut qu'ils les faisaient volontiers leurs.
Et, tandis que Victor cherchait à se figurer la vie de *l'Enfant
d'Amérique,* la lecture des romans et des gazettes habilla son
héros de parures plus fabuleuses encore. Victor voulut dans
un premier temps qu'il fût noir de peau : ainsi ses bijoux n'en
brilleraient-ils que mieux sur son corps. Il l'installa ensuite
dans un jardin où l'on trouvait le *wakwak,* arbre sensationnel
sur lequel poussaient des fruits appétissants et gorgés de sucre
en forme de jeunes femmes. Un jardin où croissaient également quelques arbres qui sur la même branche produisaient
des fruits différents, pommes, poires et cerises. De jour en
jour l'habitation du garçon se construisait dans le cerveau
échauffé de Victor : il vivait au creux d'un vallon, près d'une
rivière argentée qui ne tarissait jamais. Les filles de son pays
avaient de belles fleurs et des petites courges accrochées dans
les cheveux.
Victor se mit ainsi à écrire une version enrichie de
l'histoire. Il la raconta de nouveau à son père, agrémentée de
quelques lectures. Il avait trouvé dans la grande bibliothèque
familiale le voyage de Manon Lescaut et un traité, *De
l'Amérique et des Américains,* dont le nom de l'auteur et le
sous-titre évoquaient bien ce mélange de barbarie et de
quiétude originelle du pays rêvé : « Observations curieuses
par le philosophe La Douceur qui a parcouru cet hémisphère
pendant la dernière guerre en faisant le noble métier de tuer
des hommes sans les manger. »
A l'occasion d'un grand dîner à l'ambassade américaine,
Victor, ayant réussi à convaincre Pierre-Samuel de l'emmener
avec lui, trouva à l'hôtel de Langeac des médecins, des
écrivains qui ne parlaient que de « M. Franklin dont le petit-
fils avait été béni par Voltaire avec un *God and Liberty* sans
accent » ainsi qu'un grand bonhomme, à l'allure assez gauche,

tout à fait négligé dans sa tenue, coiffé d'une magnifique crinière rousse que son père lui présenta comme étant son ami et leur hôte, Thomas Jefferson.

Victor en s'inclinant demanda la permission de poser une question. L'académie de Lyon n'avait-elle pas mis à son programme le concours suivant : *La découverte de l'Amérique a-t-elle été nuisible ou utile au genre humain ?* Victor avait lu la veille, dans un récit d'explorateur français, que lesdits Américains avaient un sang aqueux et froid, que tout chez eux était plus petit, parce que leur terre, toute neuve, venait à peine de sécher, que tout y était sans odeur, les animaux plus faibles, les hommes chétifs, sans poil et d'autres choses extraordinaires.

En se relevant, Victor avait aperçu la haute silhouette de Jefferson qui agitait ses grosses mèches rousses et lui souriait. Sans mot dire, le diplomate lui avait désigné le squelette, la peau et les bois d'un immense élan dont les parures, venant d'Amérique, ornaient le salon. Il l'avait conduit auprès de Jim, son gigantesque cuisinier noir, qui le prenant par la main — une pogne qui avait la taille des plus grosses louches de la batterie de l'office — l'avait traîné dans le beau jardin de l'hôtel, donnant sur la promenade des Champs-Elysées. Et avait planté là Victor qui s'était mis à rêvasser de longues minutes devant de prodigieuses tiges de maïs couronnées d'épis tout jaunes, de la grosseur d'un avant-bras.

C'est ainsi que Victor rêva l'Amérique démesurée, généreuse comme ses fruits, échevelée comme la tignasse de ce géant roux, grandiose et puissante, rieuse aussi comme le cuisinier Jim. Son père lui promit qu'un jour, bientôt, il saurait à quoi ressemblait cette terre lointaine. De *vraies images,* avait-il assuré. Il vint le chercher un matin, le mena dans Paris jusqu'au Palais-Royal, devant l'une des boutiques de la galerie où les attendait un grand attroupement de gens simples, de paysans comme il n'en voyait qu'au Bois des Fossés, et d'enfants de son âge. Ils prirent leur tour et une demi-heure plus tard, qui sembla un siècle, ils furent priés d'entrer par un vieux bonhomme, tout recourbé sur de courtes jambes, vêtu d'une redingote noire et d'un gilet crasseux.

Le centre de la pièce était occupé par une étrange machine ayant forme de boîte, montée sur un grand trépied, où s'adaptait un imposant cadran de bois verni, placé à hauteur du visage et réglé par une petite vis de bronze qui l'ajustait au regard. Une grosse lentille de verre de la taille d'une assiette à thé était logée dans la pièce de bois tandis qu'une glace disposée de manière à faire un angle de quarante-cinq degrés se reflétait en elle. « Une vue d'optique », murmura le marchand en allant chercher plusieurs petits cartons illustrés qu'il posa l'un après l'autre contre la glace. « Regarde, petit, l'Amérique devant toi ! »

Victor se hissa sur la pointe des pieds et juché sur son tabouret colla son œil droit sur la surface de la lentille ; il regarda longtemps, jusqu'à ce que son souffle ait totalement embué le verre. On ne lui avait pas menti : c'était bien l'Amérique qui s'offrait à lui en une série de scènes fameuses. Il y eut pour commencer « L'entrée triomphale des troupes de Rochambeau à la Nouvelle York » avec ces dizaines de soldats superbement habillés de blanc, en grande livrée de parade, fusil le long du corps, débarquant d'un navire en haut duquel flottaient les drapeaux de France. Puis l'inoubliable « Vue de Philadelphie avec ses kouakeurs », une ville magnifique où des hommes coiffés de chapeaux à très larges bords semblaient regarder l'objectif en invitant à les rejoindre. Il rêva encore longtemps devant un groupe d'Indiens, drapés dans des robes en peau de bison telles des statues antiques, imposants comme des sénateurs romains et le visage couvert de peintures et de dessins vivement colorés. Sous l'image, c'était écrit : « Reste d'une tribu juive perdue lors de la captivité de Babylone. » Achevant la projection, le magicien posa un dernier carton qu'il commenta lui-même : « Vois-tu, mon garçon, c'est la reddition de lord Cornwallis à Yorktown. Regarde bien à droite le général Washington droit comme une baguette de tambour sur son cheval blanc, puis à côté de lui M. de La Fayette, l'amiral d'Estaing, l'amiral de Grasse, le grand Lauzun, M. de Chastellux, le comte de Noailles... Regarde bien, petit, c'est une image toute neuve, très rare, qui vient d'être imprimée et que tu ne trouveras que chez moi ! »

En sortant de cette chambre magique, Victor eut longtemps dans la tête les images d'une végétation épaisse, avec de hautes fougères déroulant d'immenses crosses autour desquelles des papillons aux teintes éclatantes virevoltaient, des marécages brumeux que surveillaient des oiseaux-mouches gris, et en fond de scène des rideaux d'arbres qui laissaient voir des têtes de sauvages dont les plumes se mêlaient aux branches d'azalées et à des fleurs crémeuses et roses. Et, bien qu'il n'eût rien perçu de cela derrière la lentille de verre, il aurait juré que *ces images-là sentaient,* des arômes inconnus, épicés, chauds, grisants.

X

Ce furent ces odeurs et leurs traces que le Superbe se mit désormais à chasser, à chaque heure du jour sur le gaillard d'avant, recherchant cet air fortement embaumé de la senteur des pins, ce petit parfum de papier pressé que dégageaient les gravures du marchand du Palais-Royal. On le voyait, pour le plus grand amusement de l'équipage, goûter régulièrement les eaux comme l'eût fait un caviste, se convaincre que la mer changeait vraiment de saveur comme de couleur, qu'elle était maintenant légèrement plus saumâtre ce qui laissait espérer l'embouchure de l'Hudson. L'Amérique sous sa langue se faisait pressante, enviable, savoureuse.

Au matin du centième jour de traversée, il se persuada qu'il avait rencontré le premier habitant des Etats-Unis : c'était un gros oiseau, vif et gras, à la jambe noire, au bec jaune, strié sous le corps de grandes bandes grises et bleutées, sommet de la tête et gorge écarlates, tandis qu'une raie blanche lui traversait le dos. Victor l'appela Monsieur Toucouleur mais n'arriva point à lui faire dire d'où il venait.

D'autres citoyens américains s'approchèrent de la *Diane* : sur fond d'un ciel noirci par ces brumes que Guillotin disait venir encore de Terre-Neuve, des hirondelles de côtes escortaient plusieurs requins qui filaient, en compagnie de quelques bonites sauteuses et de deux ou trois albicores, dans le sillon creusé par l'éperon du navire. De ce jour la brise se leva, la Punaise fit hisser toutes les voiles, arma les vergues de toutes les bonnettes à bord et mena sa bête à dix bons nœuds : la nuit durant la *Diane* traversa une mer grosse, de ce nom qui lui vient certainement de ce que ses efforts ressemblent assez à ceux d'une femme en travail d'enfant. Au réveil, ils aperçurent de nouveau des raisins des tropiques, de petites plantes jaunies, parsemées de grains roux dont la mer semblait vouloir se recouvrir tandis que partout les algues finissaient par former des îles flottantes sur lesquelles se posaient les goélands. Des joncs, d'autres plantes aquatiques et de l'herbe fraîchement coupée, probablement charriée par un proche fleuve de boue, se mêlaient à la nage de dauphins jamais las de bondir pour tâcher d'attraper un poisson volant. La capture de quelque friture fit prendre la sonde, on trouva le fond à vingt-cinq brasses, ce qui décida Seguin à amener sur le pont les plus gros câbles remisés en soute depuis le départ. Le lendemain le redoutable vent de nord-ouest les força à mettre à la cape, la *Diane* marchant mieux au plus près qu'au vent arrière, curieuse réaction pour un bâtiment sur lequel on avait tout sacrifié à l'allure. Ils passèrent ainsi à portée de fusil d'un gros trois-mâts qui hissa pavillon américain et fit entendre, par signes, qu'il était parti de Boston, il y avait six jours, ce qui laissait espérer à Guillotin une proche arrivée dans la rade de New York. A peine le navire avait-il dépassé la *Diane* que, du haut de la hune, un mousse hurla dans un anglais qu'il crut de circonstance :

— *Land ! Land under the lee bow !*

Victor ajustait son gilet dans sa cabine quand il entendit ce cri farouche. Il hésitait encore à se précipiter à l'avant du bateau pour saluer un horizon que tant d'espérances avaient paré de toutes les beautés, il songea qu'il aurait pu mettre sa tenue de cérémonie, son habit de drap noir à boutons à lettres et nacrés, sa culotte grise et ses brodequins tout neufs façonnés par le meilleur artisan de Paris ; il tournait en rond dans le minuscule réduit, décidait de rester couché mais, à l'écoute du charivari qu'il entendit au-dessus de sa tête, exécuta d'un coup de pied la porte de sa cabine, grimpa sans prendre son souffle les marches de l'escalier et, se prenant les pattes dans la dernière, arriva sur le pont pour s'y aplatir brutalement dans un fracas de chaînes d'ancres.

Poussant un rire effrayant qui peignait plus la folie que l'impatience, il bouscula la compagnie et, se plaçant aux premières loges, se mit à respirer bien fort en secouant sa chevelure. Il se disait que c'était bien la première fois qu'*il allait quelque part,* ailleurs qu'en lui-même, et que pour changer il arrivait enfin à son but et découvrait autre chose que les profondeurs molles et ravissantes de son être.

Il croyait voir un rivage, un port, une côte, avec des frontons de mer, embrasser d'un regard toute l'Amérique, de la Floride espagnole à l'Acadie. Il ne vit qu'une forêt.

Une immense forêt, une marée verte qui submergeait tout à l'horizon. Les arbres couvraient la côte jusqu'à la limite même de l'eau, baignant leurs dernières racines dans les premières vagues, comme si la forêt elle-même se soulevait de la mer, immense alluvion ayant formidablement prospéré ; l'œil qui ne pouvait s'accrocher à cette densité végétale s'arrêtait parfois à la surface de l'eau où quelques morceaux de glace, échappés d'une banquise, luisaient au soleil telles de petites montagnes flottantes. C'était un paysage comme son pays ne lui en avait jamais donné, l'image d'une terre qui avait traversé inchangée les millénaires et s'était épaissie jusqu'à produire cette laine compacte de feuillages.

— *Land, land of freedom!* s'exclama de nouveau le mousse.

Ce mot de liberté fit sursauter Victor. La liberté tenait-elle à cette faculté de traverser ces forêts inviolées, d'y tracer des saignées qui ouvriraient des routes en construisant, avec les bois coupés, des maisons, des bateaux pour pêcher, des églises, des villes et des villages ? Pour Victor il n'y avait eu d'autre liberté que celle de commander un habit neuf, la liberté de choisir le tissu, de gronder la couturière si le point était visible, de payer à trois mois ou de ne jamais payer. La liberté d'avoir un nom, d'en changer et de parer le nouveau de gloires passées dans l'incertitude d'en acquérir de nouvelles. Son père l'avait entretenu de la liberté des hommes à jouir du bonheur, de la liberté des Etats à se gouverner eux-mêmes, des esclaves à n'être point asservis, de cette liberté d'une Amérique fraîchement conquise et vers laquelle tous les regards des peuples avancés se croisaient. Ces bavardages l'avaient toujours beaucoup ennuyé.

— Et si ce mousse disait vrai... Qu'en pensez-vous ?

Moustiers s'abstint de répondre. Le ministre de France ne pouvait certes imaginer d'autre liberté que celle de son pays, la plus belle nation du monde. Il ne rêvait que de débarquer au plus vite pour que cesse ce roulis permanent qu'il ne tolérait pas, qui l'avait un peu vieilli, avait vidé les bonnes abajoues de son visage, creusé les rides de son front et cerné ses yeux qui semblaient deux abcès rougis au milieu de la face. Il s'emportait contre la Punaise qui avait pour consigne du département de la Marine d'aborder New York par la pointe de Montock à Long Island, c'est-à-dire par ce qu'il y avait de plus dangereux comme atterrage et que les Anglais et les Américains eux-mêmes évitaient soigneusement ; Guillotin confessa qu'il n'avait aucune carte détaillée, rien sur les fonds du cap May, rien d'autre que sa propre connaissance des lieux, au demeurant fort limitée, sa mémoire ayant de commun avec son caractère ce trait d'irrégularité et d'inconstance qui l'avait rendu si peu amène à tous.

— Pas de cartes ! Mais nous avons fait la guerre cinq années dans ce pays, nous y envoyons régulièrement de somptueuses escadres pour y tirer des coups de canon, y donner des fêtes et du pavois et nous ne sommes même pas fichus de lever des cartes ou de copier celles des Anglais..., dit Moustiers qui fulminait.

Ils naviguèrent à la boussole, à la diable, au jugé, mirent en panne dès que la nuit tomba, ravivant la colère du ministre qui prétendait que de toute manière on se repérerait aux feux allumés sur les *lighthouses* et qu'on finirait bien par trouver un pilote complaisant. Le pilote vint en effet, mais ce ne fut qu'au lever du jour, après que Guillotin eut fait tirer le canon non loin d'une goélette qui détacha une chaloupe avec pavillon de conducteur à bord. Quelle ne fut pas leur surprise, à ceux-là qui en avaient appelé au *land of freedom,* quand ils virent monter deux nègres, hommes non libres, qui mendièrent pour le pilotage à manger et à boire ! L'eau-de-vie pourtant acescente les convainquit d'assister la *Diane,* les rares pommes de terre, vestiges de la cuisine, leur furent données, ils les mangèrent ou les dévorèrent plutôt, crues, et, dans l'ivresse que le litre d'alcool leur avait procurée, se mirent à la barre.

On passa très près de longs bancs de boue et de vase où des compagnies de pélicans et de hérons venaient se reposer en regardant les pêcheurs d'huîtres. Puis la *Diane* suivit les côtes de l'Etat de Jersey, blanches de calcaire, ainsi qu'un chapelet infini d'îlots nommés par les nègres les Œufs. On aperçut alors la côte de Long Island.

C'est, les marins le savent, à cette hauteur que s'ouvre la

superbe baie de New York qui se découpe dans un paysage semi-montagneux, de masses d'argile et de sable, laissant au nord-est l'île plate de Coney et se couvrant à la hauteur de Long Island de forêts épaisses. De tous les côtés, les batteries croisent leurs feux autour d'une espèce de gouffre que leur montrèrent ce matin-là les nègres et dont Guillotin disait que c'était une folie de l'approcher.

Ce point se nomme Hell's Gates : les portes de l'enfer ne sont qu'à huit milles du port et constituent une barrière naturelle, passage étroit dans la baie provoqué par le rapprochement soudain des terres de l'Etat de New York et de Long Island, lieu où la mer étant à son plus haut niveau dissimule souvent les rochers.

La *Diane* s'engagea dans le chenal ; les nègres montrèrent à hauteur des Hell's Gates un tourbillon fort curieux, appelé pot, causé par la rencontre de deux marées contraires, bouche vorace qui n'attend que d'avaler sa proie. A quelques mètres de là se trouvent de gros récifs que les pilotes présentèrent en s'amusant comme formant la *frying pan*, mais n'ayant de commun avec une poêle à frire que le bruit de grésil que font les eaux quand elles se jettent en lames sur ces rochers. Une dernière attraction signala aux marins qu'ils sortaient enfin de cette mauvaise passe : les *Hog's Back*, petit siphon entre des écueils de roches qui affleurent à peine.

La côte maintenant s'annonçait plus douce, cultivée et bordée de petites baies et d'une multitude de barcasses de pêcheurs, occupés à draguer le kill de Bergen tout en se servant de quelques intérieurs d'huîtres comme appâts pour ramasser du poisson. Trois îles, Bedlows, Ellys et Governor — cette dernière couronnée par une belle batterie de canons — retardaient encore la découverte de la ville, cachée derrière cette forêt paisible et ces rives mangées de renfoncements et de havres secrets, une forêt vivante à laquelle succédait celle des mâts dressés des navires qui annonçaient le port. La *Diane* fit enfin son entrée sur l'Hudson dont les eaux ceignaient New York tout entière. La ville laissait filer jusqu'aux passagers ses premières rumeurs marchandes : la foule des canots et des petites embarcations, la présence d'un grand bac, de sloops et de goélettes qui sortaient avec la marée, de vaisseaux de ligne mouillant aux quais de pierre, bien à l'abri des vents, leur apparurent comme autant de signes, d'activités qui témoi-

gnaient de l'importance de l'Hudson. Non loin de là, à portée
de lunette de la *Diane,* on leur désigna Brooklyn, petit
faubourg aux promenades élégantes sur ses rives, aux belles
maisons de campagne et aux innombrables clochers, dernière
vue champêtre avant New York.

Bâtie sur la pointe de l'île de Manhattan, longue d'au
moins douze milles et large tout au plus de deux, New York,
glissant sa semelle granitique dans l'eau, semblait au premier
regard une ville de l'Empire ottoman : les maisons des rives,
alignées tant bien que mal, dessinaient une gigantesque
façade en créneau, peinte en blanc, derrière laquelle tran-
chaient les habitations en brique du rouge le plus cru et les
grosses églises avec leurs clochers ronds et trapus. Au cœur
d'une large baie piquetée de récifs, d'îles et de fortifications
austères, la ville présentait au navigateur sa plus belle proue,
Battery, promenade paisible, plantée d'arbres. A l'angle vif
de deux rivières, l'ancienne ville hollandaise paraissait un
esquif taillé dans la roche mais couché dans son sable, dans les
joncs et la bruyère d'où quelques canards sauvages s'envolè-
rent lourdement au passage du navire. Ville fossilisée et mise
à quai, New York, même par le temps gris qui les accueillait,
offrait en ses flancs les reflets superbes des pierres qui la
supportaient, noire du mica, bleue, jaune et rougeoyante des
variétés de sable.

La reine du littoral recevait maintenant la *Diane* dans un
port qui l'avait fait remarquer de tous : une relâche qui ne
gelait point, accessible par tous vents, aux bâtiments de tous
tonnages, vaisseaux de guerre américains comme ceux du
goulet de Brest, goélettes de La Havane, sloops des nations
du monde entier. Les chaloupes qui faisaient le va-et-vient
d'un quai à l'autre donnaient à cette incessante activité
marchande ses couleurs, ses odeurs, ses trésors. Cette énorme
baie semblait une bouche à l'appétit insatiable pour tout ce
qui pouvait la gaver de marchandises, se coller à ses bassins de
commerce avec leurs rampes inclinées, taillées dans la forêt
d'alentour, leurs wharfs, leurs renfoncements boueux quoique
sûrs. Les brumes de cette matinée se levaient lentement,
découvrant une mer ridée comme une gaze argentée que
froisserait une multitude de petits canots chargés de paniers
de fruits, de légumes, de poissons et de bidons de lait des
fermes des rives avoisinantes. Industrieuse New York qui

venait de s'éveiller dans ses magasins, docks et entrepôts et vers laquelle tout affluait, comme si la vie seule fût là, le cœur universel, l'appétit, la soif, l'envie, l'achat, la vente, l'argent et son usure, les richesses bourgeoises de l'ancienne Europe et l'orgueilleuse réussite des affaires.

Le marteau du calfat, le porte-voix des capitaines, les cris des boutiquiers et des fermiers, les injures des cochers de fiacre qui déchargeaient sur les môles les caisses, les ballots et les cages d'oiseaux, toute cette animation à laquelle s'ajoutaient les imprécations des marchands de gazettes et le caquettement des pintades, des poules et des dindes d'Amérique parvint jusqu'à eux, silencieux sur leur navire depuis des jours, qu'un bruit de voile froissée projetant son ombre sur l'océan dérangeait presque. Ils gardaient encore ce fragile silence dans la gorge en regardant passer un peuple inconnu de pilotes saluant de loin les commissionnaires, les bouchers avec leurs quartiers de venaison sur l'épaule et, menées par des hommes sur des pirogues rudimentaires, les jeunes femmes de Brooklyn, avec leurs pains pour la vente et leurs bras encombrés de corbeilles d'œufs. Ils écoutaient des voix confuses, vocables baroques où derrière l'anglais ils croyaient reconnaître leur langue, mais aussi l'allemand, l'espagnol, l'italien. Telle était donc New York, entrepôt d'un continent, Babel encore naissante mais promise au grand avenir des reines, ville tourbillonnante, avide des denrées des Indes et d'Europe, pressée de fréter les navires de son blé, de son coton et de son riz, ville belle certainement mais puante comme toutes, cernée de rus crotteux jetant leurs immondices dans la mer, ville humide, dégageant des émanations dès que la viande ou les poissons salés pourrissaient dans les magasins où l'eau filtrait à la surface du sol, ville qui même au creux de l'hiver semblait un foyer d'infection et de mort, de gaz et de remugles, un repaire de tanneurs, de peaussiers et de fourreurs, une ville qui baignait dans la vase et la décomposition et préparait pour la saison prochaine ce lit poisseux de la fièvre jaune où déjà se vautraient de gros rats affamés.

Mais New York, grande ou infâme, était imposante, Victor dut en convenir. Ses miasmes les plus lourds, cette odeur cadavéreuse si caractéristique qui allait l'écœurer des mois durant, avaient de quoi raviver les sensations de ce voyageur après une traversée si longue, monotone à en périr, dont on ne retiendrait que les accidents, les horreurs, les vexations : enfin il vivrait séparé de tous, ou presque, de la Punaise et de ses épouvantables Saintongeais, et la vie, tout bonnement, allait commencer.

La *Diane* leva ses couleurs et afficha son pavillon. Un navire qui croisait lança à bord un journal dont s'empara Moustiers, lui que la lecture des nouvelles occupait tant en France, et qu'il parcourut avec cette impatience timide et maladroite des vieilles habitudes qui se reprennent douce-ment. Puis Guillotin se remit à la barre, fit abattre toutes voiles, laissa le bateau glisser contre ces quais couverts de voitures élégantes, de brouettes, d'agioteurs et d'aubergistes venus chercher le client à sa source. L'arrivée fut gaie, entre ces boutiques peintes de rouge, de jaune et de vert et ces drapeaux américains étalant leurs couleurs que M. le Comte donna l'ordre de saluer, selon l'usage, de treize coups de canon du nombre des Etats, salut repris et rendu par les hourras de la foule, curieuse de cette arrivée que les pilotes avaient fait annoncer. Un officier de la douane monta à bord, signa et fit contresigner le livre de fret sans vérifier les marchandises et se mit au garde-à-vous devant le ministre.

Lorsque la permission de débarquer fut accordée, des salves répétées venant de l'artillerie des forts et des chaloupes canonnières mouillées dans la baie ouvrirent le ban, dix-huit coups de canon accompagnant la descente du comte de Moustiers, de la marquise de Bréan et de leur ambassade. Victor resta un peu en retrait de la passerelle, retardant le moment où il se mêlerait aux portefaix, aux Noirs et aux commissionnaires, quand un douanier s'approcha de lui et lui tendit un pli cacheté.

— Mister du Pont (il entendit, pour la première fois, son nom prononcé comme il aimait bien que ce fût en anglais : Tu Ppônte !), *Il have a letter for you.*

C'était une lettre d'Irénée que celui-ci avait mise sur un bâtiment américain parti du Havre après la *Diane* mais arrivé à New York, sous de meilleurs vents, quelques jours plus tôt.

2

1788-1791

Irénée bon frère

XI

C'est généralement vers seize ans que les *petits frères* deviennent grands. Sans quoi ils resteront toujours, dans l'esprit, les manières et la fortune, les éternels cadets de famille.

A seize ans, Irénée ressemblait assez à son frère, quoiqu'il fût de l'avis général d'une beauté et d'un extérieur moins brillants. Du caractère physique familial, il avait hérité un nez assez fort, légèrement disgracieux, et une large fossette au creux du menton, qui paraissait la trace atavique d'un coup de sabre donné à un ancêtre, signe distinctif des du Pont, de la branche de Samuel l'horloger. Il évoquait par ses épaules larges, sa haute taille et un ensemble assez bien bâti la puissance, mais une puissance encore gauche, un peu honteuse, incapable de se faire valoir. De grands yeux bleus perpétuellement ouverts rehaussaient à peine une figure assez triste, déjà mélancolique, aux traits épais qui ne possédaient rien de cette grâce ordinairement indécise de l'adolescence.

Les femmes ne le remarquaient pas naturellement. A ce physique médiocre quoique honnête, la conversation, l'éclat du langage et l'usage des civilités n'ajoutaient que peu de chose : c'était un garçon si sérieux en tout qu'il apportait même une gravité perpétuellement ennuyée aux événements les plus légers de l'existence. C'est ainsi qu'un jour, présenté à un grand bal où la société l'accablait de compliments sur la personne de son frère aîné, il s'était souvenu à sa manière des recommandations de Victor qui lui avait montré comment faire la révérence aux belles dames. Il avait juré devant un Superbe qui s'était amusé de cette trop raisonnable application de placer « trois révérences en entrant, dussé-je faire reculer pour la troisième ». Ce qui chez Victor eût donné lieu à un intermède comique — il eût certainement imaginé faire le tour de la dame pour placer sa troisième politesse — devint pour Irénée l'occasion du ridicule : car ayant promis, loyal comme il était, il s'exécuta et, devant le mur de crinoline, de mousseline et de chair vivante qui se présenta à ses yeux à la fin de la seconde révérence, prit le parti du dogme, s'avança sans faillir, comme à la charge, contre la jeune dame, la bouscula pour l'honorer et inclina fort respectueusement le corps jusqu'à caler sa tête entre deux seins soyeux.

Ce sens absolu de l'obéissance, qu'aucune facétie propre à l'enfance ne pouvait tempérer, fut à la source de la vive amitié qui unissait les deux frères pourtant séparés par cinq années d'âge. Victor se distrayait beaucoup de cet infatigable dévouement tandis qu'Irénée avait trouvé comme en son père un modèle en Victor, un modèle à adorer d'abord, à respecter ensuite.

Enfant, avant même la mort de leur mère — il avait dix ans quand elle succomba à une pleurésie — une insistante disposition à la mélancolie l'avait mené de cabinets de médecins en salles de consultations : de ce qu'il ne parlât pas ou si peu, son entourage s'était inquiété, imaginant quelque maladie. Voyant le tour que prenait l'affaire, Irénée se mit enfin à parler et longuement, fit mille façons pour se faire pardonner. Il s'était persuadé qu'en ne disant rien, en taisant ses désirs et ses pensées, il favorisait la tranquillité de ses parents. Il eut en exposant sa confusion un sourire étrange qui empourpra ses joues.

De ce jour il essaya de combattre son penchant mélancolique mais ne riait qu'à la seule lecture des lettres de son frère, tant le style de Victor, débridé et extravagant, contrastait avec son écriture consciencieuse de petit écolier. Depuis trois mois, Victor les avait quittés, et cette absence, loin de le faire rêver — un autre que lui eût voyagé sur l'atlas et désiré rejoindre l'aventurier dans ses frasques formidables — avait considérablement développé cette langueur jusqu'à ce qu'un abattement général le conduisît au lit pour quelques jours ; un profond divan d'où, allongé, le dos contre d'épais coussins, il décacheta un matin cette missive tracée de l'écriture du Superbe, un bout de papier qui sentait la rouille, la mer et les parfums du plus lointain des continents.

A Monsieur Irénée du Pont, chef de la nombreuse et illustre famille des du Pont de Mignonville, Levis et L'Evêque.

Monsieur le Cadet, vous dont l'esprit brillant-scintillant-étincelant-éclatant-rayonnant enchante le cœur et réjouit l'âme, vous dont les traits piquants, les saillies fines, les vives épigrammes, les divins talents, les sublimes écrits, les délicates pensées, les expressions enchanteresses, les tournures délicieuses, les qualités inappréciables passeront et seront cités comme des modèles jusque l'an 123586100028973546393827590000000 du monde quand un descendant en ligne directe de la branche aînée des du Pont de Mignonville les fera traduire en langue vulgaire en tant que Premier ministre de l'empereur du Monomotapa..., vous n'avez qu'un défaut, séduisant auteur, s'il est possible qu'un être aussi parfait que vous en ait la vingtième partie d'un, c'est que vous êtes dans vos correspondances trop court tout en vous appliquant à dire beaucoup de choses en peu de mots.

Ainsi, en réponse à ceci, je compte que tu sois plus disert que la dernière fois où ta lettre se résumait à ces quatre mots : *Je t'embrasse aujourd'hui et t'écrirai demain,* ce qui en soi était admirable, bien tourné et plein de sentiments si le lendemain était arrivé un jour. De toi l'on pourra dire : « Il était bref mais au moins il était laconique ! »

Vous comprendrez à cette lettre, Majesté divine, que je suis américain et ne manque rien de la petite société du pays : saviez-vous qu'après les dîners de cérémonie on ôte ici les nappes, on apporte des pipes et un pot de chambre placé sur le rebord de la fenêtre et que l'on reste ainsi jusqu'à minuit ? La première fois que je vis cette chose, ce fut chez le général — tu sais, le bon Washington dont je t'ai montré l'image — cela me parut bien plaisant, nous avons fait tourner les bouteilles sur la table et chacun se servait à son tour. Je pense, soit dit en passant, qu'il serait plus élégant de faire tourner le pot de chambre sous la table plutôt que d'avoir à se lever pour aller pisser sur la fenêtre. Les messieurs, tu l'as compris.

Nous avons, je te rassure, de fort belles demoiselles et ce qui paraît plaisant à un nouveau venu d'Europe, c'est qu'elles sont absolument leurs maîtresses. Lorsque vous allez les voir, vous ne savez jamais si le père ou la mère y sont, vous demandez la demoiselle qui vous reçoit dans son appartement, va au spectacle seule avec vous, sans avertir quiconque. Comme il y en a beaucoup plus que de jeunes hommes, elles ont toutes grande envie d'être mariées, et plus encore à des étrangers ; ainsi, pourvu que vous vous annonciez comme un épouseur, vous êtes reçu partout à bras ouverts et mains déliées.

Adieu, mon cher ami, ménage ta santé, je voudrais que tu voies ma figure de prospérité, elle te serait d'un bon exemple. Et n'oublie pas que je te suis plus qu'un frère, un ami intime, un compagnon de vie et d'armes, que toi et moi ne sommes pas deux hommes, mais le même livre, et que tu en es le second volume, le mieux écrit.

Ton Victor.

Irénée admirait cette vie étonnante, ces folies qui se faisaient à des milles de là et auxquelles son frère participait, lui l'ami intime de ce Washington suffisamment célèbre pour qu'on payât en France le droit de voir son portrait dans une machine optique. Et ce qui était typiquement *victorien*, c'étaient ces petites histoires d'Amérique, griffonnées sur des bouts de papier joints à la lettre.

Apprends que j'ai rencontré à New York une vieille comtesse française de soixante-treize ans qui disait qu'elle ne voulait pas se remarier parce qu'on lui avait prédit qu'elle mourrait en couches. Et qui faisait régulièrement sa toilette trois fois par jour, espérant encore rencontrer un insolent de ton âge !

Ou encore :

Une dame de soixante ans, obligée pour une affaire d'intérêt d'accuser son âge, sa réponse fut qu'elle avait quarante ans. « J'ai deux ans de plus que ma mère », fit son fils lorsqu'on lui posa à son tour la question.

Les extravagances épistolaires de Victor plongèrent Irénée quelques jours durant dans la plus douce des certitudes, celle du bonheur d'avoir un pareil alter ego qui veillait si bien, avec si peu d'efforts, sur son existence d'homme en voie de formation ; il lui fit même une réponse modeste et effacée, à son image, mais la déchira, la trouvant bien pauvre en nouvelles. Que se passait-il donc à Paris qui méritât d'être raconté à l'illustre vagabond ? Son père n'était pas revenu à de meilleurs sentiments envers son fils aîné. « Ton frère qui est pourtant bon garçon n'a pas assez travaillé dans sa jeunesse et tu es, toi, dans l'âge où s'enracinent les habitudes et l'effort. J'ai aussi voulu cette séparation pour que se forme ton caractère à l'abri de cette contagion du luxe et de l'insouciance. Moins on travaille, moins on a d'idées. Et si Victor a de l'esprit, et trop peut-être, il deviendra sot sans s'en apercevoir et laissera passer devant lui cent hommes nés médiocres dont la première apparence ne le valait pas mais que le travail a instruits ! » Ces nouvelles-là ne manqueraient point d'irriter Victor, et le petit frère, parce qu'il était le dernier à vouloir le décevoir, s'abstint donc d'écrire.

Depuis le départ de son aîné, Irénée se partageait entre la dilection qu'il avait pour Victor, soucieux d'en être digne comme il en était fier, et la sagesse apprise qu'il devait à cet homme d'influence sur sa personne, ce père qui ne s'étant pas reconnu en l'un de ses fils attendait tout de l'autre. Ce pourquoi à seize ans, tandis que Paris ployait sous l'opéra, le vaudeville, le théâtre italien, la redoute chinoise, le vauxhall, le boulevard et les maisons, les jolies filles et les belles soirées, Irénée cultivait sa réputation de garçon honnête, de travailleur infatigable et d'adolescent renfermé, ombrageux presque.

XII

« Oui certes », avait écrit le grand Turgot à son ami Pierre-Samuel en recevant l'offre de devenir parrain d'un de ses enfants, « oui certes, mon cher du Pont, j'accepte le don que vous me faites. Cet enfant est peut-être réservé pour le temps où tout ira bien. Si c'est un garçon, ne voulez-vous pas l'appeler *Eleuthère-Irénée* en l'honneur de la liberté et de la paix ? »

Eleuthère était tombé au champ d'honneur des difficultés de prononciation. L'usage avait consacré Irénée, c'est-à-dire la seule *paix,* et l'étymologie s'était chargée de former le caractère de cet enfant doux, pacifique en diable.

Il était ce matin, pour la première audace de sa vie, dans la cour de l'arsenal royal, grande bâtisse en grisaille aux murs écaillés et loqueteux, à quelques mètres de la forteresse de la Bastille, sur ce terrain où François Ier a fait fondre ses premiers canons et où la France, ayant manqué de poudre lors de sa dernière guerre, fabriquait sa revanche. Il était venu à pied de chez lui et le concierge de l'arsenal, informé de sa visite, lui avait désigné en haut des escaliers le fameux laboratoire : « Vous êtes M. du Pont ? Le régisseur général des Poudres vous attend, là, à droite, la première porte... »

C'était un mercredi, jour auquel Antoine-Laurent de Lavoisier se consacrait à ses recherches et invitait son public à l'assister. Il n'était pas sept heures du matin quand Irénée avait franchi cette porte.

La pièce grouillait de monde, mais, avant de découvrir les visages, l'adolescent s'attardait déjà sur ces superbes machines qu'il ne connaissait que sur planches, ces cuves de cuivre, cet appareil électrique qui analyse et fait la synthèse de l'eau, cet autre, étonnant, dans lequel on brûle l'air et qui se prolonge dans une infinité de tuyaux, d'aiguilles, ce réservoir de vif-argent... Il n'avait pas eu le temps de tout admirer : « Messieurs, je vous présente le jeune du Pont, fils de Pierre-Samuel, notre ami. Ce garçon a fait parvenir à notre Académie des sciences un assez curieux mémoire, voyons..., je l'ai ici : *Exposition d'une méthode propre à faire connaître à peu de chose près les épaisseurs qu'il convient de donner aux murailles d'un magasin destiné à résister à l'explosion d'une grande quantité de poudre,* le titre en dit assez, n'est-ce pas ? »

Un homme un peu frêle à la perruque poudrée et dont le corps élancé flottait dans une robe de chambre de cachemire, au visage étonnamment sec où de larges cernes organisaient avec la complicité des épais sourcils un ovale assez parfait autour des yeux clairs, s'était adressé à lui : « Eh bien, mon garçon, je t'ai convoqué parce que c'est ex-cel-lent, *excellent,* m'entends-tu ? »

Lavoisier le présenta à la compagnie des savants du jour en commençant par son épouse, jeune créature piquante, qui le regarda à peine : « M. Turgot, ton parrain si je ne me trompe ! » Celui-là, Irénée le connaissait : le contrôleur général des Finances passait bien deux soirées par semaine chez eux, discutant avec son père des maladies endémiques du pays en y mêlant leurs propres maux, la goutte principalement. « M. Igenhousz, médecin particulier de l'empereur d'Autriche qui vient d'arriver à Paris ; Watt, de la Société royale des sciences de Londres ; Fontana, imbattable sur tout ce qui touche le venin des serpents ; M. le duc de Chaulnes qui fait avec nous des études sur la propriété des gaz ; M. Bailly, astronome de son état ; M. Berthollet, mon bien-aimé collègue à l'Académie ; Macquer, que tu connais peut-être pour ses travaux sur l'arsenic, l'alumine et le caoutchouc ; Darcet, directeur de la manufacture de Sèvres ; M. le duc de La Rochefoucauld, un fidèle de nos journées du mercredi ; Landriani, Monge... » Comme s'il avait été Pascal en personne, l'adolescent vit défiler devant lui vingt perruques poudrées, qui, s'inclinant respectueusement, lui offraient une vue plongeante sur les vingt crânes les plus précieux d'Europe. Jamais il n'aurait imaginé que Lavoisier se soit donné la peine de lire ne serait-ce que l'intitulé de son mémoire. Lavoisier, pour lui, ce n'était ni ce fermier général dont on disait bien grande la fortune ni même l'époux de Marie-Anne-Pierrette Paulze, qu'il avait épousée quand elle avait à peine quatorze ans, joli minois encadré de longues nattes brunes. Ce n'était pas non plus ce fonctionnaire brillant à la tête de la Régie des poudres et des salpêtres et sur qui reposaient la fabrication, la recherche et l'excellence de cette précieuse poudre dont le pays avait tant besoin ; non, c'était cet observateur minutieux de la nature et de la physique, cet aventurier de l'exactitude scientifique, ce génie de la décomposition et du détail qui n'avait pas hésité, à l'âge d'Irénée, à s'enfermer pendant six semaines dans sa chambre, tendue de noir, pour observer, sans jamais voir le jour, les divers degrés d'intensité des lampes afin d'améliorer l'éclairage public des rues de Paris, cet homme qui se brûlait les yeux, les doigts, les cheveux, allant jusqu'à se roussir les cils et à trouer son bel habit de grand seigneur pour trouver un quelque chose qui mérite d'être consigné, induit, appliqué. C'était à l'Observatoire l'élève de La Caille, celui de Jussieu au Jardin des Plantes, mais aussi, parce qu'il avait été le disciple de chacun, leur maître incontesté à tous, cet incroyable cerveau qui affirmait, au grand scandale des gens d'Eglise, que respirer c'était brûler du carbone contenu dans le sang, ce savant qui avait découvert l'air vital, « l'air éminemment respirable » ou « principe oxygène ». Depuis sa plus tendre enfance — qui n'avait eu d'autre tendresse que celle dispensée par son frère — Irénée, plutôt que de s'intéresser à la dernière aria à la mode, à la qualité de la soie de son plastron ou aux vertus de son chapelier ainsi que le faisait Victor, avait dévoré les *Annales de chimie,* comme on lirait avidement un roman de mœurs, fait quelques expériences sur un réchaud à huile, imaginé, et cela lui avait donné la conclusion de son fameux mémoire, en provoquant des explosions dans une éprouvette de fonte, la résistance nécessaire d'un magasin de poudre lors d'un accident et mesuré le pouvoir détonant du salpêtre. Tel était ce jardin d'Irénée qu'on ne lui voyait jamais cultiver qu'en catimini, son laboratoire si intime et si accaparant que, dans sa fureur de comprendre le monde physique et naturel, il en avait oublié que la vie, elle aussi, disposait d'attraits charmants, que l'amour lui-même obéissait à la chimie et aux mélanges des corps, que le sentiment est une combinaison adroite et explosive, toujours renouvelée, toujours instructive, qu'il y a une passion de jouir plus forte que celle d'étudier, et qu'enfin à seize ans il vaut mieux lire Richardson, ce grand médecin de l'âme et de la chair, que le *Traité des gaz inflammables*.

Son père, s'il lui avait donné la curiosité comme fée de berceau, ne l'avait guère instruit : piètre homme de science, Pierre-Samuel aimait en Lavoisier le philosophe, le physiocrate occupé à Freschines, entre Blois et Vendôme, à créer sur ses terres des prairies artificielles, à répandre la mode des engrais chimiques, l'économiste surtout qui se souciait de résumer la nature en autant de tableaux et de calculs qui feraient autorité. Seules les lois dans un monde aussi changeant, versatile et complexe rassuraient en effet le vieux du Pont dans sa recherche d'une justice préétablie, maîtresse de l'univers et de ses causes. La culture des céréales, le chaulage du trèfle, le parcage des bêtes à laine, voilà à quoi se résumaient ses lumières ; une science simple, héritée de Rousseau, plus que de Descartes, de Leibniz ou de Copernic ; une discipline qui tolère les mathématiques parce qu'elles se limitent à des opérations essentielles comme l'addition et la soustraction, déjà contenues dans la manière dont le caractère humain procède en ajoutant ou en retranchant quelque chose à tout ce qui se présente à lui. Tandis que ces machines imposantes du laboratoire de l'arsenal, avec leur beau cuivre poli, leur ronronnement diabolique et leurs cornues de verre où se décomposait la vie en autant de petites parcelles invisibles à l'œil nu, inspiraient une véritable frayeur au pauvre Pierre-Samuel... Il ne venait à l'arsenal que pour saluer l'ami qu'il avait en Lavoisier, faire son compliment à sa jeune femme et repartait sitôt que le savant, l'œil soudainement vif, se remettait à faire marcher ses forges sataniques.

« J'ai besoin d'un secrétaire, avait dit Lavoisier, un garçon de ton âge qui m'assistera ici ; es-tu libre, mon bonhomme ? »

Et, bien qu'Eleuthère fût la liberté incarnée dans son prénom, Irénée ne savait toujours pas ce qu'être *libre* signifiait. Il lui sembla tout de même qu'il devait l'être et il répondit en levant les yeux : « Oui. »

XIII

Son père n'avait-il pas débuté dans les affaires en fabriquant des montres ? Il n'y aurait donc point de honte pour lui à faire usage de ses mains en triturant la poudre pour le plus grand bénéfice de la nation. Après quelques mois passés auprès de Lavoisier, Irénée n'ignorait plus rien de la chimie, de la science des constructions des moulins, de celle de l'établissement des raffineries, des manufactures de potasse, de l'implantation de nitrières et de la récolte du salpêtre.

Certes il s'ennuyait, il s'ennuyait surtout de Victor qui n'écrivait que pour réclamer du drap français, des souliers, des mouchoirs de batiste et du lin pour les gilets. Il s'ennuyait dans ce Paris vide de tout ami, mais son père lui avait assuré que, le roi en premier, tout le monde s'ennuyait en France et que même les gens les moins oisifs s'ennuyaient parfois de l'ennui qu'ils avaient autrefois fui. Et qu'à travers ces moments de solitude extrême on trouvait aussi de bonnes choses, l'étude, la réflexion, le bien public et la philosophie.

L'unique vraie joie de ces mois fut dans les soins qu'il mit à cultiver l'amitié de Lavoisier et de sa femme, les regardant comme le seul espoir un peu solide de son avancement et de sa fortune, eux qui, sans enfant, l'appelaient parfois leur fils. Et le désir de s'en montrer digne s'était lu sur son visage quand le chimiste, un jour, lui avait proposé de quitter quelque temps sa place à l'arsenal pour rentrer, à raison de mille deux cents livres par an, à la poudrerie d'Essonnes. Le travail y était dur, dangereux, austère, grave même, mais c'était tout ce dont le caractère d'Irénée, si sérieux, pouvait rêver.

Il y serait contrôleur des Poudres. D'une poudre dont il fallait produire plus et plus. Ses travaux sur les moyens de former de l'acide nitreux, pour ainsi dire de toutes pièces et en employant des matériaux étrangers à cet acide — le gaz de putréfaction et l'air atmosphérique — avaient enthousiasmé Lavoisier. On venait justement de supprimer le droit de fouille du salpêtre dans les maisons et le chimiste comptait sur son jeune élève pour démontrer au roi qu'il valait mieux pour le pays produire son propre salpêtre, en construisant des raffineries certes coûteuses, que de l'acheter aux Indes, jusqu'au jour où, empêché par les Anglais, on devrait payer celui de Hollande à des prix exorbitants. Depuis qu'il avait supprimé le monopole de la compagnie fermière sur les poudres, Lavoisier avait permis à la nouvelle régie royale d'augmenter considérablement sa production. Et, maintenant que c'était chose faite, Irénée s'emploierait à rendre la poudre française plus efficace : sa portée grâce au chimiste était déjà passée en cinq ans de quatre-vingts à cent vingt toises.

Irénée aimait la vie à Essonnes, sur les bords de cette rivière où il se promenait tôt le matin, avant que les ouvriers n'aient pris leur travail. Essonnes, ce n'était déjà plus Paris et il vivait là, jeune ours heureux dans sa sauvagerie, qui ne retournait à la capitale que deux ou trois fois le mois pour y dîner avec son père. Comme il n'aimait point sortir et n'avait, depuis sa première mésaventure, fréquenté aucun bal, il occupait ses nuits à l'étude, éclairé à la chandelle dans son atelier, traçant des plans de machines pour le service de l'arsenal, coloriant des graphiques, cherchant de nouveaux modèles de moulins dans la solitude propre aux grands ingénieurs et aux alchimistes de renom. L'amitié ne lui était pourtant pas un sentiment inconnu, quoiqu'il la réservât tout entière à son frère : les missives colorées de Victor ouvraient suffisamment son horizon pour qu'il n'eût jamais l'envie ni même l'idée de parcourir le monde à son tour. Victor le faisait vivre par procuration, Irénée aimait le bonheur de son aîné, se réjouissait de ses joies, de ses brusques montées de sève, de ses grandes passions des femmes, sans jamais songer qu'il eût pu très bien, à son tour, se dire amoureux, engagé, marié. C'était l'affaire du Superbe d'aimer pour deux.

Et Victor, excessif à son habitude, aimait, d'après ses lettres, comme quatre.

Irénée avait choisi de se fixer à Essonnes parce qu'il était maintenant certain — une certitude qui l'habitait si fort qu'il la croyait de naissance — d'aimer l'odeur de poudre, les secrets de sa composition, ses trahisons mortelles et sa chimie occulte. Pour elle, pour cette grande dame noire à l'humeur explosive, pour en fabriquer un peu plus qui fût vraiment d'élite — Essonnes fournissait la manufacture d'armes de Versailles en poudre royale dite poudre de chasse par un procédé assez dangereux — il avait accepté de prendre la tête d'une dizaine d'ouvriers sur la centaine que comptait la poudrerie. De ces hommes à qui l'on imposait une vie drastique, à qui il était interdit de quitter la manufacture le soir — c'étaient le plus souvent de vieux garçons qui ne rentraient chez eux qu'une fois la semaine — de boire la moindre goutte de vin ou d'alcool, de fumer bien sûr, de recevoir des visites sauf celles des parents très proches, et qui se relayaient pendant la nuit pour que ne s'arrêtent jamais de tourner les moulins du roi. Ces hommes vivaient à Essonnes dans d'anciens bâtiments de ferme transformés en dortoirs et réfectoires, comme de véritables forçats, sans cesse surveillés, fouillés, privés de tous les luxes, de femmes ou de distractions, avec pour unique privilège celui d'être mieux payés que les autres poudriers de France, faute d'être mieux assurés de leur vie, car là aussi, malgré les précautions, ce que l'on appelait poliment le *déchet* était considérable.

Irénée s'était mis à aimer la poudre comme un paysan sa terre. Ce n'était pourtant pas une matière élémentaire comme le sable et l'argile, facilement décomposable : à travers elle, l'homme s'était fait savant, mais peintre aussi puisqu'il alignait sur sa palette au moment de l'exécution le jaune du soufre de Sicile, le blanc verdâtre du salpêtre et le noir épais du charbon de bois, mélangeant le tout, malaxant des heures durant ces couleurs riches pour finir par trouver son bonheur dans cette poudre gris ardoise qui ne pouvait mentir : des reflets bleuâtres dans le noir auraient indiqué l'excès de charbon, des taches jaunâtres trahi un soufre surabondant, sans parler d'un gris trop noir qui signalait à l'expert une humidité dommageable. La poudre était exacte, fine ou épaisse selon ce qu'on voulait en faire, lisse sous les doigts, s'étant lustrée en de petits grains en roulant sur elle-même sitôt qu'elle était bien sèche et époussetée. Et, quand un sot voulait faire le malin en disant à ce jeune maître poudrier d'Essonnes que la liberté était devenue une chimère depuis qu'une étincelle pouvait mettre en feu tous les arsenaux d'Europe, il avouait bien franchement qu'il n'avait jamais songé à cela, qu'il ne la fabriquait, cette poudre, ni pour l'argent, ni pour la guerre, ni pour le roi, mais pour son seul plaisir, qu'il aimait comme le grand Roger Bacon à produire le tonnerre et l'artifice, et que de toute manière elle servait également à détruire des empires comme à bâtir des démocraties, que telle était certainement sa vérité, à elle la poudre, fondamentalement *ambiguë*.

Ces petits grains pulvérisés qui passaient sous l'ongle quand il plongeait ses mains dans les grosses tonnes tapissées de cuir, auxquels il jetait un peu d'eau pour qu'ils ne s'échauffent ni ne s'enflamment quand on les battait, devinrent bientôt l'objet de tous ses soins ; il veillait à tous les stades de la fabrication jusqu'au moment où l'épreuve du mortier déterminerait la qualité du produit. C'était alors toujours la même fièvre, la même impatience à vérifier l'excellence du travail accompli pendant des jours : cent grammes de cette poudre toute neuve au fond d'une large éprouvette en cuivre devaient porter dans un angle de quarante-cinq degrés un boulet de soixante livres à deux cent cinquante mètres, un record qu'il n'avait de cesse d'améliorer à chaque nouvelle livraison et qui le rendit bientôt célèbre à tous les gens du métier.

Berthollet lui avait parlé d'une possible substitution du salpêtre par le chlorate de potassium, relativement facile à produire, sel aux propriétés oxydantes pouvant entrer dans des mélanges explosifs et permettant de doubler la portée des armes à feu. Irénée savait que le chimiste redoutait de passer à l'expérimentation et à la fabrication de cette nouvelle poudre révolutionnaire. L'opération quoique simple était dangereuse : seuls les poudriers d'Essonnes pouvaient envisager d'en prendre le risque.

Un rendez-vous fut donc fixé le 27 octobre 1788 au matin devant un petit moulin construit tout spécialement pour cette expérience par M. Le Tort, ingénieur poudrier, sur l'ordre d'Irénée ; c'était un moulin à bras, muni d'un seul pilon, dont l'arbre de levée passait à travers un assemblage de planches solidement assurées derrière lesquelles, pour prévenir tout accident, les ouvriers chargés d'actionner les manivelles devaient se tenir. Il y avait dans le froid brumeux de cette matinée, outre Le Tort et Irénée, Lavoisier et sa femme, Chevraud, commissaire des poudres, Berthollet bien sûr, la fille de Chevraud et Aledin, élève poudrier, qui pesa tout de suite les matières, dont le fameux sel, pour un dosage de quinze livres, humecta bien le charbon et commença à battre dès sept heures. La pâte, quoique normalement humidifiée, se pelotait dans le mortier et se retournait mal sous le pilon comme si elle avait été trop grasse et collante ; Le Tort, malgré les réflexions qui lui furent faites, essaya quelque temps de la faire retomber à l'aide d'une baguette, assurant que, la poudre n'étant que peu avancée, il n'y avait point de danger.

Irénée décida un peu plus tard de suspendre le battage pour préparer une rechange et insista pour que, pendant le déjeuner, on s'abstînt de remuer la poudre avec un bâton ; elle paraissait plus avancée qu'on ne le disait et il représenta qu'il était inutile d'avoir fait construire des assemblages de planches pour se garantir des accidents si l'on s'obstinait à tourner à la main ce que l'on pouvait mélanger à distance de quelques coups de manivelle.

Le déjeuner ne les tint pas absents plus d'un quart d'heure. Irénée montra un instant à Berthollet qui en avait fait la demande, ainsi qu'à Chevraud et aux Lavoisier un nouveau moulin affecté à la poudre à giboyer, tandis que Le Tort et Mlle Chevraud partaient en avant pour relayer les ouvriers qui n'avaient pas encore déjeuné. Trois minutes s'étaient à peine passées qu'une formidable explosion se fit entendre. Irénée courut en tête vers l'épaisse colonne de fumée qui provenait du moulin à chlorate de potassium : il y trouva la machine en pièces, le mortier en éclats, les moises brisées, le pilon rejeté à terre, les corps de Le Tort et de la jeune fille fracassés à plus de trente pieds contre un mur. Réfugiés derrière les planches, les ouvriers paraissaient indemnes.

Le Tort avait les jambes sectionnées à hauteur des cuisses,

perdait tout son sang, les mains brûlées, presque charbon-
neuses, l'habit soufflé par l'explosion et l'abdomen grand
ouvert par un linteau de bois : il expirait quand Irénée lui
porta secours. A côté de lui, une tête arrachée par la poudre,
à quelques pouces d'un corps dont toute la peau avait été
écorchée et dont des morceaux de crinoline déchirés buvaient
le sang, une tête toute rouge où des cheveux blonds se
collaient en petits paquets poisseux, avec une bouche difficilement reconnaissable, deux gencives dépourvues de dents, un
trou plutôt sur une surface de peau carbonisée, un sourire,
une grimace.

Irénée s'était toujours flatté de savoir faire parler la
poudre comme d'autres les oiseaux. Pour une fois, la poudre,
cette grande insolente, *sa* poudre avait parlé toute seule. Et
mal parlé comme on dit d'un enfant qui répond à sa mère.

XIV

A Irénée du Pont ce 29 septembre 1788.

J'apprends avec plaisir ta réception aux Poudres, et j'en ai surtout à voir que tu t'es trouvé le premier de tes collègues. Ta carrière est bien plus circonscrite que la mienne, dis-tu, mais celle que j'ai embrassée est bien moins sûre. Elle sera vaste si je suis sur le bon chemin, mais combien il est aisé de s'y égarer et de s'y perdre toujours. Je travaille ici continûment et assez bien, c'est moi qui fais tous les résumés des correspondances des consuls. Si l'on ne me donne pas un misérable vice-consulat, je reviendrai bien vite planter mes choux au Bois des Fossés. Plus je vois de pays et plus j'aime ma patrie. Plus j'ai vu la bassesse, la cupidité, le luxe, les mauvaises mœurs, la friponnerie, l'ambition se disputer à qui régnera sur les débris d'une République chancelante, plus j'aime notre gouvernement. Des philosophes échappés de France font ici un vacarme épouvantable et attachent à leur char quelques nigauds. MM. Brissot de Warville, Saint-Trys et Cie déclament hautement contre notre roi, et cherchent à persuader que nous sommes le plus méprisable des peuples.

On inonde nos papiers publics de paragraphes qui nous peignent la France dans un état de troubles et de révolution très inquiétant et ces gens-ci, fort doués pour les comparaisons et qui se comparent eux-mêmes journellement aux Romains, nous mettent au point où était l'Amérique au temps de sa Révolution...

A lire cette correspondance de Victor, Pierre-Samuel put imaginer le Superbe enfin sauvé de lui-même ; certes il s'y trouvait toujours ces post-scriptum assommants, où, faisant voir la cherté de la vie en Amérique et la nécessité de paraître un peu dans son métier, Victor quémandait. Monsieur l'attaché d'ambassade, titre conquis à l'arrachée, n'avait plus de quoi acheter son cacao dont il prenait une tasse matin et soir (deux bonnes pintes, précisait la lettre), manquait cruellement d'un fusil pour accompagner M. le Comte dans son expédition dans l'Etat de Jersey, payait sa pension cinq dollars, sans le blanchissage, ruineux dans ce pays. Le pauvre Victor ayant monstrueusement engraissé (« ces sales patates de mer ont fichu ma garde-robe en l'air : j'ai été contraint de me faire tailler une culotte de soie noire qui m'a coûté plus de soixante francs ! ») et bien qu'ayant affiché la plus grande *simplicité* — misère lui écorchait la bouche — avait dû s'habiller de neuf, dans une ville aussi dispendieuse que New York, acheter de nouvelles bottes, commander un greatcoat. Aussi priait-il les siens de lui expédier sans tarder quatre aunes de drap blanc, autant de casimir jaune, des bas, deux aunes de soie blanche, un ou deux fichus de mousseline et quelques livres, placés dans l'énumération, pour abuser son monde. Il justifiait ses besoins par de belles emplettes faites pour Irénée et qu'on recevrait par le prochain bateau : un petit crocodile vivant, un habillement complet et des armes du pays des sauvages qu'il avait visité avec le ministre et deux oiseaux moqueurs qu'il avait chassés lui-même et fait empailler. Et dans une boîte quelques fire-flies, espèce curieuse de sauterelle fort répandue ici, qui en déployant leurs ailes produisaient une lumière qui ressemblait à une bluette électrique.

Malgré toutes les préventions qu'on avait contre lui, Victor avait en effet changé : il parlait désormais parfaitement l'anglais, ne perdait plus d'argent au jeu mais en gagnait souvent, ne gaspillait plus son temps en quelques soirées, mais traînait maintenant *toutes* les nuits, n'était plus lascif et endormi mais vraiment paresseux, avait cessé de jouir en égoïste des plaisirs de la vie pour les partager assez régulièrement avec Mlle Elizabeth Dixon, fille cadette de l'un des plus riches marchands de New York.

Cette ville l'avait pourtant, les premiers jours, franchement embêté. « Orléans avec un port en plus », disait-il en maugréant. Les vingt mille âmes de cette bourgade lui inspiraient quelque méfiance et principalement cet étrange alliage de grossièreté anglaise et de propreté hollandaise sur les physionomies. Et puis l'hiver avait fondu sur leurs têtes, ses yeux accoutumés à l'azur du ciel de mer s'habituaient difficilement à ces bourrasques de neige qui blanchissaient l'atmosphère et que les vitrages à coulisse de sa chambre laissaient parfois entrer.

New York était en ruine en ces temps-là ; la guerre y avait imprimé de durables traces, les entrepôts s'effondraient sans qu'on fît quelque chose pour les relever, l'éclairage de rue était absent, les incendies s'étant chargés de mettre à sac les dernières maisons en charpente de bois des Hollandais qui avaient pourtant l'avantage du charme sur celles en brique écrue des Anglais, toutes semblables, jusque dans l'architecture de leur pignon. Tantôt les rues étaient trop larges comme les fleuves de ce pays, bordées d'orgueilleux monuments publics, grandioses et froids, tantôt elles étaient tortueuses, étroites, encombrées, mangées par ces caves converties en cuisines qui donnaient sur la chaussée et d'où d'infâmes relents s'échappaient, comme pour donner du caractère à ces chapiteaux, à ces corniches et à ces ornements grotesques dont le mauvais goût s'affichait sur presque toutes les façades. Quand il y avait des trottoirs, ce n'étaient que tas de colis ou ramassis d'enfants fumant le cigare en cherchant à vous chiper la pièce au passage. Et lorsqu'on ne s'était pas cogné aux ramoneurs, aux réparateurs ambulants et autres chiffonniers, on ne pouvait manquer de buter contre ce qui portait ici le nom de *balayeurs,* entendez des porcs qui, circulant librement dans la rue, font le ménage, sans toutefois se préoccuper de ramasser les chats, chiens et rats crevés. Victor eût préféré le plus sordide des faubourgs de Paris.

Seule la partie basse de la ville trouvait grâce à ses yeux, parce que plus ancienne. Bien que Wall Street l'ait un peu déçu — une misérable salle de taverne recevait les négociants et les financiers de cette cité qu'on disait reine du commerce ! — il avait du plaisir à faire la promenade de Battery, au sud de l'île, à la rencontre des deux fleuves, à s'arrêter dans son petit pavillon, transformé en café, et dont la terrasse ouvrait sur cette magnifique baie et son incessant trafic. Près de Battery, il lui arrivait aussi de traîner le long des marchés publics, s'attardant à la vue des homards, des crabes de mer et d'eau douce, des tortues, jetant un coup d'œil sur ces bateaux ancrés sur la rivière et qui servaient de salles de spectacles à de jeunes auteurs américains rivalisant sans succès avec Shakespeare.

Au nombre des douleurs qui affligèrent le Superbe à son arrivée, il fallut compter le premier emploi que lui donna le ministre : l'accompagner dans les visites officielles qu'il faisait auprès des institutions de New York. Il découvrit l'épuisante passion des Américains pour les établissements de bien public, les sociétés charitables, les hospices, passion qui ne les empêchait point de faire fouetter dans la rue un nègre ou un mulâtre qui ne se serait pas bien comporté selon leurs termes. Pendant trois semaines, Moustiers explora ce que New York avait de plus tristement soporifique et qui faisait sa fierté : le collège de médecine et son amphithéâtre d'anatomie, Bloomingdale Asylum où quelques fous parlaient en cinq langues simultanément, l'orphelinat, hypocritement nommé « maison des enfants des pauvres », l'université de Columbia avec son collège en pierre grise, sans omettre la prison et son espèce de colombier, réservé aux pendaisons nocturnes, sinistre bâtisse située sur la commune de Greenwich, haut lieu de promenade des bourgeois du dimanche. A la suite du ministre, Victor dut applaudir ces monuments d'humanité et visiter de fond en comble avec le consul général d'Autriche le fameux cabinet de minéralogie, admirer l'amiante opaliforme du Vermont, la stéatite cristallisée du Massachusetts, les zéolithes de la Nouvelle-Ecosse, les tourmalines du Maine, les béryls d'on ne savait où, les sulfates de strontiane du lac Erié, les zircones de cyanite de n'importe où, les amphiboles du Delaware, les manganèses et charbons de Pennsylvanie, les rutiles et les gergones des Etats du Sud, les spinelles rouges, verts, noirs et jaunes d'ailleurs encore et les sparaguines d'un endroit qu'il avait oublié.

Ainsi se présentait l'Amérique d'alors, soucieuse de ses musées, de ses collections et de ses galeries scientifiques, même balbutiantes, préoccupée dans sa recherche d'une histoire qui lui faisait défaut de l'exposition de son savoir, bien singulier au demeurant, se reconnaissant dans ces grands animaux empaillés du musée d'Histoire naturelle en face de Trinity Church, identifiant sa puissance galopante à celle du *cervus virginianus,* du *lepus americanus* et du *scalops canadensis,* comme si ces bêtes sauvages pouvaient montrer par leur taille et leur belle allure ce qu'étaient les Américains d'aujourd'hui : des hommes robustes, plus grands, plus forts, plus résistants et plus ardents que les Européens. Une démonstration qui ne pouvait séduire le Superbe, tout occupé qu'il était, à son habitude, à chercher le superlatif en Amérique dans l'ordre du luxe, de la dépense, du faste et des splendeurs de l'existence. Il se lassait de voir l'orgueil de ce peuple s'exprimer dans le seul excès des dimensions, des volumes, dans le nombre toujours plus élevé des genres et des espèces, à l'image de ces prodigieux espaces qu'on cherchait à peupler et qu'à New York ne parvenaient pas à occuper ces vingt-deux églises ou temples qu'il lui fallut visiter pour ne point fâcher les méthodistes, les luthériens, les presbytériens, les baptistes ou les quakers et tous les autres, des églises qui avaient la froideur du marbre et la rudesse primitive du bois à peine décoré dont elles étaient faites.

Il n'eut pendant toutes ces visites de courtoisie qu'un amusement sincère, qui lui montra la fragilité des idoles chez les tempéraments qui les favorisent trop volontiers : le jour où, passant devant la maison du gouverneur, il vit, derrière l'enceinte du bowling-green, que l'on déboulonnait la statue du roi George d'Angleterre pour mettre à sa place, en l'appuyant sur le même piédestal, celle d'un autre George, Washington cette fois.

Elizabeth Dixon vit dans la maison de ses parents, sur Broadway, l'endroit à la mode. Quand on connaît l'habituelle uniformité des appartements de New York, celui de John Dixon a de quoi surprendre : féru d'architecture grecque, c'est-à-dire connaissant de nom le Parthénon et s'étant fait construire un hôtel de cette dimension, Dixon, tout premier marchand de New York, enrichi dans le commerce de Saint-Domingue, sans toutefois avoir jamais touché à celui des esclaves, a voulu, à l'apogée de sa carrière, vivre dans un temple avec péristyle, portique et colonnes corinthiennes. La brique rouge lui paraissant trop rouge, il a choisi la pierre blanche et le marbre, réalisant un curieux mélange de style classique à dominante horizontale, parfaitement symétrique, et de mode géorgienne à laquelle on ne pouvait en ces temps se dérober. L'Atheneum, car tel est son nom, se distingue entre toutes les habitations élégantes de Broadway par sa situation idéale, son recul vis-à-vis du trottoir, sa grande grille en fer derrière laquelle s'étagent des parterres fleuris et une superbe pelouse.

L'adresse seule fait la fortune et la réputation de John Dixon, fils de Robert Dixon et d'Ann Montgommery, arrivés de Liverpool, il n'y a pas plus de cinquante ans, sans un penny en poche : Broadway, sans accueillir les brillants équipages du Palais-Royal ou avoir la luxueuse disposition de Regent Street, est une avenue magnifique, longue de plus de deux milles, ourlée d'arbres, de larges trottoirs et de pâtures, de jolies églises sans fards et de quelques cimetières, de jardins et de grands édifices publics, rue perpétuellement nettoyée et éclairée dès la tombée du jour, heure à laquelle les jeunes Américaines fortunées font la promenade d'avant-dîner, main dans la main ou au bras de l'amant. Les spectateurs de ces insolences se tiennent sur les balcons des maisons où par les soirs d'été les lumières restent allumées très tard. Et si le luxe de Broadway est si remarquable c'est aussi parce qu'il s'apparente à celui des plus belles artères de nos grandes villes d'Europe : les magasins et les boutiques qui partent de Battery s'échelonnent sur toute sa longueur, donnant à la ville sa seule vraie gaieté, sa nervosité et sa grâce. La promenade publique y est obligée et de Park Place, St. John Park, Murray Street et Chambers Street affluent les familles qui viennent sous les ombrages des platanes et des peupliers d'Italie de la plus belle rue du monde ; les étrangers eux-mêmes s'y portent, comme par nécessité, s'installant dans les quelques cafés et les salons de lecture où l'on dévore chaque semaine la dernière livraison du *Courrier d'Amérique,* traduit en quatre langues.

Elizabeth Dixon sort rarement de l'Atheneum avant l'heure du dîner qu'elle prend régulièrement dehors : elle vit dans le luxe supérieur de ces spacieuses pièces tapissées de papiers peints, couvertes de tapis éclatants, de draperies et de miroirs. La soie, le satin des rideaux festonnés retiennent la lumière trop forte du jour, le marbre est partout, des tablettes de cheminées aux statuettes, l'acajou habille les beaux meubles à la Dedham, incrustés de nacre et venus d'Angleterre, revanche prise sur le pays d'origine des parents. Car John Dixon vit à l'européenne : les vases d'albâtre, les chenets en cuivre, les horloges elles-mêmes, les ottomanes capitonnées, les chiffonnières et les glaces sont tous importés et seuls quelques meubles en palissandre témoignent de la citoyenneté américaine. On ne dîne que dans de la porcelaine de France, avec des couverts en or de Hongrie et l'on ne saurait boire que dans du baccarat.

Dans la chambre d'Elizabeth Dixon, le charbon de terre — ne point brûler du bois est, dans ce pays où la forêt est si présente, un signe certain de raffinement — se consume lentement tout le jour, sur des plaques de cuivre, ne laissant ni odeur ni fumée. C'est auprès de cette cheminée que la jeune fille se tient, rêve, aime et imagine. Le visiteur s'étonne de voir peu de bibelots de valeur sur les étagères : ils sont serrés dans de grandes malles dont il y a un exemplaire dans chaque pièce et qui sont prêtes ainsi à être emportées en cas d'incendie, chose fort fréquente à New York, ville où la richesse existe mais où il ne viendrait à l'idée de personne d'exposer un objet d'art, regardé pourtant comme le placement le plus sûr des classes élevées de la société.

Le miroir en verre de Venise de la chambre renvoie à toute heure l'image d'une jeune fille blonde aux yeux bleus et à l'expression mélancolique et boudeuse, propre aux belles quand elles se coiffent. Son long visage, un peu animal, et qui ne répond à aucune des exigences du « port » à la française, a cette pâleur obligatoire que donne l'absorption quotidienne d'un petit verre de vinaigre fort dans lequel de la craie a été pilée. C'est chaque matin le même « Pouah » d'horreur qui dessine une attrayante grimace autour des lèvres épaisses. Cette blancheur du visage se retrouve sur le cou, les bras, les mains et les cheveux : Elizabeth aime à se poudrer beaucoup, à pulvériser de l'amidon sur ses joues et à peindre ses traits, avec, peut-être, un peu trop de rouge aux lèvres. Mais l'habitude est prise et le baiser amoureux donné à la glace n'en retire guère. « J'aime cette beauté qui tient moins de l'éclat brillant que de la suavité du lis. C'est plus souvent une blancheur, une pureté, une délicatesse dans le teint qui surpasse de beaucoup les complexions européennes et produit chez Elizabeth l'agréable effet de transparent presque imperceptible de l'hortensia », commentera ce matin le Superbe en marge de son cahier d'affaires diplomatiques.

La fraîcheur se fane vite chez les Américaines, qui à vingt-cinq ans, disent les experts, ont déjà un peu de laideur en elles. Elizabeth n'en a que dix-huit, n'a pas encore et n'aura certainement jamais cette raideur solennelle des statues antiques et réservées de la société féminine de New York ; son rire éclate souvent, facile et gai, quand quelque chose l'agace. Elle crée la diversion par le plaisir, ce rire franc qui avait convaincu Victor de sa nature supérieure le soir où ils s'étaient rencontrés.

— Je vous assure, insistait Victor, les dames montent à cheval en France ! et j'ai même une amie, la vicomtesse de Ségur, qui depuis sa plus tendre enfance monte à la manière d'un homme.

Toutes les jeunes vierges de l'assistance s'étaient réfugiées derrière leurs éventails pour rougir en silence. Seule Elizabeth avait trouvé drôle la confidence de Victor. Et tandis que, suivant l'usage, les femmes avaient quitté la table dès l'apple pie terminé pour laisser les hommes s'encanailler avec des mots, Elizabeth était restée, sans qu'on ose lui en faire la remarque — la fille du plus riche négociant de New York ! *Money is the king, Elizabeth is the queen,* disait-on dans les salons.

John Dixon n'en fait pas moins son marché lui-même, ouvre sa porte et va volontiers à pied : les sept domestiques de l'Atheneum —, maître d'hôtel, cocher, cuisinier et femmes de chambre — tous serviteurs blancs, libres et payés, ne sont employés que par souci de se conformer à l'usage et au train d'une grande maison. John Dixon trouve en effet cet appareil ennuyeux et encombrant, ayant gardé de son père Robert Dixon, ancien laboureur, une certaine rudesse et l'habitude de faire lui-même ce que son argent lui permettrait pourtant de confier à d'autres. Ces origines modestes percent encore chez le marchand qui rote volontiers à table, se passe les mains dans les cheveux en mangeant et a la fâcheuse manie de se décrotter les oreilles en public : ce sont des réflexes de sénateur et John Dixon se rêve sénateur. Quant à son épouse,

Jessica Applethorn de son nom de jeune fille, c'est une de ces Américaines qui, s'ennuyant toute la journée, l'occupent à coudre, filer, à faire différentes choses à la mode, comme fondre des chandelles, repousser le cuir, fabriquer du savon, dessiner au fusain, jouer de l'épinette ou essayer de faux cheveux. Propre, raide et silencieuse, tout en elle trahit la femme simple, d'intérieur, que l'habit de dame du monde embarrasse et qui, gênée aux entournures, le fait craquer et découvre parfois le tablier blanc, à l'endroit de la déchirure, d'une irréductible ménagère qui s'offusquerait de ne pas couper elle-même la viande à table ou de ne plus surveiller la confection des pâtisseries en cuisine. Elle aime déjeuner sans un mot d'un peu de poisson salé et d'une pomme en face de son mari, refuse la main pour monter dans son équipage, femme limpide et sévère, facile à vivre, toujours bien mise, c'est-à-dire sans éclat. Son sac à ouvrage serré sous le bras, elle ramasse partout de vieilles choses, des vêtements usagés, des pipes, des dés, des chaussures en mauvais état et de petits bouts de tissus et de rubans qu'elle porte tous les mercredis après-midi à deux heures à l'hospice de Broadway sous le regard émerveillé de dames infirmières qui battent toujours des mains à l'exposition de ces trésors de récupération. C'est une femme qui s'ennuie avec son confesseur mais qui se confesse par ennui, aime à prendre le thé avec de jeunes missionnaires qui l'affriandent aimablement par leurs récits d'expéditions chez les sauvages : Jessica Dixon, avec sa mauvaise dentition, ses éternelles maladies de nerfs, ses yeux un peu chassieux, sa gorge fripée et cette poitrine éternellement comprimée sous le bustier, est donc une femme vertueuse autant par système que par complexion, livrée à elle-même depuis son mariage, c'est-à-dire à très peu de chose, à ce manque absolu de jugement et de tact qui la fait se rendre une fois la semaine dans les boutiques de Broadway en tenue de soirée.

En sa fille, Victor aime l'absence de toute passion, cette froideur effrayante des jeunes femmes que rien ne rebute, cet air de tout calculer et cette certitude de tout comprendre, excluant toute émotion vraie, toute tendresse avec l'amant qu'elle a fort librement choisi, lui le modeste attaché d'ambassade qui la flatte parce qu'il lui parle en français, a des manières et un nom aristocratiques, va et vient comme il veut, se promène à son bras sans faire scandale, passe la prendre pour ses promenades, ne la raccompagne pas tous les soirs, paie bien sûr ce qu'elle achète dans les boutiques — où elle *shope* tout le jour — et qu'elle oublie toujours de lui rembourser.

Elizabeth, ce soir, attend son amant en se recoiffant. Elle est encore en déshabillé de linon, cherche dans les armoires quelques dentelles pour accompagner son jupon, sonne pour qu'on rafraîchisse sa chambre d'un peu de sassafras froissé, ajuste son corsage, ne le ferme pas, demande à Mary de la masser de ses mains fermes et chaudes, s'étend sur le rocking-chair et donne ses jambes pour qu'on lui passe des bas.

C'est la gorge dénudée qu'elle ouvre à Victor, l'embrasse furtivement et regarde avec un peu de curiosité le fichu en mousseline de France qu'il lui offre.

— Nous dînons chez Delmonico, veux-tu?

XV

Delmonico, comme son nom ne l'indique pas, est tenu par un Français. Depuis six mois, les perfect ladies en ont fait le restaurant « à la mode », là où elles s'émancipent, deux heures durant, de cette détestable habitude alimentaire qui consiste à manger en noyant son estomac d'eau chaude, colorée selon les goûts d'un peu de café ou de thé. Tandis que les tavernes de New York sont en général de longues galeries aménagées de chaque côté d'un couloir en compartiments de planches, comme des stalles d'écurie, où l'on dîne en silence, sur fond de cliquetis de couverts et de mastications laborieuses, Delmonico se veut une auberge agréable avec de petites tables, où l'on parle fort, des clients au restaurateur, Lucien Collet, créole de Saint-Domingue qui s'est taillé une belle réputation, l'été dernier, en vendant d'excellentes glaces au melon, à la rose, à la fraise et de non moins délicieux sorbets à la pistache, à la figue et au mimosa.

Depuis que Delmonico refuse de servir du thé à table, les Américaines prudes se sont repliées sur la taverne de Niblo où l'alcool est proscrit : on y mange des beefsteaks nageant dans leur jus de lait à goût d'ail, de sinistres rôtis à l'anglaise avec des pommes cuites pour litière et d'ennuyeux pois bouillis à l'eau. La crème surnage dans le café et l'habitude veut que tous les plats, les entrées, les entremets chauds, les choux, les pâtisseries sucrées et les confitures soient servis en même temps. Ici dînent donc les parents d'Elizabeth, car on n'y parle point à table ; à peine a-t-on commandé que la nappe est dressée sur les genoux, servant à l'anglaise de serviette, ce qui convient fort bien à John Dixon. L'usage de manger rapidement en se penchant sur son assiette au grand risque d'y tomber fait qu'on sort généralement de la taverne de Niblo une petite demi-heure après y être entré. Faut-il ajouter que, par une espèce de décret stupide, l'on n'y peut consommer de l'alose le dimanche, que la chique y est autorisée et qu'enfin la spécialité y est un certain plat fait de petits pois et d'ice-cream que l'on déguste à la pointe du couteau.

Chez Delmonico, Victor regarde manger cette presque femme, toute à sa beauté et à l'aisance de ses dix-huit ans, une Elizabeth qui n'est jamais plus rayonnante que quand elle se sait observée, désirée : même les huîtres, dont on fait grande consommation à New York, et que l'on retrouve partout, dans les soupes, dans les tourtes, grillées ou crues, même les huîtres avalées à la petite fourchette lui vont bien.

— Je voyagerai peut-être en Europe, l'année prochaine. Que me conseillez-vous, la France ou l'Italie ? L'Angleterre ! j'ai horreur des Anglais !

Il y a soixante ans, elle serait née, comme tous les siens, à Liverpool ; il y a à peine dix ans, son passeport en faisait un sujet de la Couronne britannique. Mais « avoir horreur des Anglais » lui plaît énormément, c'est comme dire : « Je déteste le homard. » Du homard dont elle prendra tout de même, vidant les garde-manger de Delmonico. Victor paiera pour ses folies. Elle hésitera longtemps, quoique n'y connaissant rien, pour le choix d'un vin : « Voyons, du vin de Madère, non..., trop sucré. Vin de Moselle ? bof... Et qu'est-ce que c'est, Montrachet, Rochegude, Frontignac ou Sauternes ! est-ce qu'on ne pourrait pas écrire cela en anglais... Tiens, savez-vous ce que l'on raconte, il paraît que le général déteste le champagne ! » Victor sourit. Cher Washington... D'ordinaire, Elizabeth est plus franche : « Une bouteille de vin de Champagne, garçon ! »

Pour Elizabeth, ce du Pont, même sans fortune, c'est la France. Quand il lui raconte le Bois des Fossés, elle voit tout de suite Versailles ou Fontainebleau et, quand elle en parle, c'est en maîtresse de maison.

— Quoi, vous n'avez pas de cocher !

Lucien Collet tend sa carte :

— Après les huîtres, j'ai de la soupe aux huîtres, du bar sauce aux huîtres, des huîtres frites, gratinées, des tartes aux huîtres, des huîtres au whisky.

— Merci, merci... Vous nous rafraîchirez une seconde bouteille !

C'est l'heure des toasts, une vieille coutume qui vient de Boston. Chaque homme doit faire un *sentiment,* c'est-à-dire parler d'une femme à laquelle il est lié d'une manière ou d'une autre et dont il fera l'éloge à voix haute. On trinquera après. L'usage en est pourtant interdit lors des tête-à-tête. Elizabeth insiste, s'amuse de l'embarras de Victor.

— Bien... Je vois... une... femme qui me plaît. Beaucoup ! Jolie, bien sûr..., grande, belle, blonde...

— Et encore ! trépigne l'Américaine qui déteste les longs discours et, comme ses compatriotes, aime le compliment brutal.

— Et encore ? L'amour avec elle..., j'adore faire l'amour !

Victor est jaloux. Joie de la nouveauté tempérée par une réalité peu plaisante : Elizabeth n'a pas qu'un seul amant en ville. Un certain Jérôme Vanderbilt...

Victor les a surpris hier, et pourtant ce mot même de *surpris* paraît excessif ; c'est à peine si Mlle Dixon s'en cache. Ils étaient assis au Gem Saloon de Broadway, bar-room du Metropolitan, vestibule d'hôtel où l'on passe prendre un julep de menthe après Delmonico. Jérôme Vanderbilt accompagnait Elizabeth, Victor l'a aperçu en entrant au Gem : un grand type, un peu fat, les jambes étirées sur le tabouret, le dos renversé sur une chaise, parlant haut et faisant de grands gestes pour se donner du volume. Elizabeth lui souriait comme elle le fait maintenant devant ses œufs aux huîtres. Pas de champagne pour Mlle Dixon : un gin-slig où elle trempait ses lèvres.

Une nuit durant, la jalousie a exténué Victor. Il a décidé de ce dîner comme d'une revanche. Un dîner d'adieu. A peine le café bu, un rendez-vous l'attend ailleurs : une adresse qu'il n'oserait évoquer devant Elizabeth, *Holy Ground* ou la Terre sainte, une manière de parler pour désigner ce quartier de la ville, en bordure des quais où se promènent par couples des raccrocheuses de toutes couleurs, couturières en mal d'aiguille, blanchisseuses à deux gourdes, dont une pour la chambre. On dit d'elles, en riant, que quand elles vous font un cadeau on s'en souvient longtemps. La pire espèce, celle qui mêle son sang vicié aux soupirs de la clientèle. La dernière mode : se farder à l'européenne avec tant de rouge qu'on les prend à vingt ans pour de vieilles baronnes. Elégantes tout de même à la lumière de la chandelle : rubans, déshabillés de mousseline, avec leurs doubles chaînes de montre, les boucles d'oreilles et les bijoux rutilants de faux. Les filles du ruisseau ont la taille déliée, les jambes nues, les robes un peu relevées — comme si elles étaient toujours en train de monter un escalier — afin que l'œil fouille dans cet entrelacs de cuisses. Mais elles font bien leur métier, les filles de Manon. De plus près, les robes paraissent fanées, les sourires endeuillés par les chicots, les yeux fixes comme ceux des malades de l'esprit et la bouche dégage son haleine de cendrier froid. La maison de Mother Carey — New York a autant de « maisons » que d'églises et, si elles ne sont pas ouvertes à la même heure, le public s'y retrouve parfois — plaît aux diplomates et aux membres du Congrès qui font leur choix dans cette brochette de putains, infatigables donneuses de leçons et généreuses pourvoyeuses de plaisirs comme de vermine.

— Dites à Abby que je l'attends en bas...

Abby, une petite Irlandaise, bien montée, pas bavarde, une créature qu'il rejoint parfois la nuit, après le dîner, dans cette maison crasseuse de Battery.

Avec ces chaleurs étouffantes qui s'abattent sur New York, les dames *entretenues,* qui savent si bien se laisser aller, désertent la maison Carey pour les bancs, à l'ombre des promenades de tilleuls touffus. Abby occupe sa journée à vendre du popcorn au coin de Prince Street. Elle attend son Victor. Et la nuit, quand la chaleur reste entière, ils vont parfois tous les deux, en amoureux presque consentis, se promener le long de l'Hudson en regardant les oiseaux-chats se poursuivre dans les étoiles à grands coups de piaillements.

Victor ce soir ne regrette déjà plus l'Atheneum, les beaux dîners faits pour épater les arrivants, la porcelaine, le cristal, le vieux madère qui vient d'Inde. Ce New York-là ne vous réinvite jamais deux fois : un nouveau visage vaut toujours mieux qu'un ancien pour qui n'a rien à dire. Dans une ville aussi hypocrite, Victor a choisi le parti de s'encanailler absolument, se flatte d'être au bras d'une élégante qui se rafraîchit le visage avec une belle queue de paon qu'il vient de lui offrir. Elle et lui vont souvent assister à ces combats où des athlètes cherchent à s'arracher les yeux sous les vivats d'un public qui applaudit toujours celui qui a défiguré son adversaire. Victor suit Abby dans sa passion du boxage, mais tente, doucement, de l'entraîner au théâtre dont la saison vient de commencer.

Abby Willing n'était jamais allée au célèbre Boweryhall : une compagnie de comédiens français de La Nouvelle-Orléans, avec leurs bichons, leurs serviteurs nègres, leurs masques de papier mâché et leurs épées de bois, y fait fureur depuis trois jours. Une bien innocente pièce de Sheridan, *l'Ecole du scandale,* qui est cependant menacée d'interdiction et que l'on présente, pour détourner la loi, comme une récitation morale. Abby se plaît dans ce parterre de mariniers survoltés, têtes enfouies dans les chapeaux, mangeant de la pâtisserie pendant les actes, croquant des pommes et cassant des noix entre leurs doigts sans se soucier de couvrir ou non la voix des acteurs. On ne vient d'ailleurs pas au Boweryhall pour écouter une pièce que l'on trouverait de toute manière ennuyeuse. On s'y retrouve pour discuter, regarder les costumes, commenter l'assistance et manger des huîtres, toujours elles, que des vendeurs proposent à la sortie, déjà ouvertes, dans de petits chariots éclairés par des lampions. Et, comme l'on ne comprend rien à Sheridan, les coquilles volent, atteignent les comédiens à la face et les blessent parfois. Abby applaudit, elle n'imaginait pas que le théâtre fût si drôle et jusque dans la salle. Victor non plus, qui vient d'apercevoir au troisième rang des loges Elizabeth Dixon, négligemment assise sur le rebord du balcon, tournant le dos à la pièce et s'entretenant avec son voisin, l'inévitable Jérôme Vanderbilt dans tout l'éclat fade de ses vingt-cinq ans.

Le chahut est à son comble dans les poulaillers : les noix, les pommes, les huîtres à demi vidées voltigent sur la scène. Décidément, Abby préfère l'art dramatique au boxage, c'est plus vivant. Si vivant que le shérif qui vient de faire son entrée par les coulisses, escorté de quelques gardes municipaux, se mêle au jeu des acteurs, étourdit le public qui croit au meilleur des rebondissements du pauvre Sheridan, et finit par interdire la représentation à grands coups de sifflet, repoussant d'une canne énergique les spectateurs qui grimpent sur l'estrade. Les comédiens, interrompus en plein acte, protestent, les épées de bois se brisent sur des lames mieux trempées, les masques sont arrachés, les costumes de paillettes déchirés. Un sénateur propose qu'on arrête la troupe, acclamation reprise en chœur par les spectateurs, Américains, Allemands, pas mécontents de faire une petite entourloupe aux Français du jour.

— *In jail, the French !*

C'est le moment de filer : Victor arrache à la contemplation de ce désastre Abby qui râle un peu, voudrait rester, s'amuse énormément. Le Superbe est satisfait : il a vu le regard d'Elizabeth Dixon le surprenant au bras de l'Algonquine. La jeune reine de New York connaît désormais l'histoire de son dévergondage avec cette jolie petite putain, une histoire qui fera le tour des bonnes familles.

Il n'y a pas un bourgeois, pas un étranger qui n'ait entendu parler de Victor du Pont. Le Superbe se vautre dans la paresse depuis six mois qu'il est là, une paresse qui entraîne le goût du jeu. L'oisiveté est telle à l'ambassade qu'il passe son temps à la roulette, va d'une salle de bal à l'autre, se faisant le champion de la fête frivole de l'été new-yorkais. Il emploie ses nuits à s'endetter. Abby Willing n'oublie jamais, malgré son inconditionnelle affection pour le Superbe, de faire payer tous ses services.

Au nombre des folies qu'une fille entretenue de l'espèce d'Abby Willing peut souhaiter, il en est une, coûteuse et pour laquelle, par bravade, Victor vient d'hypothéquer sa faible fortune et quelques mois d'appointements : l'achat d'une voiture élégante pour parcourir aussi librement la campagne de l'Etat de New York par ce bel été qu'il peut être agréable et flatteur de circuler avec un pareil équipage dans Broadway. Le *stage,* voiture publique dans laquelle il pleut parfois par le sommet, par l'arrière, par les devants et les côtés, où les effets se mettent dans des coffres sous les sièges de telle manière que les voyageurs se retrouvent les genoux dans le menton, au grand risque de se fracasser le crâne et les jambes à chaque secousse, ne convenait guère à l'Algonquine. Quant à Victor, la seule idée de partager une voiture avec des charpentiers, des pasteurs yankees qui trimbalent, d'une ville à l'autre, leurs provisions, de la verrerie, du lard, des bottes et de la cassonade et de sortir de ce tombereau roué, meurtri, brûlé et épuisé ou d'être prié d'appeler ce gros cocher vulgaire avec ses gants de daim qui lui montent jusqu'à mi-bras « mon général » comme c'est la coutume, cette seule idée l'a décidé à faire son achat. Et si l'on essayait un phaéton, un *rockaway* ? Il se décidera finalement pour un simple sulky, fait en dogwood, ce bois très flexible qui donne à une voiture son élégance et sa souplesse extraordinaires. Il achètera deux chevaux bais à l'armée, chargera le cabriolet de ses bagages, prendra l'affaire en main en s'emparant des guides et de la chambrière et, ayant demandé un congé d'une semaine à l'ambassade, s'en ira chercher Mlle Abby chez Mother Carey.

Ils prirent des routes invraisemblables en s'amusant beaucoup de ces chemins de rondins que la suspension étudiée du sulky ne rendait pas moins infernaux : sous le claquement du fouet, l'équipage voltigeait en l'air tandis qu'Abby, par un vieux réflexe de ces paysannes qui craignent toujours de manquer, s'était chargée d'une douzaine d'œufs et les tenait tant bien que mal entre ses petites mains blanches. Harnaché comme pour un tour au bois, le sulky rencontra quelques obstacles — bûches et pierres placées en travers du chemin — et cassa son essieu dès la première journée. Ils croisèrent des paysans ahuris, vêtus de blanc, avec des chapeaux de paille, assis sur des peaux d'ours, qui les regardaient filer à ce train d'enfer. Avec leur allure très *fashionable* — expression que Victor avait volée à Elizabeth Dixon et dont il usait beaucoup — ils s'aventurèrent d'abord sur ces rives de l'Hudson que le Superbe avait toujours rêvé d'explorer : des hauteurs de la route on voyait le village de Harlem, de petits ponts de bois, Long Island et au loin les fameuses Hell's Gates. Abby, qui avait eu l'idée d'un herbier, obligeait à tout moment Victor à longer les magnifiques tulipiers, à saisir au passage quelques fleurs en forme de calice, à s'arrêter devant chaque maison qui avait un balcon en treillage pour y aller dérober, tout au long de ces magnifiques pelouses qui descendaient doucement sur l'Hudson, ces grosses branches de sassafras ou de catalpas qui jetaient leurs ombres splendides sur les eaux du fleuve.

A quelques lieues de New York, l'Hudson s'engouffre entre deux murailles de rocs déchiquetés, recouvertes de forêts qui joignaient l'infini de leurs couleurs à celui de ce ciel très pur de septembre. Abby n'avait quitté son village natal, Elizabethtown, à quelques milles de New York, que pour découvrir la crasse contagieuse de cette ville et louer sa piaule chez Mother Carey où sa jolie mine de brunette insouciante l'avait portée au sommet des tarifs jamais pratiqués dans cette maison de commerce. Elle s'enthousiasma pour cette nature sauvage, ces arbres aux têtes élevées et touffues qui lui donnaient le vertige, comme ces falaises plongeant dans le fleuve, aux flancs desquelles seuls quelques buissons témé-raires s'accrochaient. Là-bas, c'était Brooklyn, ce village où, disait-on avec un peu de mépris, s'étaient réfugiés les derniers *tories,* partisans de la Couronne britannique, repliés dans leurs fermes, menacés de mort et insultés quand ils n'étaient pas retrouvés pendus haut et court dans leurs granges.

— J'en ai connu un, un certain John Hobe, avec qui j'ai été au début. Ils l'ont roulé dans la peinture noire et jeté dans les plumes de ses poulets qu'on avait égorgés. Jamais revu ! Mother Carey m'a dit qu'il s'était caché dans l'intérieur, le Kentucky, je crois.

Jusque dans ce paysage âpre, l'Algonquine était habitée par les fantômes qui l'avaient payée pour l'aimer quelques heures : « Avec toi, mon Victor, c'est différent. On ne m'a jamais emmenée en voyage comme ça. »

Le Superbe la regarda d'un air étonné, étonné qu'on le remercie lui qui n'avait jamais rien fait pour personne, que son père traitait si bien de sale égoïste qu'il s'en était accommodé. Une mouche se posa sur le visage d'Abby. Elles étaient partout, les mouches, à cette saison ; sur les mains, la figure… A cause d'elles, on fermait les fenêtres en plein été au risque d'étouffer de chaleur. Elles tachaient tous les papiers, les robes blanches, les vitres ; les cheveux étaient couverts de leurs corps bourdonnants quand ce n'étaient pas les aliments, ou le verre de vin dans lequel elles plongeaient, se glissant jusqu'aux lèvres. Victor d'une petite tape du revers de la main chassa la bestiole noire qui donnait au visage d'Abby une inhabituelle rusticité et rappelait sa jeunesse de fille de ferme. Une seconde, il envia John Hobe d'avoir pris la fuite et d'être dans les bois, loin d'elle.

Ils allèrent le lendemain par la route de Booklyn à Jamaïca, petite ville de Long Island, qui connaissait trois jours l'an une animation extraordinaire. C'était ce matin l'ouverture des courses sur les Elysian Fields ; tous les chevaux, tous les cavaliers et toutes les dames du bon New York s'y pressaient. Victor qui s'attendait à y trouver l'inévitable Elizabeth n'y salua que la marquise de Bréan, revenue depuis quelque temps à des sentiments beaucoup plus froids, quoique encore polis, de cette politesse qui accompagne toujours le vieux sentiment de reconnaissance des femmes qui ont aimé leurs amants d'un jour. La supposée belle-sœur du comte s'ennuyait mortellement à New York, obligée, en présence de M. de Moustiers, de figurer à elle seule la société française, la mode, les goûts, le classicisme, tâche qui lui paraissait au-dessus de ses forces dans cette ville. Elle avait fini par refuser de sortir, se terrait dans leur maison de Broadway, laissait le ministre aller seul aux cérémonies et ne supportait que les thés de la femme du consul d'Espagne, jeune aristocrate écervelée. Une année américaine l'avait fanée, vieillie d'un siècle. Les courses avaient encore sa faveur, parce que femme de chair, lassée des hommes de tête, elle s'était mise à aimer les chevaux de selle.

Victor récupéra Abby, qu'il avait laissée, pour des questions de préséance, à la petite buvette installée en plein air : ils regardèrent une heure durant les courses, trouvèrent fâcheux ce théâtre de chevaux tournant en rond et se mirent en route.

Les journées suivantes furent consacrées à l'exploration des terres de l'Etat de Jersey. Le sulky en abritant leurs baisers les promena sous des arbres inconnus, dans des bois charmants, parfois défrichés en leur cœur, accueillant une baraque faite de troncs, un champ ensemencé de blé de Turquie ou d'avoine près duquel ils s'arrêtaient pour rafraîchir leurs chevaux. Ils passèrent leur seconde nuit dans une épouvantable auberge où les gens dansaient dans une chambre, buvaient dans une autre, fumaient dans la troisième ; ils partirent tôt le matin pour les chutes de Tatway. Après s'être repus du spectacle de l'écume blanche, du tourbillon de vapeur que le soleil réfléchissait d'un bel arc-en-ciel, ils poursuivirent vers un village qui avait été dévasté pendant la guerre et où l'illustre général avait tenu campement. En bonne Américaine, Abby se signa. Ils roulèrent les jours suivants, s'arrêtant un instant pour écouter le coassement de grenouilles dont le cri s'apparentait au grognement du cochon, firent des étapes dans des *log houses,* où, malgré la pauvreté des settlers, on leur servait assez volontiers du thé avec du beau sucre blanc, du pain frais et du beurre. Ils trouvèrent même chez l'un d'entre eux, frère morave qui avait quitté l'établissement de Bethléem en Pennsylvanie pour occuper ces terres, une gazette de la semaine, arrivée on ne savait comment dans ces solitudes peuplées d'arbres, dans cette cabane où des visages noircis par la fumée du foyer ne souriaient plus jamais à personne, pour la bonne raison que personne ne s'aventurait chez eux. Demandant leur chemin à des paysans qui ne s'entendaient que rarement sur les distances — toujours minimisées, souvent de moitié, comme si l'on avait quelque honte de ces immensités — ils passèrent ainsi d'un lit, d'une auberge à l'autre. Ils croisèrent quelques établissements hollandais dans ce que l'on nommait encore la Dutch Valley, vestiges d'une occupation d'il y avait deux siècles, quelques maisons rassemblées dans un beau vallon au milieu des bois les plus arides et où une seule rivière faisait vivre toute une famille en actionnant un moulin à scie et un autre à grains. Puis le temps se gâta la veille du retour et, après avoir couru trois heures durant sous une pluie chaude, ils décidèrent de regagner New York au plus vite. Abby embrassa Victor sur le front lorsqu'il la déposa sur le seuil de la maison de Mother Carey et, devant le mutisme d'un Superbe qui se gardait bien de lui fixer quelque rendez-vous, claqua la porte de la voiture sans autre forme de procès. Victor la regarda entrer dans cet abominable repaire de maquerelles, eut un dernier mouvement vers elle, pour la presser contre sa poitrine, mais c'était déjà trop tard ; il reprit les guides en faisant claquer le fouet sur les flancs des deux haridelles trempées et crottées.

C'en était bien fini de l'Algonquine : Victor n'avait plus d'argent. Eût-il gagné au jeu, Mlle Willing n'en eût d'ailleurs pas davantage profité. Le Superbe en avait assez des femmes, de toutes les femmes.

Victor, au printemps 1789, se fit si bien remarquer du comte de Moustiers que celui-ci lui promit un vice-consulat sous peu de mois, deux postes étant vacants, l'un dans le Rhode Island, l'autre dans le Connecticut : « ... et, mon cher du Pont, viendra un jour où vous prendrez ma relève à New York... » Moustiers ne s'était pas plus fait à l'Amérique que l'Amérique ne s'était faite à Moustiers. Lorsque les femmes de la société avaient appris qu'en la personne de la marquise de Bréan la France avait détaché à New York l'un des fleurons de son aristocratie, elles avaient imaginé des soupers, des grands bals, des thés à n'en plus finir. L'épouse du précédent ministre, M. de La Luzerne, avait eu toutes les réputations, y compris celle de jeter l'argent par les fenêtres. Mme la Marquise calfeutra les siennes, se plaignit tantôt du froid glacial de la ville, tantôt des chaleurs insupportables, ne vit ni ne reçut personne à sa table. On la crut malade des nerfs et l'on n'était pas si loin de la vérité.

Il n'y eut de notable en ces semaines que la célébration, le 22 février, de la naissance du général, fête qui donna lieu à des bals dans toutes les villes américaines. Quelques jours plus tard, une émeute considérable à Saint-Domingue était annoncée par un bâtiment échappé du cap Français. Les nègres s'y révoltaient, avaient tué tous les planteurs qui n'avaient pu s'enfuir et mis le feu aux champs de canne et aux habitations. Victor fut chargé d'armer une troupe et deux navires pour aller chercher les colons survivants. Puis, au début du mois de mars, la fébrilité se fit plus grande à New York, les membres du Congrès se mirent à spéculer sur les effets publics, achetèrent et vendirent des certificats et se mirent à parier sur les résultats de l'élection du premier président des Etats-Unis d'Amérique.

Victor assista à ces réunions publiques du Congrès dont les mauvais plaisants disaient qu'il perdait beaucoup de sa dignité en ouvrant ainsi ses portes : la foule découvrait avec horreur le peu de talent oratoire de ceux qu'elle avait élus sur la bonne foi de leurs papiers dans les gazettes. Victor y retrouva même son grand géant roux de l'hôtel de Langeac, Thomas Jefferson. Le 6 avril, les membres du Sénat s'assemblèrent et, de concert avec la Chambre des représentants, ouvrirent les ballots d'élections. Le total des voix se montant à 69, le général les réunit toutes pour la présidence. Le jeudi 23 fut le fameux jour : le général arrivait à cheval de Mount Vernon, en Virginie. Sur plus de quatre cents milles, des jeunes filles en robes blanches avaient jeté des fleurs pour que sa route ne fût qu'un lit de roses jusqu'à New York. Trois sénateurs, cinq représentants, trois officiers de l'Etat allèrent le recevoir à Elizabeth Town Point, dans un bateau mené par treize rameurs habillés de vareuses blanches. Il traversa ainsi la baie, arriva vers deux heures à New York sur Battery couverte d'une affluence innombrable ; sa barque ainsi que tous les bâtiments décorés qui croisaient furent salués par des acclamations et des coups de mortier. Mais la joie et l'enthousiasme furent un hommage plus flatteur encore que la bacchanale des canons et des cloches. Le peuple et une petite minorité de la Chambre se disputaient le droit de l'appeler *your Highness;* la majorité politique, effrayée de voir revenir un roi au galop, imposa de le nommer *Monsieur le Président.*

La cérémonie fut cependant royale, la foule s'était massée en haut de Broadway devant le City Hall, noble bâtisse avec des colonnes et un fronton sur lequel était sculpté l'aigle américain, décorée de pilastres de marbre et d'une grande statue d'Atlas supportant le monde. Par un souci d'économie inexplicable, le major L'Enfant, architecte de cette rénovation, avait laissé la façade nord en pierre rouge du pays comme s'il fallait réserver à l'intérieur de ce palais le luxe qui convenait au prince du jour, tapisseries d'or et écarlates, peintures, colonnades corinthiennes, statues... Le général parut en haut du balcon, prêta serment devant le peuple, les matelots, les petites gens. Une cérémonie tellement guindée qu'on eût cru l'exécution de quelque criminel, le Congrès ayant souhaité que le général eût à ses côtés le shérif, le bourreau, les *constables* et les *aldermen* avec leurs bâtons dorés. Victor assista au dîner qui suivit chez le gouverneur Clinton, où l'on tira quelques feux d'artifice.

Huit jours plus tard, il y eut à l'ambassade un grand bal en présence du général. Victor imagina de former un qua-drille. Quatre officiers français en habits blancs et revers rouges dansèrent avec quatre dames en blanc aux coiffures tressées de roses. Le général fut ravi, se mêla à une contredanse, invita le lendemain la troupe au « lever du président », cérémonie assez grotesque, froide, d'une *stiffness rather disagreeable* où tous, ministres fédéraux, consuls, *foreigners of distinction,* se tenaient debout, faisaient leurs révérences d'entrée et de sortie et disparaissaient ainsi sans un mot dans la rue à sept heures du matin, après avoir assisté à cette étonnante audience muette.

Plus étranges encore, bien que plus gais, étaient les levers de la présidente, pour cette raison qu'ils se tenaient entre sept et huit heures du soir... On pouvait s'y asseoir, y manger des glaces et des confitures, prendre du thé ou du café en compagnie de dames bavardes, nombreuses et jolies dont la plus courtisée, lady Washington, se souvenait qu'elle avait été autrefois une des belles de Virginie. Victor, pris au piège de la politique et des obligations officielles, passait ainsi son temps entre l'anniversaire de l'indépendance, les hissers de pavillon, les saluts aux enseignes de navires, les dîners avec la Société des Cincinnati, les remises de lettres de créance et quelques cérémonies exotiques où des sauvages de la nation des Mohawacks dans leur costume fleuri et leur anglais approximatif faisaient l'éloge du président. Victor s'acharnait à défendre la France qu'on disait parfois plus petite que n'importe quel Etat américain et ses compatriotes exilés de Saint-Domingue, qui ne connaissaient, soi-disant, d'autre style que celui des lettres de change, critiques qui venaient le plus souvent de Français qui n'avaient jamais mis le pied en France. Il traîna encore une ou deux fois au Gem Saloon et, exaspéré de n'y rencontrer que des râleurs, des Chinois se plaignant de la chaleur de New York, des Irlandais alcooliques maudissant la fièvre jaune ou des Anglais fulminant contre le brouillard de Manhattan, décida de ne plus sortir de chez lui, d'y écrire et d'y oublier toutes les femmes. Il ne se dérangeait plus que pour les grandes occasions de rue, chères à cette Amérique démesurée, ces jours où l'on décidait de transporter des maisons entières en brique sur des chariots parce qu'elles dérangeaient un projet d'élargissement de la chaussée, ces nuits d'incendies quand le watchman posté sur le faîte de City Hall hissait sa lanterne à l'extrémité d'une longue perche pour indiquer aux pompes et aux volontaires le chemin à prendre : on croyait voir alors un géant pointant son index rouge au sommet de la ville, faisant sonner en volée les cloches de toutes les églises, mêlant ses cris à ceux des hommes qui frappaient à toutes les portes pour demander du secours. Spectacle extraordinaire que cette Amérique solidaire dans ses désastres, luttant contre la flamme et les colonnes de fumée, organisant une chaîne de plus de deux cents bras pour puiser l'eau de l'Hudson.

Cette Amérique-là, qui n'était ni l'Amérique officielle, ni celle crapuleuse qu'il avait connue, plaisait au Superbe, retranché dans le magnifique exil de son cabinet de travail, tout occupé d'écrire à vingt-deux ans ses Mémoires, destinant aux journaux un essai qu'il publia sous pseudonyme dans *l'Abeille Américaine*.

Du caractère national des Américains.

On peut dire qu'ils n'en ont aucun. Et on ne doit pas être surpris qu'il ne se soit point encore formé si l'on considère qu'ils ne sont autre chose qu'un mélange d'Anglais, d'Irlandais, d'Allemands, de Français, d'Hollandais, d'Ecossais, de Suédois, en un mot de toutes les nations d'Europe, que les fils ou les petits-fils des premiers colons existent encore et que les immigrants qui y arrivent tous les jours de tous les pays y transportent, y transplantent continuellement des habitudes, des mœurs, des usages, des préjugés et des langages nouveaux. En un mot, il n'y a pas de pays où l'on puisse moins certainement juger du caractère d'un homme par celui de son voisin. Une même ville réunit dans son sein des quakers, des anglicans, des presbytériens, des catholiques, des juifs, des luthériens, des moraves, des calvinistes, des associés, des méthodistes, des anabaptistes et des divisions et des subdivisions de ces différentes sectes, dont l'extérieur, l'habillement, les principes et les goûts diffèrent autant que la croyance.

On ne peut essayer de peindre sous une dénomination commune l'hospitalité, la simplicité, la bigoterie qui caractérisent les habitants des quatre Etats de la Nouvelle-Angleterre, la médiocre aisance de leurs fermiers et l'esprit entreprenant et l'intrépide hardiesse de leurs navigateurs ; l'esprit mercantile et spéculateur des habitants de New York, l'égoïsme et les habitudes routinières des Hollandais qui ont peuplé l'intérieur de cet Etat ; le luxe et l'ostentation des personnes qui forment la première classe de la société à Philadelphie, la philanthropie, l'astuce et l'âpreté de ses quakers, la tempérance, la persévérance et l'industrie des bons Allemands qui cultivent les fertiles plaines du Maryland couvertes de tabac, de nègres à demi nus et peuplées d'Irlandais, ivrognes, paresseux, catholiques et pauvres ; l'indolence et la fierté d'un Virginien trop despote chez lui pour vouloir se soumettre à aucune autorité supérieure et, par tempérament plus que par principes, démocrate, antiféodéraliste ou plutôt ennemi de tout gouvernement.

Pareille opinion, même sous un nom d'emprunt, aurait compromis Victor si à cette époque, à l'automne 1789, certaines correspondances diplomatiques n'avaient déjà ordonné au comte de Moustiers et à son ambassade de revenir en France, confirmant les nouvelles portées par les vaisseaux, qui parlaient d'une révolution à Paris. Quelques jours avant son départ, Victor reçut d'Irénée un très long mémoire qui lui dépeignait la situation dans la capitale et dans les provinces. Une lettre qu'il alla lire à Battery, une promenade douce qui lui rappelait les soupirs mêlés d'Elizabeth et d'Abby. Mais déjà l'ombre des arbres dépouillés qui l'entouraient en cette soirée de septembre donnait à New York un air d'abandon et de tristesse.

XVI

Paris le 8 mai 1789.

La victoire est à nous, mon cher frère. Papa est des Etats Généraux ! Après avoir fait le cahier du village de Chevannes en deux nuits, il s'est fait députer pour l'assemblée du bailliage de Nemours : il y a rédigé en dix jours un cahier d'un millier de pages rassemblant toutes les doléances et tandis que M. de Noailles a été élu député pour la noblesse et le curé de Souppes pour le clergé, notre père a été nommé premier député du tiers du bailliage de Nemours à la pluralité de 182 contre 26.

Les Etats se sont ouverts il y a quatre jours. La cérémonie de l'ouverture fut très belle, contrastant singulièrement avec cette ville grouillante de misère où les soldats sont lapidés, les maisons incendiées et pillées, ce Paris où il n'y a depuis longtemps d'autre sécurité que celle que les citoyens s'assurent eux-mêmes par leur courage, leur sang-froid et leur épée.

Le roi, la reine et la famille royale ainsi que toute la cour, avec les députés des trois ordres, ont été en procession de Notre-Dame de Versailles à la paroisse Saint-Louis où ils ont entendu une messe du Saint-Esprit et un sermon de l'évêque de Nancy qui a duré plus de trois heures, après quoi la cour s'en est allée dans de superbes voitures. C'était un coup d'œil magnifique que Versailles ce jour-là. Presque tout Paris y était, les fenêtres garnies de femmes de la dernière élégance étaient louées à des prix extravagants. Le lendemain on tint la première séance. Le roi fit un assez beau discours, bien prononcé ; M. de Necker, ensuite, fit lire ses plans pour couvrir le déficit qu'il n'estime plus qu'à cinquante-six millions ; ce discours de trois heures et demie de lecture a étonné infiniment ceux qui n'étaient pas, comme dit ton parrain, le cher Mirabeau, dévorés de la soif d'applaudir.

Lundi dernier, dans l'après-midi, une troupe d'hommes du peuple promena dans Paris un mannequin qu'ils appelaient Réveillon et qu'ils pendirent dans plusieurs places publiques, sous prétexte qu'un M. Réveillon, entrepreneur d'une grande manufacture de papiers peints dans le faubourg Saint-Antoine, avait dit dans son assemblée de district qu'un ouvrier pouvait vivre avec quinze sous par jour. Quand il fut nuit, ils allèrent à la maison d'un M. Hanriot, salpêtrier, qui donne dans la rue du Faubourg-Saint-Antoine ; on leur avait dit que dans l'assemblée M. Hanriot avait soutenu l'avis de M. Réveillon et traité le peuple de *canaille*. Comme il s'agissait de piller la maison, la troupe fut augmentée par une partie des voleurs de Paris. Ils entrèrent chez M. Hanriot dans l'intention d'y mettre le feu. Mais, par bonté d'âme pour les voisins, ils se contentèrent d'emporter sur la place du marché tous ses meubles, ses lits, ses habits, un cabriolet, des tombereaux, des boiseries et des fenêtres qu'ils arrachèrent ; enfin, ils ne laissèrent dans la maison que les murailles, mirent le feu au monceau de tout ce qu'ils avaient emporté et dansèrent autour.

Le lendemain matin, enhardis par l'impunité de ce qu'ils avaient fait la veille, ils allèrent à la maison de M. Réveillon, rue de Montreuil, au Faubourg. Mais ils la trouvèrent bien gardée par un détachement de gardes-françaises. Ils furent au faubourg Saint-Marceau chercher un renfort et revinrent en assez grand nombre, emmenant et faisant marcher devant eux tous les ouvriers qu'ils rencontraient. Ils conduisirent avec eux les ouvriers de la nouvelle maison de Beaumarchais dont ils prirent les outils pour armes. Ils attaquèrent en nombre les gardes-françaises et suisses, la garde de Paris et le régiment de Royal-Cravates. Les troupes ne se défendirent presque point, n'ayant pas d'ordre et n'étant commandées que par des subalternes qui n'osaient s'engager à rien : ils envoyèrent demander la permission de tirer. Pendant ce temps-là, ces messieurs qui se nomment le tiers état assaillirent à coups de tuiles qu'ils jetaient des maisons où ils s'étaient introduits un détachement de Royal-Cravates qui s'était infiltré dans la rue de Montreuil. Comme cette rue est étroite, les soldats quittèrent le poste mais un peu trop tard, car leur commandant et plusieurs cavaliers étaient dangereusement blessés. Les troupes laissèrent l'ennemi maître du champ de bataille et se retirèrent dans le plus large de la rue du Faubourg-Saint-Antoine. Une partie des vainqueurs força les habitants à ouvrir leurs portes, monta dans leurs maisons et fit pleuvoir sur la rue du Roy une grêle de pots de chambre, de vaisselle de grès, de batteries de cuisine et de tous les menus meubles qu'ils trouvaient propres à leur entreprise guerrière. Tandis qu'ils occupaient les soldats par ces escarmouches, une autre partie des séditieux accourut à la fontaine qu'il s'agissait de conquérir et dirigea l'attaque par le côté le moins fortifié. Elle prit d'assaut par les murs du jardin la maison de M. Réveillon. Ils livrèrent leur conquête au pillage et, tandis que les uns brisaient tout et jetaient à mesure par les fenêtres, d'autres y mettaient le feu par en bas, coururent aux caves et s'enivrèrent si complètement qu'on les y retrouva le lendemain. Les chefs s'emparèrent des chevaux et commandèrent à cheval. Ordre fut donné à un renfort de gardes-françaises d'intervenir dans le Faubourg, suivi de deux pièces de canons chargés à mitraille, de chirurgiens et de tout ce qui était nécessaire pour panser les blessés. Ils firent feu sur les gens qui les insultaient dans la rue et sur les maisons par les fenêtres desquelles on les assommait. L'intrépidité avec laquelle se défendirent les brigands (qui à la vérité étaient presque tous gris) étonna tout le monde. Ils soutinrent pendant longtemps le feu de la mousqueterie, il y en eut une grande quantité qui se firent tuer aux fenêtres plutôt que de finir un combat qui n'était pas à armes égales. On en a vu porter dans la rue sur une échelle le corps d'un de leurs camarades et crier : *Voilà un homme mort pour la patrie !* Les gardes les ayant enfin dissipés entrèrent dans la manufacture et dans la maison de Réveillon, y fusillant tous ceux qui s'y trouvaient ; mais ensuite, voyant combien cela les rendait pacifiques, ils en arrêtèrent le plus qu'ils purent. On estime ainsi à plus de deux cents morts les victimes de cette bataille, parmi lesquels, hélas ! se trouvaient quelques curieux, sans quoi il n'y aurait pas eu grand mal, les autres étant de véritables brigands soudoyés.

Papa pense que l'affaire Réveillon n'était qu'un prétexte et que d'autres séditions se préparent à Paris ; il y a des clubs

J'étais à Versailles pendant le temps de la bataille, j'en suis arrivé le mardi dans la nuit. Le mercredi matin, j'ai vu dans le Faubourg les maisons criblées de balles, une grande quantité de sang et le feu qui était encore aux effets de M. Réveillon. Les dégâts que l'on a faits chez lui sont effroyables, il ne reste plus que les murs à sa maison qui était magnifique. Tout a été brisé, ses tableaux précieux, les glaces, les marbres, etc. Les beaux papiers qu'il avait en magasin dans sa manufacture ont été brûlés. Quant aux assaillants, on en pendit deux à la porte Saint-Antoine, ce qui fit beaucoup pour refroidir l'humeur belliqueuse de ces messieurs dont on assure aujourd'hui qu'ils n'étaient que gueux payés !

Papa pense que l'affaire Réveillon n'était qu'un prétexte et que d'autres séditions se préparent à Paris ; il y a des clubs partout où l'on fait des harangues sous de petites cabanes en bois, les ouvriers se révoltent contre la marque des cuirs qui réduit ceux du faubourg Saint-Antoine à la misère, les paysans ne supportent plus le droit de chasse qui met leurs récoltes à sac et les vignerons ne veulent plus que leur raisin pourrisse sur cep en attendant que le seigneur ait fini d'user du pressoir. Il paraît même que l'on peut facilement acheter son agitateur pour moins de six sols dans les jardins des Tuileries.

Si tu reviens ici, tu trouveras tout bien changé, y compris ton petit frère qui t'apprend par cette lettre avoir rencontré cette *chose* dont tu lui avais parlé. C'est un sentiment pour une femme qui n'est point l'amitié. A toi, mon frère et plus que moi-même.

IRÉNÉE.

XVII

Deux ans après avoir quitté la France, Victor du Pont retrouvait sa terre natale. Le Superbe voulait maintenant redorer son blason. Il s'était acheté à Nantes une jolie chemise de soie blanche sans col et, dégageant ainsi sa belle nuque de dandy, présenta ses joues noircies par le poil au premier barbier-perruquier venu, qui, lui écorchant un peu la peau, s'exclama à la vue de ce sang qu'il croyait bleu : « Quel beau port de tête pour la machine du docteur Guillotin ! »

L'oncle du capitaine de la *Diane* se taillait une assez belle réputation dans le pays avec une invention de son cru : une machine à raccourcir les noms trop longs.

Victor ne s'en émut guère : il se piquait d'être enfin noble, oubliant dans sa route vers Paris qu'il devait cette particule à son père, lequel, pour n'être point confondu avec l'un des muets de l'Assemblée, un sieur Dupont venu de Bigorre, s'était approprié le nom de son bailliage. Une nouvelle fois Pierre-Samuel faisait la preuve de son sens politique à rebours : contre toute attente de l'Histoire, notre député du tiers s'anoblissait au plus fâcheux moment.

Tout avait pourtant changé ou menaçait de l'être. Les arbres étaient toujours à leur place, mais la campagne même semblait prise de ce tremblement qui annonce les grandes crises naturelles. Là où il y avait l'abbaye de Marmoutiers, on ne trouvait plus maintenant que quelques ruines fumantes et des marchands de pierre bradant des ogives et des vitraux. Victor regretta son beau pavillon blanc, désormais souillé de ces barres rouges et bleues qui le faisaient ressembler à celui d'un yacht anglais.

Une autre révolution s'était produite. Dans le cœur d'Irénée.

Ayant appris la chose de son père qu'il n'eut que le temps d'embrasser, Victor se précipita au Bois des Fossés où son frère s'était réfugié.

Irénée y vivait reclus, seul et malheureux, indigné de ce que son père se fût opposé à sa passion, par principe, parce que la fiancée de son cœur se nommait Dalmas, Dalmas tout court, fille d'un simple commerçant de Metz. Depuis plus d'un mois, Irénée, retiré dans leur austère maison près de Nemours, gagné à cette solitude de champs nus et pierreux et de forêts clairsemées, vivait des produits du verger, se chauffait avec du bois mort et assistait François Coplo, dit Cœur de Roy, dans son travail de fermier. Les Lavoisier eux-mêmes, ces précieux parents spirituels, l'avaient désavoué dans son choix, et son caractère naturellement buté, à l'image de l'enthousiasme qu'il mettait trop vivement en chaque chose, s'était refusé à tout aménagement de son cœur : il aimait Mlle Sophie Dalmas mille fois plus que lui-même et était prêt à lui tout sacrifier.

Victor le trouva transi de froid dans l'appartement de la maison de maître, ayant fait sienne une chambre bleue au-dessus du fruitier, s'enivrant des effluves de pommes pourries qui montaient par les espaces du plancher ; une pièce tous rideaux tirés comme pour les veillées de corps, avec une baignoire en cuivre où il prenait des bains glacés pour éprouver la température de son amour, un piano où il s'essayait de ses gros doigts de salpêtrier à quelque ballade sentimentale, couché la plus grande partie du jour sur son lit en bataille, fumant du tabac, l'œil vide et fou. Ces quelques mois d'amour forcené l'avaient exténué ; et, parce que Victor avait connu un Irénée bon fils, soumis aux volontés familiales, rangé dans ses goûts autant que dans ses passions, cette volte-face l'effraya, le convainquit que cette fille de marchand lorrain était une sorcière aux charmes dévastateurs, d'autant plus nuisibles qu'ils s'appliquaient à une nature à peine formée. Le dégoût de ce mariage qui les abaissait tous fut renforcé par la découverte d'une lettre de Sophie abandonnée dans un des tiroirs de la cuisine : pleines de bons sentiments et de tendresse naïve, ces quelques lignes étaient aussi bourrées de fautes d'orthographe.

Ce furent de tristes retrouvailles où l'affection ancienne, l'adoration mutuelle avaient du mal à se dire : Irénée n'était plus l'enfant à part, un peu mélancolique, qui n'attend que d'être choyé et se tient bien sage en toute circonstance, et Victor était resté l'aîné autoritaire qui n'admet point avoir perdu son ascendant sur ce frère 'ignorant des choses de l'amour. La rencontre fut manquée dès le premier regard, Victor trop blessant, Irénée excessivement irritable. La susceptibilité, son seul défaut, qui avait en deux ans poussé comme un champignon, lui mangeait maintenant le visage au point de transformer son sourire angélique en un vilain pli des lèvres, son front délicat en un grossier mur d'obstination où les boucles brunes de l'adolescence dessinaient aujourd'hui une couronne d'épines dressée à l'enseigne du martyre.

Pierre-Samuel vint se joindre à eux et ils passèrent plusieurs sombres soirées, trois hommes, sans femmes, sans mère, sans rien qui pût inspirer l'amour. Pierre-Samuel, incorrigible, fit la morale à sa manière : « Mon unique ambition pour vous deux est que vous soyez des hommes de mérite et de capacité, propres au travail, opiniâtres dans les bonnes résolutions, infatigables à lutter contre toute espèce de revers et d'infortunes, épuisant votre esprit, consumant votre corps à la chose entreprise... » Même Victor, dont la conduite faute d'être irréprochable en Amérique avait eu le mérite de la discrétion, se vit sermonner : « Tu t'es cru trop riche et trop considérable parce que j'avais quelque illustration. La Providence nous a ruinés quant à la fortune, m'a fait perdre le fruit de vingt-huit années de travail, nous ne sommes plus nobles puisque nul Français ne l'est, je ne suis plus conseiller d'Etat... »

Chacun vécut désormais dans sa certitude, ignorant celles qu'on lui opposait ; Victor insinua qu'il fallait savoir vivre, profiter, brûler sa jeunesse comme on brûle de l'oxygène en respirant. N'était-ce pas la leçon de Lavoisier ? Mais il se découvrit bien vite exclu de ce débat déchirant. Douleur d'autant plus vive qu'il voyait parfaitement que son père et son frère se repoussaient aussi violemment qu'ils se savaient unis. Ces années communes qui lui avaient échappé, l'application studieuse d'Irénée à satisfaire Pierre-Samuel, ce mélange mal assuré d'orgueil et de sagesse, de timidité et de convictions avaient modelé le fils sur l'image trop accaparante du père : Irénée voyait en Pierre-Samuel son plus respectable ami, en oubliant qu'il était aussi son éducateur, et sa fierté d'être son fils s'accommodait mal de l'idée que l'autorité paternelle puisse désavouer l'acte le plus important de sa vie. Un matin, Victor surprit cette conversation dans l'ancienne chambre de leur mère convertie en oratoire domestique : « Irénée, il faut nous aider, aider ta raison de la mienne, ma délicatesse de la tienne. On a enterré tous mes amis, mais je m'en suis fait un, sorti de mon sang et de mon cœur. Il est vraisemblable que ce sera toi qui décideras du sort ultérieur de ma vie... » Victor en vint à jalouser cette proximité des deux êtres qui lui étaient les plus chers, ce père qui se rongeait de vivre seul et cet autre qui voulait prendre femme contre l'avis général ; il les voyait chevillés jusqu'à s'en faire mal. Gavés de principes, asphyxiés par les bons sentiments et la crainte de déplaire, ils s'abîmaient dans un duel réciproque, une lutte qui leur paraissait, pour des raisons assez différentes, la lutte à ne pas perdre.

Blessé de voir que son père prenait sa passion pour une simple fantaisie fondée sur les agréments d'une jolie figure de femme, Irénée jurait en larmes — des pleurs qui le firent haïr de Victor — qu'elle était la seule digne de devenir la mère de ses enfants, qu'il ne ferait jamais d'autre choix parce que Sophie joignait à une éducation distinguée autant de talents et de vertus de l'âme et qu'il pouvait répondre de la durée de cet amour, quand bien même la chose parût impossible à quiconque. Il supplia son père de lui accorder ce bien-ci.

Une semaine durant, le père et le fils, habitant sur le même palier, ne se parlèrent pas, déjeunèrent dans leurs chambres d'un plateau que Victor leur portait et ne se rencontrèrent plus que dans d'interminables lettres où les plaintes et les pardons se mêlaient à l'irrévocable de leurs décisions.

Victor assista, pantois d'abord, écœuré ensuite, à ce combat larmoyant. Arriva ce qui arrive toujours dans ces parodies d'amour blessé : Pierre-Samuel mit le genou en terre, Irénée se jeta au sol. Le père donnait sa bénédiction à ce mariage, y assisterait en personne si on lui présentait la fiancée quelques semaines auparavant. Les faiblesses dégoûtantes furent sanctifiées.

Sophie Dalmas n'avait pas tout à fait seize ans. C'était

une grande et belle fille, trop grande peut-être pour que la douceur de ses traits pût faire croire qu'elle avait gardé l'âme des frais baptisés : il y avait tout de même dans ce visage d'une transparence remarquable, dans ce corps robuste mais point trop massif une simplicité qui n'était pas celle des dames de la ville. Point de fards, point de couleurs ajoutées ou de poudre trompeuse, une toilette gracieuse qui s'accommodait bien de la joliesse un peu rudimentaire d'une robe de lin ou d'un petit bonnet de dentelles, des cheveux relevés en un chignon d'où quelques mèches échappées disaient le peu d'apprêté ; deux yeux tout ronds comme des billes de cire dont la mobilité trahissait l'inquiétude à la perspective d'une rencontre avec ce père respectable qui l'avait si longtemps écartée. Au grand amusement de Pierre-Samuel, Sophie lui tendit la main, un peu brutalement, une main moite, un peu rouge, pas assez fine pour être celle de la parfaite couturière. Lui rendant son salut avec bienveillance, Pierre-Samuel ne put contenir une certaine indulgence trop facilement accordée.

La modestie de Sophie se lisait dans chacun des gestes qu'elle esquissait à l'appui de ses mots, et qu'elle n'osait achever. Nulle trace cependant de cette timidité froide qui est la paresse des orgueilleux. Pierre-Samuel s'attacha à elle comme à sa propre fille, parce qu'il reconnut dans cette absence de composition, cette incapacité à autre chose que le naturel, une vertu proprement familiale. Elle vint habiter avant son mariage au Bois des Fossés qui lui convenait à merveille, habillait ses joues rosies par l'air de la campagne de la rondeur aimable qui sied aux êtres épris de vérités simples. On admirait dans le village comme à la maison cette volonté courageuse qui, si jeune, s'apprêtait à l'existence, au mariage, à la maternité. C'était un être de chair, sans autre complication que celle d'un rhume passager ou d'un étourdissement vite maîtrisé, l'exacte réplique d'Irénée dans le domaine de la franchise et de la probité. Elle cassait les noix entre ses doigts en clignant des yeux et en riant de l'effort, croquait vivement dans les pommes, mangeait avec appétit, parlait avec cette légère fièvre qui empourpre le visage et signale l'honnêteté du propos, cette protestation soudainement énervée des épaules, des bras, de la poitrine et de la tête quand la parole est mise en doute. Pour toutes ses qualités, Pierre-Samuel lui donna son surnom de « Belle et Bonne ».

Les arguments de Victor, qui se piquait trop de noblesse, parurent alors odieux à Pierre-Samuel qui oublia bien vite qu'il avait été le premier à les avancer. Il ne restait plus au Superbe qu'à quitter le Bois des Fossés avant le mariage d'Irénée. Il partit sans embrasser personne, personne ne le retint, il eut sur la route la déchirante impression d'être devenu encombrant aux siens.

Il s'installa à Paris parce qu'il aimait les premières loges.

Un matin, passant devant le café *Procope,* il vit des tentures noires en façade, entra pour s'informer, aperçut des crêpes de soie sur tous les lustres et une grande inscription dans le fond de la salle : *Franklin est mort.*

Franklin ! Il se souvenait très exactement de cette petite silhouette frappée du sceau d'une éternelle jeunesse, un vieillard pourtant qui avait fait fureur à la cour de France avec ses gros bas de coton, ses souliers sans boucles, son habit sombre de drap tricoté, ses chemises d'un blanc de neige et surtout cette tête si insolite avec de maigres cheveux blancs et raides, longs, qui tombaient en filasse sur les épaules. Cet homme qui l'avait reçu, il y avait à peine une année, à New York, l'avait félicité d'être le fils de son cher ami du Pont, l'avait choyé, invité souvent à sa table de philosophe frugal, avait même écrit à Pierre-Samuel qu'il aimait beaucoup « ce Victor, plein de talent, de maturité dans lequel je vous reconnais ». Une figure inimitable, si célèbre à Passy, parce qu'il refusait la perruque coutumière, préférait le gros bonnet de fourrure et de poil du Canada, tellement enfoncé sur le chef qu'il descendait jusqu'aux lunettes à double foyer derrière lesquelles brillait l'œil vif de l'ancien ouvrier imprimeur ; colporteur de livres, fils d'un marchand de chandelles, il avait été l'ambassadeur à Londres et à Paris de sa belle Amérique, son plus grand homme peut-être, aussi passionné par l'assimilation de la foudre au fluide électrique que par la création d'une société philanthropique à Philadelphie ou d'une compagnie de volontaires contre le feu. Franklin avait fasciné Victor, il l'eût voulu pour père, ce vieil octogénaire caméléon comme le nommaient les Anglais, qui l'avait embrassé tendrement, lui avait montré le portrait de Louis XVI orné de diamants qu'il avait emporté de son ambassade à Paris, l'avait entretenu de sa curieuse passion pour la veuve Helvétius, de cette sale pierre dans la vessie dont il avait tant à souffrir, d'un eczéma au crâne chevelu qui le faisait beaucoup rire parce que, avait-il dit, « c'est pour cela que je porte bonnet ! et quand je pense que vos femmes à Paris se coiffent à la Franklin en remontant et en serrant leurs cheveux ! » Franklin, acclamé par le peuple américain, lui avait parlé aux portes de la mort de sa première boutique, des livres, de l'encre d'Alep, des plumes hollandaises qu'il y vendait mais aussi des savons parfumés, du fromage de Rhode Island, du thé, du café et de l'argent comptant qu'il offrait contre de vieux chiffons pour fabriquer le papier qui servirait à imprimer son *Bonhomme Richard*. Le vieux avait un peu pleuré parce qu'il savait ne jamais devoir revoir la France, ses amis là-bas, Fragonard qui lui avait donné une allégorie de l'Amérique, personnifiée par une femme, protégée de la foudre par un bouclier de Minerve, que lui, Franklin, sur cette gravure, tenait dans ses mains ; il avait dit à Victor de revenir, de lui donner des nouvelles de Pierre-Samuel, de la Révolution dont on entendait parler et qui ne tarderait pas, selon lui, à éclater en France, de Mirabeau aussi, son ami et le parrain du Superbe.

Ce matin du 11 juin 1790, Victor alla entendre ce même Mirabeau qui annonçait la nouvelle à la tribune de l'Assemblée nationale : « Messieurs, Franklin est mort, il est retourné dans le sein de Dieu, celui qui a libéré l'Amérique et versa sur l'Europe des torrents de lumière... » L'Assemblée se préparait à voter un deuil de trois jours. Et, tandis qu'on soufflait quelques minutes les chandelles et les lustres pour se recueillir, Victor, dans l'obscurité, se ressouvenait de la voix un peu étouffée du vieux sage qui l'avait étreint avant son départ : « Revenez, revenez..., vous êtes ici dans votre pays..., vous êtes *américain,* mon garçon ! » Franklin, une fois mort, devint la coqueluche de ce Paris toujours inventif en matière de commerce et qui le peignait sur les assiettes, les verres, la porcelaine, les tabatières, la toile de Jouy, frappait des médailles, dessinait des pommeaux de cannes, des boules de chenets représentant son inoubliable figure. On se mit à vendre des pierres de la « vraie Bastille » dans lesquelles on taillait un petit Franklin. Le peuple qui ne le connaissait que de nom y trouva là son parfait Américain, son honnête quaker et se mit à en faire des biscuits, des bronzes, des cuivres, tailla des bustes avec des couronnes de lauriers sur son front chenu, fabriqua des bonbonnières et des bracelets à son effigie.

Victor reçut, un matin, une lettre d'Elizabeth Dixon qui semblait s'amender à distance. L'Amérique se rappelait à lui par la porte étroite des sentiments : il revit Elizabeth, Abby, cette vie aisée de New York, il retrouva le visage défait et fascinant de la marquise, l'odeur profonde de ces forêts interminables où il avait de nouveau besoin de se perdre.

Qui le retenait encore à Paris ? De son père, il n'avait eu de nouvelles que par un communiqué passé dans les journaux... Une nouvelle assemblée allait être élue dont Pierre-Samuel ne semblait pas vouloir faire partie.

IMPRIMERIE
DE
DU PONT

DÉPUTÉ DE NEMOURS
A L'ASSEMBLÉE NATIONALE

Je commence une entreprise qui ne peut avoir de succès que par la confiance et la bienveillance dont les concitoyens daigneront m'honorer.

J'ai servi mon pays pendant vingt-huit années, dans des fonctions publiques importantes, qui n'ont eu d'interruptions que sous le ministère de M. de Maupeou et de M. l'abbé Terray.

Ma carrière politique se termine avec celle de l'Assemblée. Quand on aime les Lettres, la Philosophie, le bien public, quand on veut pouvoir suivre dans tous leurs rapides progrès les heureuses conséquences d'une grande et belle révolution, quand on veut y pouvoir aider de quelques veilles et ne pas vivre seulement pour soi, c'est dans une imprimerie qu'il faut se retirer.

M. Didot a eu le soin de m'apporter ses conseils. J'ai le fonds d'imprimerie que M. Lamesle avait monté à l'usage de la Ferme générale et des autres compagnies de Finance, unique en Europe pour l'abondance et la variété des moyens de faire, au plus haut degré de beauté et avec la plus grande célérité possible, tous les tableaux, états, registres, formules et modèles de comptabilité. J'ajoute à ce fonds précieux une très belle collection de Didot et de Baskerville. Mes épreuves seront corrigées avec un soin extrême. Je travaillerai chèrement pour ceux qui ont l'amour de la perfection typographique. Je travaillerai bien et au plus bas prix pour ceux qui ne cherchent dans un livre que les vérités et les pensées qu'il renferme. Je travaillerai vite pour tout le monde. Heureux de finir comme Franklin a commencé, et nullement humilié de ce qu'il se trouve entre lui et moi la distance d'une vie tout entière.

Du Pont de Nemours, 5 janvier 1791.

Mon Imprimerie s'installe à l'Hôtel de Bretonvilliers, dans l'Isle Saint-Louis, face à Notre-Dame.

La France était en proie à une grave crise financière. La mise en vente des biens du clergé imposait à l'Etat de donner un traitement aux ecclésiastiques, de pourvoir à l'entretien des lieux du culte. Des assignats furent imprimés pour éteindre la dette publique. Pierre-Samuel avait bien choisi son moment pour s'établir à son compte.

Victor apprit par un ami qu'Irénée avait quitté avec Lavoisier la régie des Poudres et qu'il s'employait aujourd'hui au travail de comptabilité et de proterie aux côtés de son père. Le Superbe se rendit à l'hôtel de Bretonvilliers, y croisa des dizaines d'ouvriers en armes, qui sous la conduite d'Irénée fabriquaient des assignats à la pelle, autant de billets imprimés qui suffiraient à peine aux dépenses du lendemain.

— Victor! je t'ai cherché partout!

— Oui, j'ai su... La Fayette m'a pris comme aide de camp dans la garde nationale... Mais où est ta fiancée? Je voudrais...

Sophie était demeurée au Bois des Fossés, s'occupait des réparations, préparait la vigne, faisait scier le bois, rentrer le foin, tailler des arbres fruitiers. « Belle et Bonne » avait pris sa place dans leur maison, heureuse mais affectée de ce que Victor ne veuille point la rencontrer.

— Bien sûr, petit frère, je regrette aussi... Tu sais, c'est comme dans une famille anglaise : l'aîné occupe des fonctions politiques et le cadet exerce un métier ou conduit une manufacture... On ne t'appellera jamais Excellence mais c'est toi qui seras le plus heureux de nous deux!

Irénée ne comprenait pas. Cette lassitude empruntée du regard de Victor, de son propos, son obscurité n'étaient pas coutumières. Quelque chose n'allait pas. Tout pouvait encore être réparé. Ils s'adoraient, n'est-ce pas, ne sauraient vivre ainsi éloignés. Tout serait si simple si Victor venait au mariage dans quinze jours à Chevannes, Sophie serait si heureuse!

— Ecoute-moi, Irénée, ne cherche pas à comprendre, je pars demain pour Philadelphie. J'y serai secrétaire de légation. Tu le sais bien, l'Amérique, c'est un peu mon pays...

Puis Victor l'avait regardé, avec tendresse était allé vers lui, lui qui avait les mains tachées d'encre et pleines de vieux journaux, il l'avait pris dans ses bras, comme autrefois lorsqu'il le protégeait des fantômes inventés par eux dans la maison de Bois des Fossés. Dans l'accolade, la maladresse un peu brutale du grand corps d'Irénée avait menacé un instant l'équilibre des deux hommes ; Victor l'avait pressé contre son cœur, étreint longtemps sans le regarder. Sa voix était lasse et embarrassée.

— Je t'aime.

3

1792-1794

Les Philadelphes

XVIII

Le roulement assourdissant de la voiture sur un pont de rondins de bois vient de le réveiller. Les jambes rompues cherchent à s'étirer, se glissent entre celles de la jeune voyageuse montée à Newark qui paraît endormie, sourit légèrement, tête jetée sur l'épaule, un peu de salive au coin des lèvres, bouche ouverte avec la grâce joufflue des petits dieux de l'amour de Rubens.

Il tire les rideaux de cuir qui ne protègent guère contre le froid et les bourrasques de neige mais l'empêchent de découvrir ce paysage qui file à l'allure d'un *stage* mené par un cocher presque déjà ivre des étapes qu'ils viennent de franchir depuis New York.

Au-dehors, une rivière s'étale mollement sur les terres, la chaussée très étroite serpente entre des marais, immobiles et paresseux, qui s'étendent sur des milles, avec des joncs dressés à perte de vue sur lesquels la neige fine n'a pas prise. Depuis Paulus Hook, au passage de la rivière d'Hudson, de grands oiseaux stupides survolent la voiture comme s'il s'agissait d'une barque de pêche.

Le vent, la neige, les courbatures, mille aiguilles fines dans le corps taraudent les passagers de ce *stage* tiré par quatre chevaux, au fond duquel le cocher vient d'entasser plusieurs brassées de paille destinées à en améliorer le confort ; un grand Allemand et un colporteur américain se sont endormis, la tête dans les chardons tels des Jésus en crèche, bercés par l'épouvantable cahot de cette voiture pompeusement nommée *New Line of Stage to Philadelphia*. Le colporteur étend sans vergogne son pied, donne un grand coup de soulier ferré à Victor qui râle un instant, se cale dans son coin, près de la fenêtre, le corps en boule tant le froid est épais. L'Allemand somnole bruyamment et de son souffle s'exhale un peu de vapeur glacée mêlée à une tenace haleine de bière. Victor se réfugie un peu plus contre la cloison du fond, quatre planches hâtivement clouées et recouvertes de gros calicot. Les morceaux de bois impriment leur forme dans ses reins.

La nuit tombe sur le village de Newark, sur cette unique rue, mais très longue, très large qui le compose, plantée de catalpas géants et bâtie d'assez jolies maisons en bois peint. Le *stage* rencontre les chasseurs du crépuscule, bottes fourrées aux pieds, dépouilles de renards sur l'épaule. Les villages qui suivent sont la continuation de cette même rue. Victor s'assoupit juste avant d'arriver à Elizabethtown.

Elizabethtown, passage obligé de la rivière ; pour la sixième fois depuis le départ de New York, on paiera un droit de péage, perçu cette fois par une aimable receveuse dont la figure pointue émerge à peine d'un gros bonnet de fourrure. Il faut dételer, le bac étant trop petit, descendre de voiture et s'arrêter pendant la manœuvre à cette auberge, là-bas, sur la rive, à la sempiternelle enseigne du *Général Washington*. On boit une bière, dont le prix augmente au fur et à mesure que l'on se rapproche de Philadelphie, en regardant quelques sloops et deux schooners qui montent et descendent la rivière et effraient les chevaux sur la barge traversière en actionnant leurs trompes.

Et, tandis qu'un autre bac, tiré au moyen de câbles et de poulies, jette les passagers sur l'autre rive, ce nom d'Elizabethtown revient à la mémoire de Victor : le village natal d'Abby Willing !

En abordant pour la seconde fois les côtes américaines, le Superbe s'était imaginé y retrouver ses anciennes maîtresses. Depuis trois semaines qu'il était à New York, il n'y avait rencontré que ses dettes. Dettes contractées en ville, il y avait à peine deux ans, pour l'achat de ce sulky qu'il avait fini par laisser à la disposition de l'Algonquine. En retournant sur place comme secrétaire surnuméraire de l'ambassade sans appointement, avec de simples promesses de gratifications et son passage payé sur la *Favorite,* il avait découvert non sans effroi que ses créanciers américains ne l'avaient pas oublié, qu'ils lui portaient *intérêt* au sens le plus financier du terme et le sommaient de payer dans les plus brefs délais.

Victor, ne pouvant être saisi que de sa chemise et d'une paire de bottes neuves, se voyait donc, faute d'un remboursement immédiat, exposé à la prison humide de Bowery. Il fallait filer sans plus attendre à Philadelphie où on lui ferait crédit et où se trouvaient maintenant la capitale, le Congrès, la maison du président, les administrations et son ambassade. C'en était donc bien fini de la petite native d'Elizabethtown, revue un soir ou deux, au prix fort, un peu plus vérolée, pulmonaire et beaucoup moins fraîche qu'au temps de sa splendeur au bras de Victor sur les quais de Battery. La pensionnaire de Mother Carey l'avait envoyé promener et circulait maintenant en landau sur Broadway avec un Allemand assez fortuné.

Quant à Mlle Elizabeth Dixon, elle était aujourd'hui la respectée Mme Jérôme Vanderbilt, première dame de la jeune société, porteuse d'une promesse d'enfant, habitant une élégante maison derrière St. Patrick.

Le pont de bois de Bristol ouvre enfin le chemin de la Pennyslvanie ; sur la Delaware s'activent les *packets* et coches d'eau. Troisième matin de route : la campagne devient plus riante, on voit passer des hommes, des femmes à l'élégance desquels répond celle des calèches légères. Des paysans bien vêtus conduisent les charrettes à la ville, on entre dans le jardin de l'Amérique, le long de cette rivière argentée qui serpente une dernière fois sur les pelouses avant de geler un peu plus bas. Quelques bateaux aux éperons puissants se fraient un passage entre les carcasses d'arbres crevés et les semelles de glace, et mènent leur farine à Philadelphie. Tout au long des rives, les *log houses,* les fermes allemandes, petites maisons et granges opulentes s'étagent au milieu des chênes, des frênes noirs et des acacias.

Voici la ville, déjà présente dans cette campagne sillonnée de troupes d'enfants qui reviennent de l'école et de cabriolets conduits très civilement par un quaker. Les collines maussades du Jersey ont disparu, une plaine ondoyante commence à leurs pieds, émaillée comme un gigantesque damier de prairies couvertes de neige et de champs retournés, aux noires mottes d'ébène. « Les *liberties* », annonce Bartram, le cocher.

Les *liberties* sont la périphérie de Philadelphie, quatre ou cinq milles au nord et au sud de la ville, découpés par les deux fleuves, la Delaware et la Schuykill ; un lambeau de terres grattées par la charrue, perdu au milieu d'un océan de forêts vierges, un sol nourri, gavé de pierres à chaux et de houille, de fer. Ici William Penn a rêvé sa nouvelle Thèbes et choisi cette plaine élevée, magnifique et spacieuse dans le lieu où les eaux des deux fleuves se mêlent. Ici, cent ans plus tôt, il en fixa le plan, la voulut établie aux confins de leurs cours pour favoriser le commerce et fit de cet établissement la plus grande ville des Etats, métropole de l'Amérique. Maître d'un immense terrain qui lui avait été concédé par son père qui le tenait lui-même de Charles II, il tailla à vif dans les forêts, traita pacifiquement avec les indigènes et fonda la ville des Amis.

Philadelphie. Victor a toujours aimé ce nom, l'a souvent caressé avant de s'y rendre : la ville de *l'amour fraternel,* ainsi nommée en souvenir de la passion qui unissait Attalus et Eumènes, deux frères qui fondèrent une cité en Grèce. Les villages des alentours témoignent de cet évangile propre aux quakers : Bethléem, Emmaüs, Nazareth, communautés de ces hommes qui se prennent pour les Hébreux s'établissant sur la Terre promise.

Dans cette ville prospère, trente mille âmes dont un bon quart d'Allemands se réclament de Penn et se passionnent pour le boulier du commerce tels des élèves studieux. Une ville qui se veut la plus fortunée quoique l'une des plus neuves, la plus instruite et qui se souvient encore parfois des Suédois qui la peuplèrent à ses débuts. Vue du fleuve Delaware, Philadelphie a belle allure, elle dresse ses clochers dont celui de Christ Church qui les domine tous et désigne le centre, elle paraît presque d'Europe, habitée par les derniers vestiges de la guerre d'Indépendance, les maisons brûlées et éboulées, mais baignée aussi de dizaines de petits *creeks* qui actionnent ses moulins à tabac, à blé, à poudre, à chocolat, à papier ou à moutarde. Ville industrieuse qui prend son sable des rivières, son charbon des forêts et qui préfère tourner le dos à ces vieilles redoutes, à ces retranchements, à tous ces forts qui la gardent pour s'offrir à son port, à cet insatiable négoce venu des capitales du monde entier.

La route s'écarte enfin de la rivière, gagne les bois, longe des chutes sauvages presque invisibles et silencieuses tant leurs contours sont sinueux dans la roche ; la voiture fait fuir à son passage canards, courlis et daims sauvages. Dans une heure à peine, Victor sera dans la ville de l'amour fraternel.

L'austérité et la morale rigoureuse des quakers s'inscrivent jusque dans le plan de la ville qu'ils ont fondée : cité froide et monotone qui refuse les fastueux édifices, les hauteurs arrogantes des églises, les dômes et les bulbes, ville plate écrasée tantôt de chaleur, tantôt d'un froid piquant. Vu du haut d'une colline, le dessin de Philadelphie est celui d'un parallélogramme s'étendant d'une rivière à l'autre, découpé par un certain nombre d'avenues croisant du nord au sud une infinité de plus modestes rues dans une impeccable logique d'angles droits. Divisé en rectangles parfaitement égaux avec cinq grandes places et des squares qui forment des carrés idéaux, ce tracé organise son réseau de rues avec un équilibre presque lassant. Si ces avenues sont spacieuses, c'est en partie parce qu'elles sont bordées de trottoirs en brique, eux-mêmes protégés du soleil et de la chaleur par de vastes bannes suspendues aux frontons des boutiques. Des rues qui sont bien entendu éclairées la nuit, numérotées avec des chiffres pairs et impairs et parsemées de pompes de cuivre soigneusement polies par les volontaires du feu. Le vent s'engouffre souvent en rafales brutales dans ces couloirs de plus de deux milles de long, comme la fièvre jaune, elle aussi disciplinée dans son œuvre dévastatrice : quand elle remonte une avenue, c'est pour frapper de Waterstreet, d'où elle prend son envol, systématiquement à toutes les portes, des deux côtés, moissonnant sans faire de détails riches et pauvres, pourvu qu'ils aient une adresse en ville et point de retraite à la campagne. Jamais lasse dans sa course, elle ne s'arrête pas pour s'asseoir sur ces petites bornes de pierre que la municipalité a fait placer sur les trottoirs afin de protéger les piétons du passage des voitures et des chevaux. Quand la fièvre ne fauche pas, au printemps par exemple, cette manie de protéger les gens de pied devient pour chacun l'occasion de sortir les bancs dehors sans risquer d'être arraché par un attelage maladroit à sa contemplation des étoiles.

Deux rues principales donnent son sang à cette machine urbaine toujours en éveil : Broad et High Street, qui croisent entre autres Walnut et Chestnut Street, noms qui retrouvés dans toutes les villes des Etats témoignent de la fertile et végétale imagination des Américains. Ce plan ennuyeux à en mourir a été, dit-on, imaginé par Penn et ses quakers pour favoriser les vertus des habitants : tout homme ivre dans ces rues y est poursuivi efficacement par la police montée. Les filles publiques ne peuvent s'abriter dans les impasses ou ruelles obscures, inexistantes, et doivent emprunter le déguisement de l'honnêteté si elles veulent quitter leurs retraites.

Cette ville entend rester propre : tout le jour les domestiques des maisons frottent, balaient, nettoient les vitres, les escaliers extérieurs de marbre blanc, font reluire les balustrades rehaussées d'ornements de cuivre. L'après-midi on ouvre les vannes des canaux municipaux et l'eau se déverse en suivant le chemin naturel des rues, emportant tout dans son flux, blanchissant la ville en quelques minutes. Portes, trottoirs et dessous de croisées sont lavés à grand renfort de seaux le samedi matin à heure fixe ; des ablutions considérables qui semblent réjouir tous les habitants. Quant aux pompes, dont l'usage est gratuit, gare au promeneur qui voudrait s'y abreuver…, elles ne servent qu'au lessivage public : MORT A QUI BOIT LA ! indique suffisamment sur chaque petit panneau de bois qui y est accroché que cette eau, directement puisée dans la Schuykill, n'est pas potable.

Des manifestations de citoyens furent organisées, il y a un an, par les quakers parce que l'on avait découvert, dans le fond de la ville, au-delà de la 5e et de Cedar Street, qu'il n'y avait plus de pavage et qu'un bourbier horrible s'y formait en temps de pluie. On fit repaver dans la semaine et on en profita pour garnir les maisons de lampes à huile enfermées dans des lanternes. Quant à l'inclinaison de quelques pieds remarquée dans les rues principales qui coupaient la ville, elle provoqua force débats ; des commissions se réunissent aujourd'hui encore pour imaginer une ville parfaitement d'aplomb, lisse comme une flaque d'eau. Les enfants des quakers apprennent par cœur dans leurs écoles la topographie de leur cité et un petit trousse-pet de dix ans saura vous dire que les carrés formés par les croisements de rues sont au nombre de trois cent quatre, que Broad a cent treize pieds de large, Mulberry soixante...

Les maisons elles-mêmes sont construites selon les principes intangibles de la Société des Amis ; si on voulait jeter le discrédit sur cette ville, il suffirait de faire courir le bruit qu'elle abrite des demeures en marbre, couvertes d'ardoises, richement décorées. L'une d'elles qui avait souhaité se distinguer avec quelques morceaux de stuc fut interdite à la construction et dut se plier à la loi commune de la brique rouge. Toute atteinte au sens de l'égalité est sévèrement punie : les maisons philadelphiennes ne s'élèveront pas sur plus de deux étages. Surmontées de bardeaux peints et goudronnés, elles affectent une assez remarquable symétrie, disposent toutes d'un numéro, mais se refusent à porter des volets. Quant au petit porche à l'antique, c'est une tradition qu'il serait de mauvais goût de ne point respecter : ici les différences de fortune se mesurent selon que les marches sont de pierre ou de marbre blanc, les jambages des portes et les balcons en fer forgé ou en cuivre. Le style grec quelconque fait fureur dans les édifices publics mais ne s'applique guère aux habitations particulières, parfois affligées de colonnades placées pour seule décoration et ne supportant rien. A la quantité de chambranles de fenêtres et de colombiers (car donner asile aux oiseaux fait partie du devoir d'un bon quaker) s'estiment les biens de tel ou tel. Dans les intérieurs, seul le bois dont le mobilier est fait varie : on trouvera partout la même table, ici en noyer simple, là-bas en bel acajou. La secte des Amis, qui édicte ce code universellement respecté de la bonne conduite, interdit enfin la possession de miroirs, de tableaux ou de gravures au mur ainsi que l'usage de tapis ou de tentures. Ce dépouillement se retrouve jusque dans la végétation ; comme il n'y a pas de jardins attenant aux

maisons, seuls quelques squares permettent les promenades...
rares sont les arbres qui accompagnent les tracés de rues, une
dizaine de peupliers d'Italie plantés pour abriter les passants
des rayons très violents du soleil ayant été immédiatement
arrachés parce qu'ils attiraient les insectes et empêchaient, au
dire des riverains, la bonne circulation de l'air dans ces
avenues.

La modestie des quakers s'exprime jusque dans la
manière de circuler dans les rues : les cabriolets luxueux de
New York y seraient mal vus et l'on préfère rouler en wagons,
longues voitures, légères et ouvertes, où des familles entières
prennent place selon un cérémonial très strict qui veut que les
parents soient séparés des enfants et des domestiques par une
petite cloison de bois.

Il est difficile de comprendre et d'aimer cette ville sans
connaître l'une de ses nombreuses sociétés de bienfaisance.
Philadelphie doit sa réputation à l'abolition de la traite des
nègres, commerce honteux qui aux yeux des Amis avilissait
plus le maître que l'esclave. Le plus beau monument de cette
ville, celui auquel tous les jours ses habitants rendent hommage, devant lequel tous les quakers se prosternent, est un
monument qui n'existe ni dans la pierre, ni dans le marbre, ni
même dans la brique mais qui s'est construit tout seul dans
l'esprit des descendants de Penn : la Tolérance. La haine
absolue du luxe, du mercantilisme pur et de l'adoration de
l'argent l'édifie chaque jour un peu plus. Un étranger —
entendez toute personne qui ne serait pas née dans la cité —
s'il souhaite se faire adopter devra adhérer à l'une des sociétés
en vue. Le catalogue en est vaste : sociétés pour la liberté des
nègres, pour la propagation de l'évangile parmi les païens,
pour soulager les misères des prisons, pour ramener les noyés
à la vie, une société de bienveillance pour secourir et délivrer,
dans leurs propres maisons, les pauvres femmes de leurs
couches, des sociétés encore pour l'instruction des ignorants,
pour l'encouragement des manufactures et des arts utiles et
mécaniques, pour les émigrants allemands, irlandais, contre
les incendies, les pillages, la plus célèbre d'entre toutes, les
coiffant toutes de son autorité, étant certainement la Société

philosophique et son annexe la Société des missions pour les sauvages, formées en 1769 et installées au sud de Court House.

On estime à plus des trois quarts les habitants de Philadelphie qui concourent ainsi au bien public, sans compter les directeurs des hôpitaux, des hospices et des prisons, tous bénévoles, ni même les combattants du feu qui défilent une fois la semaine dans les rues avec bottes et chapeaux de cuir, chemises de flanelle rouge et larges ceintures de peaux. Les dames ne sont pas les moins actives, qui se réunissent régulièrement chez elles et, plutôt que de prendre le thé, de danser ou de bavarder, tiennent d'interminables conseils, étrangement copiés sur le modèle des assemblées et cours suprêmes de leurs époux.

XIX

Victor vient d'entrer dans Market Street que le *stage* remonte au pas, comme si la consigne contraignait les attelages à se faire le plus discrets possible : Bartram lui-même, cocher nerveux et la bouche toujours pleine de mots épais, mène ses chevaux sans fouet en les conduisant sur les plaques de neige qui tiennent encore au pavé. Dans cette nuit tombée sur Philadelphie, le pas étouffé des quatre vieux canassons évoque une conspiration ; à peine une voix, un essieu grinçant, une fenêtre qu'on claque se font-ils entendre au-dehors. Les lumières elles-mêmes, vacillantes, semblent brûler à l'unisson de ce mystère, le vent les souffle dans un murmure de réprobation chuchoté à l'intention des promeneurs trop bavards, que le froid se chargera de toute manière de tenir sur la réserve. Le *stage* passe devant un théâtre fermé le samedi soir, devant les portes closes des boutiques de Cedar Street. Silence absolu, où seule la confidence semble permise, qui n'est troublé de temps à autre que par la voix d'un *watchman* perché sur le toit d'une maison et qui signale aux patrouilles les groupes suspects, interroge les passants sur leur identité. Point de police ou d'armée, les quakers se gardent eux-mêmes et remplissent à tour de rôle les rangs des milices bénévoles ; quand ils n'utilisent pas leurs bruyantes crécelles pour dénoncer une infraction, ils s'occupent en donnant aux promeneurs l'état du ciel ou l'heure qu'il est. Par petites troupes, les quakers circulent dans les rues, maigres, nonchalants dans la démarche, et deviennent dès qu'on leur adresse la parole, graves et réfléchis. Ici la tolérance est en surface comme sur les murs de la ville où s'exprime le mieux l'esprit des Amis : façades lisses, chaulées, toujours d'aplomb, tolérance poussée jusqu'à son contraire dans ces grands placards affichés sur les maisons et qui dénoncent en grosses lettres noires telle mauvaise influence des émigrants, telle violation de l'interdiction du port d'armes, ou réclament le bannissement au nom de la loi commune et des punitions exemplaires et toujours pacifiques pour les contrevenants. Philadelphie en ce samedi soir cache décidément son agréable figure sous un bien vilain bonnet de nuit.

Quant à Victor, il a pris pension, sur le conseil de Bartram, à la *City Tavern* où l'on est, paraît-il, supérieurement bien servi.

C'est dimanche matin. Jeté assez tôt dans la rue par un vif soleil d'hiver qui a baigné sa chambre, Victor suit un enterrement. Sage mesure pour qui veut percer les coutumes locales : tout cercueil mène à une église. Une foule réservée s'achemine lentement vers Market Street, traverse les grands étalages, longe les arcades de brique où la viande s'offre à ses yeux, si tôt le matin, nettement découpée sur des linges d'une blancheur remarquable. Des bouchers en sarrau immaculé vont et viennent, ne se décoiffent ni ne se signent et poursuivent sans vergogne leur indolente activité. Au coin d'une boutique d'apothicaire, Victor se mêle aux poissonniers qui disposent sur des claies leurs marchandises, poissons de rivières et des marées du Jersey. Point de sang, de viscères ou de têtes coupées comme dans les natures vivantes et populaires des marchés new-yorkais : ici tout est lavé, pesé, emballé avec la plus grande rigueur. Les cotons, les verres, les cordes, la quincaillerie, les poudres et les produits du tanneur qui se vendent un peu plus loin ne font l'objet d'aucun marchandage familier : tous les prix sont affichés à la craie et l'acheteur se présente à l'étalage avec sa monnaie préparée, prend en silence ce à quoi il a droit et repart se perdre à l'angle d'une rue.

Cher grand Victor ! S'il n'y avait son vêtement un peu trop coloré et ses cheveux en boucles confuses, personne ne le remarquerait. Quelques regards furtifs, de ces yeux mobiles et inquiets qui semblent trahir l'habitude des rebuffades, se posent sur lui, signalant, sans la reprocher toutefois, l'excentricité du nouveau venu. Car les costumes de Philadelphie sont assortis à la grisaille ambiante : les hommes portent tous des bas beiges, des culottes et des gilets sombres sans bouton de métal, ni bijoux, et ombragent leurs visages sous leurs immenses chapeaux de feutre, tandis que les femmes, serrées dans des robes qu'elles ont cousues elles-mêmes, ajustées aux manches et à la taille, se cachent sous des bonnets, des tissus bruns, épais et raides. A la différence de l'uniforme qui distingue généralement celui qui le porte, le costume neutre du quaker a pour effet d'effacer les traits propres à chacun et de placer les hommes sur un pied d'égalité : une imperturbable sérénité se lit d'ailleurs sur ces visages, seuls morceaux de chair à découvert. Les fantômes promènent leur cercueil dans la ville à la recherche d'une sépulture.

Enfin, en bas de Market Street, le cortège pénètre dans un temple, simple *meeting house,* vaste bâtisse rectangulaire, sans clocher ni fronton. Assister au sermon est obligatoire tout comme payer les frais de culte, le salaire du ministre ou l'occupation du banc attitré. Plutôt que de lire les gazettes et de se passionner pour les fonds publics, l'émission de l'or ou les derniers crimes de sang, les quakers déchiffrent chaque jour la Bible dans la version « King James », lisent Pope et le *Pilgrim's Progress* avec l'avidité des humbles. Penn leur a appris qu'il ne fallait point se découvrir pour saluer et ils gardent leurs chapeaux dans leurs églises : telle est la règle, suivie à la lettre pendant la lecture de ce prêche prononcé au grand étonnement de Victor sans aucun effet oratoire. Le catafalque est au-devant d'eux mais ils ne s'agenouillent point. Les plus jeunes prennent des notes de leurs doigts gourds, transis par le froid qui entre de partout, ce vent qui ronronne à travers les planches disjointes des cloisons, ces bourrasques de neige qui pénètrent par la porte et viennent s'abattre sur les derniers rangs. Raides sur leurs bancs de noyer dur, les corps sont admirablement tenus : la peine qui secoue ordinairement pendant ces deuils semble s'être retirée sur la pointe des pieds.

Derrière leurs petits compartiments dont les dossiers les dissimulent à la vue de Victor, deux jeunes garçons parlent à voix basse. Mais dans cette atmosphère glacée leur haleine vient de les trahir : cent chapeaux de feutre font une volte-face accablante qui les réduit au silence. Victor, gelé de la pointe des semelles à la racine des cheveux, sort le plus discrètement possible. Le vent qui souffle à l'extérieur referme bruyamment la porte derrière lui.

Sur le port, les maisons se dressent au bord de la rivière, parfois avancées sur pilotis, toutes de bois, ménageant par endroits des quais où s'amarrent les vaisseaux et où les marchands, les porteurs et les pilotes confèrent. A la vue de ces bassins animés, Victor espère la vie, les rencontres, les filles.

C'est un marin anglais qui lui apprendra que le dimanche tout est fermé, salles de spectacles, tavernes et boutiques, et qu'à Philadelphie même les putains respectent la trêve.

Il n'y a plus qu'à rentrer. Et c'est à ce moment-là que, sur le chemin de la *City Tavern,* une voiture le dépasse à vive allure, qu'une tête se penche par la fenêtre et hurle dans un grand fracas d'attelage qui freine et dérape sur la chaussée enneigée :

— Victor, pas possible !
— Tilly !

Alexandre de Tilly, dit le Beau Tilly, vient d'arriver à Philadelphie. Une ville qu'il connaît déjà pour y avoir fait la guerre, il y a un peu plus de dix ans, sous la bannière de Rochambeau.

— Qu'est-ce que tu fais là ? Si j'avais songé...

Tilly, la trentaine avantageuse, un joli nom, une famille illustre. Ils étaient sortis ensemble à Paris, s'étaient même partagé une certaine conquête qui venait d'épouser le vicomte de Ségur. Ils avaient servi quelques semaines dans la garde nationale de La Fayette, puis, un jour, Tilly, recherché par les Jacobins, avait disparu. Dieu sait où.

— Je ne suis pas seul ici, tu sais. Il y a aussi Omer...
— Omer Talon ?
— Lui-même, les Jacobins ont ouvert une armoire qui le compromettait avec la cour. Il n'a eu que trois jours pour déguerpir et m'a proposé de partir avec lui...
— Qui d'autre ?
— Le marquis de Blacons...

— Cet imbécile ici ? Qu'est-ce qu'il fabrique ?

— Tu ne me croiras pas..., il tient un restaurant dans la campagne !

— Et Baudry des Lozières, on m'a dit qu'il est arrivé à Philadelphie il y a six mois ?

— Exact, et tu pourras le trouver au 44 de Pine Street, à l'épicerie des Lozières qu'il tient en personne !

— Mais encore ?

Tilly connaît sa société sur le bout des doigts. Les émigrés se tiennent chaud : « Balissot de Beauvais, professeur de basson et de cor à l'orchestre du Théâtre et au Cirque d'Equitation... Noailles, spéculateur, il n'a pas beaucoup changé, celui-là... Moreau de Saint-Méry qui après avoir débuté comme commis de négociant, marqueur de tonneaux sur le port, tient une petite librairie sur Cedar. On dit même que Brillat-Savarin va arriver et veut apprendre aux Américains comment faire des œufs brouillés au fromage tout en jouant du violon pour faire pondre les poules plus vite ! »

— Cesse de plaisanter ! Dis-moi plutôt ce que tu fais, *toi* ? Je te vois assez mal tenant boutique ou vendant des lapins au marché...

— Exact ! *Moi,* monsieur, je fais des affaires !

— C'est-à-dire ?

— La meilleure affaire de la ville ! J'épouse Maria Mathilda Bingham...

Le vieux Bingham, agent des Américains pour la Martinique durant la guerre, a fort bien réussi. Luxe et magnificence à la française, serviteurs en grande livrée à table, meubles précieux, rien ne suffit à ce membre du Congrès qui n'a aujourd'hui de rival en fortune sur le continent que Robert Morris et Stephen Girard, ce dernier arrivé il y a quinze ans comme mousse sur un bateau de Bordeaux et propriétaire aujourd'hui de la plus importante banque de l'Etat. Quant à M. Bingham, il fait, paraît-il, profession d'adorer les Français...

— Nous irons chez eux..., ce sont les seuls Américains capables de vous inviter deux fois de suite ! mais, en attendant, viens chez Moreau, nous allons prendre un verre pour fêter ton arrivée !

De toutes les spéculations, Moreau ne supporte que celle, subtile, du commerce des livres. Son arrière-boutique est devenue le cabinet de lecture et le refuge de tous les émigrés qui arrivent par vaisseaux entiers de France.

— Méfie-toi des comtes et des marquis des Antilles ! ça fourmille ici : il y a même un certain baron de Saint-Victor, coiffeur de son état, qui arrive de Saint-Domingue et dont on dit qu'il n'est pas loin d'être jacobin...

Tilly parle, parle encore, inépuisable commère des plus fraîches aventures de cette communauté de fuyards. Lui-même, avec son habit de cour mal raccommodé, ses cheveux éternellement poudrés, que ce soit à Paris, à Versailles ou dans la plus infâme librairie de Philadelphie, n'est pas irréprochable : ses errements politiques vont de pair avec ses nombreuses aventures galantes, et selon les maîtresses du moment Alexandre se veut démagogue, monarchiste, constitutionnel, conventionnel, et pourquoi pas jacobin s'il rencontre une jolie Jacobine. Quoiqu'il puisse inspirer un peu de méfiance au représentant de la République, sa présence est un véritable soulagement pour Victor.

— Philadelphie ? une horreur ! Une fois que tu auras visité le musée de Peale, la galerie des cires de l'Indépendance, été voir le vieil Hutchinson, caressé ses serpents, ses opossums empaillés et ses chats sauvages et fait le tour de ses bocaux pleins de bestioles crevées, tu auras compris le charme mortel de Philadelphie !

— Et les Cherokees, les Choctaws, les Delawares ?

— Connais pas ces types-là...

Depuis son premier voyage en Amérique, Victor rêve d'aller rencontrer les sauvages chez eux. De Philadelphie on peut facilement gagner en trois ou quatre jours de cheval les plateaux des Alleghanys où vivent les tribus.

— Non, mon vieux, foi de Tilly, ça va être très dur, dis-toi cela. Ici les gens sont tellement hypocrites qu'au lieu de te demander de faire telle ou telle chose — qui de toute manière devra être faite — ils disent : « Ne vaudrait-il pas mieux faire cela ? Vous devriez peut-être, si je me permets... » Et tutti quanti...

— Et les femmes, les bals, les sorties ?

— Les bals, parlons-en ! Il y a trois jours j'étais invité au

bal annuel de l'Instruction publique ! Tu n'imagines pas...
Les femmes arrivent de leur côté en rang d'oignons, s'as-
soient sur les chaises placées en demi-cercle autour de
l'orchestre, les bonshommes se mettent derrière, chacun
dans son coin. Elles parlent des nègres, des pauvres, des
machins comme ça, les hommes font la politique du lendemain et de temps en temps tout ce beau monde danse
d'un air pincé, en évitant de s'adresser la parole !

Chez Moreau, ils prennent un bol de punch avec
Omer Talon qui leur raconte des choses extraordinaires,
des histoires de terrains à défricher qu'il faut acheter, puis
revendre et encore acheter. Et de fortunes à faire aux
grandes Indes. Sa belle figure s'enflamme, son masque de
cire aux yeux morts devient plus effrayant à mesure qu'il
parle d'argent et de spéculation. Il déteste Noailles qui fait
le même travail, qui n'a pour lui ici que d'être le beau-
frère de La Fayette, c'est-à-dire le parent d'un dieu.
— Méfie-toi de lui, Victor ! Quand il va savoir que tu
es là, il voudra t'embarquer dans ses frasques...
C'est Tilly qui le met en garde, lui dont Moreau dit à
Victor qu'en fait d'épouser Mlle Bingham, dont il n'a rien
à faire, il vient de l'enlever à ses parents par un grossier
stratagème, qu'il compte en effet s'unir à elle en cachette
et demander beaucoup d'argent pour un divorce tout aussi
secret. Une spéculation en or ! Tilly, après s'être amou-
raché mollement et avoir vécu aux crochets de Mme de
Lartigues, modiste à New York, s'apprête à rançonner les
Bingham, aussi riches que dépourvus d'arguments devant
cette filouterie à la française. Que pèse une jeune oie
devant le titre et les manières de cet escroc magnifique ?
M. de Rouvray, vieil officier, chevalier de Saint-Louis et
de Cincinnatus, qui a commandé pendant la guerre un
régiment de nègres et de mulâtres levé dans les îles et qui
est venu passer six mois à Philadelphie pour se changer du
climat de Saint-Domingue, détaille à Victor les manigances
du beau Tilly ; Rouvray plaît assez au Superbe parce que
c'est un homme qu'on dit méchant, qui ne se cache de
personne pour dire bien haut ce qu'il pense et est détesté

par tout le monde, y compris par Moreau chez qui il passe cependant tous ses après-dîners.

— Parce que je m'ennuie...

L'ennui est le moteur de toutes ces alliances contre nature, entre gens qui à Paris se calomniaient ou étaient prêts à se battre en duel. Ici, à Philadelphie, on n'a guère le choix de ses affinités. On parle de Talleyrand qui pourrait bien arriver si la situation se dégrade. Lui au moins saura faire le lien entre ces grands devenus des moins que rien et ces riens en passe de devenir des grands.

— Ton Washington refuse de nous recevoir. De peur d'offenser ta chère République !

Victor, qui doit présenter ses lettres d'accrédition dans quelques jours à Ternant, l'ambassadeur, promet d'intervenir. Il parlera pour les émigrés : des Français, même séparés par les événements, ne peuvent pas se tirer dans les pattes, si loin de chez eux...

— Au roi, à la reine ! minaude Moreau en trinquant un nouveau punch avec Tilly, songeur, qui doit rêver aux cheveux d'or de la jolie Maria Mathilda, à ses yeux d'un vert profond qui soutient la ressemblance avec la monnaie locale.

— A tout le monde ! s'écrie le bel Alexandre en sortant de sa torpeur soutenue par une ivresse naissante.

XX

Victor a acheté un petit barbet du nom de Cartouche. Pour qu'il lui tienne compagnie, pour n'avoir plus à passer toutes ses soirées à discuter de l'âme avec Tilly qui n'y entend rien, à déchiffrer ces gazettes reçues à l'ambassade qui parlent d'une France dévastée. Au fur et à mesure que les émigrés débarquent, les nouvelles affluent, parfois contradictoires. Les dépêches officielles tardant à arriver, les représentants de l'ambassade se nourrissent des derniers ragots des proscrits. Les uns ne vont-ils pas d'ailleurs prendre la place des autres ?

Le roi a fui, a été repris, arrêté, sera libéré. Quand La Rochefoucauld-Liancourt, grand maître de la Garde-Robe, débarque en ce mois d'avril 1793 à Philadelphie, découragé d'avance de la vie qu'il va mener, tous l'attendent avec impatience sur le quai.

— La guillotine, messieurs...

Le lendemain, un Jacobin a fait changer l'enseigne de son auberge. On y voit une Marie-Antoinette décapitée, peinte assez grossièrement, et une grande inscription en lettres dorées qui rend fou Liancourt : *Capet sine capite*.

Dans les toasts portés à l'ambassade lors des cérémonies, on ne sait plus à qui adresser les compliments. Victor a été désavoué par sa bande d'exilés parce que lui et le ministre ont célébré le 14 juillet l'anniversaire de la Fédération avec une pompe jugée indiscrète : on a sonné les cloches, tiré du canon, organisé un grand dîner, lancé un feu d'artifice, chanté l'hymne des Marseillais et quelques autres morceaux républicains. Les Américains eux-mêmes portaient des cocardes tricolores. En passant dans Market, Victor a aperçu Moreau, Talon, Tilly et Cazenove au balcon, l'air horrifié.

Liancourt, lui, rallie chaque jour des partisans à la cause du roi assassiné. Les bourgeois de Philadelphie sont ravis de mettre un duc à leur table. Victor l'a rencontré dans la rue, Liancourt est allé vers lui et lui a sèchement reproché le défilé de la veille.

— Je fais mon métier, a dit l'attaché d'ambassade.

— Sale métier, a répliqué le duc en claquant des talons.

Treize mois de Philadelphie ont épuisé le Superbe. Il n'a rien retrouvé des frissons du premier voyage. Il est seul, seul avec le chien Cartouche, sans Irénée, sans son père dont il n'a reçu pendant tout ce temps qu'une lettre, polie, sans chaleur. Tout va bien au Bois des Fossés. Sophie attend un enfant. Irénée père de famille ! son cadet bientôt en charge d'enfant ! Le monde à l'envers...

— Vous devriez aller faire un petit voyage dans la campagne, mon cher du Pont..., mais si, si..., je vous trouve dans une disposition de tristesse que vous voulez dominer mais n'arrivez guère à dissimuler. Partez, je vous en conjure, une semaine, vous ne végéterez plus sur place... Le mouvement, la curiosité, la fatigue sont d'excellentes distractions !

M. de Ternant a raison. Victor ne tolère plus la mine pincée et le grand chapeau gris des quakers, pas plus que les soirées enfumées de la librairie de Moreau où il s'efforce de faire accepter son amicale neutralité. Il y a aussi cette chaleur terrible, ces journées brûlantes saturant les millions de briques de la ville qui gardent la température et la renvoient dès que la nuit tombe.

— Je te l'avais dit, triomphe Tilly. Philadelphie, c'est l'humidité de l'Angleterre au printemps, la chaleur de l'Afrique en été, le froid et les neiges de Norvège en hiver !

Victor ne cesse de tourner son regard vers l'Atlantique, vers cet autre côté, la France. En ville l'air est compact, le sirocco pèse de toutes ses forces sur les hommes, les corps sont abattus, les esprits déprimés. Après un hiver glacial et le vent piquant du nord-ouest qui traversait les vêtements les plus épais, le contraste est saisissant : à peine a-t-on puisé l'eau qu'elle est déjà bouillante, sans parler de ces mouches qui s'affalent en nuées et de ces moustiques qui ravagent les mains et la figure.

— Allez à Germantown, dans Fairmount Park, on dit que c'est charmant ! et beaucoup plus frais, gronde une dernière fois le ministre de France qui ne rêve lui aussi que d'une chose : quitter son poste et l'Amérique.

Il suffit en effet de longer la Schuykill, les orangers et les citronniers en fleurs des jardins, les cascades antiques et les vieux chênes deux fois centenaires du parc pour arriver à cette petite ville, aux trois quarts peuplée d'Allemands, gros bourg fait d'une seule rue. Les habitants ont gardé la tournure germanique, austère, industrieuse : ici il n'est question que de forges, de verreries, de distilleries, d'arts mécaniques. On coupe les arbres par centaines chaque jour pour alimenter le feu continu d'une manufacture. Les moulins filent toute la nuit le chanvre, le lin, la laine.

Victor dans ce voyage n'a pas trouvé le repos. Il n'y a qu'ivrognes le soir dans les tavernes. Il n'est bien ni ici ni ailleurs. Ni dehors ni en lui-même. Car à Philadelphie l'amour, même fraternel, lui fait cruellement défaut. L'amour à la manière d'Irénée, c'est-à-dire unique et familial. Il a un peu vieilli, le Superbe, ces derniers mois. Jamais auparavant il n'eût envié ceux qui s'établissaient.

SOUVENIRS DE Mme VICTOR DU PONT, NÉE GABRIELLE LA FITE DE PELLEPORT

(1770-1794)

Je suis née au château de Servisy, près de Stenay en Clermontois, le 20 mars 1770. Mon enfance fut très heureuse et le souvenir imparfait que je conserve de ces premières années est encore cher à mon cœur.

Elles ne furent cependant pas exemptes de nuages. Ma mère, Elisabeth de Givry, mourut à Versailles quand j'avais douze ans. On fit alors appel à une Languedocienne sèche, austère, un peu couperosée, avec un de ces maintiens dont la ridicule importance attire l'attention. L'on me désigna Mlle Busquet comme demoiselle de compagnie ; habillée de polonaises faites à Pézenas quinze ans plus tôt, portant des jupes trop courtes et d'ennuyeux corsages sur de longs bras noirs et décharnés, ses doigts semblaient condamnés à un éternel tricot ou à l'usage immodéré d'une boîte à tabac. Sans oublier un épouvantable petit chien hargneux qui la suivait ou plutôt ne la suivait pas et dont l'indocilité à la promenade attirait l'attention des passants dans les jardins du Château[1] lorsqu'une voix aigre et accentuée le rappelait à l'ordre.

Mon père semblait destiné par la fortune à d'assez belles espérances. Il était fils d'Abraham de La Fite, marquis de Pelleport, lieutenant général des armées du roi, gouverneur de Mont-Louis, et de Marie de Villefort, elle-même fille de la marquise de Villefort, sous-gouvernante des enfants de France. Cette dernière éleva Louis XIV en cette qualité et le grand roi, qui l'aimait tendrement, signa le contrat de mariage de sa fille avec mon grand-père en lui promettant un rapide avancement.

Le principal héritage de mon père fut donc de très

_____

1. Versailles.

ancienne noblesse et s'il ne trouva en venant au monde qu'une fortune délabrée, les offices de son père et ses parents qui vivaient à Versailles lui donnaient les droits et les grâces de la cour dans le service pour lequel son goût se déclara bientôt. Avant quatorze ans, il avait déjà traversé le Rhin, avec son oncle, le comte de Pelleport, colonel du régiment de Clermont-Tonnerre, et fait avec lui toutes les campagnes qui menèrent à la paix.

J'avais à peine treize ans quand mon père mourut dans mes bras et ceux de mes frères, à table, dans notre maison sise au coin du boulevard du Roi et de celui de la Reine.

J'ai voulu avant de quitter mon pays pour l'Amérique revoir une dernière fois ce Versailles d'avant la Révolution. Mais je m'écriai bientôt avec le poète anglais :

> *The trees, the shades, the groves remain*
> *But friendship there, I search in vain !*

La superbe avenue qui mène au château était abattue, l'herbe croissait dans les rues, des gardes nationaux faisaient la cuisine dans les appartements royaux. Les jardins étaient dans un assez grand abandon. La terrasse, grand Dieu ! quelle foule de réflexions et de rapprochements elle me fit faire !

Qu'était devenue cette foule immense des jardins ? Et ces fêtes splendides encore gravées dans ma mémoire ou le charme solitaire des promenades ? Les bords du canal, le bois Satory, la porte verte, cette allée surtout qui menait à Saint-Cyr ! retraites charmantes qui dédommageaient si bien de la gêne éternelle et du mauvais esprit de coterie qui régnait dans ce lieu aujourd'hui si changé ! Recevez, figures de mon passé, le tribut de sentiments que je vous porte, tribut que le temps et la Révolution consacrent chaque jour davantage. Les lieux et les choses sont des témoins muets qui semblent devoir attester de la réalité du souvenir. Mais lorsque tout a disparu brutalement, que l'on s'apprête à quitter son pays pour une terre étrangère, sans les anciens compagnons de sa jeunesse, et que le théâtre même en est écroulé, les retours sur le passé paraissent bien tristes et plus vains encore !

Orpheline à treize ans, je fus donc placée comme pensionnaire à Port-Royal, tandis qu'un de mes frères et trois de mes demi-frères combattaient dans l'armée du grand Condé. J'y appris le goût de la lecture, un goût presque immodéré qui prépara mon caractère aux grandes tourmentes de ma vie et de mon cœur.

Au risque de choquer mon entourage, j'avouerai avoir découvert là-bas n'être point faite pour l'amour. N'ai-je pas depuis en tout temps su conserver assez d'empire sur mes sentiments pour les réprimer ? J'avais cependant des idées très romanesques, mais dans le haut style. La lecture des romans m'avait donné des idées de perfection si outrées que les passions me semblaient ordinaires. Seules les parentés avec les situations romanesques savaient faire vibrer en moi ces cordes sensibles qui rendent des sons fugitifs dont il est plus aisé de sentir que d'écrire l'effet. En étais-je redevable à *Clarisse* et aux autres excellents ouvrages de Richardson ou aux vieilles histoires de garnison de mon père qui m'avaient bercée ? Pour avoir inculqué dans mon esprit une juste horreur de la *galanterie* et une pitié véritable pour ces pauvres femmes qui étaient l'objet de soins qu'elles payaient si cher après, ces récits de légèreté et d'ingratitude pour notre réputation soulevaient le rideau du monde à mes jeunes yeux et me faisaient entrevoir le jeu de la scène par les coulisses, avant d'être en état d'y figurer moi-même. Je vécus cet âge dans la peur d'aimer !

Les premières années de la Révolution annoncèrent le début de mon errance. Le nom que nous portions nous compromettait. Je décidai de prendre conseil auprès de ma demi-sœur, Reine-Marguerite de La Fite de Pelleport, qui, ayant prononcé ses vœux, avait été contrainte, depuis que le gouvernement révolutionnaire avait fermé les établissements religieux, de rentrer dans le siècle. Elle s'était réfugiée avec la supérieure de son couvent et deux autres sécularisées à Ferrières, petite ville du Gâtinais, aux environs de Montargis [1]. Elles avaient loué des chambres dans l'ancienne abbaye ruinée et désertée et vivaient sur un plan économique conforme à leur nouvelle fortune.

Ma sœur me fit les plus vives instances pour me réunir à leur société, me conduisit à Ferrières, où je louai un couple de cellules dans l'abbaye. A travers quatorze pieds d'épaisseur,

---

1. Ferrières, qui n'eut jamais rien d'intéressant qu'une abbaye de bénédictins dont la fondation remontait au premier temps de la monarchie, peut figurer et même obtenir une place distinguée parmi toutes les laideurs du même genre dont notre pays abonde et qui par leur manque de ressources en tout font si bien ressortir les beautés et les avantages de la capitale à tous les égards.

nos fenêtres donnaient sur la plus riante campagne et nous avions la jouissance d'un beau jardin. Je fis coller un papier pour cacher les murs, qui m'ont toujours attristée à remonter n'importe où, et je choisis le plus gai et le plus couleur de rose possible, pour écarter de ce réduit humide l'idée de ces vieux et sales moines qui l'avaient occupé.

Cette maison était remplie de beaucoup d'autres femmes dépaysées, ruinées ou religieuses : c'était vraiment l'esprit de couvent la bride sur le col, je veux dire le caquetage féminin, alimenté subitement, et après une longue privation, par les idées du monde[1].

La municipalité de ce lieu était composée de gens assez braves, quoique communs et qui, lorsque quelques scélérats du gouvernement leur demandaient « s'il n'y avait ni prêtre ni noble », répondaient toujours par la négative : j'étais alors confondue dans l'essaim de ces vieilles religieuses qui ne portaient guère ombrage. La crise, longue et sinistre depuis la Révolution, était pourtant à son comble ; les maisons d'arrêt regorgeaient d'innocents, chaque ville avait eu ses sanglantes exécutions. Enfin ce beau, ce délicieux pays, dans la honte et le deuil national, ne présentait plus qu'une destruction générale de tout ordre moral et physique. Tout le monde était sous le couteau et la lâcheté imprimait dans bien des cœurs cette crainte servile et cet esprit de dénonciation universelle qui jetaient la défiance sur toute chose.

A Ferrières, nous n'avions certes pas la prison et le supplice sous les yeux ; mais, exposées à l'observation, à la jalousie, à l'arbitraire, nous restions menacées des mariages révolutionnaires. Notre situation devenait alarmante, d'autant plus que les remboursements en assignats commençaient à attaquer le fond de ma petite indépendance, déjà bien diminuée par la suppression des pensions. Il me restait à peine de quoi vivre, même en ce lieu !

Ma sœur avait heureusement le caractère le plus parfait, et possédait un fond de gaieté et de bonne humeur intarissable. A vingt-neuf ans, elle avait une fraîcheur et un embonpoint qui la faisaient paraître beaucoup plus jeune... C'était vraiment une belle personne. Sa vieille supérieure, Mme de Vernon, fille

---

1. L'une d'elles, âgée de quarante-neuf ans, fort laide, ne commandait-elle pas par le courtier de la maison — car nous ne pouvions sortir sans risque — « un miroir dont la glace devra être fidèle » ! Vingt ans plus tard, j'en rencontrai une à peu près du même âge dans les nouveaux défrichements de l'Amérique septentrionale qui portait une perruque blonde, des jupes de taffetas pour faire transparent sous ses robes blanches et attachait son bonnet avec des rubans hortensia...

d'un vrai mérite dont l'histoire était un véritable roman, l'aimait avec passion. Les autres religieuses dignitaires qui l'entouraient, jalouses ou non d'une préférence marquée, lui témoignaient la plus vive affection. Elle était l'âme de cette petite société, comme elle avait été celle de sa communauté.

La principale autorité de Ferrières était Mme Duboutoir, nom aussi ridicule et révélateur que sa personne. Elle avait acheté l'abbaye aux bénédictins, les meubles à un émigré, M. de Betysy, et c'était à elle que nous louions nos cellules. Ma sœur, dont le genre d'esprit saisissait toujours le côté plaisant et grotesque de chaque objet, tirait de la bizarre société que nous avions sous les yeux un aliment inépuisable. On ne pouvait se faire l'idée d'une plus curieuse collection d'originaux, d'un pareil foyer de caquetages et de trivialités. Plus grave qu'elle, je n'avais pas toujours le courage d'en rire et je m'en tenais à l'écart autant qu'il m'était possible.

Néanmoins, les ménagements que les circonstances nous imposaient rendaient cette réserve même dangereuse ; il fallait donc conserver une apparence de sociabilité. Ajoutez à cela nos relations politiques avec le maire tanneur de Ferrières ; avec le procureur de la commune, petit épicier du coin et notre chirurgien par-dessus le marché. Puis, par contrecoup, avec tous les citoyens et citoyennes, parents et alliés de ces gros bonnets à qui il fallait plaire sous peine de prison ; sans compter la nécessité d'être polies avec l'ancien curé, qui s'était marié avec une femme divorcée ; polies avec le vicaire, qui avait été garde national un an auparavant et qui pouvait nuire. Enfin polies avec le bedeau de la paroisse, parce qu'il avait de l'influence sur les certificats de résidence. Il fallait pourtant bien rire un peu de toutes ces pauvretés pour n'en être pas trop révoltées, et ce parti paraissait le plus sage.

Nous avions au surplus quelques dédommagements de société dans plusieurs campagnes voisines et cela offrait un but à nos promenades. Nous nous liâmes ainsi avec la vicomtesse de Ségur dont le mari était émigré et qui vivait dans une belle demeure avec son père. C'était une jeune femme assez extraordinaire, connue pour ses grandes passions et ses liaisons qu'elle avait entretenues avec quelques galants fort aventuriers. Son père ayant vainement désiré un garçon lui en avait donné les goûts et l'éducation. Elle tirait des armes, chassait, montait perpétuellement à cheval, fumait assez volontiers le cigare, jouait de la flûte et du violon, était toujours habillée en homme. La première fois que je la vis, je la pris pour un écolier et j'étais fort étonnée du ton respectueux que le maître de la maison avait eu avec elle en entrant et du mouvement qu'occasionnait son arrivée. Elle ne manquait cependant ni d'esprit ni de délicatesse dans les sentiments ; elle n'avait jamais donné la moindre prise sur sa conduite, mais son caractère était assez difficile à définir, tour à tour passionné et sans souci. Elle s'engouait facilement, surtout lorsque la musique qu'elle aimait presque à l'excès était évoquée.

C'était, je crois, à peu près le seul rapport qui existait entre nous, mais il la contentait. Elle faisait souvent deux lieues à pied, par la plus grande chaleur, pour m'accompagner dans une sonate. Son mari avait été à l'École militaire avec un de nos frères, cette circonstance avait amené notre intimité.

Il lui restait un seul cheval des débris d'une belle écurie qu'elle n'osait plus atteler qu'à une misérable charrette au lieu de l'élégant phaéton qu'on était habitué à lui voir mener et c'est ainsi qu'elle nous raccompagnait parfois quand nous la visitions.

Cette liaison tout à coup intime, et en dépit de notre extérieur modeste, fixa encore davantage l'attention sur nous ; j'avais eu beau couper la longue queue de mes robes, me coiffer très simplement, il perçait un certain air de ci-devant, disait-on, qui, avec la découverte faite dans notre entourage que nous avions trois frères émigrés, rendait notre situation et notre liberté bien précaires. Déjà nos municipaux inquiets craignaient de se compromettre en ne déclarant pas notre séjour dans leur commune. Déjà les détenus de Montargis, dont la plupart nous connaissaient au moins de nom, et nous savaient quelques agréments, nous envoyaient leurs compliments, accompagnés d'un grand désir, disaient-ils, de faire notre connaissance ; ce dont, je l'avoue, nous ne nous soucions nullement.

La crise paraissait donc venue. Le maire ne nous répondait plus rien ; nous en étions à coucher à moitié habillées et à garder, en cas de visites nocturnes, de la lumière dans nos chambres, et, sans une protection inopinée, nous eussions infailliblement été arrêtées.

Ce nouveau chapitre doit conclure cette narration. Je ne sais encore s'il sera bien long ; ma plume et ma mémoire sont également fatiguées ; et par une bizarrerie vraiment singulière, et qui contraste avec mes plus chers sentiments, ce n'est pas l'époque de ma vie dont j'ai le plus de plaisir à me rappeler le souvenir, bien que ce fût le temps de mon mariage. La force des événements politiques, l'isolement de ma position, l'anéantissement d'assez belles espérances n'ont cependant, je l'atteste, que très faiblement influé mon sort d'une manière irrévocable. Ce ne fut pas non plus l'effet d'un amour aveugle.

La prudence disait, comme le sentiment, également *oui* et *non*. Mon cœur parut, à plus d'un, bien indécis, froid et presque calculateur.

Mais où est donc l'objet de ce beau préambule ? Ah ! pardon, mes amis, je causais avec moi-même et j'oubliais que votre curiosité n'était pas, comme la mienne, depuis longtemps satisfaite à cet égard. Il faut en revenir à l'extravagante et amoureuse Mme de Ségur...

Vous saurez donc qu'un beau jour elle arrive tout échauffée d'avoir fait sa lieue à pied, nous conte l'événement de la veille, c'est-à-dire le retour d'un beau grand jeune homme, ami de son enfance, ami de toutes les belles, ami de son cœur et du reste probablement, et voisin de campagne ; « aimable, bon enfant et qui revient de l'autre monde[1] ». « Nous avons donc été ravis de le revoir ! ajouta-t-elle, car ma mère l'aimait vraiment autant que ma sœur et moi. Si vous êtes curieuses de faire sa connaissance, nous l'attendons demain à dîner, veille de sa fête, et nous lui préparons un beau bouquet ! »

L'imagination un peu éveillée par un portrait si flatteur, je saisis le moment où elle reprenait haleine pour lui demander son nom. « Victor du Pont, reprit-elle, ne vous l'avais-je pas déjà nommé ? C'est le fils de du Pont de Nemours, un constituant mais néanmoins qui pense très bien[2], et il est du nombre de ceux qui ne se sont point enrichis à la Révolution ! »

J'avoue que le nom de *du Pont,* en dépit de l'article douteux, ne sonna pas très bien à mes oreilles, accoutumées à de plus rares patronymes, et sut refroidir beaucoup ma curiosité. Nous promîmes cependant notre présence pour le lendemain. Lorsque Mme de Ségur fut partie, je ne pus m'empêcher de dire à ma sœur : « Cette petite femme est folle de son du Pont. — Je le crois aussi, me dit-elle, mais raison de plus pour y aller. Cela nous amusera ! » Nous y allâmes, il ne vint pas... Mme de Ségur regardait à chaque instant à la pendule ; elle frappait du pied lorsque enfin elle se désespéra de lui, se mit vraiment en colère et nous raconta avec la volubilité la plus comique qu'il était insupportable, qu'il n'avait jamais été exact à aucun rendez-vous, qu'il ne répondait pas davantage aux lettres qu'on lui écrivait et qu'enfin il était d'une nonchalance inconcevable. « Pensez qu'il nous revient de

---

1. Elle voulait dire de l'Amérique septentrionale.
2. C'est-à-dire qu'elle le croyait aristocrate.

Philadelphie où il a passé plus de deux ans et prétend n'avoir rien vu ! » Nous étouffions de rire, ma sœur et moi. Elle était trop en fureur pour s'en apercevoir. La présence de son père au dîner, la nécessité qu'elle avait en la mémoire d'un époux exilé de taire ses goûts trop manifestes la calmèrent cependant. Nous liâmes la partie d'aller à la fête de Montargis le lendemain[1], elle s'engagea à venir nous prendre dans sa charrette. « Peut-être Victor viendra-t-il plus tard ! ajouta-t-elle, alors il sera notre cocher... » La charrette arriva le lendemain à la porte de l'abbaye, couverte de feuillages joliment arrangés, mais à notre satisfaction sans autre guide de notre étourdie vicomtesse.

A Montargis, nous descendîmes chez Mme de Noirat, une amie intime de ma sœur, pour y faire nos toilettes et aller ensemble à la fête. Ma sœur, qui dans de pareilles occasions se ressouvenait de son ancien état, n'y voulut point paraître, quoiqu'elle eût pu certainement contribuer à l'orner.

Cette fête — cette foire — a une origine bizarre, comme beaucoup d'autres dans nos provinces, que j'ai parfaitement oubliée. Il n'en reste plus d'autre trace qu'un brillant rassemblement d'oisifs à la ronde qui se réunissent au *pâtis,* la promenade du beau monde à Montargis. En dépit de la terreur et de l'abattement général des esprits, cette réunion se trouva parfaitement bien composée ; la politique même rendait parfois ces démarches nécessaires dans les petites villes afin d'avoir l'air d'y faire encore ce que l'on y faisait autrefois.

Nous y étions déjà depuis assez longtemps assemblées avec la plus haute société de la ville qui avait échappé à la prison ou au couperet infâme et j'y faisais quelque sensation parce que c'était la première fois que je paraissais en public dans ce pays, lorsque Mme de Ségur découvrit enfin *son cher Victor,* se promenant nonchalamment avec un couple de jeunes gens, sans avoir l'air de rien chercher. Elle n'y tint pas longtemps, l'appela sans le laisser nous apercevoir. Nous voyons alors s'avancer vers nous, mais sans la moindre trace d'empressement et encore moins d'embarras, un très grand, beau jeune homme, absolument mis à l'anglaise, dont la démarche entièrement dénuée d'affectation et en effet presque nonchalante avait néanmoins un fort gracieux abandon.

Je sens bien que ce serait le moment d'esquisser ici ce que me parut alors être Victor du Pont. Je n'entreprendrai qu'à

---

1. C'est-à-dire la Sainte-Magdeleine, le 22 juillet 1793.

moitié ce portrait, et j'avouerai seulement que jusqu'alors je n'avais jamais rencontré, soit à la cour, soit à la ville, une figure qui commandât si bien l'attention et soutînt si heureusement l'examen.

C'était tout près du bel idéal et je l'examinais avec cette curieuse attention que l'on accorde à un chef-d'œuvre quelconque de la nature, mais sans aucun de ces troubles avant-coureurs d'un plus tendre sentiment. Néanmoins, il me parut, sans contredit, être la pièce la plus remarquable de ·cette fameuse foire. Son air, sa tournure, sa manière d'être enfin me semblèrent nouveaux et singulièrement à mon gré, parce qu'il était parfaitement naturel et d'aplomb ; de cet aplomb qui indique une supériorité intrinsèque, et qui nous porte à croire que l'amour-propre ou bien une sotte timidité n'existent pas sous feu, qu'ils n'influencent point l'individu qui s'appartient si bien et que l'on cherche à juger. Il me parut ressembler aussi peu au *soigné-pincé* des jeunes commis de Versailles qu'à l'impudente assurance de nos épouvantables talons-rouges et n'avoir aucun des défauts de culture, d'élégance et d'usages de cette noblesse de province qui est restée chez elle. Sa tranquille contenance valait mieux que tout ce que j'avais vu jusqu'alors. Il était lui, parce qu'il sentait confusément, je pense, que cela lui suffisait amplement. Et l'on entrevoyait clairement qu'il ne songeait à imiter ni à en imposer à personne.

Je ne me rappelle absolument point l'effet que je produisis sur lui ; s'il me parla ou non dans cette soirée ; enfin, rien de plus sur ce qui le concerne, excepté mon premier examen, n'a laissé de traces dans mon souvenir. Tandis que ma mémoire a été si complaisante en mille occasions plus reculées et bien moins décisives, cela me prouve au moins que ce ne fut pas une passion du premier coup d'œil qui me subjugua. Trois jours après, nous dînâmes ensemble à Toury, terre de M. Porte Lannes, père de la vicomtesse ; Mme de Ségur ne pouvant nous raccompagner, il s'offrit de nous reconduire à pied et nous marchâmes deux ou trois lieues au clair de lune sans qu'il nous fît le moindre compliment, la moindre phrase ; sans dire un mot de lui-même ou de ses voyages américains. Cela nous parut original : la première impression avait été favorable. Je lui sus gré de ce genre sans conséquence, d'autant plus qu'il nous prouva peu de temps après, en recherchant différentes petites occasions de nous voir et de nous rendre de petits services, que ce n'était pas par une totale insensibilité à nos mérites qu'il agissait ainsi et j'acquittai également son esprit de cette inadvertance. Elle me parut un trait dans son caractère, qu'au surplus il soutint parfaitement. Car je crois qu'il ne m'a jamais adressé une galanterie de vive voix[1]. La modération de ce début de liaison avait, on le voit, un véritable besoin de l'appui des circonstances pour devenir plus intime. C'en fut une vraiment bizarre qui le fixa à Ferrières.

Revenu d'Amérique, après avoir été secrétaire de légation auprès du comte de Ternant, et où il comptait repasser au plus tôt pour y lier des affaires de commerce, il était arrivé dans son pays natal au temps le plus chaud des réquisitions. Son retour fit sensation dans ce petit village où s'était retiré son père ; les jeunes gens du district commençaient à murmurer pour qu'on le fît partir comme eux faire la guerre aux frontières dans la grande levée en masse de cette époque. Notre Victor alla consulter une ancienne connaissance qu'il avait à la commune : on lui conseilla vivement, s'il en avait les moyens, d'acheter son équipement, d'entrer dans la gendarmerie. « Je vous ferai cantonner à Ferrières, lui dit-on, d'où vous serez très près de chez vous. Cette démarche sera favorable à l'idée qu'on pourra avoir de votre patriotisme et de celui de votre père, dont on doute furieusement. »

Ces considérations le décident[2], il est reçu gendarme et dispensé par conséquent de tout tirage. Gendarme à Ferrières ! nouveau sujet de plaisanterie entre nous, nouvelle occasion de se voir chaque jour dont on profite avec une mutuelle satisfaction. Reine et moi ne jurons pas encore qu'il est aussi aimable qu'on nous l'a peint ; ni qu'il a tant d'esprit car il reste bien peu bavard, mais enfin nous le trouvons très bien ; nous sommes contentes de lui, il l'est de nous en apparence. C'en est assez pour embellir le présent, pour jeter un nouvel intérêt sur notre vie. Nos promenades en sont enrichies.

Ma bonne sœur, plus vive, plus expansive, plus prompte à s'enflammer du moindre compliment ou regard, sensible à l'air d'amitié qu'il lui témoigne, en est maintenant tout aussi enchantée que cette Mme de Ségur dont elle s'était tant moquée. Notre religieuse a le feu aux joues !

Notre position, les dangers qui nous menacent excitent enfin l'intérêt du beau gendarme. Il les connaît encore mieux que nous puisqu'il entend les propos de la canaille, les

---

1. Quinze ans plus tard, je disais en riant à mes amis : « Mon mari ne m'a jamais fait que trois compliments dans sa vie, mais ils suffisent parfaitement à mon amour-propre. »
2. Cette démarche n'a rien d'humiliant en tel moment. Les jeunes gens de famille se fourraient où ils pouvaient pour éviter les réquisitions, et rien n'était plus commun que de voir un fils titré travailler dans les charrois...

dénonciations. Lui même redoute de grands périls : ce pauvre jeune homme n'a remis le pied dans le pays natal que pour voir les chers objets de son affection, son père et un frère dont il parle volontiers, exposés à la prison.

Chaque crise était au profit de notre intelligence naissante. Un beau jour, nos officiers municipaux m'élisent — sans me consulter — à l'unanimité pour représenter la déesse de la Raison de Ferrières dans cette farce grotesque de l'Etre suprême. Prévenue par notre Victor, je prétexte quelques affaires urgentes à Paris et m'éclipse avant que la décision ne soit rendue publique.

Notre gendarme décide de m'accompagner, dans son épouvantable costume partisan, jusqu'à Nemours. Rien n'affaiblira jamais le souvenir des moments que je passai à l'auberge de cette ville et ce que j'éprouvai en lui disant adieu. Un billet que je trouvai dans ma main que j'eus quelque peine à arracher des siennes en montant en voiture me causa la plus vive émotion et les diverses sensations que je ressentis jusqu'à ce qu'il me fût permis de trouver un moment de solitude pour le lire sont peut-être les plus vives et en même temps les plus douces de ma vie.

Ce papier si bien aimanté, et qui répondait à tout ce que je désirais y trouver, décida entièrement de ma fortune à venir ; toute incertitude, tout combat disparurent par un enchantement jusqu'alors insoupçonné ; j'y crus trouver l'aliment d'une source de bonheur à laquelle depuis longtemps je n'osais plus prétendre ; celle d'une âme que je voyais faite pour répondre à la mienne, et je bâtis enfin comme tant d'autres sur ce sable fragile !

Plusieurs lettres reçues et répondues m'engagèrent presque entièrement et, une fois la fête de l'Etre suprême passée, je rentrai à Ferrières. Un mot m'attendait dans la cellule :

> *De la raison trop longtemps égarée,*
> *On prétend établir le culte parmi nous ;*
> *Sous vos traits enchanteurs chacun l'eût adorée,*
> *Et l'on a dû songer à vous.*
> *Vous fuyez, votre modestie*
> *Evite notre encens, se refuse à nos vœux ;*
> *Ceux de l'amour seraient-ils plus heureux ?*
> *On vous proposerait de jouer à la Folie !*

Ma sœur, que la passion semblait rendre aveugle aux préoccupations de ses proches, fit à son tour plusieurs pièces de vers analogues aux idées et sentiments qui nous occupaient, sentiments qu'elle partageait comme moi ! Tout cela était fort gai, même pour nos bonnes vieilles religieuses, qui, une fois mises dans notre confidence, se prêtaient de la meilleure grâce aux visites du bel ami. Je vis enfin son digne père ; notre première entrevue se passa dans un bois limitrophe de sa terre. Nous en fûmes enchantées, ma sœur et moi, et fîmes ce que nous pûmes pour qu'il le fût également de nous.

Il s'éleva cependant un fort nuage sur notre horizon. Ce brillant poste de gendarme, envisagé comme un canonicat qui empêchait de servir la mauvaise cause, devint par les circonstances un emploi non seulement désagréable, mais révoltant, par l'ordre qui fut donné à Victor de présider aux arrestations !

Je lui avais signifié depuis longtemps que je ne songerais pas à me marier tant qu'il resterait gendarme. Et que je ne saurais supporter qu'il conduisît les miens tels des gueux vers des sorts trop bien connus.

On juge bien qu'il fût extrêmement embarrassant, et même dangereux pour lui, de donner sa démission alors que notre liaison commençait à se savoir. Il fit le malade, sur mes prières, pour se dispenser de prêter les mains à ces terribles arrestations. Nous lui préparâmes du jus d'épinards pour s'embarbouiller le visage ; le teint verdâtre d'un grand malade du foie, il prétendait ne pouvoir rien avaler, ne mangeait qu'à la dérobée et s'établit assez bien souffrant pour être dispensé du service par notre chirurgien, le citoyen Fly.

Obtenant sa démission, il me pressa d'accomplir ma parole. Rien n'était plus aisé quand on trouvait le concours d'un prêtre. Or on nous enlevait nos curés de tous côtés et ceux qui restaient étaient tellement intimidés par la peur que le culte ne se faisait pas, même dans le plus profond mystère.

Mais je demeurai inflexible comme je l'avais été avec son odieuse gendarmerie. Il crut que je trouvais ce mariage disproportionné, que les préjugés d'aristocratie me rendaient, depuis la Révolution, ce sacrifice d'orgueil bien sensible. Je lui affirmai que, sans que mes notions politiques éprouvent quelque altération, je ne rougissais pas de devenir la belle-fille de du Pont de Nemours. Il continuait de se désespérer de mon obstination ; chaque disparition de prêtres affaiblissait son espoir.

Il sollicita tant le bon curé de Branles et lui jura si bien le plus profond secret qu'il le détermina à nous donner la bénédiction nuptiale dans une chambre fermée. M'étant accommodée de l'idée qu'il ne réussirait point dans son entreprise, je fus fort étonnée, pleine d'embarras et de perplexité lorsque, au sortir d'un dîner, il me conduisit dans une chambre où se trouvaient déjà son père et ce vieux prêtre [1]. Je demandai au moins la permission d'aller chercher ma sœur qui jouait au trictrac en bas, cette grâce me fut refusée. Je n'eus pas une seconde pour réfléchir et me recueillir : il m'entraîna par la main, n'écoutant rien, et je m'engageai, après l'avoir redoutée si longtemps, dans l'action la plus importante de ma vie d'une manière si précipitée, si incompréhensible à mes propres yeux que je pouvais à peine y croire moi-même et l'assurer à ma sœur quelques minutes plus tard quand elle me vit redescendre, mariée, après une cérémonie *si peu cérémonieuse*.

Nous retournâmes lui chez son père au Bois des Fossés et nous à Ferrières, où nous passâmes encore trois semaines sans que notre mode de vie fût altéré. Nous attendions les papiers nécessaires au mariage municipal — le seul que *leur* loi reconnaisse ! Il eut lieu le 20 germinal an II, jour que je continue d'appeler le 9 avril 1794.

Son bon père, le *Philosophe Laboureur,* comme le nommait M. de Turgot, m'offrit la dot que je n'avais point. Je n'apportais de mon côté que des créances exigibles de douze et six mille livres, créances qu'il était bien incertain de recouvrer. Mon trousseau et mes bijoux ne dépassaient pas les trois mille livres.

Je me suis promis bien sérieusement de terminer mon récit à cette époque. Ce qu'une femme mariée a de mieux à faire est de garder le silence sur elle-même, sa conduite, ses affections, ses souffrances et ses bonheurs.

---

1. Il fut enlevé quelques jours après.

XXI

Gabrielle n'aime pas la campagne. Les herbes hautes et les foins la font éternuer, les fleurs du printemps flattent ses allergies et la boue des saisons intermédiaires a le grand tort de salir ses bas clairs de citadine jamais repue du pavé parisien. Il fait toujours trop froid au Bois des Fossés, mais c'est principalement cette humidité permanente contenue dans les gros murs détrempés de la maison qui est responsable de toutes ses migraines, l'enrhume et lui donne ce teint de poitrinaire chronique. Le chien Cartouche, qui a traversé l'Atlantique avec Victor, lui fait la fête sans savoir qu'elle déteste ces petites pattes sur ses habits de soie, ses tulles et ses mousselines. Quant à être réveillée tous les matins, à une heure aussi régulière qu'indue, transie de froid dans des draps glacés, par le chant stupide d'un volatile du nom de Kokovin, c'est devenu chose insupportable. Elle n'aime ni ramasser les œufs crotteux, tièdes et écœurants dans le poulailler, ni manger des radis crus qui sentent encore un peu la terre et encore moins tirer ce lait gras et enivrant du pis de leur unique vache. Et, si Victor ne l'a pas encore compris, c'est qu'il est bien mauvais mari.

Victor, bien sûr, a compris, tâche d'expliquer à Pierre-Samuel, à Irénée et à Sophie — la petite Victorine a maintenant deux ans — qu'ils n'y sont pour rien, que Gabrielle les porte sur son cœur, mais que la vie mondaine leur fait défaut, à eux deux, et qu'ils doivent s'installer dans la capitale. Et qu'enfin Gabrielle n'aspire pas à devenir « ce tyran des choux » comme l'a nommée Pierre-Samuel en lui confiant l'entretien du potager.

En attendant qu'un appartement se libère pour eux dans la grande ville, Gabrielle joue du piano tout le jour : c'est ainsi qu'elle est la plus sévèrement belle, droite sur son tabouret, la nuque bien dégagée, les mèches blondes ramassées en un savant chignon. Le long bras qu'une mousseline noire habille se prolonge dans cette main un peu sèche, dégantée, qui commande la trépidation du corps tout entier, fait bouger les épaules, gonfler la poitrine à chaque reprise et met la figure en mouvement. Sourire à peine esquissé quand l'allure est bonne, lèvres pincées quand une note est fausse ou qu'un doigt se pose à côté d'une touche, nez camus, petit front qu'aucune ride, sous la poudre, ne vient abîmer et pommettes légèrement rosies par la confusion et le plaisir d'interpréter : tandis qu'Irénée gave les porcs, que Sophie prépare les pâtés et que Pierre-Samuel additionne de savants chiffres pour évaluer une improbable récolte, la maison résonne des accents grêles du pianoforte. Qui cherchera Victor, bien peu solidaire de l'effort domestique, le trouvera dans le salon, le souffle retenu par l'émotion, derrière sa femme, la plus belle de toutes. Il la regarde, admire des heures durant ce dos, ces épaules étroites et délicates, qui se découpent sous le fourreau de satin blanc, et la musique lui parvient parfois comme venue du crâne de Gabrielle. Cérébrale, Gabrielle l'est certes, beaucoup trop, doit-on penser ici : ses caresses, Gabrielle les donne à son piano, quatre heures par jour, sans discontinuer. Et quand elle se refuse à lui, touchant son front en se plaignant d'un peu de fièvre ou de céphalées, Victor est presque heureux : il aime les femmes réservées désormais, parce que cette réserve est l'assurance du plus grand des plaisirs.

En venant vivre au Bois des Fossés, Gabrielle leur a apporté sa gaieté froide, ses manières enjouées et versaillaises, a même développé chez la chère Sophie un certain goût pour la coquetterie, un petit rien insignifiant de dédain pour la vie à la ferme, cet air de n'y pas toucher des femmes du monde, toujours un peu ailleurs, jamais franchement heureuses. On ne peut ôter de la tête de Gabrielle cette haine de la Révolution. « Changement » est un mot qu'elle ne comprend pas : Pierre-Samuel lui a laissé sur la table le cahier de la commune de Chevannes qu'il avait rédigé pour les Etats Généraux, mais ne l'a-t-elle pas parcouru comme un roman, comme on lit un conte du vieux Voltaire ? Famine et disette lui paraissent des mots dignes de figurer chez La Fontaine.

Parce qu'elle aime ce qui étourdit et que la musique se fait les yeux fermés, elle continue de jouer et refuse de regarder ailleurs. Tout semble lui échapper : ainsi Victor fait des ravages, sans le savoir, dans le cœur de Reine, sa sœur cadette qui s'est installée avec eux. Mais Gabrielle ne le voit pas. Pourtant Reine est en larmes la moitié du jour, ne dort pas de la nuit et Sophie l'a même trouvée un soir derrière la porte de Victor, les yeux perdus, les lèvres mordues, les cheveux défaits.

— Il faut que je parte, il faut que je parte..., a dit Reine en gémissant.

Elle est partie hier, malade, à Villefranche, sous le prétexte d'aller visiter une autre de leurs sœurs. Victor était à Paris pour deux jours. Quand il est rentré au Bois des Fossés par la dernière malle, c'était pour apprendre à Gabrielle qu'eux aussi pliaient bagage. Dans une semaine. Direction l'Amérique !

La maison était étrangement déserte, le piano s'était tu. Seule Gabrielle s'était endormie dans un coin, près d'un feu presque éteint.

— Où sont les autres ? .

— Irénée est à l'imprimerie. Hier soir, ils sont venus chercher ton père...

— Qui *ils* ? les soldats ?...

— Les mêmes qui ont arrêté Lavoisier et réclament sa tête. J'ai entendu le bruit des sabots, les harnais et les coups à la porte. Ton père était en bas, je lui ai dit de fuir, mais il a affirmé que ce serait s'accuser, qu'il avait confiance, que ce ne serait pas long...

Personne ne savait où on l'avait emmené. Sophie était partie à Paris, à dos de mule, prévenir Irénée. Elle devait être à l'imprimerie...

— Je file. On verra plus tard pour l'Amérique !

Pierre-Samuel était à la Force, dans cette vieille prison par la porte de laquelle Mme de Lamballe ou du moins sa tête était sortie au bout d'une pique. Dans un petit réduit où il continuait à proclamer que l'existence était la démonstration du bien. On lui reprochait bien sûr d'avoir défendu le roi aux Tuileries, d'être un ennemi de la République. Personne n'avait pu le voir ou lui parler. Les scellés avaient été apposés à la porte de l'imprimerie par mandat du Comité de sûreté générale. Une lettre avait fini par leur arriver.

Rien de rien, rien sans cause et rien qui n'ait d'effet. Telle est ma religion et je crois avoir assez fait pour cette vie passagère à laquelle je tiens fort peu. Et je permets bien volontiers aux tyrans d'envoyer ma monade se prosterner devant l'Eternel ! J'ai pris auprès de vous au Bois des Fossés un préservatif dont j'avais besoin contre les fumées et les folies de l'ambition. La vraie philosophie était cachée dans mes prés, sur le bord de ma rivière, derrière la haie de mes vignes, entre mes champs et mes bois : je l'y ai saisie, embrassée, serrée contre ma poitrine, logée dans mon cœur et ma tête d'où elle ne sortira plus, dût-on me la couper, comme la mode le réclame. L'homme est une lampe dont Lavoisier nous a dit que l'oxygène en était l'huile. Vivre est la manière de briller de cette lampe...

XXII

Paris gratte son ventre du soir au matin, fouille sans répit ses entrailles et profondes sont ses caves. Depuis des semaines, les hommes de la République, ces patriotes volontaires, déchirent leurs ongles contre les murs des soubassements à la recherche d'une poudre verdâtre, un peu épaisse, mêlée à des bouts de terre, de sable, de paille. La France républicaine est en guerre contre le reste de l'Europe et ses monarchies.

Toutes les parois de la ville, obscures ou humides, sont ainsi brossées, frottées, griffées. Il n'y a guère que les cachots qui ne sont pas visités.

D'entre toutes les prisons, Sainte-Pélagie est aujourd'hui l'une des plus tristement célèbres. Derrière ces murs grossiers de la forteresse imprenable, une petite luciole veille cette nuit, faible écho d'une chandelle qui éclaire la cellule du citoyen Lavoisier : à lui qui se sait condamné mais demandait un répit de deux ou trois semaines pour finir ses travaux, la grâce vient d'être refusée. La République n'a-t-elle vraiment pas besoin de savants ? Il est d'amères réalités ; mais ce faux goût qu'il a dans la bouche, un peu saumâtre, vient d'ailleurs... du bout de ses doigts, de dessous les ongles, parce que à son tour, pour se désennuyer, Lavoisier gratte le mur de sa geôle. La terre est ordinairement insipide, fade et lourde comme celle des champs de Freschines. Mais, par contre, celle-ci, près du grabat où il ne dort pas... sous la langue, ce sable est frais, amer, légèrement piquant, un peu salé. Sourire du détenu : voilà du salpêtre qu'ils n'auront pas !

Chaque soir — il ne peut s'en empêcher — lorsqu'il

rentre de l'imprimerie, Irénée fait le détour par Sainte-Pélagie. Pour communier au pied de ces murailles, par fidélité à cet homme qui lui a donné le goût de la poudre et du salpêtre. Hier, en traversant le Père-Lachaise, il a croisé des enfants, les ongles retournés, les poignets en sang, avec de grands sacs de toile et des leviers en fer sur l'épaule. L'un d'eux chantait à tue-tête sur une tombe qu'il venait de basculer :

> C'est dans le sol de nos caveaux
> Que gît l'esprit de nos ancêtres ;
> Ils enterraient sous leurs tombeaux
> Le noir chagrin d'avoir des maîtres... *(bis)*

> Cachant sous l'air de la gaieté
> Leur amour pour la liberté,
> Ce sentiment n'osait paraître ;
> Mais dans le sol il est resté :
> Et cet esprit, c'est du salpêtre ! *(trois fois)*

Il les connaît, ces gamins de Paris ; ils venaient souvent à l'arsenal vendre leurs paquets, petits chiffonniers et cendriers en herbe à qui l'on payait deux sous six deniers le boisseau de poussière à salpêtre. Aujourd'hui, désœuvrés, ils broient les squelettes, en brûlent les os et défoncent les cimetières A Picpus, ils font une petite fortune : à ces fosses que l'on ne cesse de combler avec des corps sans têtes et des têtes sans corps, ils préfèrent les plus vieilles tombes où la pourriture est mieux engagée. C'est avec les anciennes dépouilles d'aristocrates qu'on arme aujourd'hui les fusils républicains.

Quand il traverse Paris, Irénée ne sait plus s'il lui faut longer les murs, au grand risque de se fracasser contre quelque gueux qui lessive et savonne les pierres au nom du grand Œuvre patriotique, ou plutôt lever les yeux sur ces affiches qui ornent les portes des maisons. L'une d'entre elles vient d'être collée à l'entrée de Sainte-Pélagie. Il l'arrache, mais c'est pour la lire.

> Aux armes ! aux armes ! la liberté est en péril ! des ennemis au-dehors, des rebelles au-dedans !
> Aussitôt les forges, les ateliers s'élèvent en tous lieux ; le sol se convertit en métaux tyrannicides ; la terre se change en

fer, le fer en acier, et l'acier en sabres, en lances ; tout bronze devient canon ; et les cloches, lasses de conjurer vainement la foudre, foudroient elles-mêmes les brigands et leurs exécrables chefs !

Hommes libres, dont le bouillant courage préfère aux trop lentes évolutions d'une froide tactique l'attaque d'homme à homme, le corps à corps, l'arme blanche enfin ! bien sûr qu'un sans-culotte terrasse toujours un esclave, mais, si vous êtes si prodigues de votre sang, nous, nous en sommes avares, nous qui voudrions rendre invulnérables ceux qui nous servent de boucliers !

Oui, c'est trop peu du fer, il faut encore le feu. La Nature l'a condensé dans le salpêtre ! il est l'âme des fusils et des canons ; sans lui, ces machines ne sont que menaçantes. C'est par lui seul qu'elle décide de son enchantement ; animez les machines, électrisez la foudre elle-même !

Citoyens ! les Tyrans disent : « la guerre cesse avec le dernier écu » ; les Républicains répondent : « contre les Tyrans, avec la dernière goutte de leur sang ». Mais vous ajouterez : « Le salut du genre humain et son bonheur sont peut-être dans la dernière livre de salpêtre que recèle ma demeure. Que je suis heureux d'en faire une offrande à la Liberté et de la faire à l'instant ! »

Alerte, Citoyens ! aux armes ! aux armes ! c'est-à-dire : aux salpêtres ! aux poudres !

L'homme Libre.

Paris, le 18 Ventôse de l'an II
de la République française, une et indivisible.

Les doigts encore humides de la colle qui dégouline, Irénée a fait une boule de l'affiche et vise, sans jamais espérer l'atteindre, la seule fenêtre éclairée, au sommet de cette haute tour noire de Sainte-Pélagie.

Sous prétexte d'enfanter son salpêtre, Paris est devenu un vaste chantier de démolition. Caves et celliers sont bouleversés, menaçant l'équilibre de certaines maisons ; le torchis des Halles a été si bien lessivé qu'il ne reste plus du marché couvert que de grandes poutres nues et glacées, sans fondations ni plâtres, immense squelette dont la chair a été lacérée par une foule turbulente. Le pavé des chaussées lui-même est soulevé, les bornes arrachées, menaçant les voitures qui versent à tout moment. Devant le Palais-Egalité, des chaudières vont nuit et jour, alimentées par les forêts de Versailles et les hêtraies des Tuileries. Comme en vitrine de ces fournaises, quelques soldats en haillons désignent aux passants leurs fusils vides et les engagent à verser l'obole du salpêtre ; des tonneliers, déjà, bardent leurs fûts en attendant que la poudre d'or aille rejoindre les patriotes aux frontières menacées de la République. Paris n'est plus qu'un gigantesque tas d'ordures rationalisé, distribué en autant de cuves puantes que la ville compte de quartiers. Ces grands chaudrons donnent lieu à d'infectes processions : les poissonniers des Halles jettent dans cette écume bouillonnante coquillages, écailles, saumures de poisson et toutes les marchandises avariées, rejoints par les bouchers qui versent par grands sacs os, poils, plumes, cornes, peaux et graisses, têtes de bœufs, de brebis, de cochons ; leurs excréments et leur urine ; la fiente de pigeons et de volailles ; sans parler des rognures de cuir, d'étoffes de laine, les raclures des tanneurs et des mégissiers. Quand vient l'heure des cantonniers, c'est par tombereaux qu'on malaxe dans les cuves à salpêtre les fumiers pourris des chevaux de la garde, les boues, les feuilles desséchées, les lies du vin, toutes sortes de cendres, les balayures des maisons et des greniers, les tourbes des buanderies. Plus la putréfaction sera avancée, plus on arrosera l'infâme bouillie avec les urines municipales, celles des hôpitaux, des maisons de force, des corps de garde, des couvents et des collèges, magasins naturels qui peuvent subvenir amplement aux besoins d'une nitrière qui boit à n'en avoir plus soif ces eaux de fumier et de mares croupies. Des eaux que l'on gavera jusqu'à l'ultime décomposition de gravats républicains, brique, plâtre, argile, mâchefer, limon ou marc de raisin, qu'importe pourvu que ce soit en abondance... Il ne restera plus qu'à déféquer fièrement au-dessus des bassinoires fumantes en se nommant soi-même pour cet acte héroïque « la sentinelle avancée de la Révolution » !

Tandis que le salpêtrier du quartier triture le tout avec un peu de chaux vive, accourent de partout les commères, croyant arriver trop tard, avec leurs grands baquets d'eaux savonneuses et leurs lessives usées. D'elle-même la pâte écœurante se met à bouillir ; le nitre fume ; avec la fraîcheur des nuits, l'eau mère s'évaporera, les cristaux se formeront à la surface de l'écume, de beaux cristaux tout blancs qui mettront le feu aux poudres, de grosses pierres précieuses que les écoliers viendront admirer sur place sous l'œil sévère de leurs maîtres d'histoire naturelle.

Quelqu'un de bien placé au gouvernement s'est souvenu que le jeune du Pont avait longtemps assisté Lavoisier à la régie des Poudres, qu'il s'y était fait un nom et que, bien que son maître fût aujourd'hui coupable de grands forfaits et si près du couperet, il pourrait rendre service. De sa loyauté dépendra le sort de l'imprimerie du Pont, aujourd'hui fermée. On laisse entendre qu'une mise en liberté de Pierre-Samuel ne serait pas exclue. Une convocation donne à Irénée la notification de son nouvel emploi. Il est recruté d'office dans le corps des *instructeurs républicains*. Désormais chaque matin il formera, sous l'arbre de la Liberté, de jeunes salpêtriers et des poudriers qui iront porter la bonne parole dans les départements. Et l'après-midi il consacrera tout son temps à l'organisation de la grande fête du *Salpêtre républicain*.

Le 30 germinal, la parade est prête. Irénée défile parmi les officiels, à la tête d'une brigade d'élèves de district qui se rend à la Convention pour lui offrir des cristaux fraîchement raffinés. Le long de la Seine, les drapeaux et étendards des sections flottent au vent. Grimpés sur des charrettes ventrues tirées par des bœufs, les forgerons de la cité, avec leur tablier de cuir à même la peau, frappent leurs marteaux sur l'enclume en scandant le dernier refrain à la mode :

> Descendons dans nos souterrains,
> La liberté nous y convie ;
> Elle parle, Républicains,
> Et c'est la voix de la patrie !
> Lave la terre en un tonneau,
> En faisant évaporer l'eau,
> Bientôt le nitre va paraître !
> Pour visiter Pitt en bateau,
> Il ne nous faut que du salpêtre !

La foule triomphe. Irénée, du bout des lèvres, fait mine d'articuler quelques mots du refrain. Jamais on ne lui fera chanter pareille ineptie à tue-tête. Il faut pourtant faire semblant. Car cette parade grotesque, applaudie par le peuple de Paris, n'est pas près de s'achever : déjà on apporte du salpêtre sur de larges peaux de lions tendues aux quatre coins par des pantins affublés de têtes de tigres empaillées. Chacun, dans son bonnet phrygien, y va de son offrande et vient la déposer sur d'immenses litières de branches que promènent sur leurs épaules nues une vingtaine de forts gaillards recrutés au sortir des bagnes. Trônant sur des coussins de velours d'un pourpre éclatant, les plus énormes de ces cristaux de salpêtre sont menés comme des dignitaires impériaux ; des palmes de lauriers, des fleurs tressées en bouquets et de superbes guirlandes de papier habillent ces somptueux reposoirs et consacrent cette nouvelle religion de la poudre et du feu. Partout des piques brandies par la populace leur font une haie d'honneur ; sur cette route triomphale, ils croisent d'étranges constructions, des pyramides en modèle réduit, des colonnes grecques de la hauteur d'un enfant, des répliques de temples, curieux décor pour ces ouvriers et ces bourgeois de Paris au costume gris, la mine défaite des orgies de la veille, la barbe drue, l'œil humide et rougi aux paupières.

On arrive enfin sous les vivats à la Convention. Le peuple réclame des coups de feu. On le harangue : le salpêtre est précieux, il faut l'économiser. La foule proteste, on tente de la calmer : on procédera à quelques explosions dans la cour d'honneur pour témoigner de la bonne qualité du salpêtre recueilli dans les cuves puantes. Les explosions provoquent le délire, la poudre enivre, grise ces alcooliques chroniques ; ils surenchérissent. Tandis que le cortège disparaît sous l'épaisse fumée, les tambours de la garde contrefont le bruit du tonnerre et le feu du canon, roulent et annoncent l'allocution du chef de l'Agence nationale des poudres, obscur fonctionnaire qui conspue dans chaque phrase les entreprises de son prédécesseur et fait huer le nom de Lavoisier. De ce discours ennuyeux, Irénée ne retiendra que quelques bribes, au passage : « ... la nature prodigue a déposé dans notre sol... elle attend vos mains pour sortir de terre... richesse territoriale... se couvre d'ateliers de salpêtre comme d'usines d'armes... aux Tyrans ! »

C'est assez pour l'endormir ou l'amuser selon. Mais, lorsque l'âcre odeur de poudre et les fumées se dissipent, il aperçoit soudain dans la foule, le regardant fixement, son frère et sa sœur Gabrielle qui se tiennent enlacés. Le visage de Gabrielle est grimaçant, une moue peu ordinaire qui dit trop bien son dégoût de la comédie du jour. Du léger sourire de Victor, où se peint l'ironie, perce aussi le reproche : que fait-il là, lui l'ami du plus grand des chimistes, dans cette meute assoiffée de revanches ?

Alors tous les arguments en faveur de la réouverture de l'imprimerie, de la libération de Pierre-Samuel tombent. Irénée comprend, par la honte qui le tenaille, qu'il n'a pas fini de se sentir coupable, pas fini d'être *l'éternel petit frère pris en faute.*

Une nouvelle fois le regard de Victor l'a déshabillé. C'est ainsi, loi injuste de l'âge : il a beau courir maintenant dans Paris, le souffle court, suant eau et sang, les jambes dures..., on ne revient pas sur cinq années. Il a toujours mis ses pieds dans des empreintes, mais les pointures ne sont pas les mêmes. Aujourd'hui encore, il s'embourbe à suivre l'aîné, sa cheville est retenue par la magie des traces : les pas sont trop longs et les enjambées trop grandes. S'ils voulaient marcher ensemble, Irénée devrait prendre de l'avance.

Une fois de plus, il arrivera en retard. Sous les murailles de Sainte-Pélagie, une marchande de violettes fait la commère.

Vingt-huit têtes roulèrent ce jour, celle de Lavoisier fut la troisième. Il n'avait fallu qu'un instant pour faire tomber la sienne et cent ans ne suffiraient peut-être pas à en produire une semblable.

4

1795-1798

Vomito negro

XXIII

Valentin de Pradt, négociant hollandais, et sa femme Gerda sont sur le pont de la *Méduse* en ce jour du mois de septembre 1795. Le trajet par mer de Philadelphie à Charleston se fait ordinairement en une petite semaine. Quelques circonstances particulières les ont empêchés de profiter de deux ou trois jours de bon vent et, depuis maintenant douze jours, ils sont en panne, recherchant dans une brume épaisse l'entrée du port de Charleston, en Caroline du Sud. Tout laisse à penser qu'ils s'écartent plutôt de la côte et que le sloop a sérieusement dérivé.

Enfin la vigie annonce la terre. Mais les vents apparus la veille redoublent et deviennent menaçants. La *Méduse*, brick tout neuf, sous son grand foc avec les ris pris dans la misaine, manque le cap et la redoutable passe de Monkey et file tout droit sur les premières avancées des terres de Caroline.

Le gouvernail s'arrache dans un grand bruit ; des rochers mettent la fausse quille en pièces et ouvrent le flanc du navire par la moitié. Valentin de Pradt et sa femme sont envoyés au sol. On embarque la mer par gros paquets, deux moutons mal attachés sur le gaillard d'avant sont emportés par le flot.

L'eau monte dans les cabines et les quinze occupants — dont sept membres d'équipage — se réfugient sur l'entrepont. La brume est si compacte qu'on ne voit pas le devant du navire. Ils ne savent pas où ils sont. Sur des récifs au large ou sur les premiers contreforts immergés des falaises ? Les chaloupes sont inutilisables et par cette mer couleraient à pic. Il faut espérer que la *Méduse,* puissamment enferrée sur les rochers qui l'ont brisée, ne plie pas sous les coups répétés des lames et qu'à marée basse on pourra, une fois la brume dissipée, se libérer et rejoindre le rivage à la nage.

— Mon piano ! hurle soudain Gerda. Mon piano, il faut le remonter ! vite !

— C'est, vous le conviendrez, madame, le moindre de nos soucis tandis que nous sommes certainement promis à une mort rapide, à moins que la *Méduse,* par égard pour votre piano, veuille bien nous soutenir encore quelques heures, dit le capitaine avec cette assurance ironique des anciens officiers qui sont aussi des hommes du monde.

— Vous plaisantez, monsieur, nous avons déjà évité un corsaire de Jersey, un pirate a failli nous envoyer dans les prisons de la Jamaïque ou des Bermudes — nous avions le choix, d'après vous — nous mangeons depuis Philadelphie votre horrible roastbeef et vos insipides patates, nous dormons sur de soi-disant matelas d'étoupe qui ne sont que paille détrempée et puante, sans parler de la saleté de vos cabanes qui n'ont avec les cabines que vous nous vantiez au port qu'une lettre de faux et assez peu de ressemblance... et vous voudriez m'empêcher de jouer une dernière fois du piano !

Quelques minutes plus tard, alors que les vagues gagnent en hauteur et que la *Méduse* penche dangereusement, une sonate résonne sur la mer. Fond musical délicat pour accompagner les prières de ceux qui, sur le pont, confient déjà leurs âmes à Dieu.

— Plus fort ! hurle Valentin de Pradt, plus fort, Gerda, le bruit de la mer te couvre !

Tout à coup des voix se font entendre à quelques mètres du navire. Des voix sur l'océan déchaîné ! Au même moment, la brume se dissipe et laisse apparaître un prodige. La *Méduse* se trouve à sec sur d'énormes récifs. Et devant eux un bonhomme tout noir arrive une lanterne à la main qui éclaire sa grosse figure. Une échelle de corde lui est jetée.

— *Thirty yards from the coast !*

Trente yards, c'est-à-dire à peine trente mètres de la côte : une côte d'où vient ce type qui a réussi en passant d'une roche à l'autre — d'énormes blocs granitiques se dressent là, fouettés par les vagues — à rejoindre le bateau en détresse.

— Remonte, Gerda, nous sommes sauvés !

Le piano met quelques secondes à se taire. C'est lui qui les a sortis de ce mauvais pas. L'homme, un nègre affranchi qui a une petite maison de pêche sur la côte, a entendu le piano ; les vents ont porté la musique. Il a vu de chez lui des lumières sur la mer, a reconnu un navire et se propose maintenant de les conduire à cheval à Charleston qui n'est pas distant de plus de trois milles.

— Comment vous appelez-vous ?

— *George, George, it's my name...*

George les aide à débarquer. On verra plus tard pour le piano : avec du renfort, des chaloupes et des cordages si la mer se calme. On fait descendre les dames dans d'énormes paniers. Il y a plus de vingt pieds du bastingage aux premiers rochers. La lanterne de George éclaire cette descente délicate : la mer s'engouffre, gronde sous leurs pieds, les éclabousse. Gerda, pour ne point glisser, a retiré ses chaussures, se blesse les pieds, les mains, sitôt qu'elle s'agrippe aux arêtes coupantes du granit.

— Je me présente, George... Victor du Pont, nouveau consul de France à Charleston, et voici... Gabrielle, ma femme.

Le capitaine de la *Méduse* croit au canular. Valentin et Gerda de Pradt... Le Superbe, qui se méfiait des dénonciations et craignait l'abordage de quelque bateau anglais, a pris ses précautions. A peine arrivé de France à Philadelphie, il s'est fait faire de faux passeports, a annoncé à la cantonade qu'il rejoindrait son consulat par terre. Comme l'état de Gabrielle ne le permettait pas, ils sont passés par la mer : et Gabrielle va bien, l'héritier présomptif du Superbe magnifiquement accroché dans son ventre.

Lucie, la vieille femme de George, est accourue au-devant d'eux, les invite à venir se réchauffer un instant avant de reprendre la route. En marchant, Gabrielle, un peu effrayée, se serre contre Victor. Rare moment d'abandon. Son consul de mari la rassure : les mœurs, la langue de l'Amérique, cette conversation avec un nègre, tout, à lui, semble si familier !

— Je croyais que les vieilles négresses avaient des gants de peau blancs, des robes rose tendre et des parasols, avec des chignons faits de faux cheveux de blonde...

Même ici, à des milles de son château, Gabrielle est restée l'indécrottable bégueule, bien ingénue ou trop provocante, dont les bons sentiments et les petites habitudes héritées de l'enfance font sourire Victor. Pourtant le Superbe, sur cette route qui mène à Charleston, par cette nuit chaude et humide, reste songeur : ce troisième voyage en Amérique l'inquiète. Pour avoir passé près de cinq ans dans ce pays, cette vie avec une femme, bientôt un enfant, lui paraît hasardeuse.

Si loin de ceux qu'ils aiment. Même si Talleyrand — le vieux cynique qui a rejoint lui aussi en exil tous ceux que Victor avait quittés il y a deux ans et qui sont toujours là, Liancourt, Moreau de Saint-Méry, Talon, Tilly, Brillat-Savarin — lui a annoncé la grande nouvelle à son arrivée à Philadelphie :

— Une dépêche sûre... Robespierre a été arrêté, exécuté et votre père a été libéré !

Un moustique traverse cette soirée chargée de brouillards et tourne autour de Victor qu'il pique à la joue. D'un geste furieux, Victor l'écrase du plat de la main.

— Et pan ! un Jacobin de moins !

XXIV

Pendant ce temps-là, à Paris, un homme spéculant devant son miroir à la recherche d'improbables étoiles, un homme perdait la face.

Quand il eut reçu sa lettre d'éviction, Pierre-Samuel alla en effet spontanément se camper devant la glace de son bureau : avec bonne foi, il attendait qu'elle se mît à lui parler, sorcière comme les contes les peignent parfois, qu'elle lui expliquât les raisons d'un semblable refus et les moyens d'y parer. Le tain défraîchi du miroir à console se contenta de lui renvoyer sa face terreuse de vieille poire talée, ouverte en deux dans sa chute par une profonde entaille qui traçait son sillon ombré de la lèvre inférieure au bas du menton fourchu. La fossette y était-elle pour quelque chose ? Franklin et Turgot l'avaient également et n'avaient point découragé les dames ! Non, c'était peut-être ce visage raviné de tant d'orages tombés sur sa tête, à moins qu'il ne se fût agi de son crâne pelé comme le dos d'un âne de Sicile, de ses rares cheveux qui s'abattaient en filasse de part et d'autre du front, frisant légèrement en leurs pointes, à cette hauteur des maxillaires où les oreilles se laissent envahir par un poil grisonnant.

Devant lui, posée sur sa table de travail, une gravure représentait un croquis de David, exécuté en préparation du grand tableau qu'il avait fait de la veuve la plus infortunée de France. Mme de Lavoisier ne paraissait guère ses trente ans : légèrement dissimulée derrière un éventail de paille tressée, la jolie brune semblait grandie dans cette robe dessinée par Rose Bertin et qui lui faisait le corps bien serré, joliment comprimé, un corps à la pain de sucre. La taille pincée, le sein remonté livrant un peu de sa blancheur, un aimable décolleté où le regard impudique du spectateur ne pouvait manquer de verser, les rubans de cette robe à panier qui volaient au grand vent de sa tourmente, ces manches bouffantes en forme de cloches qui semblaient sonner l'appel du plaisir, tout dans cette gravure était théâtral à souhait : le peintre n'avait oublié que l'ombre soyeuse d'un jupon que cette robe laissait apparaître dans la réalité et que Pierre-Samuel considérait à raison comme l'un de ses plus beaux atours.

La dame avait revêtu son habit de conquête.

Les cheveux étaient empilés sur le haut de la tête, bien crêpés, graissés, maintenus par un petit coussin de taffetas, des épingles argentées et une cocarde de tulle noir, marque du deuil encore proche. Un peu de rouge empourprait le visage, non de confusion, mais de bonheur, embrasant toute la face jusqu'à la hauteur des paupières, qui de chaque côté étaient finement mouchetées. Seules les lèvres trahissaient peut-être, sous le trait du peintre, un léger frémissement, ce petit rien qu'il est facile de prendre pour la crainte du vieillissement, le souci cher aux femmes de ne point voir la peau se parcheminer ; des lèvres dont le tracé était d'ailleurs indécis et dont l'incarnat se perdait imperceptiblement dans le reste du visage.

Ce double et minutieux examen n'apporta pas à Pierre-Samuel la réponse escomptée. Il allait de la glace à la gravure et de la gravure à la glace, la mine ravagée par le doute : ni la preuve du miroir pour ce Narcisse bien âgé, ni le témoignage d'un artiste qui avait peint une femme dans toute sa splendeur ne le contentaient. N'y avait-il pas de sa part un peu de mauvaise foi à ne point vouloir reconnaître les écarts d'âge et de beauté qui les mettaient si loin l'un de l'autre ?

Il n'épouserait donc jamais sa cousine du boulevard, comme il la nommait dans ses correspondances — habitude prise à la Force où on ne lui permettait de demander des nouvelles que de sa stricte famille — sa chère citoyenne Lavo, cette femme que son ami le plus intime lui avait recommandée à la veille de son exécution, cette incorrigible maîtresse qui lui avait depuis donné de si doux moments et de si infatigables nuits. Elle venait de lui faire l'aveu, aujourd'hui, qu'en fait d'amant il n'avait jamais été pour elle qu'un père incestueux.

Il n'espérait plus la reconquérir. Cet homme qui avait eu la simplicité de croire que l'on enlève une belle comme on gagne un prix de l'Académie, c'est-à-dire par l'assiduité aux concours, renonçait à présenter sa candidature. Mais, bien qu'il ne trouvât rien de plus inutile, nuisible même et surtout de plus niais que de gaspiller son temps à l'inventaire de ses pertes, il ne put s'empêcher d'écrire une dernière fois.

Adieu, mon enfant chérie pour qui j'ai fait tant de mauvais vers, conservez donc le souvenir de votre bon et vieux père puisque tel est mon nom. Vous n'aurez à parler de moi à personne, personne de vos amis ne me connaît et vous, pas beaucoup plus que les autres, quoique vous ayez été aux premières loges pour m'étudier.

Mais vous n'aimiez pas l'étude.

Il faut bien vous aimer d'amour avec une nuance ou une autre. J'ai l'expérience que vous n'êtes pas propre à l'amitié. Vous n'avez ni ses épanchements, ni son intérêt, ni ses consolations, ni ses caresses, ni son doux silence. Où cesse votre tendresse, tout cesse. Vous devenez froide, dure, querelleuse et c'est l'expression désobligeante qui arrive d'elle-même sur vos lèvres. Vous m'avez percé le cœur à coups de poignards dentelés. Et puis vous l'avez picoté à perpétuels petits coups d'épingles. Et pourtant je vous ai aimée. Pourquoi donc ? pourquoi votre image me poursuit-elle, pourquoi achèterais-je à tout prix le bonheur de n'avoir pas cessé de vous plaire ? C'est que vous avez beaucoup d'esprit, de lumières et de raison. C'est qu'en causant avec vous — et vous ne causez bien qu'avec votre amant, vos amis n'ont que des tapes — on confère véritablement avec une intelligence. C'est que vous êtes belle et d'un genre de beauté qui a sur moi un très grand pouvoir ; c'est que j'ai longtemps cru que vous m'aimiez de préférence à tous les autres.

Ah ! mon amie, c'est bien votre faute, votre unique et obstinée faute. J'ai fait de tristes lectures : les œuvres posthumes de d'Alembert. Là, n'ai-je pas trouvé que Mlle de Lespinasse lui été infidèle, qu'elle l'a trompé et rudoyé, que Mme de Warrens a laissé Jean-Jacques pour un perruquier, que Mme du Châtelet a quitté et trompé Voltaire et s'est fait faire un enfant par Saint-Lambert !

J'ai travaillé à me refroidir. Un seul mot de vous rouvre et pénètre mon âme. Je ne puis plus m'y fier. Je fus bien avec vous, ma chère fille, comme je ne fus avec personne. Et il me semblait que j'étais une richesse. Si j'étais un autre, et surtout

si j'étais femme et s'il était possible que je trouvasse un du Pont
tout pareil à celui-là, je ne pourrais m'empêcher de l'aimer à la
folie, autant pour ses défauts que pour ses bonnes qualités.

Il ne me semble pas que c'est ainsi que doit finir un homme
que vous avez aimé et qui pourtant doit rendre quelque chose
de plus que du fumier à la terre.

Allons, allons, moi, je vous aime et vous aimerai toujours.

A peine l'enveloppe cachetée, une autre femme se
présenta à l'esprit de Pierre-Samuel. Tel était son grand talent
de ne jamais rester sans ressources devant l'obstacle : ce
philosophe amoureux de la logique formelle aimait à passer
d'un sujet à un autre avec la froideur calculée du bedeau qui
tourne la page du Grand Livre à la recherche d'une nouvelle
parabole. Une fois « la meilleure amie » évanouie, la *seconde
amie* lui apparut.

Plusieurs raisons avaient installé Françoise Poivre à cette
place désobligeante de joker. Tout d'abord une intimité
moins grande qu'avec la citoyenne Lavoisier et le souvenir
d'une certaine aventure dans laquelle Victor, encore lui !
n'avait pas bien fait parler de sa personne. Qui plus est, Anne
de Lavoisier l'emportait par le charme, la beauté, l'éclat de la
jeunesse. Françoise Poivre la dominait certainement par
l'esprit, l'intelligence et la constance du caractère, le talent
dans la correspondance et dans la repartie. Toutes deux
étaient sur le même pied de fortune. Enfin leurs réputations,
quoique celle de Mme Poivre fût plus ancienne et plus discrète
et celle de Mme de Lavoisier plus grande et plus tapageuse
depuis son récent veuvage, se valaient bien : l'une comme
l'autre avaient été les compagnes d'hommes supérieurs, de
savants méritants et reconnus.

Mme Poivre avait quarante-six ans bien sonnés, ce qui la
faisait plus volontiers prendre pour une sœur que pour une
future épousée. Du reste, c'était bien en terme de fraternité
que cette femme bonne et sensible aimait Pierre-Samuel du
Pont de Nemours. A dix-neuf ans, Victor avait songé épouser

la fille aînée de Mme Poivre, la jeune Isle de France. Le
Superbe s'était dérobé assez lâchement, laissant la fiancée
sans nouvelles, en prenant pour la première fois le chemin de
l'Amérique. Mme Poivre tenait cette fille de son mariage avec
le célèbre naturaliste Pierre Poivre, voyageur d'Extrême-
Orient, intendant de l'isle de France — où leur premier enfant
était né et à qui l'on avait donné le nom de la colonie. Ami du
roi Louis XV, intime de Buffon, Linné et Jussieu, compagnon
de marine de Mahé de La Bourdonnais, mais aussi membre de
l'Institut, auteur de plusieurs ouvrages réputés dont les
Voyages d'un philosophe, manchot de son état depuis qu'un
boulet anglais lui avait soufflé son bras droit à Pondichéry, ce
physiocrate sans le savoir s'était taillé une belle réputation —
ô ironie patronymique — en acclimatant de nombreuses
épices volées aux Hollandais à Batavia, et principalement la
muscade, le girofle et la cannelle dont on lui devait la mode en
France. Cet homme aux génies les plus divers, Pierre-Samuel
connaissait son talent, l'avait rencontré une ou deux fois,
l'admirait assez pour écrire, à sa mort, sa biographie. Il avait
terminé son éloge par un compliment de la jeune veuve,
« femme du mérite le plus rare, bien née, pleine de vertus et
de douceur et de grâces naturelles, digne à tous les égards
d'être la compagne d'un philosophe sensible ». Du Pont
n'avait-il pas déjà quelque projet en tête ?

Par un hasard singulier, Victor avait assisté à l'agonie du
botaniste en 1786. Il s'était arrêté quelques jours chez lui, près
de Lyon, à la Freta, beau domaine perdu au bord de la Saône,
bordé de bois, de sources, de coteaux, de vignes et de larges
prairies. Mme Poivre lui avait aménagé pour son séjour un
petit appartement dans le logis familial, avec vue sur la rivière
et les statues moussues et ruinées d'un jardin où les espèces
exotiques rapportées des voyages de M. Poivre composaient
un mélange charmant et tout à fait sauvage.

Quoique déjà malade, le vieux savant lui avait fait bon
accueil : victime d'oppressements constants, Poivre ne pouvait plus se tenir couché, dormait sur une ottomane dans le
salon, ce qui l'épuisait plus encore, et prenait, pour guérir sa
goutte, des bains de pieds qui lui retiraient lentement l'usage

de ses jambes. Victor se plut dans cette maison ; venu pour deux ou trois jours, il y était resté près d'un mois. Assistant Mme Poivre dans son infirmerie de campagne, il en avait profité pour faire la conquête de Julienne-Isle de France, fille magnifique et fort coquette. D'une nature généreuse, cette petite blonde un peu forte, à l'esprit vif et piquant, était devenue dans les soupentes de la Freta, installées en salles de repos, sa maîtresse, sa première maîtresse en titre.

Isle de France ne tenait pas son seul prénom de la colonie française de Port-Louis : elle avait rapporté de cette lointaine île de l'océan Indien un teint naturellement mat et une constitution de sauvageonne. Elle avait des yeux charmants, grands, bien placés, d'un brun clair et d'une expression d'intelligence et de candeur qui ne laissait rien à désirer. Sa bouche était bien dessinée mais trop grande, parfaitement bien habitée par un sourire délicat. Son corps enrobé, dont la poitrine potelée faisait l'ornement, sa taille engraissée, la symétrie de ses formes paraissaient si exacts qu'ils rappelaient ce que l'on a coutume de dire de la basilique Saint-Pierre à Rome : qu'elle est si bien proportionnée dans toutes ses particularités que l'on est toujours frappé par sa petitesse. C'était assez pour convaincre Victor de différer son retour à Paris.

M. Poivre allait mieux depuis quelques jours et disait même en riant que l'absence de médecin commençait à se faire sentir lorsqu'il mourut subitement avec une sorte d'extrême tranquillité et de philosophie qui avaient été les préceptes de toute sa vie. Son épouse fut prise de fièvres, de maux de nerfs et de délires redoublés par ces quatre mois de veilles ininterrompues. Devant le bouleversement de cette maison et la douleur des proches, Victor dut s'effacer : il s'effaça si bien qu'il disparut pour toujours, mettant fin, par une de ces négligences qui allaient lui être familières, à sa première passion érotique.

S'il est des femmes qui ne sont ni belles ni médiocres, Françoise Poivre était de celles-là, et ce qui était vrai à quarante-six ans l'avait probablement été à dix-sept, quand Pierre Poivre, vieux routier des mers, célibataire endurci par quelque captivité dans les geôles des comptoirs hollandais aux Mascareignes, de trente ans son aîné, l'avait enlevée à sa province natale du Lyonnais. Pour n'avoir jamais quitté cette famille de onze enfants dont elle était la cadette, petite communauté de robe locale bien implantée dans son domaine de Dombes, Mlle Robin n'en possédait pas moins un sens inné de l'ambition, un étonnant don d'écriture et un florilège de belles manières qui l'avaient fait reconnaître du grand homme : il l'épousa, la mena après cent six jours d'une traversée éprouvante dans une île perdue et aux trois quarts sauvage où, en qualité de femme de l'intendant, elle s'était vite imposée comme première dame de la colonie française.

C'était un début extravagant que ne démentirent point les suites de leur épopée. Par son seul charme, elle fit d'un jeune ingénieur des Ponts et Chaussées, un peu niais dans son désir d'être aimé d'elle tout en restant l'ami du mari, l'auteur du roman à succès de ces années-là. Bernardin de Saint-Pierre, en mission sur l'île quand les Poivre y séjournaient, ne lui avait-il pas, au terme de cet amour malheureux, dédié son *Paul et Virginie ?* Une faveur qui ne lui avait pas tourné la tête outre mesure parce qu'elle trouvait dans l'intimité le bonhomme pétri de ce ridicule qui fait les âmes trop sensibles et presque larmoyantes. Deux années durant, il lui avait fait porter chaque matin par un jeune nègre les fleurs, les graines et les espèces qu'il ramassait pour elle dans ses expéditions : bois joli-cœur, coco marron, belle-de-nuit, poc-poc, le mangoustan qui donnait l'un des meilleurs fruits du monde, des arbres à pain, des mûriers à soie et toute la gamme des encéphaliques et des émollients. Chaque matin Françoise Poivre lui faisait renvoyer ses présents par un commissionnaire. Jusqu'au jour où Bernardin eut l'idée de lui adresser des oursins ramassés par des indigènes de Rivière-Noire. Cette fois, Françoise se fâcha. « Vos roses ont décidément trop de piquants », griffonna-t-elle en réponse. Candor — tel était le surnom qu'elle lui donnait — s'émut : ce petit marquis galant et musqué comme un courtisan, les bas toujours propres et la canne à pommeau d'argent pour éloigner de son chemin les négrillons de l'île, se mit à geindre, à écrire des poèmes où il peignait à sa belle la force de son désespoir. Françoise fut sauvée de ce mollusque par le rappel de Pierre Poivre à Paris.

Après cinq années d'exil, elle reprit cette vie modeste et effacée des femmes de savants désargentés qui préféraient en ce temps l'amitié d'un Turgot à la table d'un prince. A la mort de son mari, elle s'était, avec une faible pension, occupée de l'éducation de ses deux filles, Sara, devenue Mme de Reverony Saint-Cyr, et Isle de France, qui partageait la vie de sa mère depuis que son mari, l'ingénieur des armées Jean-Xavier Bureaux de Pusy, était détenu par les Autrichiens avec La Fayette à la prison d'Olmütz.

Victor avait été témoin du peu d'empressement de « la cousine du boulevard » à s'unir à son père. Le brusque départ du consul pour les Carolines avait décidé Pierre-Samuel à pratiquer sa volte-face amoureuse. Le Superbe n'avait-il pas constitué jusqu'alors un obstacle à une possible alliance avec les Poivre ? Bien que mariée, Isle de France vivait dans un semblant de veuvage qui aurait pu rendre délicates ces retrouvailles avec un amant qui l'avait aussi peu galamment abandonnée. Pour rassurer Irénée et Sophie, le vieux du Pont crut bon d'ajouter : « Il n'y a pas beaucoup à craindre qu'elle vous donne à son âge un petit frère et, si la chose n'était pas impossible, vous seriez pour lui d'excellents tuteurs demi-frères… »

Françoise Poivre arriva au Bois des Fossés un beau matin, quelques semaines après la fuite de Gabrielle et de Victor pour l'Amérique. Elle avait fait couper ses mèches grises et caché le reste de la coiffure sous un fichu en linon. Son visage avait gardé la rudesse un peu virile de ses vingt ans : un front décidé, des pommettes très saillantes, une bouche assez large avec de grosses dents blanches comme des bâtons de craie, des lèvres charnues qui étaient peut-être la seule partie vraiment sensuelle de cette figure. Des petits yeux gris, fatigués quoique vifs, où l'intelligence parlait plus que la tendresse. Quant à la mise, elle était bien loin de pouvoir rivaliser avec la citoyenne Lavo : Mme Poivre n'avait d'élégance que dans la démarche et s'habillait depuis près de trente ans de ces mêmes robes d'indienne, doublées de taffetas, qu'elle portait sur des jupons de sequin à l'isle de France. Une pelisse de satin blanc garnie de petit-gris et jetée sur les épaules lui donnait un léger air de cartomancienne des faubourgs.

C'est ce visage pommadé et poudré qu'elle offrit à la petite société du Bois des Fossés. Sans trop savoir pourquoi, Irénée lui donna le nom de *Mother* : ce fut désormais celui de Mme du Pont de Nemours, femme de Pierre-Samuel du Pont de Nemours depuis ce 5 vendémiaire de l'an IV de la République française, une et indivisible, mariage célébré à la mairie de Chevannes devant Jean-Baptiste Beaulier, maire de la commune, et les témoins des époux.

XXV

Hier, sur le thermomètre de Fahrenheit, on est entré dans la zone rouge. Rouge ou jaune, c'est selon.

Tard dans la nuit, des lumières ont veillé un peu partout sur les lits des premiers malades et ce matin déjà la rue a pris le visage caractéristique des étés de Charleston. George a dit, de ce ton un peu solennel qui ne lui est pas familier, qu'il fallait « conduire tout de suite Mistress à Sullivan Island ». Tout de suite.

Mistress, d'ailleurs, ne s'est toujours pas levée. Et le soleil, plus que jamais, a la couleur du plomb, de ce métal gris qui bientôt scellera les premiers cercueils.

Lucie vient de déposer sur la table en beau bois de mahagonny ce costume de croque-mort qui sent encore bon la pattemouille et le fer chaud. Un uniforme que le Comité de salut public assigne aux citoyens-agents de la République à l'étranger et que le consul de France s'apprête à revêtir pour aller reconnaître les corps de ses ressortissants : habit de drap bleu national, doublé d'une serge écarlate, collet et parement de drap pareillement écarlates, veste et culotte de drap blanc, boutons de cuivre doré, timbrés au sceau de la République, une et indivisible. Le « bleu national » était une couleur inconnue à Charleston : Lucie ne pouvait concevoir d'autre bleu que celui de l'indigo et d'autre nation que celle des nègres et des planteurs qui en récoltent les feuilles. Le bleu de la marine de Cherbourg, le bleu des ciels d'Ile-de-France ou le bleu profond du drapeau qui flotte sur Paris, ces bleus-là, Lucie les ignore. Elle ne connaît que le bleu de cette plante qu'elle a ramassée depuis ses huit ans, ce bleu profond avec des reflets rougeâtres et violets qu'elle retrouve parfois dans les pupilles dilatées et sanguinolentes, veinées et striées sur toute leur surface des yeux de son bon George à elle. Victor a donc cédé. Sauf sur un point : il faudra coudre sur les parements de l'habit les insignes de sa fonction. Une jolie broderie en or mat, figurant des branches de laurier et d'olivier entrelacées.

Qu'importe pourtant à Victor ces décorations, tout ce folklore révolutionnaire réglé par dépêches officielles d'un lointain ministère ! il y a ce matin trois certitudes qui n'offrent, juxtaposées, que des images fatales au jeune consul : George ne rit pas, Lucie ne chante plus et Gabrielle n'a toujours pas quitté son lit.

Il vient de sortir de sa chambre. Elle dort un peu, ou fait semblant. Il a posé une main sur son front glacé, a fouillé un regard absent où l'œil semble dériver, humide et brillant. Même le sourire de Gabrielle, si tendre et si reconnaissant du matin, est resté sur ses lèvres, comme empêché. Craignant la grimace, il s'est détourné, a tiré les rideaux de la baie et est passé sur la piazza.

C'est pour cette piazza qu'ils ont choisi la maison. « Parce qu'elle donne sur la mer et les îles de la rade, avait insisté Gabrielle, avec ces grandes terrasses tout au long des étages, nous serons bien, tu verras, nous aurons la plus belle vue des Carolines et surtout la brise de mer en été... »

Victor avait tout de suite installé des bancs sur la piazza en prévision de cet été, ces fameux bancs de Charleston, faits d'une longue planche de bois souple, élastique, sur laquelle on se balance, un peu à la manière d'un hamac, de haut en bas et de droite à gauche.

Victor s'y assoit machinalement. Aussitôt la planche, sous son poids, s'agite en tous sens. Mais ce matin ce n'est guère drôle, le cœur est trimbalé, le cœur est écœuré, l'horizon blanc comme le visage de Gabrielle semble s'évanouir, les rares bateaux qui regagnent le port par la Grande Coulée deviennent de petits points argentés qui lui font d'affreuses taches dans les yeux, bientôt des aiguilles douloureuses qui s'enfoncent dans le crâne. La surface implacablement lisse de l'océan semble basculer et prendre la place de la ligne du ciel ; Victor glisse du banc, roule à terre sans connaissance sur les dalles brûlantes.

« La diète et le sofa, en attendant des vents nord-ouest pour nettoyer la ville », a dit le docteur Physick, dépêché par George. Rien de plus, il est pressé : on l'attend au port, la quarantaine a été déclarée, il doit embarquer sur un bateau de santé qui va interdire l'accès du bassin à tous les navires en provenance du sud, des Antilles et de la Floride. Déjà, les lettres des marins sont passées au vinaigre avant d'être distribuées en ville ; de larges paniers bourrés de victuailles lestent de grosses cordes qui servent à les ravitailler en attendant l'autorisation de débarquer.

Ce ballet sinistre de bateaux errants qu'un faible vent a placés dos au port s'offre à tous les planteurs de Charleston qui, de leurs piazzas, sirotant un verre de sherry-cobbler, commentent, lunette rivée à l'œil, la grande peur périodique de l'été. Certes le cordon sanitaire est installé et il ne faut plus craindre le fléau du côté de la mer. Mais que se passe-t-il derrière, du côté des rizières et des plantations, dans cette terre molle comme une éponge où les racines des cyprès géants et des azalées pourrissent en pleine eau, là où les magnolias crevés s'abattent dans l'Ashley River et attirent par milliers les grosses araignées et les moustiques des maré-cages ?

George a traîné Victor dans le grand salon. Le consul voulait mettre son beau costume. C'est la pire heure pour sortir, l'heure du midi. Lucie lui barre le chemin en lui mettant sous le nez un bol d'eau fumante : « La tisane de racines de quassia et d'orties, buvez, la fièvre va tomber. » Il boit pour faire plaisir, prendra tout ce que Lucie lui prépare, le ricin, la rhubarbe, l'élixir de Daffy. Elle en a vu, la négresse, des étrangers frappés du grand mal jaune et, si l'on n'écoutait qu'elle, il faudrait essayer toutes ces cochonneries de pommes pourries mélangées à du vin blanc et à de la fiente d'oie, ces mixtures vomitives où le pissenlit marine dans la tisane de bois de bourrache. Aussi, quand le docteur Physick parle de ses drogues modernes avec l'assurance d'un vieux magistrat, des graines de sel de nitre, de ses laxatifs à base de nitrate de potasse et de sulfate de soude, aussi hausse-t-elle les épaules et n'attend-elle qu'un signe de Victor pour exhiber sa panoplie d'antique guérisseuse, ses purges à l'upecacuanha, ses gargarismes à la sauge, son écorce de cornouille et son bois de calomel. George, lui, a osé dire à Physick qu'il fallait prendre de l'alcool, oui, de l'alcool et du bitter, toutes sortes d'amers possibles, de l'eau-de-vie, du rhum, du vieux vin de Madère et laisser tomber cette sale poudre de jésuites, entendez le quinquina. Le médecin s'est détourné en grommelant un sévère : « Pauvre ivrogne ! »

Il n'y a qu'à attendre, attendre un petit coup de froid. Si dans trois jours Gabrielle ne va pas plus mal, c'est qu'elle ira mieux. « Cette saloperie est arrivée des Antilles, il y a une semaine. On a débarqué le capitaine d'un vaisseau, soi-disant mort d'une fluxion de poitrine... »

Victor s'est levé pour sortir. George a voulu l'accompagner pour le soutenir : « J' crains rien, moi, m'sieur ! » Il a raison, le bougre : décidément trop vieux, George, trop noir et né sur place. La fièvre ne s'attaque qu'aux étrangers, aux nouveaux venus. La première année pour les Européens, c'est la plus dangereuse. Après on s'habitue. Victor s'en est allé tout de même, en habit de consul, chemise dégrafée au col, le gilet déboutonné, pas repassé. Les armes de la République brodées aux épaulettes lui font des ailes. Une transpiration abondante le persuade que la fièvre le délaisse : c'est le serein qui s'abat sur la ville, cette fausse heure calme ; une vapeur humide qui tombe en fin de journée fait fumer son corps comme celui d'un cheval, sous la selle, après la promenade.

Il a mal à la tête, violemment, surtout au-dessus des yeux et derrière les orbites. Tout le corps est roué, chaleurs et frissons se succèdent, mais il ne veut pas s'arrêter en si bon chemin, même si la maison Manigault est encore loin. Au bout de cette route, il y a Jacques-Joseph, le frère cadet de Gabrielle, qui vient à peine d'arriver de France et qui n'a pas mis deux semaines à s'effondrer. On a interdit les visites à sa sœur, elle attend un enfant. Mais tous les soirs, après avoir réglé les dernières affaires du consulat, Victor prend le chemin de cette maison où le malade a été isolé. Et chaque soir c'est le même bruit qui accompagne le claquement de son talon ferré sur le pavé : le martel sinistre du maillet de

Duncan, le menuisier créole, pour qui il n'y a pas de plus belle saison que l'été et qui fait ses choux gras des avancées de l'épidémie. Duncan qui a placé une grande vitrine dans son échoppe et qui expose ses œuvres d'art, ses grandes boîtes d'acajou ou de bois peint, ses beaux cercueils capitonnés de velours noir à damas, cloutés de cuivre, décorés de naïves têtes de mort.

C'est à peine si Victor perçoit ce cliquetis du marteau qui cogne, assemble, ce rythme qui fixe pourtant, depuis que les cloches des églises se sont tues, sa marche dans Charleston. Quelques rares attelages le dépassent, dont les vitres ne s'ouvrent pas. « Un fou, ce consul ! » en tenue d'apparat, qui va toujours à pied, tandis que la fièvre jaune citron a vidé les rues. Personne n'a jamais songé qu'à quinze cents lieues d'ici, à quarante jours de voile, un obscur fonctionnaire parisien a pris sur lui de refuser, au nom du Comité de salut public, l'octroi d'une voiture pour le service d'un consulat si exotique.

Tous rideaux de cuir baissés, les sulkys et les berlines menacent de le renverser, bousculent ces petits tas de braise installés sur la chaussée par une main invisible, faisant grésiller sous le bandage d'acier ces peaux de moutons, ces sabots et ces cornes de vaches presque calcinés. Censée chasser le démon jaune, l'épouvantable odeur de brûlé irrite sa gorge. Il balaie la fumée d'un revers de manche : lès moustiques ont pris la fuite, mais ses mains enflées, son cou et sa face ornés de gros boutons rappellent cet adolescent un peu tardif qui se cache derrière son sévère masque de diplomate.

Après la boutique de Duncan, la vie s'arrête : de chaque côté de la rue, les maisons présentent à leurs portes une grande croix hâtivement tracée à la craie blanche. C'est une maison déserte, une autre abandonnée, une autre encore qu'on vient de murer en attendant que la pourriture fasse son travail : ici Durrel, que sa femme a quitté dès que s'est déclarée l'infection, ici encore la veuve Dautremont que ses enfants n'ont pas visitée depuis une semaine parce que « de toute manière, c'est déjà trop tard ». Et d'autres chaque jour, sept ou huit de plus qui vivent dans ces quartiers du port ; ces faubourgs populeux où des prostituées assises sur des bornes, fardées, mouchetées, dégoûtantes, ont la peau sèche, brû- lante, piquetée de taches rougeâtres, violettes, le blanc des yeux humide d'une rosée brillante et se peignent parfois le

visage d'un bleu livide pour faire un dernier pied de nez à
cette mort vivante de Charleston.

Ici c'est le quartier bas — bien loin des élégantes
plantations — celui dans lequel les maisons se sont transfor-
mées en charniers, où les immondices ne sont plus ramassées
depuis des jours, tas d'ordures fétides, eaux croupies,
boueuses, où un grand corps de cheval lui aussi foudroyé et
des cadavres de chiens et mille petites charognes donnent la
nausée à l'imperturbable marcheur. Les rues ne sont plus
aérées par la brise de mer, pas même pavées. Ici, il y a à peine
une semaine, Victor s'en souvient, on dansait volontiers dans
les théâtres, il y avait des affaires, des banques, un marché
vivant, et maintenant ce ne sont plus qu'arrière-cours conta-
minées par des fosses et des vidanges infectes, viandes
pourries, volailles faisandées, lait et crème prêts à tourner
avant la tombée de la nuit, à l'étal de la dernière boutique de
Waterstreet.

La maison Manigault, avec ses belles piazzas blanches,
ses parquets cirés et ses grandes touffes de magnolias fanés, se
dresse au bout de cette route infernale. Après elle, il n'y a
plus rien. Les marais peut-être et un cimetière morave,
africain, presbytérien, on ne sait plus. Chaque été, cette belle
bâtisse abandonnée par ses propriétaires parce que au plein
cœur des fièvres s'improvise hôpital. Voilà déjà quatre jours
que Victor pousse cette grande porte d'entrée encadrée de
colonnes et surmontée du portique traditionnel. Aujourd'hui
une étrange odeur de cuisine délie étrangement ses narines :
les morts auraient-ils encore faim ?

Tout au long de ce grand escalier tendu de tapis qui
assourdissent le bruit des pas, l'odeur se précise, venant de la
chambre de Jacques-Joseph. La négresse assoupie près du lit
bâille à l'ouverture de la porte : sur le plancher inondé de
vinaigre, quelques vieux linges rougis en tapons, et sur la table
de nuit une assiette de porcelaine où une dizaine de moitiés
d'oignons pelés pourrissent en dégageant cet affreux parfum
aigre censé chasser le mal en l'absorbant. Ainsi pensent les
nègres en pleurant les vivants avant qu'ils ne meurent tout à
fait : les larmes tirées par les pelures d'oignon, cette fermen-
tation continue du vinaigre que les lattes du plancher boivent
avec avidité… On frotte ses yeux comme pour se persuader de
cette vie qui dure encore après quatre jours d'atroces dou-

leurs, de délires presque ininterrompus, et plus on frotte, plus cela pique.

« A-t-il dormi aujourd'hui ? » Il y a longtemps que la négresse ne parle plus. Les fièvres n'entrent-elles pas par la bouche ? A ce hochement de tête, Victor comprend que Jacques-Joseph n'a pas repris connaissance de la journée. Quelle journée ? la quatrième, décisive au dire du docteur Physick. On a tout essayé, tout, c'est-à-dire les bains chauds, les cataplasmes, les clystères, les ventouses, les saignées, les alcalis volatils. C'est le genre nerveux maintenant qui est attaqué, les alcalis n'ont fait qu'en augmenter l'irritabilité. Consigne de Physick, consigne ultime : tenir le malade hermétiquement clos dans sa chambre. Une consigne d'embaumeur ! Est-ce pour que l'air du dedans soit propice à une abondante et salutaire transpiration ? ou n'est-ce pas plutôt, comme certains le disent, pour que l'air du dehors ne soit pas contaminé ? Les fenêtres sont bien closes, seuls quelques chandelles et un gigantesque brasier dans la cheminée éclairent la scène, dramatisant chaque geste, chaque moment du jeu des acteurs. L'expression des visages surtout : depuis qu'il est entré, Victor évite celui de Jacques-Joseph. Si jeune, son beau-frère, creusé aux joues, taillé par la serpe jaune. Il s'est dirigé vers le lit de plume où cette grande forme blanche sous les quatre couvertures de laine lui a tendu une main, une main trempée. Un pouls dur, intermittent. L'air exhalé par la bouche est brûlant : Jacques-Joseph a soif. D'une main qui tremble, Victor s'empare d'une carafe à son chevet. Il avance le chandelier à la tête du lit. Il sait qu'il va devoir soutenir ce regard.

Jamais il n'oubliera : ces veines dilatées, semblant presque éclater, une face sombre, marbrée, enflée. En buvant, il avait présenté une langue couverte d'un limon noirâtre, fétide. Puis les maxillaires s'étaient contractés, il avait vomi toute sa glaire, une bile vert et jaune, avant de cracher le vomito negro, le vomissement noir, des gros grains de café, couleur lie d'encre, avec une épouvantable odeur d'œufs pourris. Tout le corps s'était redressé, comme sous le coup d'une violente décharge électrique, les genoux avaient soulevé les couvertures. Le mourant se cabrait une dernière fois avant de retomber dans ses diarrhées noires, la gorge encombrée de matières que la bouche crispée refusait de donner.

Tout au long des bras, les cicatrices des premières saignées s'ouvraient, laissant suinter un peu de sang brun, épais. C'était alors que le corps était devenu jaune, jaune citron, le regard aussi, car jaunes étaient les yeux.

Jamais il ne racontera ces yeux à Gabrielle, cette ressemblance aperçue dans le mort avec le visage de sa sœur. Il ne sait pas grand-chose de Jacques-Joseph, sinon qu'il était, depuis la mort de son père, marquis en titre, marquis sans marquisat ni fortune, un jeune noble de vingt-cinq ans dont la France n'avait plus voulu.

Tout à l'heure il signera le grand registre du consulat : le « citoyen Lafite » est décédé le 29 juillet 1796 à une heure du matin dans la maison de Gabriel Manigault, Charleston, South Carolina.

— *Bring out yo' dead!*

Et ils sortirent leur mort. Une mule — car il n'y avait plus de chevaux — attendait en bas, attelée à un grand tombereau infesté de mouches. Duncan avait fait vite, c'est-à-dire qu'il avait extrait de sa vitrine sa plus belle pièce, bien capitonnée, s'était laissé convaincre de maquiller la tête de mort du couvercle avec quelques fleurs de lis hâtivement peintes. Le menuisier était reparti tout de suite. Un gamin était venu le chercher : une autre livraison, du bois blanc, tout simple, cette fois. « Et tu es sûr qu'ils pourront payer ? »

La mule menée par George traversa la ville jusqu'au cimetière catholique. Lucie suivait, agitant un grand rameau pour chasser les insectes. Gabrielle n'avait pas été réveillée. Victor, en habit consulaire, le gilet sous le bras, traînait derrière, une pelle et une bêche à la main. La lune, vive, éclaira un vaste terrain plat et fit briller la surface d'un marécage étroitement mêlé à l'enceinte du cimetière. Çà et là, des fosses d'eau boueuse, avec leurs tas de terre sur le côté, toutes prêtes, grandes ouvertes. Les souliers vernis du consul s'enfonçaient dans la fange. George désigna l'un des trous. « On le met là, m'sieur ? »

Qu'importe ! Là ou ailleurs... dans celui-ci, peut-être parce qu'il y a moins d'eau au fond et plus de place, rien à creuser. Aidé de Victor, George fit glisser le cercueil tout doucement.

Le cercueil flottait.

Vogue, jeune marquis, et salue les écrevisses qui fourmillent en ces marais !

On rejeta la terre. Avec les deux manches de la pelle et de la bêche, George fit une croix qu'il planta dans la boue.

Ils revinrent chez eux en silence. Le consul songeait à cette histoire peu ordinaire que le chancelier lui avait racontée à son arrivée à Charleston.

Une légende disait qu'à marée haute les cercueils étaient emportés dans la mer et qu'une fois un mort-vivant, enterré trop tôt, s'était réveillé dans sa boîte au large de Cuba.

XXVI

George a fini par triompher : on vient de conduire
Mistress aux îles Sullivan. Une longue bande de sable gris, qui
en certains endroits n'a pas cent pieds de large et qui était
parfaitement inhabitée, il y a encore quatre ans. Les fièvres
n'y font point leur séjour, le climat y est salubre : tout
Charleston s'empresse d'y faire construire des petits cabanons
d'où l'on jouit, quoique distants d'à peine six milles du
quartier bas de la ville, de l'air frais, pur et vivifiant de
l'océan. A l'intérieur des terres, les grandes rizières infectées
pousseront toutes seules : on rentrera à la lecture du thermomètre, parfois trop tard pour éviter que les maisons ne soient
visitées, un peu pillées par des cohortes d'esclaves échappés
des plantations et titubant sous l'effet conjugué des chaleurs
et d'un mauvais rhum.

On se transporte toujours aux Sullivan avec son plus bel
équipage et, tandis que les hommes troquent au brelan leurs
nègres contre un bon chien de chasse — jeu dont le cynisme
s'explique par l'ennui décadent qui règne sur ces îles — les
dames amènent à leur suite un peu de cette *société* qui fait de
Charleston l'une des premières villes du pays. On s'y dispute
volontiers l'honneur de la table du capitaine Cruger et de
madame : l'on y trouve assez souvent l'abbé Riquet, un vieil
homme tout gris et cambré, mais qui parle de tout, est
extrêmement doux et poli, galant quand le vin favorise ses
naturelles dispositions à plaire aux femmes, un de ces curés
qui rappelle étrangement à la colonie française ce qui
commence déjà à s'appeler le *bon vieux temps*.

Victor l'aime bien. Riquet est un mondain qui ne s'en

cache pas. L'Amérique ne lui a donné qu'un vice, au demeurant bien partagé chez les élégants : il se mouche dans ses doigts et s'essuie les mains sur sa robe au sortir de table. Il aime immodérément les jeux, le trictrac, les dominos, les dames, le loto et c'est un vrai plaisir de l'avoir à sa table de whist. Sa dernière folie? De retour d'un long voyage en Virginie, il a ramené la passion des combats de coqs qu'il vient d'acclimater aux îles Sullivan. Depuis trois jours sur les plages de sable rougi, sous le regard fasciné des planteurs, ces bestioles aux ailes coupées de moitié s'étripent avec de longs éperons d'acier qui ornent le sommet de leur tête.

Riquet est loin d'être beau, mais sa face rétrécie, un peu couperosée, qui doit autant à l'alcool qu'une griotte à l'eau-de-vie, n'est pas sans charme. Le corps sous la soutane se plaît aux grands gestes, à ces fameux effets de manche et mouvements de cape qui ont établi dans toute la Caroline du Sud sa réputation de prédicateur. Mais Riquet n'est pas seulement abbé : c'est aussi un formidable législateur qui fixe selon son bon vouloir les usages de la petite colonie européenne de Charleston. Si on vient lui reprocher de fumer le dimanche — le tabac croît devant chaque cabanon des Sullivan et les Américains préféreraient se priver d'air plutôt que de ne plus chiquer, humer ou respirer cette herbe magique — c'est très sérieusement qu'il lancera une nouvelle mode : *prier avant de fumer.* Et, le dimanche suivant, les planteurs allumeront leur cigare après un ostensible signe de croix... De même il prétextera toujours l'absence d'aqueduc et d'eau vraiment potable sur l'île pour verser des rasades de cognac dans son verre, au grand dam des austères *drys* de la ville.

Si les quatre jours réglementaires se sont passés sans que le mal se soit aggravé, Gabrielle conserve toujours cet état inquiétant de langueur que Physick se plaît à nommer maladie de consommation : un mal *urbain* qui s'attaque volontiers aux femmes, enveloppe tout geste d'un crêpe funèbre, attriste, empoisonne l'existence et conduit parfois au tombeau.

Il suffirait que Gabrielle ait l'esprit frappé pour qu'elle tombe gravement malade. On lui cache donc toujours la mort de son frère. Physick a un diagnostic dont il ne démord pas : il est persuadé que Gabrielle mène une vie extravagante, qu'elle aime trop la danse, boit de l'eau glacée quand elle a chaud, puis du thé brûlant dans son lit de plume, mange des fruits et se couvre trop légèrement en hiver. Et que, donc, seules les promenades en front de mer pourraient réjouir les sens, ranimer le sang et la volonté, battre en brèche « cette dépression graduée de l'âme ».

Riquet, pendant ce temps, assure à Victor que Physick — qu'il déteste plus que tout — est d'une remarquable incompétence : « Si vous échappez aux fièvres du docteur, vous ne pourrez que mourir d'ennui avec sa conversation, ce qui est bien plus grave que les épidémies révolutionnaires de France ! »

Physick d'ailleurs se garde bien de venir aux îles Sullivan : il a en horreur ces propos de chiffons, ces petites valses et quadrilles que les dames improvisent à la fraîche sous les auvents des cabanons, ces thés grotesques qu'animent l'épinette et le clavecin d'un abbé efféminé. Ne meurt-on pas à la pelle à quelques milles de là ? Pour lui comme pour Benjamin Duncan, l'été, c'est la saison forte : « Pensez, mon cher du Pont, que sur les cinq cents morts de la ville il y en a chaque année plus de trois cents de juin à août ! »

Quand il ne va pas aux courses, Physick occupe ses dimanches par la lecture des gazettes françaises : *l'Almanach du Bonhomme Richard* ayant cessé de lui plaire, il s'est abonné à l'*Abeille américaine,* publiée à Philadelphie, feuille in quarto qui lui donne chaque semaine les grandes nouvelles des sciences, des manufactures et du commerce. Il ne dédaigne pas non plus les livraisons à un sou du scandaleux *Courrier des Etats-Unis :* en vieille dame fébrile, il s'y repaît du récit circonstancié des accidents, des duels et des affaires de mœurs, sans jamais manquer une annonce. Qui d'autre que lui — avant même le shérif — saura qu'une cargaison d'esclaves vient d'arriver de Guinée au port de Charleston (« Assortiment de nègres, prix à débattre »), qu'un serviteur est recherché contre récompense (« 300 cents pour la capture du nègre Roger, dangereux ») ? De méchantes histoires tournent autour de sa passion pour la presse : on affirme — l'abbé Riquet tout seul — que Physick a de bonnes raisons de s'intéresser aux entrées des navires. Il contrôlerait, sous cape, la traite des nègres. Posez-lui la question…, il jurera par

Hippocrate et Franklin réunis que c'est calomnie ! Certes il se rend de temps à autre au marché aux esclaves sur la grande jetée, mais c'est comme médecin : s'il inspecte ces hommes et ces femmes nus, enchaînés sous le soleil, c'est uniquement pour la visite sanitaire qui accordera le permis de débarquer. Mais il ne faudrait pas beaucoup pousser Riquet pour connaître la suite : les négriers d'Angola qui souhaitent vendre leur cargaison au plus vite et au meilleur prix achètent le silence du médecin sur d'éventuelles maladies ou malformations en lui donnant ceux dont personne ne veut, les malingres, les souffrants, les estropiés. En bon chirurgien, Physick retape tous ces éclopés, en apparence du moins, les fait soigner dans l'hôpital municipal aux frais des citoyens et au bout d'une semaine, pfuitt ! les nègres disparus ! *Echappés*, dira Physick. *Vendus* au prix fort en Géorgie, maintient l'abbé, estampillés comme des veaux au chiffre du docteur...

La querelle entre le médecin de l'âme et celui du corps en est restée là. Physick continue de passer ses dimanches lugubres sans jouer aux cartes, de peur d'être sacrilège s'il ne respecte pas la trêve du Seigneur. Riquet prépare sa bière le samedi pour qu'elle travaille en cachette le lendemain ; entre deux jeux de quilles ou de croquet avec les filles du capitaine Cruger, il fréquente le barbier et le bar-room keeper. Toujours alerte, avec cette perpétuelle agitation des mains, cette habitude de les occuper en taillant du couteau des petits bouts de bois, le chapeau renversé sur le chef, une éternelle chique brune entre ses lèvres épaisses, n'hésitant pas à cracher son jus en lançant une sentence divine à la volée : « On ne peut rien contre la mode, mon cher du Pont, dans ce pays... Ce qui était vrai il y a six mois ne l'est plus et ce qui l'est ne le sera plus demain, alors ! »

Ainsi, d'après Riquet, Gabrielle, aujourd'hui malade, pourrait bien, si elle accepte de se laisser faire, être guérie sur-le-champ.

Beaucoup d'honnêtes gens aux îles Sullivan prétendent que Riquet en a les moyens. Car ce visage de gros ange vieilli précocement n'est, au dire de Physick — farouche tenant de la médecine officielle et patentée de la faculté de Philadelphie — qu'un masque trompeur : Riquet serait un guérisseur, un sorcier abominable, le chef d'une communauté de trembleurs, le disciple et l'adorateur d'Ann Lee. Ce seul nom d'Ann Lee donne des frissons à qui l'entend : bien que morte depuis dix ans, ses prophéties continuent de faire l'objet des plus invraisemblables spéculations. La force de sa secte tenait à la diversité des nationalités de ses disciples : Ann Lee connaissait la langue de ces camelots, montreurs de singes savants, joueurs d'orgue et confiseurs italiens, savait s'entourer de ces Suédois arrivés il y a deux siècles en Amérique, parlait aisément l'allemand avec les fumeurs de pipe d'écume natifs de Hambourg et s'était mise au mieux avec les respectables porteurs de haut-de-forme, gousset en main, qui composaient le gratin de la société irlandaise de Charleston. Ce ramassis de métèques n'était pas ce qui faisait le plus peur : Ann Lee avait contre elle d'être la reine officieuse des nègres. Ce magnétisme qu'une Anglaise, blanche de peau, pouvait exercer sur ces êtres inférieurs, voilà bien ce qui aux yeux des planteurs de la Géorgie et des deux Carolines était parfaitement impardonnable.

Ravi d'ouvrir le dossier du procès de son ennemi juré, Physick y versait chaque jour des pièces nouvelles : le père Riquet aurait rencontré Ann Lee alors qu'il était pasteur de l'Eglise réformée française de New York. La reine des nègres, conduite dans une magnifique voiture avec ses armes peintes au centre d'un grand manteau ducal en trompe-l'œil, parcourait alors les villes d'Amérique en quête d'adorateurs et de mécènes. La sorcière partait ainsi deux ou trois mois en tournée, plantait son chapiteau une dizaine de jours dans une ville si le besoin de prières et de prédications se faisait sentir, missions aussi harassantes que profitables aux finances de la secte et aux dépenses personnelles de la vénérée Ann Lee. En ces temps, Riquet venait de se faire retirer son sacerdoce : quelque sombre histoire d'ésotérisme l'avait brûlé à New York et il vivait d'expédients, avait voulu ouvrir une pension française, puis s'était contenté, moine défroqué, de donner des cours de langue, de danse et de maintien, à moins qu'il n'ait été maître d'armes... Tout cela était assez obscur, bien qu'accablant, dans l'esprit de Physick. On assurait que Riquet avait eu une liaison avec l'idole ; la femme s'était retrouvée enceinte — fâcheuse affaire pour qui préconisait le célibat et la chasteté à ses disciples ! — avait accouché d'un fils mort-né et était rentrée à Charleston où ses adorateurs s'impatientaient. Riquet avait attendu sa mort pour venir se fixer à son tour en Caroline, se placer assez facilement à la tête de cette société secrète, non sans avoir exhibé un prétendu testament spirituel d'Ann Lee qui le désignait comme son digne successeur, le nouveau gourou des Noirs et des pauvres.

Voilà ce que le consul connaissait de lui quand Riquet vint en grande tenue d'ecclésiastique frapper à la porte de leur cabanon aux îles Sullivan.

— Mon cher Victor..., permettez cette familiarité ! Ici tout le monde se tutoie... ou se vouvoie, on ne sait jamais avec cette langue barbare. Vous m'êtes très sympathique, nous partageons tous deux le titre de citoyen de la République et, bien qu'ayant quitté notre pays il y a fort longtemps, j'aime à rencontrer des hommes tels que vous, excellents ambassadeurs. J'ai cru bon venir vous entretenir de la santé de votre femme. Le climat ne semble guère lui réussir, nous la regrettons beaucoup, elle était l'ornement de nos petits thés chez ces délicieux Cruger.

Victor reconnut qu'en effet les îles n'avaient pas produit le miracle escompté et qu'on songeait à la conduire à Boston.

— Malheureux ! ne partez pas ! n'allez pas chercher ailleurs ce qui est en elle !

— En elle ? qu'est-ce que vous nous chantez là, Riquet... Vous appelez cela « en elle », cette fichue jaunisse de nègres ?... Asséchez plutôt vos marais, cessez de défricher, faites partir vos moustiques et elle ira mieux.

— Je vois que vous ne m'avez pas compris, pas du tout. Je voulais dire qu'il y avait quelque chose de mauvais, à son insu. Il faut juste la désen...

— La désenvoûter ! Vous plaisantez, Riquet... Je préfère encore les pommades de Physick ou les tisanes de ma gouvernante. Gardez vos épingles et vos poupées pour jouer avec les petites Cruger !

Aucun homme, épris de respectabilité comme le sont généralement les notables des villes, n'eût accepté pareil trait blessant : la caricature des pratiques occultes et supposées du prêtre était si grossièrement sortie de la bouche de Victor qu'il eût été parfaitement normal de voir Riquet claquer la porte du cabanon sans demander son reste. Le génie de cet homme tenait dans cette apparente et imprévisible décontraction du corps et de l'esprit, ce grand sourire muet qui semblait vouloir dire : « Voyons, voyons, mon cher du Pont, ne vous emportez pas. » Riquet s'était même assis dans l'unique fauteuil du salon. Le Superbe avait eu presque peur, il était resté debout, collé à la porte derrière laquelle Gabrielle dormait. Le prêtre paraissait imperturbable, il choisissait quelques rôties sur le guéridon, se servait lui-même, sans qu'on le lui propose, un grand verre de towdy, mélange de rhum, de sucre et d'eau qui faisait fureur aux îles Sullivan pendant les fortes chaleurs. Il prenait racine, de toute la graisse de son corps, dans son fauteuil, buvait le nez dans la coupe, l'œil levé sur Victor.

— Vous voulez m'entretenir d'Ann Lee. Ce que Physick raconte est donc vrai ?

— Ce qui est vrai, mon cher Victor (il insistait toujours sur le prénom, ayant remarqué que le consul l'appelait par son nom de famille, un « Riquet » qui sonnait assez mal dans sa bouche), ce qui est vrai, c'est que votre femme doit bientôt vous donner un enfant et que rien ne prouve qu'elle ira au terme de sa grossesse si vous la confinez dans cette chambre tout l'été.

L'abbé Riquet resta à déjeuner. On ne fit pas lever Gabrielle qu'une forte migraine tenait au lit. Ils mangèrent tous deux des assiettes d'alose fumée, quelques tranches de bœuf frit accompagnées des rares fruits que l'on trouvait à Charleston en cette saison. Un gâteau de farine de maïs, des confitures sèches, du thé et de la cassonade les menèrent assez tard dans l'après-midi. A quatre heures, Riquet accepta le traditionnel punch et la limonade. Il ne sembla vouloir se retirer que lorsque six heures sonnèrent, non sans avoir goûté la soupe aux clams de Lucie et son *pumpkin pie* encore tiède. Enfin la silhouette de l'abbé entortillé dans sa cape s'évanouit sur le seuil dans les brumes de chaleur de cette fin de journée. Victor resta seul, interdit, avec dans les oreilles cette phrase étrange qui lui martelait le crâne : « Demain soir dix heures, c'est entendu... Je vous attends sur Market Street avec votre femme. Personne d'autre, bien sûr... »

L'attelage qui vint les prendre le lendemain était somptueux : quatre chevaux avec de longs rubans dans les crins, un cocher mulâtre tenant ses guides entre de gros gants de daim qui montaient à mi-bras, bien vêtu, bien chaussé, portant des culottes courtes. Ils roulèrent ainsi deux bonnes lieues dans la nuit. Dépassant Charleston, ils entrèrent dans ces grandes forêts insalubres que Victor n'avait jamais visitées et qui semblaient proscrites en été ; ils franchirent à vive allure des fossés, roulèrent sur des branches d'arbres pourris et dans de grands trous d'eau : seule peut-être Gabrielle, abrutie par des journées de sommeil et qu'il avait fallu soutenir quand elle était montée dans le *stage,* ne souffrait pas de l'inconfort de la course, à moitié assoupie sur l'épaule de Victor. Les hommes ne se parlaient point.

On arriva enfin au bord des marécages que forme l'Ashley River, la voiture avança ses roues jusque dans la boue pour faire descendre les passagers. L'abbé Riquet prit la main de Gabrielle, la guida dans l'obscurité et les joncs, là où les pieds s'enfonçaient : de dessous un gros bouquet de plantes aquatiques, il tira un petit flat-boat que seul son œil de vieux hibou avait aperçu, une sorte de caisse de bois au ras de l'eau et qu'on manœuvrait par un long gouvernail et un seul aviron ; ils manquèrent de chavirer quand Victor embarqua le dernier, précipitamment. Parce qu'un instant il avait imaginé que Riquet voulait le planter là, emporter sa femme dans la nuit des marais, la vendre peut-être à ses coreligionnaires fous... Il ne s'agissait, à vrai dire, que de traverser l'Ashley sur ce radeau improvisé dont le passage faisait fuir de grands oiseaux blancs cachés dans les joncs ou grimpés sur des arbres morts. Tandis que l'on approchait de l'autre rive, une rumeur leur parvint, mélange de musique et de sons confus, un gémissement continu dans cette forêt où ne vivaient probablement que quelques sauvages, où la végétation, quand elle n'était pas cette éponge gonflée par les crues de la rivière, craquait sous le premier pas humain, des herbes emmêlées, inextricables, des racines grosses comme des cuisses d'homme, des troncs qui croupissaient sur pied, aux écorces lamentables qui pendaient tout du long. Le flat-boat s'enfonça mollement dans ce limon épais, écartant les hautes tiges des fleurs odorantes.

Ils virent des feux derrière de grands arbres. Gabrielle prit sa robe de mousseline dans les branches basses des buissons mais marcha en tête, attirée par les mystères qui se jouaient là. Ils atteignirent enfin une clairière de plus de vingt acres d'étendue : une dizaine d'attelages et de charrettes de paysans, mais aussi quelques élégants cabriolets — arrivés on ne savait comment — formaient un cercle défensif autour de plusieurs grandes tentes, que des brasiers éclairaient de l'intérieur à la manière des citrouilles de Halloween. Cinq à six cents personnes occupaient des bancs placés face à une gigantesque estrade de bois, surmontée de draperies cramoisies accrochées dans les arbres. De chaque côté, deux feux placés sur des monticules de terre éclairaient la tribune vide. « Le revival », murmura l'abbé à leurs oreilles, avant d'être happé par la foule tandis qu'ils étaient tous deux portés au milieu de l'assistance, congratulés, caressés et salués des doux noms de frère et de sœur. Ils reconnurent parmi toutes ces faces noirâtres aux sourires infirmes de dents, au milieu de toutes ces robes de gaze rose, de soie jaune pâle, les silhouettes de plusieurs femmes de la société de Charleston, Sarah Cruger, bien entendu, et ses trois filles, les protégées de l'abbé Riquet.

Mais il n'y avait déjà plus d'abbé Riquet. En montant sur l'estrade, il avait jeté sa soutane noire pour s'envelopper d'un grand linge rouge écarlate et moiré sur lequel les brasiers allumés jetaient d'obscures clartés. Les femmes assises aux premiers rangs arrachèrent leurs turbans et l'adorèrent en tendant leurs bras vers lui, hiératique dans son drapé : « O John Mitchel, ô John Mitchel, dis-nous le nom de Jésus, John Mitchel, nous le voulons ! »

Le regard ahuri de Gabrielle passait des lampions suspendus aux charrettes à cette assistance en délire, mains jointes, têtes baissées contre la poitrine, tantôt recueillie, tantôt électrisée. Le revival n'avait pas commencé, on n'en était qu'à la confession : des hommes à pantalon blanc et gilet couleur de tabac avec un gros mouchoir rouge noué au col circulaient entre les bancs et recueillaient les aveux de celles et ceux qui voulaient bien témoigner publiquement de leurs fautes en gémissant et pleurant chaudement. Les péchés avoués ou provoqués donnant toute sa saveur au spectacle, les proches encourageaient et caressaient, par mille bravos et embrassades, ceux qui avaient décidé d'expier, coûte que coûte, eût-il fallu inventer pour contenter la foule. Et ils inventaient, ces adorateurs d'Ann Lee et de John Mitchel, ils s'inventaient d'horribles crimes et entonnaient, plus convaincus que s'ils les avaient commis, leurs entêtants refrains : « Anathème sur les apostats, anathème, que l'enfer leur ouvre grand ses portes ! » Et, parce qu'ils voulaient peut-être que le ridicule le dispute au tragique, les frères initiés attisaient en même temps les grands feux posés sur les tertres, soufflant sur les braises au moyen de longs bambous dont ils frappaient ensuite la terre pour attirer la curiosité.

John Mitchel commença son prêche : tous s'étaient assis en silence, tournant la page sur ces scènes d'hystérie, comme si cette violence n'était que feinte, complice d'un cérémonial bien réglé. Les visages empourprés reprenaient leur teint naturel : seule Gabrielle avait perdu un peu de sa pâle gravité des îles Sullivan.

Il débuta avec la voix ordinaire de Riquet, plus basse toutefois, presque étouffée, usant de mots simples qu'il articulait lentement, des mots qui semblaient se détacher comme les grains d'un long chapelet de cette bouche molle aux contours haineux. Mitchel savourait son propos : la peinture des moments ultimes de la vie, les horribles souffrances qui les accompagnent. Sitôt qu'il en eut fini avec ces descriptions d'Apocalypse, la voix se métamorphosa et devint tonitruante ; car maintenant il *voyait,* disait-il, et voulait dire ce qu'il voyait. Il voyait le châtiment céleste, le plomb fondu, les verges, les flammes bien sûr, mais aussi de grandes lames d'acier qui fauchaient tout sur leur passage. Il s'approchait du Malin, s'obstruait les narines parce que, affirmait-il, une épouvantable odeur de soufre l'empêchait de respirer. Et les femmes du premier rang mirent également leurs mains sur leur nez en jurant que ce parfum de corne brûlée était effroyable, que le Malin était là, derrière ces fumées asphyxiantes. Et elles s'étouffaient de leurs propres lamentations rythmées par des Alléluias qui semblaient venir du ventre. Plus elles s'étranglaient, plus l'acteur de la tribune vivait sa Passion : la fureur et l'effroi se lisaient sur son visage, ses yeux roulaient comme des billes, l'écume perlait à ses lèvres. Il mimait la marche d'un ours rageur en parcourant l'estrade, les genoux presque pliés, faisant claquer ses mâchoires, entourant son corps de ses bras, tressaillant, tapant des pieds, le torse de profil, le regard perpétuellement tourné vers son public, n'abandonnant jamais ces centaines de paires d'yeux subjugués par son jeu diabolique.

Il s'engagea dans une interminable mélopée dont les mots de « Jésus avec nous » tissaient l'obsédant refrain. Puis, lorsqu'il se fut agenouillé, le buste agité d'une manière qui laissait supposer que le diable s'en extrayait enfin, il gagna en rampant l'unique chaise de l'autel, s'y assit en agrippant le dossier, sortit péniblement de sa poche un grand carré de lin blanc : il s'essuya les tempes et son front trempé, passa plusieurs fois le mouchoir derrière le crâne et eut sur sa gauche et sa droite, vers ses assistants, un regard languissant et interrogateur qui trahissait sa faiblesse.

— O John Mitchel, montre-nous Jésus, nous le voulons, ô John Mitchel !

Un auxiliaire, sorti de l'obscurité, s'adressa à l'assemblée :

— Avez-vous vu ce que John Mitchel vous a montré ? Voulez-vous vraiment que Jésus s'attache à vous ? Alors avancez, Alléluia, Alléluia...

Une vieille négresse, s'aidant d'une canne, fit mine de rejoindre la tribune. Un des confesseurs vêtu de blanc vint la soutenir : c'était George ! bientôt suivi par Lucie, un linge rose à la main... Mitchel recrutait jusque chez M. le Consul... La vieille infirme tendit ses bras : le révérend descendit à sa rencontre, lui murmura quelques phrases à l'oreille, une ou deux minutes peut-être, puis prit ses mains du bout des doigts et lui ordonna de marcher. George, derrière elle, ne la soutenait plus. La canne était à terre. Le visage de Mitchel était terrifiant et, tandis qu'il reculait, il hurlait, ses yeux dans ceux de la vieille : « Avance au nom de Jésus, fais-le au nom de Jésus », acclamation reprise par les Alléluias de la foule. Le prêtre lui lâcha les mains et l'exhorta à marcher, seule, sans autre appui que celui de l'Esprit qui était passé en elle.

La négresse fit plus de vingt mètres en remerciant Jésus et riant d'un rire épouvantable ; puis, raide comme une planche qui s'abat, elle tomba en arrière dans les bras de George qui la fit glisser avec mille précautions sur le sol. Lucie se précipita, jeta le linge rose sur les jambes dénudées de l'ensorcelée qui resta foudroyée de longues minutes. « Jésus est avec elle ! Jésus est avec elle ! Alléluia, ô John Mitchel, conduis-nous ! » réclama la foule.

Alors Gabrielle se leva, tendit ses bras au ciel, toutes paumes ouvertes vers la tribune. « Elle fait semblant », murmura Victor. Si bien semblant qu'elle s'avançait vers l'estrade, étrangère à ce que deux années de mariage avaient célébré de goûts partagés et d'obéissances tacites. La toucher à ce moment, si le loisir en eût été donné à Victor, c'eût été l'électriser : quand il l'apostropha, une voix lui répondit, certes, mais une voix insoupçonnable, de gorge, une voix qu'il ne connaissait pas, mêlée de hoquets hystériques, de sanglots presque joyeux, de mots d'anglais, langue qu'ils ne parlaient jamais ensemble. Après la rage, la douleur, le sentiment du rapt, d'un rapt où elle se ravissait à elle-même, il eut honte, honte de lui comme d'elle, imagina une seconde que tout l'édifice de leur vie s'effondrait, que l'enfant à naître serait un monstre au sang noir, aux ongles fourchus, un enfant de cette meute convulsive ; il eut cette vision grotesque de son beau costume de consul déchiré de toutes parts, des insignes de la République arrachés aux épaulettes, se vit lui-même dans les rues de Charleston en pleine lumière du midi, moqué par le peuple, lapidé par les enfants, errant comme un préfet déchu. C'était le pacte de l'âme qu'il avait signé avec ce grand diable blanc de Riquet.

Gabrielle tombait, genoux en terre, aux pieds de George et de Lucie. Mitchel la relevait, l'étreignait, lui parlait, passant les bras autour de ses épaules et de sa taille. Des mots qui la faisaient sursauter, rappelant des vérités enfouies, ranimant des énergies inconnues. La foule réclamait son revival, debout, gesticulante, possédée, les visages inondés et les lèvres violacées, bordées d'écume. « Venez jusqu'à Jésus et vous verrez Jésus, Alléluia », hurlaient les appariteurs en se pâmant tandis que Mitchel relâchait lentement son étreinte. Un tremblement inouï parcourut la jeune femme, elle vacilla une seconde et s'affala sur un lit de paille disposé à son intention. Lucie, de nouveau, étendit le tissu sur ses jambes. Victor porta sa main à ses yeux pour ne plus voir cette foule sidérée et triomphante qui remerciait Jésus de s'être joint à la femme blanche. Mais il n'y avait de toute manière plus rien à voir. Le revival était accompli.

XXVII

Un bruit de ferrailles qui brinquebalent dans une lourde sacoche de cuir, ainsi se signale en cette limpide nuit d'octobre le retour du docteur Physick chez lui. Deux heures vont sonner quand il obliquera dans East Bay Street pour rejoindre sa maison sur Church.

Un bruit métallique dont Victor gardera toujours le souvenir. Il s'y mêle la vision d'une immense pince aux bords recourbés et celle d'un beau crochet, humide et sanglant, qui fait en passant sur les chairs un bruit de velours froissé.

Gabrielle est dans sa chambre, allongée, muette, confuse, la tête creuse et le ventre plus vide encore. Sur ses épaules dénudées, tout au long de ses bras, posés sur le drap blanc, l'intérieur tourné vers le plafond comme si elle s'abandonnait à Dieu, il y a d'énormes taches, des bleus, des vaisseaux éclatés, l'empreinte des doigts de George et de Lucie qui l'ont maintenue. Non loin d'elle, sur la descente de lit, gisent deux sangles. Rien d'autre dans cette chambre, rien, ni personne : deux rideaux de tulle sur des baies ouvertes, qu'une légère brise de mer soulève par instants, un vent qui a séché son front et son corps trempés. Seule une bassine oubliée traîne encore sur le plancher, avec un peu d'eau rougie au fond, une bassine en laiton qui jette des reflets d'or à la surface du liquide. Tout est calme maintenant, la douleur dans le ventre et dans le crâne se retire lentement. Si les ecchymoses font encore mal, elles rappellent une scène lointaine qui ne reviendra plus, ces deux domestiques noirs, penchés sur elle, cette pudeur envolée quelques heures au nom de la vie à naître, ces gens qui l'ont accompagnée tandis qu'elle contractait ses muscles, cette présence si douce de George et de Lucie, solidaires de cet effort inouï de mère. Maintenant qu'ils sont montés se coucher, elle ne peut plus croire que les nègres sont paresseux, mauvais, elle a honte d'imaginer que ces vies-là valent dix ou douze piastres sur le marché de Charleston.

Elle revoit cette gravure qui ornait son cabinet à Versailles, quand elle avait dix ans : deux nègres à moitié nus, portant un immense parasol qui ombrageait le teint bruni d'une créole, et tout à côté deux autres esclaves attelés comme des chevaux à un long câble qui remontait une chaloupe.

Aujourd'hui encore, cette nuit, George et Lucie ont tendu le parasol pour la rafraîchir, tiré sur le câble pour remonter la chaloupe. Et Victor vient de donner un nom à la chaloupe : Amélia Elisabeth...

Gabrielle eût préféré celui de Caroline pour marquer leur séjour à Charleston. « C'est un prénom d'écuyère », avait grommelé Victor. Le consul ne pouvant pas lui-même déclarer la naissance de sa fille sur les livres de la République, le chancelier Fontpertuis était arrivé dans la nuit, les yeux embués de sommeil, avait signé le registre et sans même s'assurer d'Amélia avait mis la mention *néant* dans la colonne des signes particuliers.

L'enfant n'est-il pas du sexe féminin, bien constitué, d'un bon poids, d'une bonne taille bien que le cordon ombilical l'ait quelque peu étouffé et que la peau soit légèrement violacée ?

Mais là, au-dessus de la lèvre, un peu de peau pincée à la place du nez, des chairs tordues, puis brûlées. Certes il y a des narines, mais de nez, pas vraiment.

A cette heure-ci, au cœur de cette nuit paisible de Charleston, le docteur Physick range dans la solitude de son cabinet la grande pince métallique qu'il vient de passer à l'alcool pour la nettoyer. Il a oublié les sangles, il passera les prendre demain : ce n'est pas tous les jours qu'on accouche dans ces conditions.

Il a dit à Victor qu'il était franchement désolé, que ces choses-là arrivaient parfois quand l'enfant avait du mal à venir, qu'avec le temps la plaie se cicatriserait mais qu'il n'y avait pas eu d'autre moyen de sauver Gabrielle et Amélia.

Victor se souvient trop bien de ce bruit fuyant, cette lâcheté d'une pince qui dérape sur la surface de la chair. Il n'avait pas voulu regarder tout de suite, mais il savait déjà qu'on lui avait abîmé son enfant, leur enfant.

Amélia a au beau milieu du visage une grosse entaille qui ne l'empêchera ni de vivre ni de respirer : Victor a beaucoup de mal à ne pas imaginer que c'est ici la trace d'un Malin qui a posé sa griffe sur le ventre rond de sa femme, une nuit de juillet dans les marécages de l'Ashley River. Gabrielle n'a pas bien vu sa fille. Lucie, en lui montrant Amélia, a posé un bout de drap sur la partie basse de son visage et Gabrielle a aperçu deux yeux tout drôles qui s'étonnaient du monde. Elle s'est endormie sur ce mensonge, satisfaite de son ouvrage, le corps roué et l'abdomen douloureux. Lucie a pris l'enfant auprès d'elle et veille maintenant sur ce regard auquel il ne manque déjà plus que la beauté.

Dans son grand lit de la bibliothèque, encadré de hautes colonnes où des feuilles d'acanthe s'enroulent, Victor songe à cette vie nouvelle, cette vie tronquée à qui le lait nourricier manque déjà, à ce premier enfant, né si loin de tout ce qui leur est familier, dans ce pays gavé d'humidité où les messes sont noires, les fièvres jaunes et les étés trop longs. A cette famille dont l'amitié lui fait défaut, à son père dont il n'a pas de nouvelles depuis cette lettre apportée par l'*Aigrette,* il y a plus de neuf mois, à la bonne Poivre, à la pauvre Sophie et à ses enfants. A son frère disparu.

Et toute la perfection domestique de leur vie américaine, leur félicité, la naissance d'Amélia ne suffiront qu'imparfaitement à remplir ce néant qu'il éprouve au milieu de tout ce qui lui est accordé pour jouir.

Son frère, dit-on, est mort.

Un sentiment depuis cette nouvelle d'une vie chaque jour plus triste. Si l'enfant avait été un garçon, il se serait appelé Irénée : son cadet se serait prolongé en lui. Mais cette grâce même a été refusée à Victor. Il restera seul devant la mort du plus tendre des frères. Devant lui il y a un enfant qui gémit, derrière lui, en France, plus rien : la chaîne du cœur s'est rompue.

Mais c'est assez pensé, assez souffert pour aujourd'hui, il faut dormir maintenant. Ce qui lui viendra cette nuit, pendant son sommeil, ne sera pas rêvé : c'est une chose qui appartient à sa jeunesse, il y a un peu plus de quinze ans au Bois des Fossés, quelques mois après la mort de leur mère.

Elle était là pourtant. Un buste de marbre, tout blanc. Au fond de la pièce, Pierre-Samuel attendait, assis dans un fauteuil, le chapeau sur la tête, l'épée au côté, le cordon sur le revers de l'habit, un coussin sous ses pieds. Victor s'était avancé, avait dit : « Mon père, je vous amène mon frère pour qu'il reçoive de vous votre bénédiction et ses premières armes. » Irénée, avec la gravité de ses dix ans, avait écouté le patriarche.

— Mon fils, il n'y a plus de fêtes pour nous, il nous reste seulement des vertus à exercer et des obligations à remplir. Vous n'avez plus de mère, je n'ai plus d'épouse, mais nous avons son image. Vous m'avez vu ceindre les armes à votre frère. Votre naissance vous donne un droit égal au sien : un droit reconnu par la nation aux familles dont les mérites sont jugés héréditaires.

Pierre-Samuel leur avait parlé longuement des engagements contractés par le port de l'épée, de la protection à accorder à ses parents. Il avait ordonné aux deux frères de s'embrasser.

— Promettez-vous l'un à l'autre d'être toujours inviolablement unis, de vous soulager de toute peine, de vous secourir de tout danger. Songez que vous êtes doublement frères. Les autres ne le sont que par le sang, vous l'êtes aussi par l'honneur, vous l'êtes de naissance et d'armes. Le même flanc vous a portés, le même lait vous a nourris, la même main vous a guidés. Les mêmes armoiries et la même devise vous le rappelleront : *rectudine sto* — je resterai droit. Aide et protège ton jeune frère, Victor. Et toi, respecte ton frère aîné. Lorsque vous serez devenus égaux en force, en mérite, en connaisances, que votre union retrace celle des meilleurs frères. Soyons entre les hommes une race particulière ! Que l'on dise à jamais : les du Pont, comme on dit les Caton, les Epaminondas, les Aristide, les Marc Aurèle. Cette amitié sera une grande richesse.

Ils s'étaient embrassés une nouvelle fois. Irénée s'était jeté dans les bras de Victor et lui avait baisé la bouche. Le Superbe n'avait jamais oublié ces lèvres humides d'un petit frère qui vient se blottir contre son aîné.

Victor s'est réveillé très tôt. Sa décision est prise : il demandera un congé à la fin de l'année pour rentrer en France s'occuper de la petite Victorine, une dette sacrée qu'il doit acquitter envers sa nièce, son frère, sa belle-sœur Sophie.

Sur la table de nuit, l'article d'une gazette américaine à l'usage des expatriés qui lui a appris il y a deux jours que « le citoyen Irénée du Pont, imprimeur à Paris, est décédé de ses blessures, lors d'une émeute de rue ».

C'était il y a trois mois sur l'île Saint-Louis.

Après sa grossesse, Gabrielle s'est mieux portée, les promenades lui ont rendu ses couleurs, elle avait du plaisir à resserrer les cordons de son corset : il n'y avait que les mains et les bras habitués à un certain volume qui paraissaient dépaysés et flottaient le long du corps à la recherche d'un appui naturel.

Amélia qui a maintenant six mois est très malade. Elle vient d'attraper la petite vérole dont on meurt facilement. Tout est déréglé : tantôt elle engraisse en huit jours, devient gaie, sage et forte, et brusquement les dents, la colique, le rhume la mettent à deux doigts du tombeau. Victor l'a déjà tenue deux ou trois fois dans ses bras pour morte. Un sentiment affreux.

Ils n'ont jamais parlé de la laideur d'Amélia entre eux : ils ne s'y sont pas habitués non plus. George, qui a été blessé pendant la guerre d'Indépendance et qui a le nez pareillement épaté, enfoncé, tordu, est le seul à l'appeler « ma jolie ».

Déjà Gabrielle attend un nouvel enfant.

Elle s'occupe en rêvant car Victor s'absente, de plus en plus accablé de travail : elle s'est fait une amie, une Américaine, au nom français, dont la famille est arrivée en Caroline il y a cinquante ans. Harriet Manigault ne parle que de rubans, de garnitures, de ceintures, de bonnets, de fichus, de gants, de souliers, de peignes et de voiles en tulle brodé, d'un bal qu'on va donner, d'un thé qu'on a pris, de la saison des courses qui a été bien ennuyeuse cette année et de bals encore, d'équipages à l'unisson des toilettes, de mousseline des Indes brodée et bordurée.

Gabrielle s'est réfugiée dans cette amitié et ne parle plus que le langage des atours. Victor celui de la diplomatie. Il leur arrive souvent de ne plus se comprendre : ce matin, quand Gabrielle lui a déclaré tout de go que pour elle « le procès des Anglais était jugé », le consul s'est figuré qu'il s'agissait de politique. En fait de condamnation, Gabrielle proclamait celle du mauvais goût vestimentaire londonien. Ainsi, malgré l'amour, se dessine leur éloignement.

Victor chérit sa solitude, part souvent des semaines entières pour visiter la circonscription de son consulat : depuis qu'il est allé à Columbia, en Caroline du Nord, il ne rêve plus que de vivre dans les bois. Il raconte à Gabrielle les routes épouvantables où les *stages* versent, où les sulkys cassent, les pluies terribles qui engrossent les fleuves jaunâtres, rendent les gués impassables et coupent les chemins, mais aussi les chasses prodigieuses pour tuer le temps, et les tourterelles, les bécasses, le gibier écorché, le maïs et les pommes de terre qu'ils mangent le soir autour de grands feux, le lit mauvais et froid qu'il regrette pourtant, et ces sauvages qui accueillent à bras ouverts le *French consul*. Il lui parle de ce vieux Livingston avec qui il a fait la route, qui l'a mené dans cette ferme de peu d'apparence où ils ont fait si bonne chère, des fricassées de canards sauvages, du pain de seigle, du beurre frais, du thé bu avec du sucre blanc ! Il n'a plus assez de mots pour peindre ces forêts monotones, ces sables, ces marais, ces chemins ferrés avec du bois, ces longues étendues silencieuses où tous les trente milles une *log house* a fait son nid, avec des hommes, des femmes qui ont la fièvre peinte sur le visage mais qui continuent d'acheminer le coton, l'indigo, le suif, le brandy, le rhum et le tabac des plantations à la ville, aux ports, aux vaisseaux.

Elle et lui vivent des vies si différentes : au milieu d'eux, Amélia s'exerce à ses premiers sourires qui sont douloureux sitôt qu'ils prennent la lèvre supérieure.

Quand Charles-Irénée est né, ce 6 décembre, Victor était à huit milles de là, dans sa chère forêt de sumacs, d'arbres concombres, de papas et de marronniers d'Inde, il menait son cheval sur des sentiers ombragés de futaies, bordés d'arbres morts, de débris de plantes aussi vieilles que le monde et que ne visitent plus que les taons, les gnats et les moustiques.

George est allé au-devant de lui : « Vous voilà père d'un *American boy !* »

Victor a souri, car la mort d'Irénée était vengée. Un nouveau petit du Pont porterait le prénom de son frère.

A peine le consul a-t-il eu le temps d'embrasser sa femme et de se pencher sur son nouvel enfant, que Fontpertuis, le chancelier, faisait irruption dans leur chambre, une lettre du consul général Letombe en main : « Votre frère est en vie, c'est Philadelphie qui l'assure ! Ce sont des bandes de Jacobins qui répandent de fausses nouvelles et abusent les journaux... pour nuir aux fonctionnaires de la République ! »

XXVIII

Pour Victor, les deux fléaux de Charleston, ce sont les moustiques et les Jacobins. Une bande d'enragés à qui il est bien décidé à enlever une autorité dont ils n'ont déjà que trop abusé au détriment de la chose publique. Avec à leur tête un certain Grandet, originaire de Saint-Domingue, qui après avoir cherché à s'adjoindre une petite particule — Grandet de Remy, du nom du village des Vosges où ses ancêtres vécurent — a brusquement viré de bord dès que les nouvelles des émeutes parisiennes lui sont parvenues et qui se permet maintenant de traiter en coulisses le consul de « Dupont en deux mots ».

Patriote de circonstance, Grandet avait fondé la Société populaire française, quoique le mot de *français* n'évoquât pour lui que celui d'une spéculation possible sur un marché de plus de deux mille ressortissants, à qui il décernait blâmes et couronnes civiques selon qu'ils portaient ou non la cocarde au grand jour. Cette société avait été rejetée par les Jacobins de Paris, s'était affiliée à ceux de Bordeaux et disposait comme eux de bureaux, de comités, d'archives, de secrétaires payés, de correspondances suivies, d'un imprimeur à gage, d'une surveillance active de tous les fonctionnaires publics, d'un système de délation original, en un mot, il ne lui manquait plus qu'un tribunal et qu'un bureau. La Société populaire était composée d'hommes de religions et de principes aussi différents que les nuances variées de leur peau et les divers accents de leur langue, Espagnols, Américains, Italiens et Irlandais, juifs et nobles, déserteurs et banqueroutiers, royalistes ou robespierristes, émigrés et satellites de la réaction, bons corsaires de métier et de mœurs, tous disposés à considérer comme juste prise un bâtiment rencontré en mer, comme à appeler aristocrate tout homme sage et modéré qui déteste également les brigands couronnés et les tyrans populaires. Victor découvrit rapidement que le noyau de cette société était, comme à Philadelphie, à New York ou à Boston, une petite quantité de Français établis ici depuis quinze à vingt ans — et qui par conséquent étaient parfaitement américains — et dont le patriotisme n'avait jamais fait d'autre sacrifice que celui d'acheter des tissus rouge, bleu et blanc et d'en faire des mouchoirs ou de payer leur contingent de quelques orgies populaires. La jacobinière avait en outre breveté une guillotine miniature avec laquelle ses émules s'exerçaient, en s'énervant avec un peu d'alcool, sur leurs animaux domestiques.

En Grandet, Victor retrouvait tout ce qu'il avait détesté en France, cette face de notaire replet au crâne rond, aux mains étroites et longues, aux doigts fins et tout blancs, toujours prêts à saisir la monnaie qui traîne, à s'emparer de la première plus-value réalisable, tout en professant lors des dîners les idées magnanimes de répartition des richesses, de partage du bien commun et de révolution *coûte que coûte :* en fait de coûter, cette révolution devait plutôt lui rapporter, car Grandet, type même de l'usurier classique, dans toute sa grasse lâcheté que de petits yeux vifs et sertis dans une chair molle ne dissimulaient guère, pariait habilement sur la disgrâce des autres, donneur de leçons sur table mais spéculateur et voleur sous le manteau. Une seule idée l'occupait, c'est qu'il y avait ici beaucoup d'argent à faire, une certitude qui était devenue une obsession.

En quoi consistait l'entreprise du citoyen Grandet ? Il avait acheté à tempérament en Géorgie et dans les deux Carolines plusieurs centaines de milliers d'acres ces dernières années et s'était mis grâce à quelques revenus en état de ne pas les revendre immédiatement. Il n'y avait là rien à redire : associé avec plusieurs maisons de commerce et banques de New York, elles-mêmes représentées à Londres et à Paris, Grandet jouissait sur la place de Charleston d'un crédit solide : « Ma signature est honorée », se plaisait-il à observer quand on le taquinait un peu trop sur son culte de la richesse. Et quand on lui mettait sous le nez quelque discours acide du vice-président Adams où celui-ci affirmait que « le désir de vénalité est le plus épouvantable et redoutable ennemi auquel les Etats-Unis doivent s'opposer », il haussait les épaules avec ce mouvement des hommes qui feignent de n'être point concernés mais qui affirment dans le même temps qu'une conversation de brokers ne serait jamais plus écœurante ou ennuyeuse qu'un débat au Congrès entre hommes politiques. « L'homme pèse tout, calcule tout et sacrifie tout à son intérêt, rappelait-il, mais le mien se confond avec celui de la République. » De cela, au moins, Victor doutait.

La Société populaire n'avait eu de cesse en effet de contrarier, de tourmenter et de dénoncer les consuls qui s'étaient succédé à Charleston. Jusqu'au jour où Mangourit, dont Victor occupait aujourd'hui le fauteuil, était arrivé à son poste. Joseph Mangourit, rappelé à Philadelphie pour contrôle de ses comptes, avait rapidement disparu. Le consulat était resté vacant et Victor avait été nommé pour faire l'inventaire des vilenies et abus de pouvoir du sieur Mangourit. Des semaines durant, il fouilla les livres bien cachés et mal tenus de l'ancien consul et parvint, après diverses vérifications, à la certitude que Mangourit, couvrant Grandet, avait touché des pourcentages importants sur le commerce de terres.

Des terres vendues par l'intermédiaire de la société Cazenove et Cie à Paris à d'honnêtes financiers français qui, tranquillisés par la signature du consul de la circonscription, s'étaient précipités pour en acquérir de nombreux lots... Tout alla bien jusqu'au moment où ces terrains furent réclamés par quatre ou cinq propriétaires différents et qu'une plainte fut déposée sur le bureau de Victor.

Il se rendit avec le chancelier au Land Office : les cadastres mirent au jour la filouterie complice de Grandet et de Mangourit. Ces concessions avaient été en effet vendues plusieurs fois et semblaient en dernier ressort appartenir aux Indiens, Grandet ne disposant que d'une infime partie des titres de propriété. Mais plus encore ces concessions avaient été hâtivement dessinées sur la base d'arbres — dont l'espèce, ces terrains n'étant pas défrichés, était innombrable — ruse grossière dont Grandet n'avait pas l'exclusivité dans le pays. Quand on y regardait bien, toutes ces concessions se croisaient et se surcouvraient, représentant sur le papier un nombre d'acres quatre fois supérieur à celui des limites naturelles établies à partir des rivières, frontières moins sujettes à la supercherie ou au détournement.

Les patriotes regardaient Victor comme un *country man* un peu excentrique à qui l'on avait confié le consulat le plus épineux des Etats-Unis pour s'en débarrasser et comme il ne semblait pas intéressé dans leurs prises de mer, qu'il ne couchait pas avec leurs femmes et ne se saoulait pas avec eux, les Jacobins le toléraient, ne le craignant guère. Qu'il fasse interdire par Fontpertuis les réunions publiques où Grandet, bonnet rouge sur la tête, grimpé sur un banc ou sur une table, insultait Washington et chantait les victoires de la République, cela n'était point grave. Il faisait son métier. Le consul n'avait qu'un défaut : celui de connaître parfaitement l'étendue du marché convoité par Grandet. Il avait un mot à dire s'il voulait faire coffrer les membres de cette jacobinière.

Cependant Victor hésitait. Il hésitait parce que, outre le scrupule qu'on pouvait avoir, comme diplomate, à mettre sous le verrou un bon dixième des ressortissants français de Charleston, il craignait que le discrédit jeté sur la République et son ancien consul ne soit dans un premier temps l'annonce d'une hostilité accrue entre les deux communautés. Quelques récentes affaires avaient rendu la tâche de Victor bien délicate. Tout d'abord cette plainte déposée par les passagers d'un sloop américain contre un corsaire français du nom de *Sans-Culottes-du-Port-de-Paris* qui les avait arraisonnés au large de Charleston, leur avait enlevé papiers, argent, marchandises pour une somme de plus de soixante mille gourdes et dont l'équipage s'était porté aux dernières violences contre de jeunes Américaines qu'on avait fait monter à bord pendant la nuit. Sous l'identité de Pierre Martial, le capitaine du corsaire s'était réclamé de la nation française, avait présenté ce pillage comme une prise officielle, dont « le consul de France à Charleston, avait-il dit, aura, comme c'est l'usage, une part de quatre pour cent ». C'était en effet l'usage pour toute prise de guerre. Mais de guerre, malgré les tensions entre les gouvernements, il n'y avait pas. Victor avait eu toutes les peines du monde à expliquer en ville qu'il était parfaitement étranger à ces exactions et qu'il en recherchait les coupables pour les faire mettre aux fers sans tarder. L'affaire avait eu pour conséquence d'exciter un peu plus les Américains contre la colonie française et de leur faire refuser le droit de débarquer au général de brigade Gaëtan Besse, citoyen français de couleur qui arrivait à Charleston sur le *Volcan,* frégate de la République. Sous le prétexte nouveau et fallacieux d'interdire l'importation d'esclaves dans la ville, tout nègre ou homme de couleur se voyait interdire l'accès du port. L'application de ce code à un officier général de la République constituait une insulte manifeste : Victor dut intervenir pour calmer les esprits qui s'échauffaient à bord — on parlait d'aller mettre à sac les magasins pendant la nuit — et pour autoriser tant le débarquement de Gaëtan Besse que celui de la cargaison d'indigo, de café et de rhum de la Jamaïque. Grandet, flanqué de ses acolytes en tenue républicaine, avait défilé dans les rues, aussi attaché à la cause du général qu'à celle de ce navire qui pourrissait dans les eaux portuaires. Le bateau ayant été endommagé, son gouvernail cassé lors d'une tempête et toute son artillerie jetée à la mer pour alléger la coque, Grandet voyait dans son escale une nouvelle source de profit : n'avait-il pas signé autrefois avec Mangourit un contrat d'exclusivité qui lui donnait la sous-traitance des réparations et du ravitaillement des navires de la République en mouillage à Charleston ? C'est à lui que revenait le droit de mettre le bateau en quille pour l'examiner, d'en réparer les avaries, de louer un magasin pour y mettre en sûreté les agrès et les appareils, de fournir gîte et toit à l'équipage, soins aux douze malades déclarés à bord et de livrer sous dix jours quinze nouveaux canons pour réarmer.

L'arrivée du *Volcan* au port donna quelques bouffées de zèle à Victor : il découvrit dans les livres de comptes que Grandet et sa Société facturaient leurs services à plus du double du prix normal. Encore le consulat devait-il fournir le bois de chêne vert pour les réparations de charpente : cette dépense apparaissait doublement sur les relevés. Quant à l'hôpital, il était pareillement à la charge de la République : Victor y fit une visite, rencontra un chirurgien auprès de qui le pauvre Physick eût fait figure d'ange, s'aperçut qu'il s'estimait propriétaire de tous les effets et biens de ceux qui mouraient chez lui et ne soignait les malades qu'à coups d'huile d'olive et de rhum additionné d'eau saumâtre. Une semaine plus tard, l'hôpital était fermé, le directeur ayant pris la fuite avec les avances de trésorerie.

Les manifestations bruyantes de Grandet dans les quartiers élégants de la ville avaient attisé la colère et le sentiment antifrançais qui se propageaient tant dans l'élite qu'auprès du peuple. Les airs républicains étaient hués, le discours de Grandet sifflé des balcons et le Dock Street Theater mettait à son programme une pièce satirique sous le titre de *La Bastille n'a qu'à s'en prendre à elle-même.*

C'est ce moment-là que Victor choisit pour rompre le contrat qui unissait Grandet à Mangourit sous le prétexte que du Pont n'était pas Mangourit et que Mangourit n'était pas la République : il confia le marché du *Volcan* à l'atelier de Benjamin Duncan et à la société Harrisson de Savannah. Attendant de cette mesure un double effet : flatter les Américains et faire sortir Grandet de sa tanière.

C'est le contraire qui se produisit. La Société populaire ne protesta pas : Grandet avait disparu. S'il s'était désintéressé du *Volcan,* c'était parce qu'il avait en tête un grand projet à côté duquel l'armement d'un malheureux vaisseau français paraissait une broutille. Grandet prévoyait en effet, tout simplement, d'enlever à lui seul la Floride aux Espagnols... Avec l'aide de Victor du Pont et l'aval de la République !

Ouvrant la *Gazette du Congrès,* publiée à Philadelphie et reçue deux semaines plus tard dans tous les consultats, Victor imagina une mauvaise plaisanterie de typographe quand il vit son propre nom et celui du ministre plénipotentiaire Letombe associés à celui de « Jérôme Grandet, citoyen français, propriétaire à Charleston ».

Il eut envie de rire, et la suite, pourtant, méritait les larmes. Les siennes, de colère, et celles de Gabrielle, désespérée, qui comprit que la carrière diplomatique de son mari touchait à sa fin, que leurs malles n'attendaient plus que d'être bouclées, si toutefois on leur en laissait le loisir et si on ne les arrêtait point entre-temps. Une Gabrielle qui commençait à aimer l'Amérique et les Américains, les bals hebdomadaires et qui ne redoutait plus du tout le grand mal jaune.

L'histoire tenait en ces quelques lignes : « Les mouvements qui ont pour objet d'enlever la Floride aux Espagnols semblent de nature à intéresser vivement la République française et à mériter l'attention de ses agents, principalement celle du consul de France à Charleston, M. Victor du Pont, sans lequel il paraît que cette opération n'aurait pu être menée... »

Victor terminait la lecture de cet article quand George vint annoncer Grandet, en personne, à peine revenu du théâtre des événements.

La rencontre fut brève. Le consul sortit le dossier des ventes illicites de terrains, informa Grandet de ce qu'il allait porter la chose devant les tribunaux américains, de son désir de le faire mettre aux arrêts et de celui non moins violent de le voir déguerpir à la seconde de son bureau. Les yeux sournois du marchand proposaient un compromis et de l'argent, tandis que Victor s'avançait vers lui pour le chasser ; le spéculateur, blême, articulait en reculant : « Mais la République ne peut pas faire cela..., pas à moi, à moi, Français... patriote. Je me plaindrai à Paris. Je me plaindrai de vous... Je dirai tout, Riquet, vos sales messes noires. » Alors qu'il se trouvait dans l'encadrement de la porte, ayant perdu toute cette vivacité du regard que l'amour de l'argent donne aux hommes les plus ternes, Victor le saisit par le plastron de son habit qui craquait sous le poids de ce corps énorme, arracha sa cocarde et la lui fourra dans la bouche.

Grandet ne recracha pas.

Dans la solitude de son salon, Victor songea à la situation, à sa situation. L'*Affaire* était énorme, du jamais vu dans la diplomatie française en Amérique, et avec elle des conséquences désastreuses s'annonçaient, aussi bien sur le plan politique que personnel. Grandet l'avait possédé, il s'était fait prendre comme un enfant ; et la perspective de voir cette ordure passible d'un long emprisonnement ne lui offrait qu'un maigre dédommagement. Il prit du papier officiel aux armes de la République, de l'encre et une plume : il fallait, pour sauver sa réputation faute de pouvoir garder sa place, écrire sans tarder à Talleyrand. Revenu en Europe après une année d'exil américain, ce dernier avait été autorisé par la Convention à rejoindre Paris : mêlé à l'entourage de Barras, il venait, il y avait à peine deux mois, de succéder à Charles Delacroix comme ministre des Affaires étrangères. Talleyrand n'oublierait pas de Paris que son vieil ami du Pont avait autrefois défendu sa cause en France...

Votre départ d'Amérique, citoyen ministre, m'a chagriné, vous le savez, mais votre installation en France marque un grand pas vers l'achèvement de cette révolution : c'est à vous et à quelques autres que le hasard a préservés que revient de terminer ce grand œuvre que des vandales furieux ont si stupidement dénaturé. Seules vos mains pures peuvent fermer les plaies du despotisme populaire et vos sages conseils démontrer à nos victorieux enfants que la liberté qu'ils n'ont fait jusqu'ici qu'embrasser n'est pas un fantôme.

C'est donc bien tristement que je vous soumets ma démission du poste de consul de France à Charleston.

Sans doute l'affaire qui la justifie vous est-elle déjà parvenue et je me contenterai de vous la résumer.

Quelques Américains des Etats de Floride, attachés à la cause de la France et désirant combattre sous notre étendard, conçurent le projet de retirer aux Espagnols leur autorité sur cette région. Ils s'adressèrent en vain aux représentants de la République et enfin à une Société populaire, établie à Charleston, se nommant « sans-culotte », sous les ordres du citoyen Jérôme Grandet, société en partie composée de capitaines, officiers, marchands, armateurs et agents de corsaires, tous enrichis par leurs prises.

Ceux-ci éprouvaient à cette époque des difficultés sans nombre de la part des tribunaux et du gouvernement américains, qui entièrement dévoués aux agents de l'Angleterre se permettaient au mépris du traité existant entre notre pays et le leur de ruiner le commerce français, par les frais, les lenteurs et les vexations administratives les plus diverses.

Ces armateurs sentirent qu'un port dans la Floride serait pour eux d'un avantage inappréciable et qu'en se mettant à l'abri des entraves et des juridictions américaines ils pourraient y conduire leurs prises et les vendre sans contrariété ; ils adoptèrent donc avec empressement un projet où ils ne voyaient que leur intérêt immédiat et promirent de soutenir par tous les moyens les efforts qui seraient faits pour l'invasion de la Floride. Aussitôt les habitants de ces Etats rédigèrent un acte d'insurrection par lequel ils s'unissaient à nous et envoyèrent cette pièce revêtue d'un très grand nombre de signatures au ministre plénipotentiaire à Philadelphie en lui demandant secours et protection.

Le général américain Clarke, à qui l'on avait assuré que notre consulat pilotait en même temps que Grandet cette expédition, se mit à recruter et à armer des mercenaires, se servant, pour les engager à libérer la Floride, du crédit et de l'ascendant qu'il avait sur ces anciens soldats qui avaient combattu sous lui pendant la guerre d'Indépendance.

Deux cents hommes tant français qu'américains attaquèrent victorieusement avec une canonnière portant du 24 la première batterie espagnole du nom de Fort Saint-Jean.

Quant à la nation indienne des Creeks qui avait été longtemps en guerre contre les Espagnols et restait attachée aux Français, elle avait déjà envoyé une députation au camp de Clarke et promis un nombre considérable de guerriers à qui il fut distribué des cocardes nationales qu'ils accrochèrent tous avec satisfaction à la pointe de leurs armes. Le citoyen Grandet annonça que la Société populaire venait avec l'aide de notre consulat d'armer deux bricks de 18 canons, une goélette de 10, une canonnière portant du 26, le tout commandé par le général de brigade Gaëtan Besse, et que ces renforts arriveraient, sous pavillon national, dans quelques jours sur les côtes de Floride.

Le gouvernement fédéral, alerté par les Espagnols et les corsaires anglais, ne tarda pas à être instruit du rassemblement et de son objet et pour en arrêter la marche et en punir les auteurs envoya un fort cordon de troupes aux confins des Florides pour s'opposer à la rentrée dans les Etats-Unis de tous ceux qui en étaient sortis.

Voilà, citoyen ministre, la présente situation. La France compromise malgré elle par une poignée de fanatiques et engagée dans ce qu'elle n'avait point promis : porter secours à ces centaines de malheureux, encerclés, affamés, condamnés pour avoir choisi de mettre à l'épaule une cocarde dont ils attendent aujourd'hui un miracle. Une province espagnole qui n'oubliera pas que des Français, fussent-ils de faux émissaires, ont marché sur elle. Et un gouvernement américain, fort mécontent de ces séditions conduites à son insu par la France et ayant entraîné à sa suite des citoyens américains, des braves héros de la guerre d'Indépendance, des lieutenants chéris du général Washington, comme le général Clarke, aujourd'hui passible de la peine de mort.

Quoique non informé par ceux qui ont abusé de notre nom autant que de notre sceau, je prends la responsabilité de ces très graves événements afin d'enrayer les conséquences fatales qui mèneraient à un conflit généralisé entre nos peuples et vous prie, citoyen ministre, d'accepter ma démission...

Sitôt la cire frappée du cachet officiel, Victor commanda à Lucie son beau costume de parade. Il voulait une dernière fois porter, tout en allant à pied, cet habit consulaire dans les rues de Charleston, dût-il être lapidé par les Américains et les patriotes. Il trouva la rue étrangement calme, ne croisa personne sur son chemin jusqu'au bureau de poste de Pearl Street. A peine avait-il eu le temps de tendre sa lettre pour l'expédition que déjà Collins, le vieux postier à la blouse pleine de colle et de bouts de ficelle, le félicitait.

— Mais comment, monsieur le Consul, vous n'allez pas me dire que vous ne savez pas !

Un avis officiel arrivé ce matin avait déjà fait le tour de la ville. Par un décret signé du Directoire et du citoyen Talleyrand, Victor du Pont était nommé consul général de France à Philadelphie.

5

1800-1802

Pontiana

XXIX

C'est une grande maison carrée, en bois, rafistolée de toutes parts, avec un soubassement en pierre et deux étages qui donnent sur le Kill de Bergen Point; une maison pour loger une famille nombreuse, avec un assez joli balcon, des rocking-chairs pour regarder le promontoire de la baie de New York et celle de Newark, une belle chambre d'où l'on peut apercevoir de son lit, en levant un peu la tête, un bras de mer large comme un fleuve en crue et, se découpant sur les côtes sablonneuses de Long Island, des vaisseaux qui ne cessent de passer, toutes voiles dehors. Une bâtisse agréablement située, que ne visitent ni la fièvre jaune ni les punaises, à neuf milles de New York sur la côte de Jersey, juste en face de Staten Island à laquelle elle est réunie par un bac à treuil qui fonctionne à volonté, la nuit comme le jour, même les dimanches.

C'est l'une des rares maisons du voisinage à n'avoir pas cédé à la mode de l'architecture grecque revue et corrigée par les Yankees : ni colonnes, doriques, ioniennes ou même corinthiennes, ni péristyle et encore moins de portique, juste deux ou trois statues de marbre, copies d'antiques et sculptures d'animaliers déposées là il y a longtemps pour égayer un peu ces allées et les rares buissons du parc. Quand le vent est bon, il faut à peine trois quarts d'heure pour rejoindre le port de New York, mais, la côte étant très abritée, on met souvent quatre à cinq fois plus de temps, en tirant des bords à n'en plus finir. Comme l'entrée du Kill est assez raboteuse, l'endroit est réputé pour la pêche aux huîtres que de grosses barcasses ramènent par bourriches entières. A la chasse miraculeuse de ces campagnes — les hommes tirent toute la journée des oiseaux mangeurs de riz qu'ils nomment *redbirds* — il faut ajouter les facilités que procurent le voisinage d'une grande ville et la petite société assez gaie de ce village côtier, mélange de bûcherons allemands, de charpentiers et de bateliers français qui ont bâti leurs maisons de leurs propres mains.

Quand la maison fut achetée, on lui conserva son nom d'origine en se gardant bien de traduire : *Good Stay*. Ici, à *Good Stay*, quatre familles françaises ont décidé pour le meilleur et pour le pire d'unir leurs efforts. Ils se nomment eux-mêmes en riant le *quaterne* et chacun se persuade que huit personnes si bien assorties, de quelque talent, de tant de vertu, parfaitement assemblées quoique fort différentes dans leurs goûts, ne peuvent que réussir en Amérique.

Ils sont d'ailleurs beaucoup plus de huit : un premier bateau venu de France a jeté à terre après une terrible traversée deux éclaireurs, qui ont eu la charge délicate de trouver un asile pour la vingtaine d'autres qui allaient suivre quelques mois plus tard.

L'espèce animale est représentée par un barbet du nom de Cartouche, né il y a six ans à Philadelphie et qui après deux voyages en France espère bien fouler pour toujours son sol natal, et par deux cochons chinois d'une beauté, d'une conformation et d'une rotondité extraordinaires, gros comme des moutons, assez courts sur pattes, blanc sur le dessus et noir par en dessous, avec des yeux d'un bleu profond et des cils allongés. Lavés, brossés tous les jours, nourris de fèves de cacao, de riz pilé, de patates douces et de somptueux restes d'*apple pie,* ils ont pris, depuis leur arrivée, quelques livres qui les ont considérablement embellis.

Le reste de la compagnie se compose de trois grands groupes assez distincts par les origines et les biens. Le premier est constitué d'un mélange complexe de personnes importées et de gens du cru. On rangera dans cette catégorie trois petits négrillons, quatre domestiques et un Allemand, Warner, gros bonhomme déniché à Trenton, qui se charge des foins, de la culture du potager, des patates, des melons d'eau, qui travaille comme un beau diable, mange comme quatre mais ne parle pas la moitié d'un mot d'anglais ou de français et ne cherche point à le faire. A côté d'une nourrice transformée en femme de chambre, on trouve également un représentant de cette espèce humble qu'on nomme ici *engagé volontaire,* c'est-à-dire un homme généralement jeune qui, contre le paiement de son passage en Amérique, sa nourriture, son habillement et son logement assurés pour une année, accepte de travailler pendant cette période, sans autre salaire que celui de l'encouragement. Petit et trapu, brun de peau et de cheveux, Orsel a la tournure d'un actif *shopkeeper* et ne manque ni d'esprit ni même d'usages bien que son caractère susceptible soit d'une aspérité assez désagréable.

Le second groupe compte à sa tête Pierre-Samuel du Pont de Nemours, chef d'une colonie qui comprend aussi ses deux fils et leurs épouses respectives, sans compter Amélia et Charles-Irénée d'une part et Victorine, Evelina et Alfred-Victor d'autre part. A leurs côtés on note la présence du frère de l'une des deux jeunes épousées. Quant au troisième groupe, plus restreint, il est formé de l'épouse du vieux du Pont, venue en Amérique avec sa fille Isle de France, son beau-fils Jean-Xavier Bureaux de Pusy et ses deux petits-enfants, Sara et Maurice. On comprendra ainsi pourquoi, en ce début d'hiver 1800, cette nombreuse colonie familiale se sent à l'étroit dans la maison de *Good Stay.* Mais *Pontiana* — car tel est le nom de ce singulier rassemblement — tient ses principes de l'enseignement de MM. Turgot et Quesnay, de cette belle science en vertu de laquelle plus on multiplie les familles, plus on les fait vivre dans l'abondance et la liberté.

L'intérieur de cette maison est encombré de divers colis et de malles, de caisses dans les corridors, d'enfants turbulents, d'un certain nombre d'ouvriers engagés à la journée pour agrandir la bâtisse et dessiner à l'intérieur des petits appartements pour chacun des foyers, d'une série de tapis, de bronzes, de glaces et d'horloges ; enfin d'un nombre impressionnant d'objets précieux et de meubles de style et de fabrication française, achetés, ô ironie de l'histoire, dans une vente à New York. Arrivé avec une cargaison de résine et de poisson salé du Havre, ce lot provenait de mises à l'encan légales des richesses du Garde-Meuble, confisquées il y a quelques années par la Convention aux familles de France...

Un seul meuble a accompagné les exilés de Pontiana dans leur voyage : un beau piano, avec de superbes bronzes, propriété de Gabrielle du Pont.

Ils sont tous là, à une heure d'encablure de cette ville que Victor découvrit le premier il y a treize ans : New York n'est plus la même, a doublé en superficie et en population. Ils ont changé aussi, les du Pont et ceux qui ont pris leur nom. Le vieux chef, au front plus dégarni que jamais, à la fossette au menton encore plus apparente, qui fête aujourd'hui ses soixante-six ans, a cru mourir cent fois, aux Tuileries, à la prison de la Force, d'amour aussi pour la citoyenne Lavo et maintenant pour sa « bonne Poivre » ; ce vieil homme qui a beau apprendre l'anglais deux heures par jour mais qui n'arrive pas à parler « ce patois énergique mais incorrect », l'ancien député de Nemours qui voudrait bien travailler et travailler dur comme le faisaient Daubenton et Franklin à quatre-vingt-six ans, Voltaire et Quesnay à quatre-vingt-quatre... « Je me dis parfois que s'il plaît au directeur de la troupe de baisser le rideau avant que je finisse mon rôle, ce n'est pas une raison pour s'interrompre avant ou pour jouer négligemment ! »

XXX

Trois ans auparavant, alors que Victor était encore en Amérique, Pierre-Samuel avait persuadé Irénée de quitter cette Europe de la corruption et du petit trafic d'influences : « Notre pays ne convient plus à la philosophie, il est en proie pour longtemps aux presses, aux généraux, aux prêtres, aux jésuites, à la friponnerie éhontée. Le temps de l'Amérique est venu ! »

Depuis toujours du Pont rêvait en Américain. Il se souvenait de ce que Vergennes, contrôleur des Finances, lui avait dit : « Sachez qu'en Amérique ce n'est pas une colonie qu'on émancipe, mais un empire qu'on fonde ! » C'était après la guerre d'Indépendance. Du Pont avait accueilli à bras ouverts Franklin, Jefferson, ces émissaires de la Terre promise, l'espérance du genre humain, preuve vivante que les hommes pouvaient à la fois être libres et pacifiques. Il avait reconnu en eux des enfants de l'Europe mais des enfants qui valaient mieux que leurs parents et qui avaient construit un vaste refuge pour la vertu persécutée.

— Je veux quitter le nom de Français pour celui d'Américain car nous tenons de la terre qui nous enrichit, comme les arbres et les plantes ! Et pourquoi renoncerais-je à l'honneur d'attacher là-bas mon nom à quelque agréable variété de poires ou d'abricots, à quelque cerise délicieuse que j'aurais fait naître... La pêche de Chevreuse est le seul titre durable et honorable de la famille qui eut ce duché !

C'était le physiocrate qui parlait. Aujourd'hui, à peine arrivé, il se rêve cultivateur, a acheté des chevaux et laboure lui-même sa terre, ressemble à ces héros d'Homère qui conduisent leurs bœufs et lavent leurs lessives. Il aime cette terre, fille du monde, qu'il connaît mal mais dont il veut qu'elle soit paradis terrestre, débordante d'or et de pierreries, où le gibier nourrit largement le chasseur, où les poissons aussi nombreux que variés font la joie des pêcheurs, où les forêts enrichissent les pauvres.

Il avait convaincu Françoise de ce recommencement nécessaire, de l'éternelle jeunesse du monde, de ce monde qui pouvait être changé, s'ils le voulaient tous deux. Le bonheur est une idée nouvelle, n'est-ce pas ? « J'ai besoin, ma bonne Françoise, d'être libre, d'être utile. Je préfère la bucolique américaine à cette imposante tragédie de l'Europe ! Il vaut mieux être américain aujourd'hui que sultan de Damas, soudan d'Egypte, sophi de Perse ou Grand Mogol des Indes. Fuyons ! Qu'importe, l'art de régner n'est finalement que celui de labourer un champ à perpétuité et, dans un pays dont les villes se nomment Philadelphie, Salem, Concord, Providence ou Hope, la paix des laboureurs est assurée, une liberté qui n'est pas seulement dans les lois mais dans les mœurs. »

La folie du départ s'était installée chez le vieux du Pont à qui il n'avait plus manqué en cette fin d'année 1797 qu'un bon prétexte pour quitter son pays sans figurer sur les listes d'émigration. Il fallait partir officiellement pour ne pas attirer les soupçons : l'Institut en avait fait un de ces savants voyageurs à qui la République ne refuserait pas un passeport. Il irait donc dresser la carte forestière des Etats-Unis pour le compte de la France. Talleyrand, pas fâché d'avoir outre-Atlantique un allié qui veillerait sur ses affaires, avait appuyé cette mission auprès de la classe des Sciences morales et politiques de l'Institut. Du Pont commençait à graisser ses bottes, en disant sous cape que ce voyage durerait ce que devait durer sa vie, quand Talleyrand lui avait fait passer un étonnant message. Victor, que l'on venait de nommer au consulat de Philadelphie et sur lequel la famille comptait pour l'acclimatation aux mœurs et à la langue, était à Bordeaux, porteur d'une dépêche extraordinaire.

Son retour avait causé un désarroi général. Certes, Victor avait reçu une lettre extravagante de son père qui lui annonçait leur émigration. Mais un incident imprévisible avait eu lieu : alors qu'il avait quitté Charleston pour Philadelphie, le président des Etats-Unis lui avait tout simplement refusé son exequatur[1]. Raison politique bien sûr... On assurait que le Directoire ne payait pas ses dettes aux Etats-Unis. Une bonne partie de la classe politique et de l'opinion publique américaines se retrouvait pour partager des sentiments anti-français.

La situation était plus complexe. Adams, le nouveau président, ne tolérait plus que les croiseurs français rançonnent en mer les navires américains. Les prisons de Nantes et de Bordeaux étaient bourrées à craquer d'honnêtes capitaines yankees. Si l'on ne levait pas immédiatement l'embargo sur le commerce, la guerre était inévitable. L'*Affaire* de la Floride avait jeté un certain discrédit sur la personne de Victor. En attendant, les Etats-Unis renvoyaient les ambassadeurs français méditer chez eux.

Victor ne s'était pas fait prier. Arrivé le 6 janvier 1798 à Bordeaux, sur le *Benjamin-Franklin,* il avait couru chez son père.

— Ne partez pas ! Adams a appris qu'une délégation de philosophes allait traverser l'Atlantique... Il vous trouve trop jacobin, imaginez! « Les philosophes français, nous n'en avons déjà que trop... », m'a-t-il dit. Il m'a montré un mandat d'arrêt en blanc qui comportait votre nom et qu'il signera si vous débarquez...

— Et Jefferson ?

Jefferson était le vice-président. C'est lui qui avait conseillé à Victor de filer à Paris pour infléchir la politique française.

— Il est de la tendance opposée à Adams, mais ne peut rien pour nous aujourd'hui. Il faut que je parle à Talleyrand.

Trois jours plus tard, Talleyrand reconnaissait les torts de la France : Victor l'avait convaincu du comportement provocant de la marine nationale, des actes de violence et de brigandage dirigés contre le commerce américain. Une guerre aurait été funeste à tous : l'Angleterre aurait repris quelque autorité sur son ancienne colonie en l'aidant à vaincre la France.

— Le parti anglais n'attend que cela, citoyen ministre...

— Faisons le jeu des Américains !

---

1. Autorisation accordée à un diplomate étranger d'exercer ses fonctions dans un pays.

Dès lors le départ redevenait possible. Françoise assurait que la seule préparation de ce voyage avait jusqu'alors consisté à dire à tout le monde qu'on allait le faire. L'imprimerie devait être vendue, on cherchait à se débarrasser du Bois des Fossés pour avoir quelques liquidités, on n'attendait en fait que la libération de Bureaux de Pusy pour filer à l'américaine. Avec le retour de ce dernier, Victor retrouva la jeune mariée de cinquante ans que Pierre-Samuel avait enlevée en catimini : il ne l'avait pas revue depuis la mort de l'intendant Poivre vingt et un ans plus tôt. La bonne Poivre avait pris un peu d'embonpoint et cachait ses cheveux gris sous un fichu qui lui donnait l'allure d'une modeste paysanne. Il hésita à l'appeler belle-maman parce qu'elle n'était ni belle ni mère pour lui et convint rapidement, selon l'usage qu'avaient pris Irénée et Sophie, de contourner l'obstacle en la nommant *Mother :* elle en avait les douceurs et la tendresse patiente. Les liens qui les avaient unis autrefois se rappelèrent à eux : il fut décidé que les enfants de Pierre-Samuel et ceux de Françoise s'appelleraient frère et sœur sans s'occuper de savoir si c'était par le sang ou par l'alliance. Appeler « ma sœur », Isle de France, celle qui avait été la maîtresse passionnée de ses dix-sept ans fut difficile au Superbe. Un peu embarrassé devant Pusy à qui il était présenté pour la première fois, il osa une plaisanterie :

— Je vous jure que les femmes des personnes auxquelles vous êtes recommandé en Amérique vous donnent souvent la vérole, mais qu'en revanche les dîners des maris ne provoquent jamais d'indigestions.

Bureaux de Pusy, son nouveau « frère », rit doucement et proposa à Victor de l'inviter très bientôt à dîner. L'homme ne tarda pas à l'impressionner : ancien député de la noblesse de Franche-Comté aux Etats Généraux, Pusy avait été pendant plus de trois ans le compagnon de La Fayette à la citadelle d'Olmütz où les Autrichiens les avaient emprisonnés après qu'ils eurent fui la France à la mort du roi. Isle de France, déjà mère, était venue passer avec lui les derniers mois de captivité jusqu'à sa libération en février 1798. Cela faisait deux mois que Pusy était en situation illégale en France, les Autrichiens ayant mis pour condition qu'il parte tout de suite en Amérique. Lui et La Fayette avaient tout de même préféré rentrer chez eux.

— Comment va le marquis ? Il part avec nous ?

Pierre-Samuel avoua que La Fayette hésitait, qu'il se déterminerait au dernier moment, selon les événements. Quant à Pusy, il ne pouvait pas rester plus longtemps ici ; Isle de France ferait ses couches sur le bateau. Victor étudia longtemps avec un mélange de curiosité et d'admiration cet homme dont le visage avait pris la teinte grisâtre des murs de sa geôle, avec ce peu de barbe verdâtre qui rappelait le salpêtre. Pusy était un héros, tandis que lui, Victor, n'était qu'un aventurier. M. de Pusy défiait la plus sévère observation, sa physionomie assez douce semblant être en analogie parfaite avec les affections de son âme, un contentement général qui s'appliquait aussi bien aux autres qu'à lui-même. « Si j'étais sa femme, se disait Victor, je n'aurais qu'un défaut à lui reprocher : celui d'approcher la cinquantaine... »

La brune Isle de France avait gardé le piment de sa jeunesse et Victor reconnut les charmes qui avaient justifié sa passion. L'âge faisait aujourd'hui ressortir à merveille ces grands yeux noirs, bien fendus et dont elle jouait si bien, ces belles dents, cette bouche un peu grande dont la lèvre supérieure était recouverte d'un vigoureux duvet qui promettait beaucoup et tenait encore davantage. Gabrielle l'étudia sans la regarder. Isle de France regarda Gabrielle sans l'étudier : ce qui les fit toutes deux se reconnaître et s'aimer assez vite.

Il y eut à Paris un grand dîner de retrouvailles : Pierre-Samuel exultait, laissait miroiter les charmes de cette navigation qui ne lui faisait pas plus peur qu'une promenade aux Tuileries et conseillait aux futures accouchées — Gabrielle, Sophie et Isle de France — d'apprendre à leurs poupons à se nourrir à l'américaine, de biscuit. Il leva son verre à leur prochain départ, parla à un Victor médusé d'une installation définitive aux Etats-Unis et se proposa de lire un petit compliment qu'il venait de faire.

— Mes amis, mes fils, mes filles, ma femme..., dans quelques mois nous serons loin ! Je serai peut-être mangé par les Cherokees (Victor sursauta, n'ayant jamais entendu parler d'Indiens anthropophages à New York...) mais avec la certitude qu'ils me trouveront dur à avaler. Voilà ce que je leur lirais, si la chose se présentait :

> A près de soixante et quatre ans,
> Dans mon âge climatérique,
> J'institue une République de marchands
> Qui seront pour tous d'honnêtes gens
> Secourables et bienfaisants ;
> Mon pouvoir est presque magique !
> Quand j'aurai soixante et dix ans,
> Dans les déserts d'Amérique,
> D'une plus noble politique
> Je poserai les fondements !

Tandis qu'on applaudissait à tout rompre, Irénée fit remarquer à Victor qu'il s'économisait un peu. « Je suis fatigué, tu sais, je reviens de ce pays que vous voulez gagner... et j'ignore tous les détails de votre expédition, les plans de papa, ce que nous ferons là-bas, comment nous vivrons ! Vous ne connaissez pas l'A... »

Pierre-Samuel l'interrompit. Il fallait mettre le Superbe au courant. On se regroupa autour de la table et Pierre-Samuel, à grand renfort de chiffres appris par cœur et de gestes étudiés, commença son exposé.

Quelle était la richesse de l'Amérique ? Ses terres bien sûr et son agriculture, ce qui n'était pas fait pour déplaire au physiocrate. Les fermiers composaient quatre-vingt-dix pour cent de la population, savaient cultiver toutes les céréales, avaient appris des Indiens la science du maïs, produisaient du coton, du riz, de l'indigo, dont la France avait besoin. Le laboureur du Pont n'oubliait pas qu'il avait été longtemps administrateur général du Commerce et l'exemple de son ami Poivre l'encourageait à devenir armateur et à transporter ces richesses directement en France. N'était-il pas avantageux pour un Américain de vendre ces matières à la République en contrepartie de produits manufacturés ? car qu'on se le dise...

— ... il n'y a aucune chance pour les manufactures et l'industrie en Amérique. La concurrence d'Europe est trop forte !

On ferait donc d'abord du commerce. On créerait un

beau magasin à Alexandria, en Virginie, de préférence, parce que le terrain y était moins cher qu'à Washington et qu'on ne serait qu'à quelques lieues de la future capitale. A entendre Pierre-Samuel, ce magasin était déjà fourni : boucauds de café, barriques de sucre, caisses de thé, alcool, bonneterie, toile, chapeaux, draps, planches, potasses, outils aratoires, poudre de chasse, armes, beurre, viandes salées et fumées. Ce serait plus qu'un entrepôt : on acheminerait tous les surplus par La Nouvelle-Orléans d'où ils seraient facilement conduits en France. Mais à quoi servirait ce magasin débordant de victuailles ?

— Ce magasin servira... à fonder une colonie ! Ce sera en quelque sorte l'annexe du grand projet territorial de Pontiana, expliqua Irénée.

— Car, si la colonie compte bien vivre également de la revente en Amérique de produits français (et Pierre-Samuel sortit une liste où il avait écrit : *bas de soie, coutellerie, quincaillerie, boutons d'acier, tire-bouchons, portefeuilles, mouchettes, chaînes de montre, cristaux, quelques horloges...*), elle s'intéressera d'abord à la spéculation des terrains en Amérique.

Ils devraient être très discrets sur ces projets d'acquisition de terres et n'en parler sur place que comme d'une possibilité. Avec l'argent que rapporteront le magasin d'Alexandria et le bureau de New York, ils accroîtront leur patrimoine en guettant les occasions du marché.

— Et, lorsque tout un chacun sera persuadé que nous ne nous intéressons pas à la question agraire, nous pourrons en une semaine, je dis bien en une semaine ! devenir propriétaires de deux ou trois millions d'acres, c'est-à-dire d'un deux-centième de l'Amérique tout entière !

Pierre-Samuel exagérait à peine... Avant même leur départ, Pontiana ne posséderait-elle pas un demi-million d'acres en Virginie occidentale, dans une vallée entre le Potomac et la James, là où la terre était excellente, le climat parfait ? Le bureau de New York centraliserait les achats et les opérations de banque, ainsi que les importations européennes. Sans oublier cent mille acres déjà possédées par Biderman, banquier suisse qui les mettait à la disposition du capital de la société... Par la suite, bien sûr, les colons jetteraient leur dévolu sur les terres de Géorgie, de Pennsylvanie occidentale, sur les bords du lac Erié, sur l'Ohio supérieur. Grâce à Jefferson, on obtiendrait sans mal des concessions en Louisiane qui ne seraient pas litigieuses : là viendraient s'établir ces Canadiens qui depuis plus de quarante ans n'arrivent pas à s'accoutumer aux Anglais, ne parlent pas un mot de leur langue et s'y refuseront toujours, mais aussi des Hollandais, des Suisses attirés par l'extrême fécondité du sol.

Que ferait-on de ces immenses étendues ? Dans un premier temps, le commerce du bois, bien entendu, puisqu'il faudrait défricher pendant des années, ce pourquoi on devait bâtir des routes, des *turnpikes* pour acheminer les arbres. Si on ne lotissait pas ces terrains, il suffisait de les revendre dix ans plus tard à des cultivateurs vingt fois le prix d'origine. En attendant, la colonie valoriserait les terres en installant des verreries, des tanneries, des scieries, en y fondant un collège, dirigé par Pierre-Samuel, pour l'instruction des enfants, fils des nouveaux conquistadores. Des villages modèles seraient créés ; Irénée développerait les moulins, les fours à poterie, les distilleries. Hôpitaux et églises suivraient naturellement.

Pierre-Samuel reprit son souffle. Victor ne pouvait imaginer un rêve plus étrange : son père, ce vieux physiocrate, s'était, comme d'autres, laissé entraîner par des idées de spéculation qui lui étaient naturellement étrangères. En trois ans, il en avait parcouru des atlas... Son fils comprenait mieux maintenant pourquoi dans ses lettres Pierre-Samuel le pressait de questions exotiques sur l'état des terrains, leur prix, les climats favorables. Le savant voyageur chargé par l'Institut de rédiger la carte forestière d'Amérique voulait avec sa famille conquérir la moitié d'un Etat américain !

— Je ne saurai revenir en Europe qu'après avoir fait la fortune de ma compagnie et la mienne. J'ai lu dans *les Mille et une nuits* qu'après les princes, les conquérants et les vizirs, c'étaient les riches qui passaient pour les plus grands personnages en Orient. En Amérique on a plus de respect pour un *businessman* (il fallait l'entendre prononcer ce mot avec un effort soutenu) que pour un génie. Là-bas, la vertu, c'est l'entreprenance : tout le monde excède ses forces, se hasarde. Mais moi je ne risquerai pas un écu ! J'en ai vu assez ici pour juger que le métier de l'araignée vaut mieux que celui de l'hirondelle. Je ferai ma toile avec précaution. Il n'y a pas là-bas comme en Europe ces servantes appelées corps législatif ou taxes abusives qui donnent des coups de balai en plein ouvrage... Nous ferons fortune, mes amis, je vous l'assure, foi d'un du Pont de la branche de Pontius Nemoracensis. Je ne suis pas de ceux qui pensent en France qu'il est de bon ton d'être ruiné, suspect, emprisonné, persécuté et pourquoi pas guillotiné !

Interrompre le vieux Samuel, qui vivait à cette table sa plus belle aventure, eût été impossible... Les convives semblaient très satisfaits de ses explications. Seuls Victor et peut-être Gabrielle s'interrogeaient sur la réalisation de ce singulier projet.

— Ne t'inquiète pas pour les dollars, Victor ! Je te reconnais bien : quand il s'agit de dépenser sans compter pour ta garde-robe, tu ne t'en soucies pas. Mais, dès que l'on parle d'affaires sérieuses, l'argent te fait peur. Ce sont les hommes qui importent ! Toi, avec ta connaissance de la comptabilité commerciale, je te vois parfaitement diriger le bureau de banque de New York. Gabrielle aime cette ville, n'est-ce pas ? Tu seras avec Pusy et Irénée un des trois administrateurs à mes côtés. Vous pouvez avoir à me suppléer quand ma santé ou mon courage seront fatigués... bien que, selon mes calculs, je puisse encore tenir dix à douze bonnes années ! Pusy, dont les lumières, la probité et la réputation ont traversé les mers, qui a été trois fois président de l'Assemblée, n'est-il pas aussi un brillant ingénieur ? Il nous sera utile pour tous nos objets scientifiques, par ses connaissances en géométrie, en hydraulique, en physique, en mécanique, par l'usage du crayon et du compas pour élever nos moulins, nos machines, nos entrepôts. Quant à Irénée...

Irénée avait des connaissances en agriculture et en chimie.

— Sophie s'occupera de la ferme, des bestiaux, des fromages, des salaisons..., dit le cadet.

— Tu vois, Victor, écoute ton frère ! Moi, je me fixerai près du collège, d'où je veillerai à tout — car tout est dans l'éducation, ne l'oublie pas ! — et je courrai de la ville aux champs sur un petit cheval bien calme que ma chère femme sellera et harnachera pour moi, car je n'y entends rien.

Un instant, Victor imagina, non sans sourire, son père sur son petit cheval dans les hautes montagnes des Alleghanys enjambant les fleuves et parcourant ces énormes distances à la vitesse de l'éclair. Il osa de nouveau poser la question des capitaux, laissant le cheval se reposer à l'écurie des songes creux.

Tout semblait organisé. Pusy prit la parole en se levant de table.

— Nous avons formé une compagnie dont les fonds ou les commissions solides, si vous préférez, s'accroissent chaque jour et s'annoncent déjà de trois cent mille francs. Ils seront vraisemblablement à plus de deux millions avant notre départ : nous n'en voudrions pas plus de quatre. De ces fonds, huit cent cinquante mille livres sont déjà en Amérique, nous les y recouvrerons et le reste passera en mandats sur le Congrès de la maison Van Staphorst d'Amsterdam. A nous quatre, nous constituons donc une société en commandite et par actions. Qui avons-nous déjà convaincu ? des noms, me demanderez-vous, mon cher frère ? Tous ceux qui, effrayés par la Révolution, veulent placer leur argent hors d'atteinte, des gens attirés par l'idée d'avoir un dividende garanti de quatre pour cent les quatre premières années, de six les quatre suivantes et de huit au-delà : soit l'assurance après douze ans de voir leur capital quadrupler de valeur ! Necker sait que la finance européenne a les yeux tournés vers l'Amérique, aussi a-t-il été le premier à souscrire, entraînant avec lui Talleyrand et Mme de Staël, Beaumarchais, Pourtalès et La Tour Maubourg qui ont promis de s'engager pour deux cent quatorze actions de dix mille francs chacune. Croyez-vous sérieusement, Victor, que Necker, le grand Necker, n'ait pas réfléchi avant d'agir ainsi ? Sans compter les représentations commerciales qui nous permettront en gérant des intérêts français de toucher de bonnes commissions, propres à accroître notre capital. Quant au surplus des bénéfices, il sera divisé en deux parts, dont l'une nous sera réservée et l'autre destinée à l'extension de notre commerce.

— Et vous oubliez, cher Pusy, intervint Pierre-Samuel que l'exposé de son projet fait par un tiers rendait fébrile, vous oubliez que la Société paiera nos voyages, que nous serons logés, éclairés, nourris et chauffés par elle et que nous ne serons chargés que de notre habillement !

Ce dernier article fit faire la moue à Gabrielle. C'était sa principale dépense. Après trois années de privations — les boutiques de Charleston étaient dépourvues de tout ce qui pouvait plaire à une Française à la mode — un retour éprouvant en France sur une sorte d'arche de Noé où dix-sept chiens, une chèvre, deux moutons, cinq perroquets, trois serins et une ribambelle d'écureuils lui avaient fait une affreuse compagnie, elle n'aspirait qu'à profiter un peu de la vie parisienne... mais trouvait sa belle-famille la tête occupée par un voyage.

Plusieurs circonstances, indépendamment de son inclination, rendaient ce sacrifice encore plus douloureux à Gabrielle : Mme de Staël qui choyait Victor et en était secrètement un peu amoureuse leur avait présenté le général Louis qui venait d'être nommé ambassadeur à Naples et proposait à Victor la place de consul général. Mme Bonaparte elle-même avait reçu Gabrielle sur carton : en elle la jeune Mme du Pont avait reconnu un physique agréable, des manières aristocratiques, et même le son de la voix d'une amie de sa jeunesse, également créole, Mme de Léguy. Deux carlins indociles couraient sur le lit, en s'embarrassant les pattes dans les superbes étoffes brodées qui garnissaient les oreillers et le couvre-pied de cette bonne déesse. En pénétrant dans ce cabinet bizarre et élégant d'une Bonaparte, Gabrielle avait retrouvé, même fugitivement, son goût pour la vieille époque et avait cru, un temps, cette mauvaise révolution enfin achevée. Paris était à cette époque un assemblage étonnant de ce que le luxe et la misère ont également de plus frappant. La ville sanglante, déchirée et pleine du cri de la guerre, était redevenue frivole et désinvolte, toute à ces muscadins et à ces merveilleuses qui organisaient des bals et des feux d'artifice sur ce pavé où, quelques mois avant leur départ pour Charleston, se fomentaient les séditions. Cette extravagance n'était pas faite pour déplaire à Gabrielle : l'ouverture de l'Opéra l'avait convaincue, les femmes étaient bien mises, avec des mousselines, une grande profusion de colliers et de pendants d'oreilles, de diamants, de camées, de pierres noires serties de larges perles fines. Les chapeaux de velours drapés en satin blanc avec de superbes plumes courbées lui avaient fait envie. Elle avait tout vu, le Tivoli, l'Elysée, Bagatelle et suivi quelques concerts extrêmement brillants, avec de grands bals à la clé. Quatre années d'Amérique exagéraient à ses yeux ces beautés, à l'image de cette Mme Tallien qui portait si justement sa petite redingote ourlée et sa vitchouras faite à la turque et garnie de poils. Elle s'était fait faire un semblable bonnet, avec fond de velours entouré d'organdi, et avait persuadé Victor de se coiffer à la mode, c'est-à-dire cheveux coupés très court, à la Titus. Avec sa perruque blonde, Gabrielle avait rajeuni de cinq ans. L'antique poudre avait été bannie. On était belle au naturel, même si elle avait fait, comme le réclamait le monde, arranger sa bouche et limer toutes ses dents. Charleston s'était chargé de faire d'elle une mère : Paris lui offrait l'occasion d'être, un peu à rebours, une de ces femmes soudainement embellies qui évoquent la figure des grandes courtisanes de vingt ans. Elle qui n'aimait pas porter les bras nus avait redécouvert en France le charme des manches de soie. Comme les formes rondes étaient conseillées, elle avait, après force sucreries, fait ajuster ses robes, coudre des rangs de comète en satin blanc et mis des franges. Elle passait ses journées dans les boutiques avec Mme de Ségur et sa sœur et ne semblait regretter de l'Amérique qu'une seule personne, cette Harriet Manigault à qui elle écrivait souvent, lui racontant ses promenades en cabriolet dans le Paris enfin retrouvé. Victor reconnaissait en elle cette jeune fille qui l'avait ébloui à Ferrières : quand il la regardait ainsi avec son châle de crêpe, ses souliers plats, sa robe troussée de côté, il n'était absolument pas mécontent d'elle.

— Savez-vous, Mother, pourquoi la mode va aux chignons sur la nuque et au front dégagé ? Les médecins et les modistes affirment qu'on se doit de cacher les passions animales de la nuque et mettre en valeur les nobles instincts du front ! N'est-ce point une bien curieuse époque que la nôtre...

Il y avait bien longtemps que la bonne Poivre ne se souciait plus des « passions animales », n'habillait plus ses cheveux de plumes, de fleurs ou de dentelles.

— Je n'ai, ma fille, ni l'âge de l'eau de cédrat ni celui du blanc de neige. Que m'importent les cheveux ondulés, plats ou en filet sur la nuque. Les miens sont si gris !

Quant à Sophie, elle ouvrait grand ses yeux. Les crinolines, les sandales lacées à la cheville avec des rubans de soie, les manteaux à doublure d'hermine lui faisaient franchement peur. Elle se piquait d'un raffinement modeste qui l'habillait à la ville comme à la campagne de robes strictes et sombres et de corsages étroitement serrés et bordés de dentelles pour mieux dissimuler la poitrine. Un matin, entrant au Bois des Fossés dans la chambre de Gabrielle, elle la découvrit attachant les lacets de son corset aux colonnes de son lit et tirant le plus qu'elle pouvait pour emprisonner sa taille. « Que veux-tu, je suis incorrigible ! On m'a toujours appris qu'une femme du monde doit s'aider d'une cameriste, alors, comme je n'en ai plus ! » Après quoi la trop élégante Gabrielle se parfuma d'une goutte de frangipane, chaussa ses bas de soie, ajusta un peu son jupon brodé, laissa retomber une ou deux mèches de sa coiffure pour jouer la négligente et lança : « Je déteste l'Amérique ! »

Ces quatre femmes si différentes dans leurs goûts et dans leur éducation — Isle de France surtout avec ces couleurs criardes, ces rubans au vent, ces plumes d'autruche et ces ombrelles multicolores dont elle avait pris l'habitude dans les îles Mascareignes — s'accordèrent par la présence en leur groupe de la bonne Poivre : adorée de tous, Françoise en imposait un peu à Gabrielle, qui la regardait comme une figure du monde, courtisée par Bernardin de Saint-Pierre, femme qui incarnait, malgré les apparences, le maintien aristocratique.

— Savez-vous, Mother, que ma jeune nièce Désirée de La Fite épouse à seize ans ce vieux Bernardin ?

— Rien ne m'étonne de lui, Gabrielle ! Pour un peu de cette jeunesse qu'il n'a jamais eue, il aurait vendu ses manuscrits.

La subtilité et la nonchalance de ses propos étaient exquises. Elle savait toujours se moquer : même lors de ce dîner où Pierre-Samuel avait exposé son plan.

— Vous m'avez convaincue, mon cher époux. Pour vous, j'ai pris cinq actions dans la société, une société virtuelle, et il m'a fallu vendre pour les acheter trois terrains superbes que j'avais à Port-Louis..., trois terrains bien réels, eux !

— Ce que vous oubliez de dire, Mother, c'est que nous en sommes tous là, intervint Irénée avec une sagesse apprise qui ne cessait d'exaspérer son frère. Papa et moi avons vendu toutes les fermes du Gâtinais, notre bois coupé et à couper et nous réduisons toutes nos dépenses depuis un an comme nous le ferons lorsque nous serons arrivés. Quant à l'imprimerie, nous en tirerons bien quelque chose.

Tel était Irénée, enthousiaste par devoir filial. Si son père voulait ce projet, ce devait être chose sérieuse. Quant à l'Amérique, il s'en fichait bien : le seul fait que Victor s'y soit rendu trois fois était une garantie suffisante. En tout, il se comportait en bon fils et bon frère. Irénée était un de ces êtres qui semblent ne pouvoir connaître qu'une révolte et qui s'en contentent pour le restant de leur vie : après la rébellion de son mariage, il paraissait à vingt-sept ans n'exiger rien d'autre que ce bonheur domestique dont le voyage en Amérique augmenterait la perfection. Ils seraient tous réunis, *ils,* c'est-à-dire ces êtres de son enfance et ceux qu'il avait choisis pour parents. L'idée de vivre à des lieues d'une grande ville, entre des montagnes, des fleuves et un océan, flattait son caractère : qu'il faille des semaines aux Etats-Unis pour aller rendre visite à un ami qui habitait à l'autre bout du pays ne le souciait nullement, car il n'aurait pas plus d'amis là-bas qu'il n'en avait ici. Sa femme, ses enfants et les siens étaient des biens largement supérieurs à toute espèce de fausse alliance. D'autres raisons rendaient son départ nécessaire : si Victor avait été dispensé par ses fonctions diplomatiques de la conscription, Irénée, plus jeune, avait dû tirer au sort. Il avait été à Chevannes, sur vingt-sept billets, le numéro vingt-sept. Pierre-Samuel, en quête d'un remplaçant, avait, contre une forte somme payée comptant, dressé contrat devant notaire avec un jeune de la commune. Le danger était provisoirement écarté, mais, au prochain tirage au sort, tout pouvait se trouver compromis.

La dérobade devenait impossible à Victor. Son père disposait de son avenir avec cette même bonne foi et cette amitié qui l'avaient conduit à vouloir disposer de sa naissance et de son éducation : tel était le travers du patriarche qui ne comprenait pas qu'on puisse, au sein d'une famille aussi unie

que la sienne, penser autrement qu'en terme d'*intérêt général*.
Victor dut refuser l'eau bénite de cour qu'on lui proposait de
gauche et de droite, il n'avait plus désormais qu'à exécuter sa
tâche : trouver au meilleur prix une coque de noix qui veuille
bien transporter cette maisonnée outre-Atlantique...

— Compte large, insista Pierre-Samuel, nous serons
peut-être un bon cent.

— Cent ? Comment cela ? s'étonna Victor.

— Nous aurons quelques engagés avec nous. Je prendrai
sur place des Allemands. Pas d'esclaves, bien sûr, d'ailleurs
les lois de New York l'interdisent... même si en Virginie nous
pourrions facilement... Mais ma morale le refuse ! Prévois
large, Victor ! Je ne peux pas dire pourquoi, ce serait
dangereux ! un projet inouï !

Tandis qu'Irénée s'occupait de son fils, Alfred-Victor,
qui venait de naître, le Superbe tâcha d'organiser l'aventure.
Il avait été décidé qu'une avant-garde partirait pour préparer
le terrain. Pusy ne pouvant rester plus longtemps sur le sol
français en serait le capitaine : Isle de France et François
l'accompagneraient. Habituée à la mer pour avoir déjà
navigué dans l'océan Indien, Mme Pierre-Samuel du Pont
aurait quelques liquidités sur elle afin d'acheter la maison qui
allait les abriter ainsi que la signature des quatre administrateurs pour engager les premières dépenses au nom de la
compagnie.

Les mois passaient et la grossesse difficile d'Isle de
France rendit son départ impossible. Pierre-Samuel, s'impa-
tientant, gagna Rotterdam avec Françoise et Bureaux de Pusy
où il comptait bien rallier à sa cause quelques banquiers
hollandais. Une occasion se présenta : un vaisseau américain,
l'*Océan,* prit à son bord Pusy et Mme du Pont, chargés de
lettres de change et de plus de mille louis en or. Le bateau
embarqua le 10 mai 1799 avec les deux éclaireurs à son bord et
le lendemain même fut intercepté par des Anglais, conduit à
Londres où ses passagers attendirent un mois au port avant de
s'entendre dire que le navire était confisqué et qu'ils devraient
chercher une autre embarcation. Passant de l'*Océan* sur la
Favorite, ils n'arrivèrent à New York qu'à la mi-août.

Là les attendait une lettre de Victor qui les informait que la compagnie n'avait plus d'autre argent que celui qu'ils avaient emporté ou trouveraient en Amérique. Les souscripteurs se dérobaient : sur les quatre millions quatre cent cinquante-cinq mille francs escomptés, un dixième seulement avait été effectivement versé. Beaumarchais, le plus gros actionnaire, venait de mourir sans avoir versé un liard, Necker demandait à réfléchir encore un an. Quant à La Fayette, on n'entendait plus parler de lui. La Tour Maubourg et Pourtalès se récusaient sans un mot d'explication et les Hollandais de Rotterdam attendaient le retour de la paix pour investir les fonds promis. Même les Genevois, que Pierre-Samuel, en bon descendant de huguenots, flattait à n'en plus finir, s'étaient désistés. Mais aujourd'hui Pusy et Françoise étaient arrivés et on ne pouvait renoncer : le gros de la troupe aviserait sur place en les rejoignant.

Alors que Gabrielle s'apprêtait à accoucher à son tour, Victor sut que le citoyen ministre Talleyrand lui donnait les pleins pouvoirs pour disposer de l'un des navires américains encore tenus sous embargo dans le port de La Rochelle. Il y fila, rencontra le capitaine Brooks, propriétaire de l'*American Eagle,* vieux rafiot qui, après avoir transporté indifféremment des esclaves, de l'opium, des quakers, des bibles et de l'alcool, était disposé à prendre à son bord la petite colonie pour un prix de passage très réduit, à la condition que ce navire intercepté il y a deux ans par les Français soit remis en état à la charge des passagers. Victor eut l'idée de prendre en cale un fret important de sel qui, revendu en Amérique, rembourserait les frais engagés. On devait maintenant embarquer sans tarder avant les dangereuses marées d'équinoxe.

Il arriva à Paris, porteur de la bonne nouvelle, impatient de connaître le visage de son nouvel enfant. Une lettre d'Irénée lui avait annoncé la naissance du petit Sam, garçon robuste, d'une parfaite constitution, qui tétait aimablement le sein, adorait l'eau sucrée et faisait de longs sommes. A son arrivée à Paris, Victor trouva Irénée à la porte de la chambre de Gabrielle, un Irénée aux paupières lasses, aux yeux fiévreux.

— Sam est mort ce matin, à quatre heures. Depuis hier il refusait de prendre quoi que ce soit, on a appelé Baudeloque qui lui a donné des cataplasmes de lin pour le ventre, une potion, rien n'y a fait...

Gabrielle ne pleurait pas. La lutte avec les ténèbres était finie, on devait s'y résoudre.

— Je vais conserver mon lait pour l'offrir à mon neveu. Je serai sa nourrice pendant la traversée puisque Isle de France ne peut lui donner le sein. Les liens de famille en seront resserrés.

En attendant que l'enfant les rejoigne à Paris, il fallait empêcher que le lait ne passe. Sophie fit appel à ses souvenirs de la campagne lorraine.

— Il faut trouver un petit chien qui puisse téter. Mme Gentil a un chiot de trois semaines. Il est charmant, tout blanc, sans tache.

Victor était accablé. On lui avait promis un fils : il retrouvait un petit cadavre et aux côtés de sa femme un jeune animal domestique. Il eut besoin de s'occuper : pendant qu'Irénée et Sophie emballaient les caisses du Bois des Fossés qui viendraient par coche jusqu'à La Rochelle, il prépara les vivres et les bagages de première nécessité pour la traversée et l'établissement de la compagnie en Amérique. Un bric-à-brac invraisemblable fut mené sur l'*American Eagle* : chemises, costumes de toile et de drap, chaussures, plusieurs couvertures, des tapis, des fusils, des cartouchières, de la poudre et du plomb en barriques, tous les outils nécessaires au défrichement, des houes, des faux, des scies de long, des haches d'abattage et autres serpettes. Comme si l'Amérique ne connaissait pas ces raffinements, Sophie se chargea de faire parvenir à La Rochelle nombre de pots en fer, de bouilloires, de poêles, de broches et de vaisselle. Pierre-Samuel prétendit qu'on devait prendre des vaches et des chèvres sur le navire déjà surchargé : Victor évita de peu que les animaux du Bois des Fossés ne soient acheminés. Les bagages de Pusy arrivèrent avec des ouvrages techniques qui contenaient les plans de presque toutes les différentes sortes d'usines, moulins à scier, à farine, à broyer la céruse, etc., sans compter les instruments d'arpentage et quelques caisses de graines de légumineuses que l'on voulait acclimater. L'*American Eagle* fut chargé de la bibliothèque de Pierre-Samuel, sept à huit cents volumes dont

il ne voulait pas se séparer. Il advint ce qui devait arriver :
tandis que les familles d'Irénée et de Victor étaient réunies au
port, Pierre-Samuel, resté le dernier à Paris, envoyait chaque
jour de nouvelles caisses, des meubles, des tableaux. Il
déménageait tranquillement son appartement de Paris et la
maison du Bois des Fossés : la crainte de ce départ l'avait saisi
tout d'un coup. Le capitaine de l'*American Eagle* refusa de
prendre à son bord ces nouveaux effets ; mais d'autres
arrivaient chaque jour, s'entassant sur les quais, signe dérisoire de cette incapacité à fuir du patriarche. Il fallait pourtant
ne plus tarder, octobre arrivait et avec lui les mauvaises
tempêtes. A Paris, d'après les lettres reçues chaque jour,
Pierre-Samuel avait toujours une dernière commission à
exécuter, un dernier adieu à donner : faire maintenant de la
publicité à cette expédition qu'il avait voulue presque secrète
le rassurait un peu. On saurait ainsi où le trouver. La pensée
des autres l'accompagnerait dans cet exil volontaire dont il ne
savait plus très bien maintenant s'il était si utile que cela, avec
cette peur tenace de n'être plus rien en Amérique, lui qui était
quand même quelque chose en France. Il prétexta des orages
pour repousser son arrivée. La colonie montée sur l'*American
Eagle* commençait à fulminer. Enfin, au septième jour
d'attente, Victor apprit que Pierre-Samuel se trouvait à l'île
d'Oléron et qu'il y était venu pour réaliser la dernière partie
de son plan.

Le projet était singulier. Il n'eut qu'un défaut, celui
d'être catastrophique. Du Pont s'était bercé de l'idée qu'il
pourrait accueillir dans la colonie tous ses collègues de
l'Assemblée, victimes du coup d'Etat républicain du 18 fructi-
dor de l'an V qui les avait exclus de la Chambre et les
menaçait de déportation. C'était un projet absurde et magnifique : reconstituer en Amérique l'ancien corps politique de la
France non pour y instituer un gouvernement d'exil mais pour
mettre au service de la future Pontiana les plus grands
caractères, les plus dévoués talents, les moralités les plus
insoupçonnables. Victor trouva son père sur une plage
d'Oléron, cherchant à convaincre Boissy d'Anglas.

— Je viens vous chercher, vous, vos femmes et vos
enfants, venez avec moi, si vous n'avez rien, je vous donnerai
à souper le jour de votre arrivée et les moyens de gagner
facilement votre dîner le lendemain.

Depuis plusieurs mois que Boissy et les parlementaires s'étaient réfugiés sur cette île, des mouvements annonçaient un changement politique de taille. Entre l'assurance d'un dîner américain et la perspective de retrouver leur légitimité en France, Boissy et les siens choisirent d'attendre sur leur plage. Pierre-Samuel était effondré : le choix de ses amis lui parut soudainement judicieux, il crut s'être trop précipité. L'idée de vivre avec des parlementaires de son pays, même à l'étranger, l'avait réconforté ; la certitude qu'ils ne viendraient pas et réapparaîtraient peut-être demain sur le devant de la scène, quand lui, le plus honnête de tous, serait en pleine mer, mit une dernière mesure à son désespoir. Victor dut littéralement le traîner jusqu'au port.

Le 2 octobre 1799, l'*American Eagle* levait l'ancre avec à son bord dix-sept colons, tous attachés à la même famille, alors qu'on en avait espéré plus de cent.

Ces défections leur sauvèrent la vie. La traversée fut un cauchemar. Dès les premières heures de navigation, la petite Lina, Victorine, Sophie, Irénée et Charles Dalmas descendirent dans des cabines qu'ils ne quittèrent pas du voyage. On leur fit manger du sucre jaune parce qu'il purgeait l'estomac et de la mélasse mélangée à de l'eau de vinaigre. Cette limonade américaine fit empirer le mal ; on essaya sur Irénée tous les remèdes de bonne femme, les harengs, de gros poissons blanchâtres à peine fumés dont la seule odeur provoquait de fatals haut-le-cœur. Puis on lui fit boire, parce qu'il était brave, du cidre, du genièvre avec un peu d'amer rouge à la hollandaise, du jus de citron. Les femmes essayèrent le tamarin, la gelée de groseille et les doses de sel de Glauber : tout médicament paraissait inutile. Au-dehors, les vents ne mollissaient guère, ne laissant aucun répit aux malades. L'*American Eagle,* avec sa vieille coque que deux ans de bassin avaient incrustée de bernacles et de coquillages, avançait péniblement. Puis le froid se mit de la partie, un froid terrible qui se faisait sentir jusque dans les cabines et que l'absence d'exercice rendait plus redoutable encore : Victor prêta son bonnet de feutre, un gilet de flanelle, une couverture et deux paires de bas de laine à Sophie qui grelottait à l'entrepont.

Le Superbe s'inquiétait surtout de la navigation : ces deux années d'embargo n'avaient pas fait de bien au vieux capitaine Brooks. Un marin séjournant trop longtemps sur la terre ferme y gâche son instinct et compromet ses réflexes. Ses gestes s'étaient quelque peu empâtés, avaient pris cette épaisseur et cette lenteur remarquées chez les grands buveurs. Brooks vitupérait contre ces Français inconscients, qui l'avaient fait partir, si tard, contre son gré. Quant à l'*American Eagle,* après dix jours de navigation contre le vent, c'était déjà une épave. On fit placer un signal de détresse en haut du maître mât. Le sel, lui, fondait dans la cale, pénétrait les cabines, la cuisine, la chambre du capitaine et celle des cartes. Un seul fléau fut écarté par cette tempête : les Anglais n'eurent ni la force ni l'envie d'arraisonner cette lamentable embarcation qui dérivait lentement à l'ouest.

A la mi-octobre, le temps se rétablit un peu, mais il était probable qu'on avait à peine dépassé les côtes anglaises. L'équipage avait cherché à se mutiner pour qu'on s'arrêtât à Yarmouth et qu'on y fît les réparations nécessaires : devant le refus de Pierre-Samuel qui savait qu'une étape en Angleterre leur serait fatale, les marins se mirent à forcer les malles des voyageurs et à les menacer de représailles pendant leur sommeil. Victor, Charles Dalmas, Pierre-Samuel firent chaque nuit le guet devant les cabines, prêts à se défendre à la pointe de l'épée.

Brooks ne reconnaissait plus ses points. Ils rencontrèrent le 5 novembre un navire français, la *Marie-Nore,* qui rectifia leur route, très largement inexacte : on acheta à son bord quelques provisions, car l'eau, la viande et le biscuit commençaient déjà à faire défaut. Un mal chronique s'installa lentement : un mal qui avait nom *la faim.* Les du Pont étaient à la table du capitaine, ce qui n'est un avantage que lorsque cette table est garnie. Brooks avait fait livrer à bord de quoi tenir un mois et demi, pas plus. Le vin avait disparu en trois semaines, le bœuf, le porc salé, les patates et la morue fondaient à vue d'œil comme le sel en cale. A la mi-novembre, on en vint à ne plus manger que des cornichons confits et à boire du thé sans sucre.

Pierre-Samuel, que ces privations rendaient plus altruiste que jamais, se mit alors à distraire son monde. Il abandonna sa traduction de l'Arioste à laquelle il avait travaillé par n'importe quel temps, debout dans sa cabine, pour composer des poèmes et des chansons qu'il lisait le soir pendant cette formalité étrange qui se nommait encore dîner. Lui et Victor soutinrent un temps le moral de la colonie en promettant des miracles repoussés de jour en jour. Le vieux jouait avec les enfants, prétendait leur apprendre des rudiments de science économique et les principes physiocratiques et se mit en tête de leur expliquer, sur ce rafiot où il n'y avait plus un légume qui traînait, les richesses de la terre nourricière.

Samuel Brooks leur annonça le 10 décembre qu'il n'y avait plus rien à manger et que l'on était à deux ou trois semaines des côtes américaines. Si l'on ne croisait pas un bâtiment avant trois jours, l'*American Eagle* ne supporterait plus à son bord que des cadavres desséchés. On fit prendre aux plus vigoureux un peu d'opium pour leur couper l'appétit. Ils furent cinq à s'aliter. Gabrielle, elle, refusa toute drogue et se mit aux fourneaux.

— On va cuisiner les rats qui grouillent sur le bateau, dit-elle, et quand il n'y aura plus de rats, on mangera les chiens.

Cartouche, le barbet de Victor, dut comprendre la menace qui planait sur son existence ; lâché dans les soutes, il ramena en une journée plus de quarante gros rats vigoureux qui sentaient le sel.

— Du pot-au-feu, tout prêt ! dit Gabrielle en grimaçant.

Après que Charles eut écorché les bestioles, elle les mit à la cuisson.

On mangea. En silence. En mâchant bien lentement au début et en essayant une fois que le jus avait été extrait d'avaler d'un coup, en évitant les horribles déglutitions. Irénée vomit le premier jour, puis s'y fit, les yeux pleins de larmes, en cachant son assiette du plat de la main.

Victor s'était laissé pousser une longue barbe, couverte de poussière, et portait un pantalon et un gilet de matelot, avec une cravate de couleur et un chapeau de paille. Pas mécontent de prendre parfois la barre pour tenter de trouver dans ce désert bleu sombre la voie de l'Amérique, le seul pays où il se soit jamais senti libre. Sans ces fichus vents d'ouest, ils auraient déjà été dans le sound d'Hudson. Pierre-Samuel les avait mis en retard. Victor admirait pourtant cet homme qui venait de fêter son soixante-cinquième anniversaire en mer, si loin de sa femme, plus loin encore de cette France qu'il n'avait jamais quittée, ce vieux fils d'horloger qui scrutait le large de ses yeux fatigués, se retournait au passage des oiseaux et pointait l'horizon en s'écriant : « Là-bas c'est le pays de Washington ! Bientôt nous irons saluer le grand Washington ! »

Mais l'optimisme et la gaieté de cet homme, à qui manger importait peu — il disait, en riant, qu'il préférait « dévorer *l'Esprit des lois* » — ne suffisaient plus à entretenir des lueurs d'espoir dans les yeux d'un Irénée au teint hâve, au regard perpétuellement gris et absent, qui ne se levait plus qu'avec peine quand on le réclamait, trébuchant sur le pont, ou dans ceux d'une Sophie ou d'une Isle de France qui ne se livraient plus en paroles qu'à Dieu seul.

Gabrielle, après avoir longtemps incarné une frivole femme à la mode, faisait figure d'héroïne. Sa souffrance muette, son imagination, son courage impressionnaient Victor. Un matin elle passa ses doigts gourds dans les cheveux du Superbe assoupi à l'avant du navire. Elle y trouva un cheveu blanc qu'elle arracha d'un petit geste nerveux. « Tiens, tiens, on dit que c'est signe de chance... »

La chance incroyable prit le nom de l'*Espérance-de-Sauzon,* capitaine Landrellec, parti de Cap Cod et qui retournait à Belle-Ile. A la vue du signal de détresse et du pavillon français, il s'était dérouté et les avait rejoints. Pierre-Samuel s'écria le premier :

— L'Amérique a un dieu qui veille, le voilà, le voilà !

Landrellec proposa de montrer ses cartes et de rectifier leur point qui les menait bien trop au large.

Ils finirent tranquillement le siècle en vue de Newport. Quelques heures plus tard on serait le premier de l'an 1800.

— Washington, nous verrons Washington ! hurla Pierre-Samuel.

Mais le grand Washington était mort le 13 décembre, alors qu'ils étaient en mer. La nouvelle venait de traverser l'Amérique et faisait la tristesse de cette nuit de Saint-Sylvestre à Newport.

— Nous irons le saluer sur sa tombe, gronda Pierre-Samuel, que deux semaines de retard privaient de la joie de sa vie. Ces fichus vents ! Peut-être que Françoise lui aura appris notre venue, peut-être l'aura-t-elle vu, peut-être aura-t-il salué un du Pont !

Aucune nouvelle, si ce n'était l'émotion de se savoir bientôt réunis à New York avec le groupe des éclaireurs, ne put réchauffer l'ardeur de la colonie qui s'apprêtait à débarquer. La nuit leur dissimulait tout, l'Amérique se dérobait dans un brouillard de givre ; les odeurs, les couleurs étaient absentes. L'élégante petite ville de Newport semblait avoir fermé boutique : l'*American Eagle* se rangea doucement à la barbe de la douane dans un grand bassin de radoub où, sous la conduite de Brooks, les dernières voiles furent affalées. Pierre-Samuel demanda gravement la permission d'être le premier à mettre le pied sur la terre américaine. Il s'enfonça dans un bon demi-mètre de neige fraîche.

Victor erra quelques minutes sur les quais avant de trouver une maison éclairée. Le gros heurtoir en cuivre de la porte résonna vainement, on apercevait à travers les carreaux une vaste pièce dans laquelle un feu brûlait. Soufflant dans leurs doigts comme des conspirateurs, le nez et les oreilles glacés, les du Pont entrèrent un à un sans qu'on les en eût priés.

Ils restèrent là une demi-heure, groupés, sans oser s'asseoir, autour de l'âtre, réchauffant leurs membres, en attendant que les habitants de la maison reviennent d'une probable messe de la Circoncision. Puis, comme rien ne se passait, ils s'assirent, s'allongèrent, les enfants s'endormirent tandis que les hommes s'efforçaient de ne pas quitter des yeux les hautes flammes vertes de cette brassée de bois de pin. Derrière eux une table de fête était dressée avec du beau linge, la soupe cuisait dans un pot sur le grand fourneau et la viande, suspendue et provocante, restait à mettre au feu. Gabrielle regardait ce morceau de bœuf avec une insistance assez comique, où la fascination se mêlait à une certaine ivresse ; elle interrogea Victor du regard, avec un sourire amusé et fiévreux au coin des lèvres. On entendit un rire horrible, un rire d'idiot du village, qui rompit le silence : c'était Irénée que le spectacle de l'abondance et les premiers parfums du potage rendaient nerveux. Chacun se retourna vers le fourneau comme si ce rire les avait affranchis de leurs anciens scrupules : un instant, ils se virent tous attablés, serviettes blanches autour du cou.

Pierre-Samuel, impassible et qui tournait le dos à la scène

de ces prodigieuses tentations, affirma qu'on ne pouvait débarquer dans ce pays de la liberté et de l'innocence incarnées en commençant sa carrière par un larcin. Il n'y eut personne pour partager ses sentiments et beaucoup plus de monde pour décider de mettre la pièce de bœuf à rôtir. Le dîner serait ainsi avancé lorsque les propriétaires arriveraient, on leur expliquerait la situation et, s'ils avaient du cœur, et du bon cœur américain, ils proposeraient de rajouter quelques couverts. La viande grilla plus vite qu'on ne l'avait imaginé : sous peine qu'elle ne brûle, on dut la retirer du feu. Puis, de peur qu'elle ne refroidisse, on en coupa un peu. D'une tranche à l'autre, le rôti se réduisit, jusqu'à n'être plus présentable. On l'acheva en s'arrachant les morceaux à la fourchette.

Ils filèrent sans un mot, sans un dédommagement, et retournèrent dormir sur l'*American Eagle,* non sans avoir chapardé quelques gerbes de paille : les rêves, cette nuit, furent agricoles et leur montrèrent une Amérique prodigue comme les grandes plaines à blé de Nemours.

Le 7 janvier, le *Daily Newport* rapportait dans ses pages : « Vient d'arriver le sloop *American Eagle* au port, après trois mois d'une traversée commencée à La Rochelle. Nous apprenons que M. du Pont, qui fut autrefois consul de France à Charleston, est à son bord. On ignore s'il est chargé de quelque communication officielle par son gouvernement, mais on croit savoir que lui et sa famille ont l'intention de trouver refuge dans notre pays. »

Quant au gouvernement de la France, il avait changé pendant qu'ils étaient sur mer : la colonie apprit de la bouche des Américains que c'en était bien fini du Directoire. Un certain coup d'Etat avait donné le 18 brumaire tous les pouvoirs à Cambacérès, Lebrun et Bonaparte.

XXXI

La vie s'organise à Bergen Point. On s'électrise mutuelle-
ment, les pianos résonnent de rhapsodies joyeuses. Trois
dames du Pont et une Pusy font vivre cette nursery de *Good
Stay* et, tandis que l'une accouche, l'autre s'y prépare de
nouveau et une troisième y songe. Victor, vieil ermite fatigué,
semble décidé à passer son hiver au coin du feu, drapé dans sa
grande redingote de laine. Seule Gabrielle, qui tient auprès de
ses belles-sœurs la réputation d'être une merveilleuse, *more of
an elegante,* s'ennuie de la ville et presse Victor de les installer
chez eux, à New York, bien sûr, un peu à l'écart de cette
bruyante et trop familiale compagnie.

Il n'y a de libre cet hiver dans la grande ville qu'une *very
gloomy house* située au milieu de Pearl Street, c'est-à-dire en
plein dans le quartier fiévreux. Les premiers mois seront
éprouvants ; la maison est sale, dégarnie et le piano, transporté une nouvelle fois, s'y désaccorde horriblement. Les
chambres donnent sur la rivière, avec des fenêtres si mal
jointes que le vent souffle du dehors les chandelles, qu'il faut
dormir entre le matelas et le lit de plumes et qu'on doit
chauffer son encre auprès du feu pour la dégeler si l'envie
d'écrire vous vient. Quand l'été apportera son lot de maladies
à New York, on ira rejoindre la famille à *Good Stay*.

De temps à autre, Gabrielle tente d'amener Sophie à ces
petites vanités du chiffon, lui fait miroiter des robes, des
éventails de voile, des gants de batiste et des manches toutes
neuves. C'est par politesse que Sophie vient d'acheter une
robe en percale dorée, une redingote en taffetas gris bordée
de poil blanc et un châle de mousseline orange tigré et garni

de poil noir. Victor n'a pu s'empêcher de sourire en la découvrant ainsi attifée : on dirait, c'est vrai, un petit bonbon emballé d'un papier de couleur.

Par chance, une marchande de modes, Mlle Huxham, élève de la grande Rose Bertin, vient de s'installer à l'angle de Pearl Street. Gabrielle a trouvé son occupation de l'après-déjeuner et arbitre à sa manière les rivalités entre Paris et Londres en jugeant des nouveautés : des heures durant, la nymphe Echo fait des clins d'œil aux miroirs de la petite boutique, s'essaye au tulle, aux plumes, aux fleurs, au satin et au taffetas. Un petit peigne de cornaline dans les cheveux, une robe festonnée avec des muguets par-là, un peu de percale par-ci, et le tour est joué. On dénouera le corset un peu plus qu'à Paris pour donner à l'allure un léger air languissant. Deux bons petits bonnets sur la poitrine accrocheront le regard. Quant au dessous de batiste tenu par un cordon noué autour de la taille, il ne sera pas critiqué s'il se laisse un peu voir. C'en est fini des contraignantes sévérités des robes bardées de jupons et des tailles dites de guêpe.

Une fois encore, les soirées de Victor ne ressemblent en rien à celles d'Irénée. Tandis que le cadet maudit ces villes qui lui font si peur et reste terré à *Good Stay*, Victor accompagne Gabrielle dans ses brillantes parties. Dans la maison familiale du Kill de Bergen, on ignore tout de ces grands bals, de ces thés qui « renchérissent » trois ou quatre fois la semaine, de tous ces insignifiants mais distrayants devoirs de société.

— C'est incroyable... Depuis que nous sommes ici, il y a des soupers absolument tous les soirs... à notre corps défendant ! explique parfois le Superbe à un Pierre-Samuel qui s'étonne un peu des absences matinales de son fils dans les bureaux de New York.

Les plus galantes des soirées sont données par la femme du général Moreau. Une véritable galerie des portraits. M. Short, d'abord, qui a passé douze ou quatorze ans en France dont il revient et où il a épousé secrètement la duchesse de La Rochefoucauld, un Français jusqu'au bout des ongles, c'est-à-dire un homme qui n'aime pas les longs dîners, fait des visites aux dames et est tout à fait bien. Un gracieux qui parle *surtout* et non de tout. M. Short est d'un luxe effrayant, a chez lui des plateaux d'albâtre et de porphyre, possède une villa au nord de New York avec dans son salon une colonne trajane et des fontaines d'eau colorée. Cette magnificence fait peur, tous ses meubles, toutes ses glaces, il orchestre la mode, est le premier à imposer tel ou tel chapeau et le premier à l'abandonner. Le suivre paraît dangereux ; on s'y fracasse et s'y couvre de ridicule car ses moyens sont inestimables. A lui seul il pourrait écrire et publier un almanach de New York. Sa femme elle-même tente de se tirer d'affaire pour qu'on la remarque, fait preuve d'inventions, se veut une Grecque au-dessus de tout soupçon, s'est parée d'un joli turban doré sur fond de velours vert qui vient de Paris, commande des caisses de perruques pour ses domestiques, des manches de soie. Mais ce n'est point, dit-on, ce qui fera oublier à M. Short la duchesse qui reste toujours bien présente à son cœur. On la dit capable de traverser l'Atlantique pour retrouver cet homme marié deux fois. Personne ne parierait alors sur le devenir de la première Mme Short.

La femme du général Moreau retient toute l'attention de New York : quand elle se retire d'une soirée avant le souper, on dit ordinairement la nuit finie et les hôtes ridiculisés pour longtemps. C'est une femme qui plaît à tout le monde par ses manières, son caractère, son naturel, une femme qui change de tenue deux fois par soir, avec des traits superbes, un teint parfait, une physionomie à la fois douce et spirituelle. Son ramage répond à son plumage... Elle a la réputation d'être extrêmement dissipée, d'aimer trop les étrangers, d'être souvent priée à deux bals pour la même soirée et de régler le différend en en organisant un troisième chez elle, qui vide absolument les deux autres. De donner aussi des thés qui surpassent tous les autres avec des invitations faites la veille : l'on s'y pressera, toutes affaires cessantes, elle n'y paraîtra point parce qu'elle aura trop dansé la veille. Elle a les moyens de ses audaces parce que le général lui pardonne tout, lui achète des romans nouveaux pour qu'elle s'orne l'esprit, ce qui est peut-être la seule chose qu'elle ait encore à parfaire. Quant au général, c'est un homme influent dans les affaires et dont Victor s'est fait un allié. Ils s'amusent tous deux du jeu de leurs épouses qui, bonnes amies, refusent dans les soirées de rester sur la scène contemplative pendant que les hommes s'entretiennent dans leur coin : elles ont lancé cette nouvelle mode qui consiste à parler d'un bal magnifique où elles étaient hier, en demandant à tous et à toutes pourquoi ils et elles n'en étaient pas, bal superbe qui n'existe que dans leur imagination mais qui fait beaucoup de jaloux et de mécontents.

XXXII

Ces premiers mois d'installation furent pour chacun — y compris pour Gabrielle — l'occasion de mettre à profit ses meilleurs talents. Pierre-Samuel, malgré les premiers coups portés à son projet dès avant le départ, exagérait toujours les succès de la compagnie. Irénée et son beau-frère, Charles Dalmas, travaillaient au jardin. Pusy s'était chargé, avec très peu d'argent et beaucoup d'imagination, de faire quelques modifications dans le plan de la maison pour la rendre habitable.

Ce premier hiver 1800 fut riche en soucis divers. Le froid piquant qui s'abattait sur les côtes, la neige qui interdisait les routes, les perpétuels courants d'air de la maison de *Good Stay,* envahie par les couvreurs, les charpentiers et les tapissiers, ou les difficultés d'adaptation à la vie, à la langue, aux mœurs américaines furent pris avec une relative bonne humeur. Le sort de Pontiana paraissait plus critique. A peine arrivé, Pierre-Samuel avait trouvé une lettre de Jefferson qui, tout en leur souhaitant la bienvenue, les mettait en garde contre toute spéculation territoriale. Des nuées d'agioteurs abusaient chaque jour les étrangers et la fièvre des investisseurs avait fait monter en deux ans les prix de plus du triple. Ne fallait-il pas, avant de s'engager dans les achats de terres, étudier calmement l'Amérique, ses jeux et ses joueurs, apprendre à connaître la valeur réelle et les cours des valeurs d'opinion, jouer à la baisse et changer de cap en attendant ?

La colonie en était là, c'est-à-dire prise du plus grand doute, quand un matin de juin Pierre-Samuel convoqua ses trois administrateurs dans le salon de *Good Stay*. Sept heures sonnaient à peine.

— Nous sommes français, messieurs, n'est-ce pas ? Eh bien, mon projet tient en ces quelques mots : *ne l'oublions pas !*

Victor, Irénée et Pusy s'en voulaient de s'être réveillés si tôt pour s'entendre dire cela. Tous les quatre, ce matin-là, ressemblaient assez à l'armée de Condé qui n'avait que des chefs et point de soldats...

— Je m'explique, poursuivit Pierre-Samuel. Saint-Domingue est en proie à une révolte. Le gouvernement français, pour rétablir l'ordre, fera payer au département de la Marine les frais de relâche des bâtiments, l'habillement, la nourriture et l'approvisionnement nécessaires aux troupes venues en renfort. Servons de trésorerie, puisque notre compagnie est le meilleur intermédiaire qui soit entre les Américains et les Français ! De là quelques bonnes commissions...

Cette opération n'était que l'un des sept projets imaginés par du Pont pendant la nuit. Le deuxième était l'ouverture du *store* à Alexandria qui ferait du commerce avec les Antilles, les Indes et l'Europe. Victor serait chargé de tenir le bureau de New York à l'enseigne de la du Pont de Nemours Father, Sons and Co. La troisième idée se rapportait à la création d'un établissement bancaire, pratiquant la normalisation du taux de change du dollar à l'égard des monnaies européennes. L'on ferait également le commerce de l'or pour l'Espagne au Mexique. On songeait à installer une ligne régulière de packet-boats entre la France et les Etats-Unis. Le sixième projet permettait la revente du sucre de la Guyane française et de la Guadeloupe. Quant au septième projet...

— Ce n'est pas le mien, reconnut le vieux du Pont. A Irénée de nous en parler. Quelque chose comme une poudrerie...

Les regards se portèrent sur le cadet. Irénée protesta, affirma qu'il ne s'agissait que d'une idée, qu'il fallait attendre avant d'en parler. Très bientôt il dirait tout.

Chacun resta sur sa curiosité. Il fallait parer au plus pressé, c'est-à-dire envoyer Pierre-Samuel et Victor à Alexandria pour l'achat du magasin, en profiter pour rencontrer Jefferson qui se terrait en Virginie, pour visiter la nouvelle ville de Washington et tenter de faire naturaliser le Superbe dans l'Etat de Virginie, démarche qui permettrait l'obtention de titres de propriété en Amérique.

Après quelques jours de navigation et de route, ils arrivèrent à Georgetown, d'où ils découvrirent Washington : bâtie ou plutôt imaginée sur un sol montueux, dans une campagne assez désolée, ce futur cerveau des Etats-Unis, à mi-chemin entre le Nord et le Sud, s'élevait sur une longue bande de terre formée par les deux bras du Potomac.

Une ville fantôme. Son architecte, L'Enfant, avait fait abattre les arbres, tracé les rues principales, immenses boulevards se coupant à angle droit, routes qui dessinaient leur chemin dans un désert étonnant où quelques constructions solitaires se dressaient. Çà et là sortaient du sol des colonnes de grès rouge, des fondations de palais, d'hôtels, des bassins inachevés, ainsi qu'une auberge, *The Indian Queen,* petite baraque égarée au bord d'une avenue démesurée dont elle était la seule construction. Ils prirent l'unique chambre disponible — la ville était pleine d'étrangers et de membres du Congrès venus visiter leurs futurs bureaux — la *bridal suite,* chambre habituellement réservée aux jeunes mariés qui venaient passer là leur nuit de noces. Fait curieux quand on sait qu'à l'*Indian Queen,* hommes et femmes mangeaient dans des salles différentes...

— C'est le président qui l'a voulu. Il pense que les membres du Congrès doivent rester entre eux et n'aller que du Capitole à l'hôtel et de l'hôtel au Capitole. D'ailleurs il n'y a rien à faire d'autre dans ce fichu pays !

Ainsi s'était exprimé le sénateur de Pennsylvanie, venu lui aussi en reconnaissance et qui occupait la chambre voisine de la leur. Fuller, petit bonhomme rondouillard, au cou si gras qu'il faisait à la marque de la chemise deux plis avant de s'écraser mollement, trouvait tout absurde dans cette ville, et principalement cette idée de construire des palais au milieu d'un lac de boue et entre des cases de nègres.

— Si vous me suivez demain, nous visiterons la maison du président et le Capitole en compagnie d'une délégation d'Indiens... Ça risque d'être drôle !

Fuller avait les Indiens en horreur.

— Ils sentent affreusement mauvais, mais enfin, si vous n'avez jamais vu de sauvages, c'est un assez joli tableau...

Pierre-Samuel prenait un bol de café noir le lendemain

matin quand il vit entrer dans la salle à manger de l'auberge une grande forme humaine, nue jusqu'à la ceinture, couverte en dessous d'une peau de buffle, à la tête presque entièrement rasée, quelques cheveux hérissés formant une crête au sommet du crâne.

— Victor, un sauvage !

Ce n'était pas un sauvage, mais trente, aux bras nus garnis de bracelets de métal, aux oreilles mutilées et traversées de toute une profusion de bouts de verre, de plumes d'aigles, d'anneaux de cuivre, avec des queues de petits animaux qui leur pendaient le long du corps et des grelots attachés à leurs chaussons de cuir. Pierre-Samuel renversa son bol quand le chef de la délégation des Ottaways vint vers lui et, le prenant probablement pour Fuller, se mit à le haranguer avant de lui présenter son visage pour échanger un baiser.

Pierre-Samuel vit alors à quelques centimètres de lui une tête toute plate, peinte du haut du front à la pointe du nez en gris, le reste en jaune et traversé de longues raies rouges. Deux minuscules oreilles encadraient cette face. Quant au sourire, c'étaient deux dents noires, serties dans des gencives sanguinolentes. Il fallait donner le baiser...

— Allez-y, du Pont, l'interprète me dit qu'il vous prend pour le grand-père, c'est-à-dire au choix le président des Etats-Unis ou le roi d'Angleterre, hurla en s'esclaffant Fuller qui les avait rejoints.

— Dites-lui qu'il s'est trompé et que je suis le roi de France, protesta Pierre-Samuel.

On n'en décida pas moins d'aller visiter la ville. Une grande avenue de plus de deux milles de long reliait les deux bâtiments les plus achevés de Washington. Dominant la cité, le Capitole offrait une rotonde flanquée de deux niches en pierres légèrement bleuies du Potomac sur lesquelles travaillaient encore de nombreux plâtriers. A l'autre bout de l'avenue, perdue parmi les vergers et les champs de blé, la maison du président paraissait beaucoup moins avancée, avec son architecture assez lourde, une porte ridiculement petite. Les Ottaways balançaient leurs têtes en découvrant ces immenses tas de pierres perdus dans les souches d'arbres et dont on leur disait que c'était la maison du grand-père et de ses soldats. Quant à Pierre-Samuel, son regard passait indéfiniment des hommes aux bâtiments, des bâtiments aux hommes sans que l'on sût jamais ce qu'il trouvait de plus étonnant.

Dans l'après-midi, ils se firent conduire à Alexandria, à trois milles de là, et visitèrent une assez grande maison bien saine, au bord du canal du Potomac, et qui se prolongeait en deux beaux entrepôts et un vaste quai. C'était le siège rêvé du *store* de la compagnie : il suffisait d'obtenir auprès de Jefferson la naturalisation de Victor et de payer sur traite une avance de sept cents dollars.

Avant de rejoindre la maison de Jefferson, au beau milieu de l'Etat de Virginie, ils prirent une option sur un superbe terrain juste à côté de la maison du président : ils comptaient bien le revendre au gouvernement français qui, fatalement, chercherait à installer son ambassade à Washington.

Quatre jours de route furent nécessaires pour arriver à Monticello : après avoir escaladé une belle colline, ils avaient découvert une maison élégante, à colonnade, avec des fenêtres à la française et un superbe fronton. Le contraste leur avait paru saisissant entre les pelouses impeccablement entretenues et les cases de bois où vivaient au milieu des oies et des canards quelques dizaines de loqueteux que tourmentaient des nuées de tiques et de chinches. Installé sur la véranda, traçant quelque plan, Jefferson les avait accueillis.

Les deux vieux amis s'étaient embrassés. Ces deux philosophes qui se respectaient ne s'étaient pas vus depuis que Jefferson avait quitté l'hôtel de Langeac.

Le vice-président s'amusa du premier mot de son ami :

— Jefferson, vous n'avez qu'un « vice » et je fais tous mes vœux pour que vous le perdiez !

Six mois plus tard, Thomas Jefferson était fait président des Etats-Unis d'Amérique.

XXXIII

Lorsque le major Tousard reçut par le *stage* de New York ce gros paquet ficelé, bourré à craquer et qui pesait bien ses deux kilos, il fut fort embarrassé pour l'ouvrir. Louis de Tousard, ancien officier français d'artillerie, s'était engagé dans l'armée américaine pendant la guerre d'Indépendance et y avait laissé un bras, quelque part entre la Brandywine et Chester : manchot quoique portant toujours élégamment le costume, ce grand bonhomme tout sec qui faisait largement ses cinquante ans et avait gardé dans son allure une certaine raideur militaire était aujourd'hui chargé de l'achat de poudre et de salpêtre pour le gouvernement américain. De son seul bras gauche, il commandait les destinées des arsenaux des Etats-Unis.

Glissant le paquet sous son bras avec une dextérité propre aux infirmes de longue date, Tousard coupa la corde du tranchant de son couteau de chasse et laissa tomber deux gros cahiers à terre.

L'un d'eux portait la signature d'Irénée du Pont et contenait une dizaine de feuillets de sa main. Il se souvenait de ce garçon à l'air un peu mélancolique qui, lors d'une récente partie de chasse dans le Delaware, était resté si silencieux. Tout juste s'était-il étonné de la mauvaise qualité de la poudre qu'ils avaient achetée dans un *store* de village.

— Vous avez raison, mon garçon. Elle ne vaut rien et coûte fort cher. Ce pourquoi nous la commandons maintenant aux Anglais !

Le second cahier était énorme. Il s'en empara : c'était un registre in folio en veau couleur marron avec une tranche rouge et sur son dos des fleurons dorés en forme de chardons. Sur la feuille de garde, deux mots : *Lavoisier fecit*. Et à la première page du cahier une petite écriture tremblée :. *Poudres et esprits sylvestres, expériences faites du 12 décembre 1784 au 5 mars 1785, Essonnes.*

Un mot d'Irénée, épinglé sur le paquet, fournissait une explication laconique : « Quatorze registres relatifs aux expériences de feu M. de Lavoisier sont entre les mains de M. Arago. Le quinzième n'avait jamais été retrouvé : je l'avais, le voici. »

Tousard se souvint qu'on lui avait présenté le jeune du Pont comme le plus brillant des élèves du chimiste. Se pouvait-il qu'il ait emporté cet étonnant cahier lors de son départ pour l'Amérique ?

PROJET N° 7

Emplacement.

La première de toutes les conditions pour le choix d'un emplacement est d'avoir un cours d'eau assez large non seulement pour que la fabrique ne chôme jamais en été, mais aussi pour que l'on puisse par la suite lui donner une étendue proportionnée à ses succès. Il faut pouvoir y ajouter des machines propres à diminuer la main-d'œuvre, il faut surtout pouvoir doubler ou tripler les produits de l'établissement en construisant un ou deux moulins de poudre de plus si cela devient nécessaire.

Cet emplacement n'a pas besoin d'être près d'une ville, au contraire, le bon ordre essentiel à maintenir parmi les ouvriers doit faire désirer d'en être à une certaine distance pourvu qu'on ait la facilité de tous les transports.

Ce qu'il y aurait de plus convenable serait un moulin à scie placé sur une bonne chute d'eau et avec quelques dépendances en bois pour fournir une partie de celui nécessaire aux constructions.

Il faut qu'à l'endroit de la chute il y ait une

place assez spacieuse pour y distribuer les divers bâtiments de la fabrique au degré d'isolement que la prudence exige, sans cependant qu'ils occupent une ligne trop prolongée, ce qui nuirait à la surveillance des travaux, augmenterait la difficulté des transports intérieurs et occasionnerait des pertes dans le travail.

Clôture.

L'emplacement jugé nécessaire pour contenir tous ces bâtiments doit être renfermé dans une enceinte de fortes planches de six à sept pieds de hauteur. Si la rivière est assez large pour fermer un des côtés de la fabrique, il suffira de l'enclore des trois autres.

Maison du directeur.

Sur le point le plus élevé du terrain et à l'un des angles dc l'enceinte de la fabrique doit être placée la maison du directeur de manière que les fenêtres puissent dominer tout l'intérieur de l'enceinte et que la porte extérieure de la fabrique soit placée à côté de cette maison. La construction de ce bâtiment doit se borner à ce qui est indispensable au logement du chef et de sa famille, quitte à l'augmenter par la suite sur les produits mêmes de l'établissement.

Maison des ouvriers.

Sur le côté et à peu de distance de cette maison doit être celle des ouvriers, composée de deux ou trois grands logements particuliers, pour le maître ouvrier, le tonnelier, le charpentier et les aides, de la cuisine et du réfectoire des ouvriers.

Raffinerie.

La raffinerie doit venir ensuite, elle sera composée de trois pièces, une petite pour le magasin de salpêtre brut et deux autres plus grandes, l'une pour l'atelier de raffinage, l'autre pour le séchoir. Il doit y avoir dans la raffinerie un fourneau de brique avec une chaudière de brique de 6 pieds de diamètre, une cuve garnie de plomb pour le travail des eaux mères, vingt à vingt-cinq bassines de cuivre ou de fonte pour la cristallisation avec des plateaux de bois pour les couvrir, un chaudron d'airain, un puisor et une écumoire de cuivre, plusieurs forts paniers d'osier et un couple de tinettes ou baquets pour transporter les cuites. La chambre du séchoir doit être percée d'un grand nombre de fenêtres afin d'être très aérée.

Moulin à meules.

La machine hydraulique que l'on pourra construire le plus près des habitants est le moulin à meules destiné à pulvériser les matières. Ce moulin est composé d'une roue hydraulique, d'une roue intérieure ou hérisson qui par le moyen de deux roues de renvoi fait tourner une grande roue horizontale supérieure.

Cette machine doit en même temps faire tourner quatre battoirs, un pour le soufre, un pour le charbon et deux pour le salpêtre. La cage de ce moulin est construite en bois, elle a besoin d'être assez spacieuse pour que le travail des ouvriers se fasse avec facilité et pour servir en même temps de magasin pour le soufre et le charbon.

Composition.

Il faut une petite pièce attenante à ce moulin pour le dosage des matières avant de les porter au moulin à pilons, cette pièce servira de magasin au salpêtre, au soufre et au charbon passés au blutoir. Il y faudra une balance et des poids, vingt petits baquets de bois et plusieurs civières.

Moulin à pilons.

Le moulin à pilons doit être placé à une assez grande distance du précédent et de tout autre bâtiment. Cette machine devant causer de violentes secousses et être entourée de murs élevés et très épais, on a souvent besoin d'en raffermir le sol par des pilotis placés sous les murs et sous les deux grosses poutres qui reçoivent l'effort des pilons. La machine consiste en une roue hydraulique et un hérisson, placé sur l'arbre de roue, qui s'engrenant dans deux lanternes fait tourner deux arbres de leviers qui font mouvoir autant de pilons. Les pilons sont armés de boîtes de cuivre, ils tombent dans des mortiers creusés dans deux grosses poutres de chêne. Cette machine dont l'ébranlement est très violent a besoin d'être fortement étançonnée de tous côtés contre les murs. La cage ne doit pas avoir plus de 28 pieds 6 pouces de long et 25 pieds de large de mesure intérieure, elle est composée de trois murs en pierres très épais et fortifiés en outre par plusieurs contreforts, d'un côté ouvert sur la rivière et sans aucune fermeture ainsi que d'un toit excessivement léger.

Lissoir.

La troisième machine hydraulique est le lissoir, elle a besoin d'être isolée comme la précédente, elle n'est composée que d'une roue hydraulique, d'un hérisson et de deux lanternes lesquelles font tourner deux arbres qui servent d'axe à quatre futailles. La cage de cette machine est plus petite que celle du moulin à pilons mais elle est construite d'après les mêmes principes, car s'il arrivait un accident pendant le lissage, il serait plus dangereux que dans le moulin à pilons, la matière étant alors entièrement perfectionnée.

Grainoir.

A une distance raisonnable des machines doit être placé le grainoir, il renferme presque toujours une assez grande quantité de poudre perfectionnée et la présence continuelle des ouvriers peut y occasionner des accidents qui auraient la plus grande conséquence. Il doit être pourvu d'environ trente cribles de peau percés pour les diverses espèces de poudre, et de six ou sept tamis en tôle de cuivre. Il est probable qu'à l'ancienne manière de grainer on pourra plus tard substituer un grainage mécanique mis en mouvement par la force de l'eau ou au moins une espèce de blutoir tourné à main d'homme.

Séchoir.	On choisira la plus belle exposition pour l'emplacement du séchoir placé en plein air qui sera garni de tréteaux destinés à recevoir les tables sur lesquelles on disposera la poudre attendue. Cet atelier doit être garni de trente-deux tables et d'autant de draps de grosse toile pour couvrir la poudre et de petits râteaux de bois destinés à la remuer sous les draps.
Epoussetage et enfonçage.	Le bâtiment nécessaire pour l'époussetage et l'enfonçage doit être isolé ainsi que tous les autres. La salle réservée à l'enfonçage — c'est-à-dire à la mise en baril de la poudre après qu'elle a été pesée — n'a besoin que d'une forte balance avec les poids assortis.
Magasin.	Le seul bâtiment dont il nous reste à parler est le magasin qui doit être situé à l'opposé des habitations des ouvriers et du directeur. Ce bâtiment doit être construit en murs de pierres avec des épaisseurs considérables et un toit léger. Il doit être entouré d'une enceinte particulière éloignée d'environ trente pieds de ses murs, également en pierres.

Il est sans doute inutile d'observer que tous les bâtiments de la fabrique doivent être soigneusement armés de paratonnerres. Il est possible qu'il faille ajouter aux diverses constructions dont nous venons de parler un hangar pour servir d'atelier au tonnelier, un fourneau et une chaudière pour le raffinage du soufre et un fourneau de brique pour la fabrication du charbon.

Irénée DU PONT.

Irénée avait visité avec Pusy quelques manufactures des environs de New York. Ils avaient vu de nouvelles machines, des égreneuses de coton, des appareils électriques... rien qui ne fût déjà connu en France. Plus intéressante avait été la fabrique d'un certain Ellicot, chimiste arrivé d'Angleterre il y avait dix ans : il y faisait en grande quantité du chromate de plomb, de l'acide nitrique, sulfurique, du sel d'Epsom, du nitrate de soude et d'autres dérivés du cuivre, du mercure et du fer. Mais à des prix si bas que la concurrence paraissait impossible. De plus, chaque région avait sa spécialité. Le Vermont s'employait au fer, au plomb et au marbre. Le Massachusetts produisait les papiers, la dentelle, le tabac, le chocolat, les huiles, ce que fabriquaient également le Rhode Island et le Connecticut. New York brillait plutôt par les industries de luxe. Pusy assurait qu'hors de Pennsylvanie il n'y avait pas de salut pour les fonderies. Quant aux Etats du Sud, les principes des du Pont leur interdisaient l'utilisation d'esclaves... Bref, comme le disait Pierre-Samuel :

— Il ne peut y avoir ici que des manufactures de première nécessité et encore.

Les Américains préféraient s'établir sur des terres et gagner rapidement de quoi nourrir eux-mêmes leurs familles. Ce pays était trop neuf pour entrer en concurrence avec les manufactures d'Europe, pour lesquelles la « misère publique » recrutait sans cesse de nouveaux bras. La cherté et la rareté de la main-d'œuvre expliquaient l'échec américain. Il fallait donc imaginer une fabrique menée par des machines, avec des matières premières venues de son sol ou importées : elle vendrait, puisque tout était cher ici, ses produits à un haut prix et réaliserait un fort bénéfice.

La fabrication de la poudre réunissait tous ces avantages. La dépense de main-d'œuvre, même en Amérique, ne s'élèverait pas à plus d'un dixième du prix de revient. Le charbon se trouvait dans la terre, le salpêtre viendrait des Indes à très bas prix ou des anciens cimetières du Chili. Quant au soufre, on l'achèterait en Sicile et on le sublimerait et le dégraisserait en Amérique.

Le débit était certain. La fourniture du gouvernement américain pour la marine et l'armée, les besoins d'un peuple chasseur qui vivait au fond des bois, les travaux de défrichement vers l'Ouest, la nécessité de faire de grands travaux, des routes, des canaux, le commerce des Antilles et celui avec les Indiens assuraient des débouchés considérables. Sans parler d'une guerre toujours possible, dont le pacifique Irénée parlait à voix basse, comme d'un revenu honteux quoique important.

Certes, on fabriquait déjà de la poudre aux Etats-Unis. Irénée avait profité d'un voyage à Philadelphie pour visiter deux ou trois moulins qui, tout en produisant une poudre exécrable, réalisaient d'énormes bénéfices. Leur salpêtre, venu d'Inde, était d'une qualité très supérieure à celui qu'Irénée utilisait en France, mais on le raffinait encore saturé d'humidité et d'eau mère et il ne valait rien. Quatre usines tamisaient cette poudre en l'écrasant dans un tamis tellement mal façonné qu'elle était réduite en poussière. Les manufacturiers travaillaient avec des méthodes archaïques, ignorant les récentes découvertes de Lavoisier et de quelques autres.

En revenant de cette visite, Irénée avait pu répondre d'une chose : qu'il enverrait avec sa poudre des boulets deux fois plus loin que les Américains...

Une estimation approximative et pessimiste de la production d'un tel établissement en temps de paix avait de quoi faire rêver. En calculant le prix de 120 000 livres de salpêtre, de 20 000 livres de soufre et de 20 000 autres de charbon de bois, les salaires d'un contremaître, de quatre ouvriers poudriers et de douze aides et les inévitables pertes de fabrication, il resterait la première année un bénéfice net de 10 000 dollars qui serait décuplé au bout de trois ans.

Seuls manquaient les capitaux nécessaires à cette entreprise, soit, selon le plan d'Irénée, 40 000 dollars, répartis en vingt actions de deux mille dollars chacune, ouvertes à l'achat. La maison du Pont de Nemours Father and Sons ne pouvait-elle pas prendre quelques participations dans cette affaire ?

Les romans territoriaux de Pierre-Samuel avaient hélas mal tourné.

La Guadeloupe avait été un mirage : une révolution de nègres avait chassé les planteurs.

La création d'une banque se heurtait aux réticences du gouvernement américain.

La ligne de paquebots entre les Etats-Unis et la France semblait condamnée par le refus du gouvernement français à s'engager.

L'ambassade de France à Washington n'avait pas eu

besoin des terrains achetés par du Pont à cet effet près de la maison du président.

Le magasin d'Alexandria souffrait des langueurs du commerce virginien.

Pour se loger et s'agrandir, la compagnie avait dû dépenser l'argent des actionnaires et vivait maintenant sur son propre crédit.

Plus grave encore, Pierre-Samuel avait investi le capital restant dans l'affrètement de trois bateaux de vivres, censés ravitailler la colonie de Saint-Domingue en proie aux émeutes de Toussaint Louverture. Espérant toucher une commission importante pour cet acte de bravoure patriotique, il comptait sur le remboursement par Bonaparte de ces importantes traites. Mais Bonaparte n'avait rien cru de cette histoire et s'était persuadé que le vieux du Pont, en digne héritier de Turgot, avait voulu, plutôt que d'assurer la subsistance des troupes chargées de réprimer la révolte, soutenir l'indépendance d'une colonie et aider les mutins. Les trois navires bourrés à craquer de victuailles et d'armes avaient été arraisonnés par la flotte française au large de l'île et considérés comme des prises de guerre. Il fut décidé d'envoyer Victor en France pour protester de ces dettes et pour chercher de nouveaux actionnaires. Irénée se proposa de l'accompagner, son voyage ayant pour but de rapporter des machines de bronze et de cuivre, des pilons, des mortiers, des chaudières et d'autres instruments nécessaires à la fabrication de la future poudre.

Leurs chemins allaient bientôt s'écarter. Pour la dernière fois, les deux frères firent la route ensemble.

6

1804-1814

La vallée du Genesee

SOUVENIRS DE MADAME VICTOR DU PONT

(mai 1805)

XXXIV

Que d'événements, de troubles et d'entreprises depuis ces cinq années d'exil américain ! Nous étions quatre familles à Bergen Point et aujourd'hui la grande maison de *Good Stay* est désertée. Je suis la dernière à l'habiter encore, Victor est à New York et cherche à nous sauver d'affaire. Irénée et Sophie nous ont quittés voilà maintenant plus d'un an. Tous les autres sont repartis vivre sur la terre natale.

Je n'oublierai jamais cette dernière conférence qui eut lieu dans ce salon même où j'écris aujourd'hui. Je ne puis me rappeler si Irénée y était présent ou non, mais je me souviens de notre excellente Mother, comme si je parlais de l'événement le plus récent, dans le cabinet attenant à sa chambre un mouchoir sur ses yeux, et j'entends encore le Bon Papa ajouter que Françoise avait toujours besoin d'une petite chambre pour pleurer. Ce fut alors que Victor sortit de son apparente indolence d'esprit et proposa d'un ton décisif le seul plan qui pouvait, disait-il, nous sauver. De là, avec son ton tranchant et même satirique qui parfois faisait un contraste piquant avec sa naturelle timidité lorsqu'il s'agissait de heurter l'opinion des autres, il prouva victorieusement à son auditoire qu'il fallait s'arrêter tout court et repartir d'un autre pied : il entendait par là ne plus se jeter dans les espaces imaginaires et se décider une bonne fois à être fermier dans toute la signification du mot, ou négociant purement et simplement. « Je propose donc, dit-il, de rendre à chacun sa liberté et de faire une nouvelle société sous le titre plus naturel de *Victor du Pont and Co* et je prendrai alors, si on me laisse libre de tout, l'ensemble des responsabilités. » Le Bon Papa approuva de suite ce plan, M. de Pusy en fut enchanté, il n'y eut que moi qui m'en sentis absolument atterrée.

A peine séparés, je pris Victor à part pour l'engager à regarder à deux fois à ce qu'il allait entreprendre ; et, pour faire encore plus d'impressions sur son esprit, je lui fis sentir combien au seul égard de notre fils, de ce Charles qui nous était si cher, il semblait condamnable de s'affubler si légèrement du poids d'une possible malheureuse banqueroute... « Tu parles comme une femme, me dit-il, j'ai au fond de l'esprit qu'avec un peu de bonheur, si on me laisse seul, je pourrai encore m'en tirer ; et dans tous les cas il est sûrement plus pressant de préserver les cheveux blancs de mon père. Pourquoi, lorsqu'on peut l'éviter, ternir ainsi la fin de sa carrière ? La banqueroute sur sa tête serait non seulement une tache, mais, s'adressant à un économiste, un ridicule... » Je reconnus qu'il avait raison.

Bientôt, après cette crise, chacun des nôtres prit son parti petit à petit. M. et Mme de Pusy s'embarquèrent les premiers, enchantés de retourner en France, où une préfecture les attendait. Le Bon Papa et Mother les suivirent de près, promettant de veiller de Paris aux intérêts de la compagnie.

Il ne resta donc plus que la famille de mon frère Irénée et la mienne en Amérique. La première réalisant une grande aventure sur les bords de la Brandywine, dans le Delaware, et nous toujours à New York, Liberty Street.

A la fin de l'année 1803, entrèrent pour notre malheur dans le port quatre frégates françaises arrivant des colonies et dans la plus grande détresse d'argent, de vivres et d'habille-ment. Ils s'adressèrent au consul, puis au chargé d'affaires pour qu'on leur vînt en aide, tous les deux n'ayant ni argent ni crédit pour le faire. Ils frappèrent aux portes de quelques maisons de commerce américaines sans plus de succès. On demanda à Victor pourquoi il ne risquait pas cette aventure, puisque, ayant son père en France, il lui serait plus facile qu'à quiconque d'obtenir le remboursement de ces traites sur le gouvernement français.

Les capitaines aux abois le harcelaient matin et soir, tâchant d'échauffer alternativement son patriotisme et son ambition en lui faisant miroiter ce qu'ils appelaient une affaire en or, l'occasion d'une très belle commission. Jamais personne au monde n'a moins aimé se faire prier que Victor, il ressentit du dégoût et de la crainte d'entreprendre quelque chose d'aussi hasardeux dès le commencement. Ce fut plus, et j'espère que l'on me croira, par pitié que par espoir d'un gain quelconque qu'il céda à leurs prières. Mais, du moment où il eut dit *oui*, il commença, comme il arrive toujours, à se monter la tête. Le consul, les quatre capitaines écrivirent à Paris pour signaler l'éminent service que Victor du Pont venait de rendre au gouvernement de la France, mais, hélas! ces malheureuses traites ne furent jamais payées. Elles furent protestées par Bonaparte, ou renvoyées pour être réglées par l'administration de Saint-Domingue qui n'en fit pas son affaire.

Mon pauvre *partner* se soutint encore quelque temps par son propre crédit. Enfin il fit l'irréparable en arrêtant tous les paiements de la compagnie au printemps 1804.

Si je ne m'étais décidée avant de commencer cette narration à ne parler que le moins possible de moi-même, j'aurais à peindre un des plus douloureux instants de ma vie et l'impression si forte qui m'en est restée, un an après, quand je regarde cette vieille pendule qui était déjà sur la cheminée de *Good Stay*. Je me souviens avec quel frémissement, avec quel désespoir, quel bouleversement complet dans tout mon être, mes yeux dans un jour si funeste en suivaient tous les mouvements jusqu'à la minute fatale où trois heures sonnèrent enfin. C'était un 26 août, j'étais seule alors, et je pleurai amèrement : à cet instant la Bourse et tout New York devaient retentir du bruit de notre banqueroute.

On avait conseillé à Victor de ne point quitter la ville dans un premier temps. Je fus donc privée de partager avec lui les rigueurs d'un pareil coup et l'on imagine bien qu'il ne passa guère mieux cette crise de son côté. « La barque fuyait de toutes parts, disait-il, et aujourd'hui je n'ai même plus de rames. Je ne souhaiterais pas à mon plus cruel ennemi, si j'ai le malheur d'en avoir un, la vie de ce pauvre malheureux qui a des dettes à payer sous peine de déshonneur et n'a pourtant pas le moindre sol à avancer sur la table. » Il n'attendit pas, par découragement, un secours extérieur. M. de Talleyrand consentait à lui prêter cinquante mille francs. Mais la nouvelle arriva de France avec trois semaines de retard !

Lorsque Irénée apprit la faillite, il nous engagea à le rejoindre en famille sur les bords de la Brandywine et à lier nos destins. Il bâtissait, à force de santé et de courage, un nouvel instrument de fortune tandis que son frère, ayant bu le calice d'amertume, s'employait à rembourser, jour après jour, ce que cinq années de rêves et de chimères avaient consommé.

XXXV

Quoique cette terre ne soit faite que de grosses roches et de pierres grises, ils avaient aperçu en route des vignes sauvages, des sureaux qui fleurissaient au beau milieu de champs de blé et des cerises sur les arbres.

— Sur ces cailloux, un jour, je ferai pousser des roses...

Irénée avait rêvé de bâtir son empire sur ce terrain raviné, imaginé une grande maison sur la colline dominant la rivière, une maison pour les siens, avec des roses. Les roses que Victor lui avait cueillies lorsqu'il avait quitté pour toujours *Good Stay*.

— Nous nous retrouverons. Tu es plus que mon frère, tu es moi, tu le sais bien, avait dit le Superbe en l'embrassant.

Tout restait à faire sur les bords de cette rivière peu profonde mais tourmentée, large sillon d'eau claire qui filait son chemin entre deux montagnes affaissées : Brandywine River, un nom aux saveurs sucrées, une rivière qui avait pourtant été souillée du sang des Américains défaits par l'armée anglaise. Une rivière, une nature qui avaient repris leurs droits, des arbres qui avaient poussé entre les pierres et près desquels les vétérans de la guerre d'Indépendance venaient parfois se recueillir.

Sophie avait ouvert les yeux en grand, suivi le cours de cette rivière qui coulait de si loin, là-haut en Pennsylvanie, et s'était dit qu'elle vivrait dans cette campagne onduleuse, découpée sur les plateaux par de petits murets de pierre sèche où paissaient les moutons. Elle imagina le chemin de cette rivière tout en boucles où Washington et La Fayette avaient été battus et rêva à son nom : la rivière sur les bords de laquelle on achetait les Indiens avec de l'eau-de-vie et du vin.

— Nous creuserons la vallée à coups d'explosifs. Dans cinq ans, ici, il y aura des moulins, des canaux, des hommes heureux qui travaillent, Victor peut-être...

Les moulins, ce ne serait pas tout à fait nouveau. Ils étaient déjà plus de trente, baignant dans la rivière et tirant d'elle assez d'énergie pour animer des roues motrices : des moulins magnifiques, à scie, à foulon, à papier, à tabac, à lin, à blé.

A quatre milles, un gros bourg, Wilmington, la capitale de l'Etat du Delaware Cinq mille âmes, tout au plus, en comptant les meuniers de la Brandywine et leurs familles. Quatre cents maisons, des rues larges, bien pavées, avec des trottoirs et des numéros : un luxe qui ne retirait rien à l'idée d'ennui qui s'en dégageait. Les vaisseaux pouvaient remonter jusqu'à cette ville et faire vivre ces vastes quais où le blé de la Pennsylvanie et le tabac de Virginie étaient déchargés chaque jour. Si l'on voulait remonter plus loin jusqu'à Brandywine Creek, on prenait un scowl, petit bateau à fond plat assez large pour contenir un chariot et des chevaux.

— Nous creuserons des rails dans la pierre, avec des voitures en bois, des roues en fer coulé et fixées à l'essieu et il suffira de les remorquer le long de la rivière...

— Et tu imagines peut-être que tu m'attacheras avec des cordes et que je tirerai tes fichus chariots pleins de poudre ! avait protesté Sophie en riant, pour sortir Irénée de cette rêverie qui l'habitait depuis qu'ils avaient quitté Victor.

— Voilà, c'est ici !

Ici, c'était un gros morceau de colline, tout rond, couvert d'arbres, comme un immense dos d'animal endormi dont le vent avait fait frémir le pelage. Car le vent s'était levé sur les bords de la Brandywine et faisait vivre la forêt, murmurer les feuillages et se froisser les eaux pressées d'arriver à l'embouchure.

— Et la maison, où est-elle ? avait demandé Sophie en trouvant toute chose drôle dans cette expédition.

— La maison ? quelle maison ? Celle que nous construirons, tu veux dire !

Charles, le frère de Sophie, était déjà sur les lieux depuis la veille avec les grands chariots : ils avaient tout embarqué sur un sloop qui du Kill de Bergen avait remonté la Delaware. Tout, c'est-à-dire des barils, des caisses, des meubles, la machinerie, les chiens et Don Pedro.

Don Pedro, c'était un cadeau de Victor : un mérinos venu d'Espagne, célèbre pour la finesse et la longueur de sa toison.

— Il te fera penser à ton grand frère... Quand je te manquerai, tu pourras toujours lui parler !

Don Pedro n'était guère bavard, tout couvert de la poussière des chemins du Delaware et encore un peu écœuré par sa traversée en mer. Il était parti dans son coin brouter quelques herbes et déchirer de ses dents l'écorce d'un jeune saule dont les racines baignaient presque dans l'eau.

Quant à Irénée, il s'était déshabillé et jeté tout nu dans la rivière pour se laver du voyage.

— *Eleutherian Mills,* ça y est, j'ai trouvé le nom de la fabrique, *les Moulins d'Fleuthère !* avait-il hurlé en disparaissant sous l'eau.

Cette petite crique, Irénée s'était battu pour l'obtenir. Ce n'était pas tout d'avoir un projet, même bon, il fallait l'asseoir quelque part. Jefferson, contacté, avait fait savoir qu'une poudrerie ne devait pas être située loin d'un arsenal fédéral et qu'à ce titre le voisinage de la capitale paraissait exccllent. Mais Irénée avait vainement cherché à se rendre acquéreur d'un moulin déjà existant près de Washington. La poudrerie Lane-Decatur, l'une des plus importantes du pays, qu'il avait visitée avec Tousard, n'étant pas à vendre, on avait dû se résoudre à bâtir à partir de rien.

Rien si ce n'était tout de même une rivière pour la force motrice et le lessivagc des eaux salpêtrées, des pierres pour construire les maisons et les fabriques, et du bon bois d'aulne et de bourdaine pour faire du charbon. Le major Tousard — que le projet n° 7 avait fini par séduire — lui avait parlé de Wilmington, petite ville où de nombreux émigrés français s'étaient installés et où il avait un ami. Peter Bauduy, riche planteur d'Haïti qui avait gardé une belle fortune en venant vivre sur le continent, s'était passionné pour l'entreprise d'Irénée et avait promis d'investir dans le capital de la future fabrique.

— Je connais un terrain à vendre, c'est un certain Broom, un quaker, je crois.

Jacob Broom, dit le Cupide, était en effet un quaker madré, ayant tout du patriarche et vivant dans sa ferme aux environs de Chester. Il les avait reçus aimablement chez lui, leur avait même donné un bon lit, avec des draps blancs pour la nuit. Père de trois filles et de deux garçons, il vivait assez aisément du produit de son blé et de la vente de fil et de laine.

— Méfiez-vous de ces gens-là, Irénée. Tout est trop propre chez eux, trop honnête, avait prévenu Bauduy.

La femme de Broom était une de ces prudes qui vont jusqu'à habiller les pieds du piano d'une sorte de pantalon, dans l'intérêt de la décence. C'était une grosse bonne femme, dont il était difficile de dire si elle était très laide ou assez jolie, tant son visage paraissait perdu au fond d'un immense chapeau au bord évasé qui allait en s'amoindrissant vers une coiffe, très étroite, couvrant l'arrière de la nuque. Le tout porté avec une sobriété extraordinaire, sans bijou, avec des boutons faits en toile comme l'exigeait la Société des Amis.

Ils étaient passés à table. Broom s'était recueilli un instant, debout, avait remercié en leurs noms l'Etre suprême et avait donné le signal du repas. Entre deux bouchées de jambon et de chou, Irénée avait exposé son désir d'acquérir ces quatre-vingts acres au bord de la Brandywine.

— Vous voulez construire des moulins à poudre ! pour faire la guerre... et vous croyez qu'un quaker vendra de la bonne terre à un fossoyeur !

Bauduy avait prévenu. Broom, en bon disciple des Amis, ferait son couplet, s'indignerait et il suffirait de parler d'argent pour que l'affaire se fasse. Quant à la « bonne terre » de la Brandywine, ce n'était encore qu'un tas de rochers infesté de serpents à sonnettes, avec pour toute maison une baraque en pierre construite à flanc de colline, un abri sommaire, humide, très bas de plafond, percé de trois malheureuses lucarnes qui donnaient sur la rivière. Sans parler de deux ou trois hangars ruinés et d'un vieux moulin à coton en partie écroulé.

— Je ne veux pas vous vendre..., je ne peux pas...

Dix jours plus tard, Broom acceptait la proposition de Bauduy, très supérieure à celle qu'Irénée avait formulée lors de la première rencontre. 4 000 dollars comptant à la signature et 2 300 autres en traites payables sur trois ans. L'acte de cession était fait au nom de Bauduy, citoyen américain, qui pouvait à ce titre acquérir des terres dans le Delaware. Il avait fallu un bon mois à Irénée pour organiser son installation et arriver en famille sur les bords de la Brandywine.

La première chose qu'il vit en parcourant le terrain l'indigna.

— L'ordure de quaker... L'honorable Broom a fait débiter tous les chênes pour se remplir les poches jusqu'à la dernière minute !

De ce jour, Irénée se refusa à parler aux quakers. D'ailleurs, avec leurs bons principes, ce n'étaient pas gens à acheter de la poudre.

Les mois avaient passé et avec eux le premier été sur la Brandywine. Les subtilités de Broom avaient été déjouées : principalement cette petite pièce de terre qu'il avait gardée au-dessus de la propriété d'Irénée et à partir de laquelle il avait construit une digue, brisant le courant et empêchant l'exploitation des moulins à poudre.

— Sans doute compte-t-il nous vendre cette terre à prix d'or, avait expliqué Bauduy.

Irénée avait trouvé une solution. Broom n'avait de terres que d'un côté de la rivière. Il suffisait d'aller voir le fermier qui possédait l'autre côté, de lui donner cent dollars pour s'assurer les droits sur la Brandywine. Charles fit sauter la digue, redonnant à la rivière sa force et sa rapidité naturelles. Mais c'était tout de même du temps gaspillé. Irénée s'impatientait, les machines commandées en France étaient bloquées au Havre. Sans les mortiers, les pilons et les chaudières, on ne pouvait rien faire. Le voyage à Paris avait pourtant été fructueux : tandis que Victor s'était heurté au refus du gouvernement pour le remboursement des traites et qu'il avait cherché en vain de nouveaux investisseurs, Irénée avait monté son affaire en trois mois. Les autorités françaises n'étaient pas fâchées d'aider un fabricant qui mettrait fin au monopole anglais sur la vente de poudre en Amérique. Botté, l'administrateur de la régie, lui avait donné quelques plaques de ce marbre utilisé à Essonnes pour les meules. Du marbre parfait tandis que celui d'Amérique, plus friable, s'écrasait et rendait dangereux le mélange du salpêtre, du soufre et du charbon. Pour que les machines ne soient pas confisquées en route, comme objets prohibés par la guerre entre la France et l'Angleterre, Irénée avait fait enregistrer l'ensemble à titre de presses à huile, chaudières, ustensiles de brasserie et batteries de cuisine. La main-d'œuvre manquait. Faire venir, même tous frais payés et avec la promesse d'un bon salaire, des familles d'ouvriers d'Essonnes l'occupa plusieurs mois durant. Irénée redoutait plus que tout d'avoir à enseigner une technique et de permettre ainsi à des concurrents de s'installer un peu plus tard à leur compte. Il fallait donc des ouvriers français spécialisés, des contremaîtres, des chefs poudriers et des raffineurs qui, dépaysés, ne pouvaient dans un premier temps songer à rompre leur contrat. Irénée trouvait un double avantage à cette solution : parlant mal l'anglais, le comprenant très imparfaitement, il préférait commander dans sa langue. Quelques Irlandais vinrent tout de même renforcer la petite équipe.

Irénée décida de se faire construire une maison de maître : une assez grande bâtisse, à deux étages, avec une double porte d'entrée, encadrée de colonnes et surmontée d'une entablure classique. Cinq grandes fenêtres élégantes ouvraient sur le chemin de la haute plaine et le futur potager dont les contours avaient été tracés. Elevée sous les arbres afin d'être ombragée et à l'abri des vents, la maison fut bâtie en pierre grise du pays et en stuc. Irénée avait tenu à une piazza sur l'arrière, une grande terrasse qui donnait sur la vallée, le creek et les futurs moulins.

On mit en place quatre moulins principaux, assortis de leurs hangars. En détournant un peu le cours de la rivière, Charles put faire passer un petit canal avec une pente rapide qui procurait la force motrice aux grandes roues.

L'été 1804 fut très éprouvant : il fallait terminer la maison avant que les froids ne reviennent et songer à produire la première poudre ; l'argent s'épuisait dans les caisses, les machines avaient coûté plus cher qu'on ne l'avait imaginé et l'ampleur des travaux réclamait près de quarante manœuvres à temps plein. C'est alors que la maladie s'installa dans la vallée : de terribles fièvres qui attaquaient les ouvriers et les faisaient si abondamment suer qu'après une heure de travail ils devaient se coucher, en proie à un terrible mal de tête et à des tremblements continus. Le médecin dépêché de Wilmington assura que ce n'était ni la fièvre jaune ni le choléra, mais une maladie bien propre aux bords de la Brandywine, *l'ague*. Trois ouvriers succombèrent en juillet et de jour en jour les défections se firent plus nombreuses : pris de peur, les manœuvres ne venaient plus travailler.

Irénée attrapa à son tour la maladie de l'ague. Sophie dut le soutenir quand il descendait le matin de sa colline pour diriger et surveiller les équipes. Bientôt, il ne put quitter la maison et dut se résoudre à rester allongé sur la piazza, d'où il avait, une fois les arbres dégagés, une vue plongeante sur le chantier de construction. A l'aide d'un porte-voix, il commandait d'un anglais douteux le quarteron des derniers fidèles.

En l'espace de six mois, ils avaient déjà construit la maison, un hangar de pierres et une bonne part de la manufacture, remis en état le cours d'eau et la scierie dans laquelle se préparait le bois pour les charpentes. Du matin au soir, Irénée était occupé, à cheval, à veiller à la coupe des arbres : les terrains humides, les morsures de serpents lui rendaient l'avancement des travaux chaque jour plus difficile. C'était à peine s'il pouvait encore tenir debout.

Sans lui, pourtant, la fabrique ne pouvait exister : on avait encore à bâtir deux usines, à creuser un nouveau bief, à élever le hangar de séchage et le quartier des ouvriers. Il devint évident qu'on ne pourrait pas réaliser de poudre avant le printemps de l'année suivante.

Les maçons, les charpentiers et les charretiers de Wilmington ne comprenaient que très mal l'anglais d'Irénée, hurlé dans le porte-voix du haut de la piazza. On le crut devenu fou.

L'absence de son père, celle de Victor surtout et l'idée qu'il travaillait à se fixer loin d'eux pour le restant de sa vie peut-être contribuèrent à le décourager quelque peu. S'il n'y avait pas eu sa propre famille à ses côtés, il n'eût pas poursuivi : cette entreprise lui semblait presque vaine, il avait songé à convaincre Victor de retourner avec lui en France. Le calme était revenu là-bas et il pourrait facilement obtenir un poste dans l'administration des Eaux et Forêts. Cause ou effet de sa maladie, cette mélancolie prenait une allure singulière ; on le voyait parfois marcher de long en large sur la piazza, le porte-voix à la main, voulant s'en servir, puis renonçant, se jetant dans un fauteuil et regardant, l'œil vide, cette vallée de toutes les misères qui s'offrait à lui.

Les plans de la fabrique paraissaient de plus en plus extravagants à Bauduy qui, ayant avancé une bonne part de l'argent, voulait fabriquer de la poudre au plus vite pour se rembourser.

— Pourquoi toutes ces complications, ces bâtiments éloignés les uns des autres, ces précautions ? Nous n'y arriverons jamais ! Savez-vous que les ouvriers vous prennent pour un fou...

— Fou, peut-être..., certainement, quand j'y songe ! Mais vous, Bauduy, vous n'y connaissez rien, laissez-moi faire.

Irénée avait en effet dispersé les constructions pour qu'en cas d'explosion le feu ne se propageât pas. Certes les bâtisses avaient de quoi surprendre : trois murs très épais, doublement ceints, alors que le quatrième tourné vers la rivière était ouvert, et des toits extrêmement légers.

— Quand tout sautera, Bauduy, parce que ça saute parfois si vous voulez m'en croire, tout filera vers la rivière et le toit sera soufflé, libérant la poudre...

— Mais vous ne ferez tout de même pas travailler les ouvriers avec des chaussons, avec ces ridicules combinaisons sans poche !

Irénée savait que tout contact de la poudre avec des morceaux de fer ou d'autres matières capables de l'enflammer devait être évité. Il se souvenait qu'à Essonnes un ouvrier qui ne s'était pas déchaussé avait fait sauter un moulin de trois cents tonnes — et lui-même à cette occasion — par la seule étincelle d'un peu de poudre contre les fers de ses talons. Quant à l'étrange combinaison sur laquelle l'ouvrier devait attacher son tablier de cuir, elle empêcherait la fouille, le transport involontaire de clous ou de morceaux de ferraille. Ces précautions allongeaient le temps de construction. Tous

les outils devaient être en bois, sans aucun cloutage. Les
ferrements et les serrures indispensables dans un magasin
seraient faits en cuivre.

— Mais c'est ruineux, Irénée, vous n'y songez pas...

— Alors, Bauduy, dans ce cas, faites de la farine ou du
tabac... Vous n'ignorez pas que personne ne veut nous assurer
et que nous devrons le faire nous-mêmes.

— Nous assurer ! Mais avec quel argent ! Vous en avez,
vous, de l'argent ?

Irénée n'avait pas un liard en poche, mais son point de
vue l'emporta. On fit même placer à la porte de chaque
maison d'habitation des petites bassines de cuivre dans
lesquelles les ouvriers seraient tenus, le soir, de s'essuyer les
mains et de se laver minutieusement. Un peu de poudre restée
sous les ongles, dans les cheveux, suffirait à causer l'irréparable. La machinerie elle-même devrait être rincée régulièrement et pouvoir se mettre en marche ou s'arrêter de l'extérieur des bâtiments en cas d'incendie ou d'explosion.

Au début du printemps 1805, tout paraissait presque
prêt. La fabrique avait pris son visage austère. Jaloux de ses
techniques, Irénée se proposait de cumuler les fonctions de
directeur, de raffineur et de contremaître, tandis que Bauduy
se chargeait de la comptabilité, des commandes et de l'administration. Il imagina de reproduire sur les bords de la
Brandywine le fonctionnement de la fabrique d'Essonnes, ses
règles, sa discipline intransigeante. Dix familles furent installées et une quarantaine d'ouvriers engagés. On décida que
l'Eleutherian Mills serait une petite ville-usine en miniature.
Les employés ne devraient pas habiter hors de la propriété :
en cas d'urgence ou de surveillances de nuit, ils seraient
toujours disponibles. On les nourrirait dans un réfectoire et ils
seraient logés dans des *boarding houses* non loin des magasins. Les journées seraient de quatorze heures et les femmes
pourraient travailler dans le magasin où l'on procédait à
l'enfonçage de la poudre dans des barils. Une sortie hebdomadaire à Wilmington était tolérée : on pourrait y boire l'alcool
et y fumer le tabac dont on était, bien entendu, privé sur les
bords de la Brandywine.

Des rôdeurs furent aperçus dès le mois de mai 1805. C'était, disait-on, des Américains qui voulaient étudier les mécanismes des moulins pour les copier. Ils avaient forcé les portes de la raffinerie de salpêtre et les chiens les avaient chassés.

Bientôt l'enivrante odeur de poudre allait s'échapper des premières cuves. Tout à cette consolation, l'ancien maître poudrier d'Essonnes paraissait heureux et impatient comme on ne l'avait jamais connu depuis son installation en Amérique.

XXXVI

— Pauvre vieux, si tu savais...

Victor, dans les magasins de Liberty Street, venait d'ouvrir la lettre d'Irénée qui accompagnait le baril de poudre. « Voici, grand frère, la première poudre de la Brandywine, j'ai voulu qu'elle te soit réservée. Comme elle est, pardonne-moi, excellente, j'imagine que tu n'auras pas trop de mal à la vendre. Ce sera le premier échantillon d'une fraternelle collaboration entre la Victor du Pont Company et la E.I. du Pont and Co Factory... Puisses-tu en vendre énormément pour notre bien commun. »

Là, devant lui, sur la table, le petit tonnelet de bois avec l'étiquette : *du Pont Gunpowder*. Un dessin naïf à la couleur représentait une scène de chasse : un settler ajustant son tir, un chien d'arrêt et une nuée de perdrix dans les arbres.

Les bureaux de New York étaient déserts. Seul Victor y venait encore chaque matin, non pour vendre, mais pour faire ses comptes avant de les présenter au tribunal. Il n'y avait plus de Victor du Pont Company, mais seulement des dettes, des bateaux qui partaient à vide, des entrepôts fermés et des lettres de rappel au courrier. Et beaucoup de poussière aux fenêtres.

« Tu as un autre toi-même que tu te dois de tenir au courant de tes craintes et de tes espérances parce qu'il les partage toutes aussi vivement que toi... »

Irénée l'enjoignait à venir les rejoindre. En ce mois de juin, le climat de New York devait être épuisant : un climat qui use, énerve, vieillit. Quant à Gabrielle, restée seule dans la grande maison de *Good Stay*, elle s'ennuyait, regrettait

Charleston, ce temps heureux où Victor arborait son costume de consul, la douceur des hivers, les îles Sullivan. Pourtant Gabrielle avait changé.

Les enfants avaient été d'un grand secours dans cette solitude : ces « niaiseries de nursery », comme elle l'écrivait à Victor, la rendaient bien paresseuse pour les toilettes, les longues soirées de Bergen Point. Elle avait passé son hiver au coin du feu, avec un grand fond de fatigue et d'ennui pour les plaisirs de la société. Cette révolution dans ses goûts et dans ses idées l'attachait chaque jour davantage aux jouissances domestiques. « I feel myself at home », répondait-elle à toutes ces amies qui, ayant une réputation à soutenir et beaucoup de temps à perdre, se livraient encore aux insignifiants devoirs du monde. Nul avenir ne paraissait assuré, ni celui de Victor en négociant, ni le sien en femme du monde et moins encore celui de ses enfants. Le parti le plus sage était de renoncer à cet éclat que son ancienne réputation, ses vieilles robes et ses connaissances entretenaient encore superficiellement, mais qui ne tarderait pas à s'éteindre, faute d'un possible renouvellement.

« Espérons seulement que cet abattement dont je ne peux me défaire, cette mélancolie et cette humeur chagrine ne prendront pas le dessus sur les raisonnements », écrivait-elle à Victor.

Victor à New York se portait plutôt bien en dépit des circonstances. Ce qui à d'autres serait apparu comme un chaos d'incertitudes lui faisait l'effet d'un état absolu d'insignifiance qui convenait parfaitement à sa désinvolture. L'on pouvait espérer beaucoup de choses de cette faillite, un changement de lieu, d'entourage. Il fallait s'abandonner sans maugréer au courant, laisser carte blanche à la Providence et adorer cette chère muse, la *Nouveauté*.

Bref, s'il n'y avait eu son père pour l'ennuyer à distance, lui reprochant de tirer trop d'argent, lui rappelant son imprudence de Saint-Domingue, Victor eût été, contre toute attente, parfaitement heureux. Le vieux Samuel n'avait pourtant pas mieux réussi que lui auprès de Bonaparte pour le paiement des traites. Depuis deux ans, directeur d'une banque de commerce, le physiocrate n'avait eu qu'un seul titre de gloire : celui d'avoir servi d'émissaire très spécial entre Jefferson et Bonaparte pour la vente de la Louisiane.

Quand le président des Etats-Unis avait connu son intention de retourner en France, il l'avait chargé d'une mission : annoncer à Bonaparte que si l'armée française entrait dans La Nouvelle-Orléans — que l'Espagne venait de céder en cati-mini — l'Amérique ferait alliance avec l'Angleterre. Le message était embarrassant : du Pont, partagé dans son amour pour ces deux pays, avait montré à Jefferson qu'il y avait une autre solution, moins extrême, qui consistait à acheter une Louisiane grande comme quatre fois la France et à laquelle Bonaparte ne tenait que pour une question d'orgueil. Le négoce reviendrait aux Etats-Unis deux fois moins cher qu'une guerre, en envisageant que celle-ci fût favorable aux Américains. N'occupant pas de position offi-cielle, Pierre-Samuel avait bénéficié d'une grande liberté de mouvement et d'expression. L'échec de Bonaparte à Haïti avait fait le reste. Contre 15 millions de dollars, la France cédait à l'Amérique un territoire allant du Mexique au Canada, le port de La Nouvelle-Orléans, mais aussi le contrôle du Mississippi et la Floride en prime, soit le doublement de sa surface. On avait sablé cette victoire à New York en portant des toasts à la France, à l'Espagne, aux Etats-Unis et à du Pont de Nemours.

Dans sa dernière lettre, Pierre-Samuel n'avait donné qu'un conseil à Victor :

« Nos affaires s'arrangent auprès du Corse. A toi de jouer maintenant, son jeune frère vient d'arriver aux Etats-Unis, montre-toi aimable, sors-le... et nous serons bien remboursés de ce peu de peine ! »

Victor avait sauté sur l'occasion. Jérôme Bonaparte, le cadet de l'Empereur, incorrigible garçon de salon et lieute-nant de vaisseau sur l'*Epervier,* venait en effet de débarquer bien malgré lui au port de New York. En mission pour Saint-Domingue, son bateau avait été détourné vers les Etats-Unis, de peur que les Anglais ne s'emparent de lui. Et toute la ville savait qu'il était là.

Victor rencontra le jeune homme au *Ugly Club*. Ils se lièrent d'amitié et passèrent une partie de l'année ensemble. Un soir Victor lui présenta une jeune beauté de Baltimore, fille du plus riche marchand de la ville, William Paterson. Elizabeth comptait au nombre des meilleurs partis et avait la beauté de ces brunes qui savent être tendres et tromper à la

fois, en jouant de leurs yeux profonds, de leur bouche
charnue et d'un corps presque parfait. Quand Jérôme la
rencontra en ce début de printemps 1805 chez Victor,
Elizabeth portait une chemise de batiste fine, bordée de
dentelles, qui cachait à peine la poitrine. Le reste du corps
était assez exquis : un long cou, une belle chair, un teint d'une
blancheur éclatante, une magnifique coiffure faite d'un
madras étincelant, assujetti aux cheveux par une broche et
recouvert de bijoux, des bras superbes aux contours finement
modelés, des mains délicates, effilées, agiles. Une jupe toute
simple en étoffe épousait fidèlement la courbe des reins, jupe
dont Elizabeth relevait la queue avec adresse, en l'accrochant
à sa ceinture, mettant ainsi à nu une grande partie de la
jambe.

Jérôme fut étourdi par cette beauté insolente. Elizabeth
adora l'idée d'être la femme d'un *black guard* corse.

Ils se retrouvèrent assez souvent chez Victor, qui abrita
leur passion. Quelques mois plus tard, Mlle Paterson devenait
Mme Bonaparte.

Ils vécurent chez Victor jusqu'au jour où ils décidèrent
de repasser en France. L'Empereur, disait-on à New York,
était fort fâché de ce mariage avec une protestante, fille
d'un marchand américain, mariage célébré sans son consen-
tement alors que d'autres vues attendaient à Paris le frère
cadet.

Dans la dernière lettre de remontrances qu'il avait reçue
de son père en même temps que le baril de poudre d'Irénée,
Victor avait découvert le fin mot de cette aventure :

« Je te félicite de tes initiatives de marieur qui n'ont pas
manqué d'être portées à ton crédit à Paris dès qu'on a su quel
en était l'auteur. Une fois arrivé, ton Jérôme a fini par céder
aux injonctions de son frère : ce jeune prince de sang a été
démarié par une bulle d'annulation de Pie VII. On a donné à
la chère Elizabeth une pension annuelle de 60 000 F contre
son retour en Amérique..., autant te dire que le nom de du
Pont ne sera plus jamais prononcé en présence de l'aîné des
Corses. »

— Et Irénée avec sa maudite poudre qui imagine que
mes affaires s'arrangent ! soupira Victor en se calant dans son
rocking-chair.

— Le Scioto, cela te dit quelque chose, non ?

Bien sûr qu'il s'en souvenait, Victor, du Scioto. La plus belle escroquerie du siècle, des navires chargés de dupes dont la chevelure avait servi de trophée à des sauvages qui avaient enlevé leurs péricrânes à ces paisibles laboureurs venus de France pour trouver dans les vastes étendues de l'Ohio un peu de paix et beaucoup de fortune.

— Eh bien, le Scioto, mon cher Victor, fut la plus invraisemblable des spéculations jamais imaginées. Rappelle-toi ces prospectus qui vantaient la vie des bois, ce pays où l'on ne serait jamais sujet ni à la taille ni à la capitation, où les porcs s'engraissaient tout seuls et devaient en trois ans produire par couple plus de deux cents individus !

L'inévitable Omer Talon avait fait remonter en lui les souvenirs de cette crapuleuse affaire. Talon, lui-même, n'y avait pas été totalement étranger : ce vieux camarade du Superbe se mêlait à tous les coups pendables. Depuis ce jour où Victor l'avait retrouvé, dix ans plus tôt, sur un quai de Philadelphie, il n'avait guère changé : cette tête perpétuellement décoiffée, cette silhouette de grand gaillard un peu gauche, tout était là, avec un hâle supplémentaire sur la peau, une ou deux cicatrices sur les mains, fruit du travail d'un settler qui apprend son métier dans les bois. Ce matin-là, pourtant, quand il avait rejoint Victor dans ses bureaux de Liberty Street, Talon avait le regard las des noceurs, encore ivres de leur nuit, l'œil noir, désespérément vide. Seule la parole témoignait de la faconde passée.

Le Scioto avait proposé un rêve simple : acheter des terres vierges, loin des villes car il fallait s'enfoncer dans les forêts où tout était moins cher. Coûtant peu, cette terre, une fois défrichée, produirait dix fois plus qu'en France et triplerait de prix chaque jour.

L'idée devint populaire. Les vétérans français de la guerre d'Indépendance confirmèrent les données en un temps où l'engouement pour l'Amérique était extraordinaire. Quant à la France, elle devenait dangereuse pour les hommes et les capitaux : l'écœurement général avait donné le signal du départ. Que ce soit à Paris ou dans les îles où les planteurs étaient chassés par le soulèvement des Noirs, on cherchait à émigrer. Parmi les deux mille acheteurs du Scioto, on trouvait aussi bien des nobles que des braves gens, des perruquiers, des maîtres de danse, des cuisiniers...

— Même les commerçants s'y sont mis quand ils ont su que le marquis de Lezay-Marnésia serait du voyage. Brave marquis qui a convaincu un bénédictin de Saint-Denis de l'accompagner en lui promettant qu'il serait, par une bulle du pape, le premier évêque du Scioto !

En quelques mois, on vendit cinquante mille arpents. Le prospectus de la compagnie du Scioto était alléchant : pépites d'or, dindons sauvages qui tombent des arbres, rivières qui charrient de l'argent, un climat idéal qui s'adapte aux cultures, un sol de première qualité, la bonté des Américains, des collines couvertes de vignes d'une perfection inégalable même en Italie ou en France, du gibier en abondance, pas de bêtes dangereuses, mais des forêts magnifiques qui fournissent tout ce dont on a besoin, un arbre qui donne du sucre, un autre de la chandelle, une rivière, l'Ohio, qui déborde parfois tant elle est poissonneuse. Victor, en lisant à l'époque le prospectus, s'était distrait de la vision de l'érable qu'il suffisait d'entailler pour qu'une fontaine de sucre doux en jaillisse, imaginait ces petits rentiers de Paris qui s'adonneraient, n'ayant que deux heures à travailler par jour, aux joies d'une pêche miraculeuse. Un plan de la ville avait même été tracé : les fontaines porteraient les noms des meilleurs artistes français, on y trouverait une université, des maisons de charité tenues par les filles de l'Institut de Saint-Lazare, un journal hebdomadaire, des prêtres, des professeurs.

— Ce que peu de gens savent, c'est que la compagnie du Scioto ne possédait aucun titre de propriété, pas même une option de terres !

Victor ouvrit la fenêtre qui donnait sur la rue et d'où parvenait le bruit des attelages, proposa un cigare à Omer Talon, s'en offrit un et s'installa derrière le grand bureau de la Victor du Pont and Co Company.

Omer tenait l'histoire de Lezay-Marnésia en personne. On avait au début cherché à dissuader ces aventuriers, on leur avait fait voir que le thé américain, consommé immodérément, gâtait les dents, vieillissait les femmes. On avait promis à ces pauvres créatures qu'elles seraient dévorées par les orangs-outans ou par les nègres et qu'après six cents lieues pour atteindre l'Ohio les colons succomberaient de fièvres, que l'Amérique n'était pas un pays de cocagne où les rues étaient pavées de petits pains, les maisons couvertes d'omelettes et où les poulets arrivaient rôtis et en sauce dans les assiettes. Les transfuges du Scioto n'en avaient pas cru un mot. Ils avaient pourtant dû, en arrivant sur place, se rendre à l'évidence. Certains étaient restés, d'autres s'étaient suicidés et la majorité était repartie en France.

Depuis longtemps Victor rêvait de se retirer du monde. Son père, dont il avait tant moqué dans sa jeunesse les vertus physiocratiques et l'appel à la nature — « que l'ordre social ne fait que copier », affirmait Pierre-Samuel — avait fini par lui donner le goût des établissements ruraux et celui du *bonheur* simple, terme que la déclaration d'Indépendance mettait sur le même pied que celui de liberté ou de propriété. Les affaires l'avaient lassé, il aspirait à ce grand calme qui s'attache aux hommes mûrs, revenus de presque tout faute d'être allés bien loin : avec les années, fatigué de séduire, il avait trouvé en Gabrielle une compagne à sa mesure. Les principes de Turgot, de Quesnay et de son père lui semblaient aujourd'hui adaptés à sa situation : il ne désirait plus que vivre sur sa propre terre, des biens qu'elle rapporterait, loin des spéculations et des chimères que le commerce et l'industrie entretenaient. Et, puisque son père n'avait pu réaliser son grand rêve de cultivateur, il incombait à lui, l'aîné des du Pont, lui le filleul de Mirabeau, d'exercer ces talents familiaux sur le bon sol américain. Il s'amusait parfois d'Irénée — avec cette cruauté aimable tenue de l'enfance que seuls les frères savent partager — de le voir s'échiner à l'ouvrage, s'ennuyer de « son cher Victor » en manifestant cet esprit de sérieux et ce goût du malheur qui ennuyaient tant le Superbe. Irénée n'avait qu'à s'en prendre à lui-même : on ne pouvait à la fois fabriquer de la poudre et se dire « le pacifique ami de la liberté », regretter ce temps de leur jeunesse où ils étaient tous réunis et se prendre pour un grand capitaine d'industrie victime de l'ingratitude des siens sans éprouver un jour ou l'autre ces douloureuses contradictions.

— En somme, tu cherches un pays où il n'y a ni tentations, ni jeu, ni vérole ? questionna Talon.

— C'est à peu près cela.

— Alors, écoute-moi bien.

Les colons du Scioto avaient acquis un terrain au nord de l'Etat de New York, à quelques milles des chutes du Niagara, en plein bois, dans la vallée du Genesee. Ils y avaient même fondé une petite ville, Angelica, qui peu à peu était devenue entièrement américaine. L'établissement n'avait jamais prospéré. Ils vendaient aujourd'hui, étant très pressés, les terres du Genesee à un prix dérisoire. Talon, avec des restes de fortune, en avait acheté une bonne moitié. Mais, comme il ne pouvait payer l'ensemble, il proposait tout simplement à son vieil ami du Pont d'y placer un peu d'argent et de venir s'y installer très vite, avant que les spéculateurs ne s'en mêlent.

Victor l'écouta très attentivement, pinça les lèvres quand Talon eut fini d'exposer son plan, comme pour signifier qu'il réfléchissait, que oui, peut-être, ce pouvait être intéressant.

— La différence entre moi et les dupes du Scioto, c'est qu'avant d'acheter je veux voir.

— Quand tu veux !

XXXVII

Gabrielle à une amie.
Good Stay, 24 août 1805.

Me voici arrivée sans m'en douter à une des crises de la vie qui appellent à la rescousse ce fond intrinsèque de réserve dont chacun se vante au besoin pour l'adversité, espérant bien *in petto* s'en tirer sans avoir rien à démêler avec elle. Peut-être est-ce mon histoire comme celle de tant d'autres... J'avouerai à mon amie, néanmoins, que le coup m'est sensible, qu'il blesse mes antiques notions, me fait éprouver un sentiment poignant en envisageant mes enfants, et qu'enfin j'invoquerai vainement dans ce moment l'heureuse philosophie de ce pays. Quant aux conséquences naturelles de l'événement, j'y suis parfaitement résignée, malgré la lassitude de la vie errante que je mène depuis mon mariage. Mon mari se sent le courage de recommencer à bâtir une fortune, mais non sur le même échafaudage qu'à New York. Je regretterai cette ville qui a contribué si efficacement à me faire oublier que j'y étais étrangère. Mais, pour ce qui est de la vanité, le sacrifice sera léger et j'échangerai, j'espère, ces puériles jouissances contre un *stock* encore plus complet de bonheur domestique. Pardonnez ces épanchements si longs, si tristes, si personnels... Je pars demain pour les bords de la Brandywine où Victor veut que j'y sois sous la protection de son frère jusqu'à ce qu'il ait pris un parti définitif sur notre avenir.

Gabrielle à une amie.
Wilmington, 2 octobre 1805.

Savez-vous que Victor est à la veille d'entreprendre un grand voyage en Genesee ? Vous conclurez de là qu'il y a quelque spéculation territoriale, quelque projet rural sur le tapis, vous ne vous tromperez pas entièrement, car vous savez que ce sont des idées que nous avons apportées de France, qu'elles nous sont souvent revenues dans les moments de crise commerciale. Mon mari saura dans six mois s'il peut se relever de manière solide ici et s'il ne le peut pas, content d'avoir payé tout le monde, ne serait-il pas plus raisonnable de dévouer dix ans de sa vie à un bon établissement dans l'intérieur, situé d'une manière où la progression serait probable. Cela ne vaut-il pas mieux que d'exposer un mince capital pour vivre dans les grandes villes ?

Victor à Irénée,
5 octobre 1805,
à bord d'un sloop d'Albany
allant au Genesee.

Je serais porté de cœur à aller auprès de toi parce qu'il est certain que de l'union d'une aussi vive amitié naît la force et le succès, mais je t'avoue que, quoique ton établissement soit bien bon, je ne le crois pas susceptible de faire prospérer deux familles, parce que l'argent nous manquerait, parce que tu n'es pas entièrement à l'abri des chicanes d'Europe, des besoins de Papa. Quant à moi, je suis convaincu que mes créanciers me poursuivront avec acharnement et qu'il faut se mettre hors de leur portée : la justice ne va pas plus dans les bois qu'en pleine mer tandis qu'auprès de toi je ne serai pas long à tomber dans leurs pattes.

Je te parlerai de Talon qui est à la tête de cent mille acres dans le Genesee, qui depuis qu'il y est allé, il y a trois ans, avec la boussole et l'arpenteur couper lui-même son chemin, a déjà une ville, Angelica, et soixante familles honnêtes. Il désire beaucoup m'y voir et avec lui je n'ai rien à craindre des embûches que l'on tend toujours aux nouveaux venus et des sottises où on les entraîne. J'aurai toujours d'ailleurs assez de crédit à New York pour y acheter des marchandises, j'y établirai, si la chose se fait, un store, une distillerie — qui est un excellent produit dans les backcountries — et dans trois ou quatre ans nous y joindrons un moulin à poudre en miniature, dont le débouché par les lacs et tous les stores environnants sera certain. Je t'enverrai Charles quand il aura ses quatorze ans, tu en feras en un ou deux ans un parfait poudrier, tu viendras toi-même passer trois mois, ou un été, pour mettre notre machine en mouvement. Nos fermes nous nourriront en attendant et enfin, si tu te dégoûtes trop des chicanes, tu viendras vivre avec nous.

Enfin la raison qui fait craindre ce genre de vie dans les bois à tout le monde et qui me l'a fait craindre à moi-même pendant longtemps — le manque de liaisons et de société — n'existe plus dès lors qu'on s'est blasé de tous ces faux plaisirs du monde ou que l'on a été froissé par quelque malheur comme celui qui vient de m'arriver et me rend la compagnie du grand monde plus à charge que désirable. Tu croiras, mon ami, que j'ai la tête montée et que mon parti est pris, mais je t'assure bien que non, que j'envisage tous les aspects de la chose et attends ton opinion. Quant à nous réunir, il me semble que m'attacher à la seule manufacture de poudre serait d'un grand danger pour vous. Et puis, comme la réunion de nos forces et de nos moyens doit être toujours la dernière bouée de sauvetage dans le naufrage de l'un ou de l'autre, il me paraît que c'est une ressource que nous devons jalousement garder de côté.

J'espère être de retour dans six semaines, le vent est contraire, aussi ne serai-je pas à Albany avant jeudi, de là Angelica par Utica, Geneva et Bath, soit dix jours y compris les courses dans les bois et si le temps est beau, le chemin praticable, un petit tour au Niagara dont les chutes ne sont qu'à vingt milles de mon Genesee. On les dis prodigieuses...

Occupe-toi bien de toi, de ma Gabrielle, que je sais un peu fâchée de ma vie mais qui ne peut être mieux que sous ton toit fraternel...

Gabrielle à une amie.
Wilmington, 14 novembre 1805.

Votre lettre m'a fait l'effet d'un talisman, c'est-à-dire qu'elle m'a tirée de mes mauvaises pensées... Que j'aime cette aimable colère contre la vie des bois, cette grande idée selon laquelle il n'y a rien de mieux que de passer l'hiver à New York comme si de rien n'était. Comme cela coule doucement de votre amicale plume et comme il est dommage de ne pouvoir suivre les errements d'une si tendre philosophie, mais le fond de la scène est changé, toutes ces teintes d'optique, en perdant leur couleur, perdent tout leur effet; il ne reste plus que le canevas de cette vie ancienne.

Ne souffririez-vous pas pour votre amie si vous la voyiez s'attifer comme il le faut dans notre monde, aller en voiture particulière à un thé charmant pendant que son mari, accablé d'affaires et de soucis, vend ses meubles? Non, j'espère que vous auriez plus de fierté pour elle et que vous ne voudriez point la voir dans une si humiliante situation.

J'oubliais de placer au rang des considérations qui encouragent notre plan que M. du Pont en est vraiment fou, a du dégoût pour toute autre chose, ne rêve que de ses bois déserts...

Irénée à Victor.
Wilmington, 5 décembre 1805.

J'ai reçu hier soir ta lettre, mon frère, et je ne peux m'empêcher de te dire à la hâte toute la peine qu'elle me fait. J'avais compté que nos arrangements étaient montés et je ne m'occupais plus que de ce qui pouvait nous profiter à tous les deux, quinze jours que je ne pensais qu'à notre entreprise commune, je ne voyais que la certitude de la réussite fondée sur votre volonté réciproque et plus encore le bonheur d'être réunis pour toujours. Faut-il donc y renoncer pour te voir suivre un projet à peine conçu et entièrement hasardeux et auquel, pardonne-moi, tu es plus qu'un autre parfaitement étranger. Tu t'es laissé emporter par l'amertume de ta situation actuelle et sans mûrir ton projet tu as renoncé à ce qui serait notre éden. Ces idées d'indépendance m'assomment autant qu'elles me vexent et j'en suis bouleversé.

Victor à Gabrielle.
Angelica, 2 janvier 1806.

Je commençais, chère amie, à être d'assez mauvaise humeur, voyant que tout le monde recevait de tes lettres, excepté moi, lorsque j'ai enfin eu la tienne du 25. Je vois que les postes seules ont tort à moins que vous n'envoyiez le courrier assez négligemment ou à la mode du pays, toujours après l'heure.

Je vais répondre à ta lettre

article par article. Je m'attends à présent qu'Irénée, par suite de son caractère indécis et nonobstant de bon cœur, s'oppose à tout ce qui ne nous amènerait pas à baguenauder deux ou trois ans chez lui. Il est trop habile à trouver les obstacles, n'inventant jamais rien pour les résoudre. Je suis déterminé à ne pas changer mon caractère qui est de sauter par-dessus la difficulté plutôt que de m'amuser à la contourner. Accordez-vous au moins l'un et l'autre et peut-être vous saurez mieux me convaincre, évitez les *mais,* les *si* et les *car,* car il n'y a rien de plus bête comme un homme à qui son médecin recommande l'exercice et qui laisse tous les matins passer le beau temps, ne sachant s'il vaut mieux aller sur la Batterie ou au parc... Voilà votre histoire. J'ai toujours observé tes conseils mais depuis que tu es à Wilmington tu adoptes des idées fausses avec une facilité si étonnante que je suis porté à te dire que désormais *nous serons toujours d'accord à la condition que tu sois du même avis que moi.*

Victor à Gabrielle.
New York, 26 janvier 1806.

Je me rétracte, mon amie, et je vois bien qu'il y a beaucoup de femmes qui concèdent, mais qu'il en est peu pour être convaincues et, quoique je ne veuille enrôler dans mon régiment du Genesee que des gens de bonne volonté, je vois bien qu'il faut par-ci, par-là me contenter de demi-vocations.

Tu verras que je suis raisonnable et que mon hobbyhorse
n'a pas tellement pris le mors
aux dents que je ne puisse l'arrêter sur le cul s'il se présente sur
la route une bonne auberge, un
excellent cuisinier et une jolie
hôtesse, mais je ne veux pas qu'il
reste à l'écurie : 1° parce que je
ne suis pas assez riche pour le
nourrir à rien faire ; 2° parce
qu'il est paresseux de son naturel, qu'il a à traîner une lourde
charge et qu'il perdra bientôt
l'usage de ses jambes.

Et pour vous montrer ma
belle humeur et parce que je
vous imagine tous les trois,
glacés d'ennui, sans votre Victor, voici quelques calembours
des journaux reçus de France,
les derniers qui nous viennent.
« Il y a beaucoup de braves militaires qui méritent la croix et
Bonaparte la-corde. » « Bonaparte au couronnement fut mis
en char-Pie devant l'autel. On l'a
vu sur son trône sans glands,
couvert, debout. » Quant au
Pape arrivant à Fontainebleau
un jour plus tôt que prévu, son
appartement n'étant pas prêt le
soir, il s'est écrié : « Dieu,
serais-je un Pie sans lit ! » Etc.
J'espère après ce florilège que
vous n'avez pas plus envie de me
voir débarquer que je n'ai envie
de vous rejoindre...

Victor à Irénée.
New York, 28 janvier 1806.

Je reçois ta lettre de Baltimore et n'ai qu'un mot à te dire.

Si notre voisinage me paraî-
trait doux, deux familles réunies
aussi nombreuses que les nôtres

ne pourraient tous y tenir confortablement. Tu ne dois pas quitter ta poudrerie ainsi, sans avoir fini la durée de la société, ce serait une folie. Tu aurais grand tort, pour me rejoindre dans les bois, de briser l'instrument de ta fortune qui n'appartient qu'à toi seul et le pain de tes enfants sous le prétexte que ton grand frère ne voulant pas te rejoindre, c'est toi qui feras le pas vers lui.

Alors, reste sur la Brandywine, je t'en prie.

Irénée à Victor.
Wilmington, 10 février 1806.

Tu ne m'as pas compris : en doublant nos fonds par notre alliance, nous évitions de devenir étrangers l'un à l'autre, ce dont, tu le sais, je souffre. Je ne voyais pas du tout que ce fût mettre nos œufs dans un seul panier, mais au contraire deux paniers à nos œufs pour les garantir davantage. Et maintenant que tu te crois décidé, il me reste à tout reconsidérer pour moi, car tout mon édifice est détruit...

Victor à Gabrielle.
En route pour le Genesee.
17 mars 1806.

A l'entrée des Highlands, à environ 45 milles de New York. C'est aujourd'hui ta fête, ma bien-aimée, et comme il est difficile de t'envoyer un bouquet d'ici, je n'y trouve d'autre supplément que de te dédier un journal de ce voyage solitaire sur mes chères terres, voyage que tu as bien voulu encourager. Je t'y raconterai mes fidèles faits et gestes en te dérangeant quelques instants car il n'est pas dit que parce que les acteurs s'ennuient comme c'est mon cas ici les spectateurs n'ont pas le droit de rire des embarras où les comédiens se trouvent. Surtout lorsqu'il ne se passe rien de bien tragique sur la scène. Tu sais qu'il m'est aussi facile de commencer des journaux que de mettre en train les projets conçus, mais c'est la fin qui est la plus difficile dans tout ce travail d'accoucheur. Je ne t'en promets donc pas la conclusion car plus on devient vieux moins l'on aime à finir. Et c'est pourquoi je chéris tous les jours tout ce qui ne doit finir qu'après moi et entre autres ce sentiment bien tendre qui m'attache à toi et à mes enfants. Il me semble que voilà une assez jolie préface pour fermer cette lettre qui t'a tant appris sur mon voyage !

Victor à Gabrielle.
Angelica, 18 avril 1806.

J'y suis ! je n'ai rien trouvé de fait à ma ferme qu'un sentier sur l'arrière... Enfin, après bien des courses, j'ai déterré un maçon, un charpentier et demain nous commençons à bâtir. J'ai deux *choppers* qui ont suivi les arpenteurs, de sorte qu'il y a maintenant un chemin tout autour de mes limites et un grand *V.d.P.* sur tous les arbres des coins. J'ai mangé un morceau de lard froid et du pain et bu de l'eau de source, avec plus de plaisir que je n'ai jamais pris aux bons dîners de New York, de Delmonico et des autres. Cette vie me réussit à merveille, jamais je ne me suis aussi bien

porté. Plus je vois le pays, plus
je vois mes terres, plus j'en suis
amoureux.

J'y travaille comme un beau
diable. Quand je chasse ou
pêche un bon morceau, je le
porte chez Dautremont où les
dames cuisent à merveille. Je
leur avais donné une truite hier
que j'avais prise dans mon étang
et qui pesait dix livres, sans les
écailles et vidée. Nous en avons
fait un dîner délicieux. On
raconte, ici, qu'une année le passage des pigeons sauvages avait
été si abondant que les chasseurs
les tuaient par centaines ou les
prenaient au filet par milliers.
Un Français qui passait par là en
tire une trentaine, en remplit
trois paniers, arrive au village,
les propose à bon marché. Personne n'en veut. Il diminue ses
prix, personne ne s'y intéresse, il
les vend presque pour rien, pas
davantage. Enfin, ne voulant pas
avoir la peine de les emporter, il
les offre en présent : tout le
monde décline le cadeau, disant
qu'ils en ont par-dessus les
oreilles, ne mangent pas autre
chose depuis deux semaines.
Plus embarrassé que jamais,
voilà le Français aux pigeons qui
se décide à les jeter à la rivière
quand une idée lui vient : « Je
connais le caractère de ces gens
de campagne, ils sont orgueilleux et coquins et tel qui a refusé
mes pigeons me les volerait
volontiers s'il le pouvait. Lais-
sons-les me les voler, ils sont
bons et gras et nourriront la
femme et les enfants de ce
maraud qui me les prendra. »

Sur quoi il dépose les trois paniers au coin d'une allée obscure, s'en va faire un tour et revient enchanté de l'idée qu'on lui avait volé ses pigeons. Il ne s'était pas tout à fait trompé : on lui avait volé ses paniers en prenant bien soin de laisser les pigeons à terre.

Gabrielle à une amie.
Wilmington, 16 mai 1806.

Notre Victor prend racine à Angelica et il a beau me jurer que nous lui manquons, je l'imagine fort bien ne nous revenant jamais malgré les promesses : le travail du corps le rend assez paresseux à ouvrir son écritoire, il vit dans sa log house, y fait des bancs, des dressoirs, il a six ouvriers qu'il faut nourrir, jugez de ce beau ménage ! Il abat, il brûle, il arpente par plaisir, il tue d'excellents canards sauvages et prend d'énormes truites dans sa chère rivière et se fait de merveilleux ragoûts à la poêle pour lui tout seul. Enfin il paraît parfaitement heureux ainsi, ce qui est troublant pour sa femme : il est content de tout, de tout le monde et même, ô horreur, de moi qui ne le suis pas de lui. Il ne se sent, dit-il, propre à rien d'autre. Je vois bien que nous prenons le mauvais parti, mais d'un autre côté j'ai une si parfaite connaissance de son caractère, je le vois si infatué de ce nouveau genre de vie, je sais que tout ce qu'il entreprendrait d'autre, il le ferait avec une répugnance mortelle, que je deviens passive au dernier degré. Bien que je craigne ces terribles hivers du Genesee, je suis prête à céder. Un excellent argument pour se soumettre à l'obéissance quand on est femme, n'est-il pas que cela vous ôte de suite le terrible fardeau de la responsabilité ?

Irénée à Sophie.
Philadelphie, 18 mai 1806.

J'attends ici le retour de Victor qui dit arriver, m'annonce dans sa lettre que je finirai ma vie en broyant du noir et de la poudre ; son insolence, cet esprit d'indépendance qui déroute mon affection, la tourne en ridicule, me rendent extrêmement malheureux. Je lui ai marqué que je n'étais pas favorable à son projet de poudre au Genesee, ce à quoi il m'a répondu qu'il s'en fichait bien, qu'il était d'une joie extrême à l'idée que les projets que j'avais imaginés pour lui ne se fassent pas, que de toute manière il n'y avait plus qu'une seule chose au monde qui l'intéressait, et que c'était d'aller avec une ligne, un morceau de pain et du beurre au bord de son étang et de pêcher en une journée plus de cent grosses truites…

Gabrielle à une amie.
Wilmington, 27 septembre 1806.

Et voilà… j'ai même insisté pour ne pas attendre le printemps prochain, je sens qu'il faut fermer la porte sur les doutes car la vie et la bourse s'useraient également à une plus longue recherche d'un mieux indéfini. Ici, depuis qu'un bon petit wagon est commandé, ceux qui m'ont offert un toit hospitalier pendant neuf mois ne disent plus

rien. Mon frère Irénée a, je
crois, l'intention de s'absenter le
jour de notre départ, manière de
nous dire que la chose lui est
douloureuse. Mon mari prétend
qu'il nous a découvert une excellente route, à peine trois cents
milles et une seule vraiment
mauvaise journée, nous passons
par Lancaster, Harrisburg, Nor-
thumberland, Painted Post,
Bath, faites ce voyage avec nous
sur la carte...

XXXVIII

Il pleuvait à verse depuis le matin, les chevaux étaient à bout de force, cela faisait maintenant quatre jours qu'ils n'avaient pu se sécher. La route n'était plus qu'une succession épouvantable de fondrières, de grands trous d'eau invisibles à la nuit tombante et dans lesquels s'embourbaient les roues des chariots. Quatorze jours de voyage déjà, une allure d'escargot perdu dans la tempête de l'hiver naissant, les corvées de ferrage dans un pays où il y a un forgeron tous les cinquante milles, les péages des ponts et des bacs, l'attente devant les rivières qui laissent passer d'énormes troncs d'arbres et menacent les wagons chargés de bestiaux et d'hommes, des auberges qui n'en sont pas et où les pains de maïs, le lard frit, le bœuf salé et le mauvais café s'achètent une fortune, et quand il ne pleut pas, dehors sous les étoiles, le frisson des derniers moustiques qui font rougir et gonfler les bras, les mollets, la figure. Ils avaient pourtant acheté assez cher les chevaux ambles de Narragansett, venus tout exprès du Rhode Island, habitués à tirer les lourds wagons sur la *wilderness-road*. Mais un soir les chariots bâchés de blanc, alourdis par l'eau qui s'était mise dans les toiles, avaient eu raison de l'un d'entre eux : l'animal avait mis le genou en terre, incapable de grimper, épuisé, refusant jusqu'à la dernière ration d'avoine qu'on lui proposait. Devant lui, la route ou plutôt la rigole d'eau et de boue qui serpentait tout au long des Highlands.

— Il ne montera plus, je les connais. Il faut s'en séparer.

S'en séparer, cela voulait dire donner l'alerte aux loups qui hurlaient à la nuit. Cela signifiait un coup de feu qui retentirait dans la montagne, signalerait aux Indiens qu'il y avait là des hommes en difficulté, des proies faciles, affamées et trempées. De l'argent à prendre, des femmes à enlever. Sanglots des enfants, lamentations des mères, hennissements des quatre derniers chevaux. Ils étaient à quelques pas d'un gué bouillonnant impossible à passer sans lumière.

— Laisse-le crever. Nous n'avons pas tant de cartouches.

Victor était parti devant. Dans la nuit noire, son cheval s'enfonçant jusqu'au ventre dans la boue, il s'était avancé, sa redingote pesant bien ses soixante livres d'eau. Le vent s'engouffrait en rafales glacées dans ces corridors pierreux, un vent terrible qui venait de derrière les montagnes. C'était plus qu'une rivière, c'était un immense *creek* de la largeur de la Delaware que les cartes signalaient comme un ruisseau mais qui s'était chargé des pluies de ces derniers jours. Le cheval glissa, le sabot hésita sur les pierres ; Victor fut jeté à terre, c'est-à-dire dans deux bons pieds d'eau. « On ne passera pas cette nuit, ce serait se noyer, il faudrait des bateaux à fond plat, on devra attendre demain matin... »

A l'arrière, le désespoir s'était installé dans la petite troupe. Finis les beaux rêves de mustangs, de poneys sauvages et de carrosses luxueux... Gabrielle découvrait, le dos en bouillie, les reins en feu, les chemins de l'Amérique intérieure.

— On campe ici, sous ces arbres.

— Camper ici !

Les protestations furent unanimes. Thomas, le cocher métis, à force de trop boire pour se réchauffer et se tenir éveillé, était presque devenu fou et voulait faire de grands feux dans la forêt.

— Comme ça, les sauvages nous trouveront plus vite.

Si Thomas avait continué ainsi, on l'aurait attaché à son siège avec un bâillon dans la bouche. De la Bible, le cocher n'avait retenu qu'une chose : Moïse avait mis quarante ans pour traverser le désert.

— Et nous, si cela continue, nous mettrons quarante jours pour arriver dans le désert ! criait-il.

Victor lui-même était éprouvé : ces roues qui grinçaient, ces craquements de bois dans la forêt, les jurons de Thomas qui blasphémait et parlait d'animaux féroces, les chevaux qui se cabraient parfois sans raison et faisaient ballotter encore plus les chariots sur lesquels on avait entassé toute sa fortune et ces deux énormes barils de poudre, mille livres à eux deux, qu'Irénée leur avait offert pour qu'ils puissent se faire un peu d'argent en les revendant sur le chemin.

— Bon Dieu, et dire qu'une seule étincelle...

Victor avait les mains gelées, le doigt collé par le froid sur la détente d'une carabine qu'il ne quittait pas du voyage. Pourquoi les chiens aboyaient-ils ? L'Indien avec ses plumes participait de tous les rêves, de toutes les peurs. Ils n'en avaient pas encore rencontré bien qu'ils fussent sur leur territoire depuis trois jours. Là, des plumes derrière les arbres, une crête qui bouge, les branches qui craquent, les taillis qui frémissent !

— Un faisan, je l'ai ! dit Victor en ajustant son tir.

Faisan béni ! Ils seraient sept à le partager pour le dîner. Les côtelettes de mouton étaient finies et il ne restait plus qu'un peu de cacao et quelques œufs cassés au fond d'une casserole.

Depuis le départ, Victor a tout du parfait settler : barbe épaisse, visage aminci, œil vif, habillé d'un pantalon de peau, d'un gros manteau de drap et de bottes détrempées aux pieds. Dans son sac de selle, une boussole, des cartes imprécises, en lambeaux, deux ou trois couvertures gorgées d'humidité et des toiles cirées pour les soirs de pluie.

Thomas avait construit un petit campement de fortune avec deux piquets fichés en terre, une perche transversale et, en guise de tente, de grandes plaques d'écorce recouvertes de tissu ciré. Ils avaient sorti de leurs *saddlebags* du taffetas qui ferait office de drap. Les selles serviraient à appuyer les têtes quand on serait allongé.

— Allume un petit feu pour chasser les moustiques et mets les grelots à l'encolure des chevaux. On va les laisser libres cette nuit, il faut qu'ils trouvent à manger, nous n'avons plus rien.

Gabrielle bâillait devant les premières braises et suçait un restant de cassonade qu'elle traînait dans sa poche depuis le départ en même temps que quelques pièces d'or, toute leur fortune après avoir acheté les terres de Talon. Le feu résistait difficilement à la pluie et se mit à fumer. Il fallait faire cuire le faisan très vite, manger et filer se coucher. Malgré la cabane en écorce, on dormirait bien. Quatorze heures de route aujourd'hui.

Quand Victor se réveilla, le premier, il fila voir le creek. Le soleil était revenu, le ciel dégagé, et si tout allait bien on retrouverait le turnpike et, avec lui, la *Red House*, une auberge que Victor connaissait pour s'y être déjà arrêté lors de son premier voyage.

Le creek, quoiqu'un peu profond, fut passable à gué. De l'eau jusqu'aux genoux, les trois hommes poussèrent les chariots qui menaçaient d'être renversés et emportés par le courant. Les chevaux étaient calmes, résolus à rejoindre l'autre bord. Soupirs de soulagement. La route parut meilleure. Les chariots prirent un peu de vitesse, on regagnerait le temps perdu par le bivouac forcé d'hier soir.

Victor partit devant. Tandis que les montagnes s'affaissaient, la forêt semblait se refermer sur son passage. L'empire des arbres était absolu, ils voyageaient en plein cœur de l'État de New York, dans la forêt du Nord, riche en sapins, cèdres, mélèzes et cyprès. Quelques lianes aussi qui traînaient au sol et rendaient la marche délicate. Partout des traces d'ouragans dévastateurs mais partout aussi, dans ces labyrinthes humides, l'eau fraîche, gaie, d'une chute qui dévalait de plus de soixante mètres, un grand lac bleu qui ouvrait sur une prairie d'un vert tendre. L'eau, la terre, les montagnes et les vallées s'étaient fixé ici leurs propres limites qui n'avaient en commun que les fièvres multiples qu'elles abritaient.

Cette forêt fascinait Victor. Il écartait au passage les branches basses des pins qui couvraient son vêtement de la pluie soufrée des étamines. Il prit le galop, fit fuir les cardinaux, les palombes bleues et ces gros oiseaux moqueurs qui n'avaient jamais connu leurs forêts que désertes. Au détour d'un chemin, une ombre, un animal qui détale et qu'on va traquer. Un ours, un buffle ? Il faut se tenir sur ses gardes et suivre les traces. Le sol regorgeait de serpents qui n'attendaient que de piquer les pieds des chevaux. L'animal était parti de ce côté-là. C'est à peine si, sous le feuillage, un peu de lumière perçait : les bois étaient encore humides, fumants, les herbes, les orties, les mousses dissimulaient le passage du gibier. L'éclairage donnait aux arbres une taille gigantesque. Victor s'arrêta brusquement.

Le cri du racoon.

Très laid. Son odeur insoutenable. Cet énorme chat puant, de la taille d'un renard, qui se nourrit de loutres, de canards et d'oies sauvages, est immangeable. Et trop rapide, quand il chasse lui-même, pour être tiré. Victor abandonna.

Enfin un bruit amical.. une hache, guère loin, qui s'attaquait à un arbre. Une hache, c'est-à-dire la promesse d'une habitation. Un homme qui défrichait ses terres, voulait donner un peu de clarté à ses bois. Victor ne put, à cet instant, s'empêcher de sentir battre son cœur. Cet homme qui coupait ses arbres, ce serait bientôt lui. Il était bien mort, le Parisien excentrique en mal de chapeaux et de filles, le consul dans son uniforme rigide, le directeur de compagnie en banqueroute. C'était un autre homme qui menait son cheval dans les taillis et qu'un chien venait de rejoindre.

Un jeune chiot domestique qui le conduisit jusqu'à un groupe de maisons, trois ou quatre, sur un terrain défriché. Avec pour toute animation, des enfants qui couraient entre des souches d'arbres, des oies qui faisaient leurs nids dans des tas de foin.

— Il y a trois ans, ici, c'était un marais saumâtre, baragouina un Allemand sur le seuil d'une cabane.

Le marais se rappelait à eux par des nuées de moustiques et de gnats qui énervaient les chevaux.

— On s'y fait, c'est une bonne terre, dit l'homme.

En fait de terre, il s'agissait d'une argile rougeâtre qui semblait avoir donné sa couleur aux érables de montagne.

— Que voulez-vous boire ?

Ils se retrouvèrent devant un verre d'Albany Ale, presque fraîche. Victor expliqua son voyage, le Genesee, Angelica, le settlement qui les attendait. Le pauvre diable, qui avait passé sa journée dans sa *log house,* fumé comme un hareng, à dormir près d'un poêle, se mit à damner tous les propriétaires de terrains et leurs agents. C'était un torrent qui vomissait lave, pierres, fumée, flammes et soufre.

— Je voudrais les voir pendus, ces salauds, roués, brûlés vifs et l'Amérique engloutie avec eux. Monsieur, n'allez pas plus loin, noyez-vous dans la rivière, je vous montrerai le chemin, ou pendez-vous au premier arbre venu, vous ferez mille fois mieux. Quant à moi, j'aimerais mieux être condamné aux mines, forçat ou moine que de recommencer une pareille vie !

— Tu entends, Victor ? murmura Gabrielle.

Victor n'entendait rien. Il acheta du pain et du beurre frais à l'Allemand et partit à la tête du convoi. A cinq heures la *Red House* n'était toujours pas en vue tandis que la nuit tombait, sans étoiles, sans lune. Au bout d'un mille, Victor crut apercevoir deux chemins. Son cheval, la bride sur le col, prit celui de droite, qui peu à peu se rétrécit, encombré de branches et souches pourries sur pied.

— Ce n'est pas le bon, hurla Thomas derrière lui. C'est sûrement un indianpath…

— Thomas, dételle les wagons, on continue sans eux !

On protesta. Par principe. Laisser leurs affaires en plein bois, par cette nuit, le piano de Gabrielle ! Ils reprirent la route et rejoignirent le turnpike. Devant eux, les lumières attendues de la *Red House*.

En fait d'auberge, c'était un bouge, la *Red House*. Une pièce enfumée construite avec des troncs à peine dégrossis et trois planches sur une caisse en guise de table. Victor demanda que l'on fricasse quelques truites pêchées en route : des œufs frais du jour, du beurre, des pommes de terre et un grog servi par une jeune fille silencieuse complétèrent le festin.

— Les récits des explorateurs en Amérique ne parlent que de deux choses : la forêt et la nourriture… parce qu'après une course dans les bois il n'y a plus qu'à espérer un bon repas, marmonna Victor devant une assiette qui s'était vidée plus rapidement qu'il ne l'avait imaginé.

Il y avait deux chambres à la *Red House*. Les deux étaient occupées. Victor se souvint de ses premières auberges américaines quand il parcourait les bois du Jersey avec le comte de Moustiers. Dans l'une d'elles, tenue par un ancien capitaine de l'armée de Washington, il n'y avait qu'un seul lit, construit en planches, en rond, autour d'un poteau. Les candidats à la nuit s'y disposaient, les pieds au poteau, un sac sous la tête.

— La loi de l'hospitalité veut en Amérique que le voyageur occupe le lit de la fille de la maison s'il n'y a pas d'autre place, dit Victor en plaisantant.

— Et j'ai même rencontré une épouse qu'on disait chaste et qui avait partagé sa couche, sans crainte, avec plus d'une vingtaine d'inconnus ! précisa Thomas.

Gabrielle semblait furieuse sous son masque amusé. Victor, de son côté, observait le manège de la jeune servante, qui partageait son temps entre la lecture d'un roman au coin du feu et le service de leur table.

— Mademoiselle, je ne conçois pas comment vous pouvez encore y voir en lisant ! Vous allez gâter vos beaux yeux et ce serait dommage...

La jeune fille posa son livre, s'éclipsa en silence et ne reparut pas de la soirée.

Ils dormirent sur des galetas disposés autour du feu. Quand Victor se réveilla, le premier, la servante balayait la salle. « Lorsqu'on a soi-même la vue basse, il ne faut jamais faire de compliments aux yeux d'une inconnue », songea-t-il avec horreur.

La servante de la *Red House* était borgne et le dévisageait avec un peu de mépris de son œil gauche, chassieux et de travers.

XXXIX

Seules les rues à Angelica témoignent d'un quelconque plan de *settlement* : des rues rectilignes qui se croisent à angle droit, disposées autour d'une grande avenue, du nom de Saint-Pierre, longue d'un demi-mille et large d'une cinquantaine de pieds. Le reste est livré à l'imagination de ces hommes qui n'ont en commun que d'envoyer des députés à l'Assemblée générale de l'Etat de New York. Comme les lois l'exigent, ils se retrouvent régulièrement dans une *public house,* à la fois taverne et salle de tribunal, une grande baraque en brique — la seule du comté — qui se dresse toute nue au centre de l'avenue Saint-Pierre.

Le village se résume à deux ou trois rangées de baraques peintes en blanc au seuil desquelles poussent librement quelques épis de maïs et de blé. Comme les clôtures en treillis n'empêchent point les oies d'aller dans le jardin du voisin, on leur a fixé sous le cou un long bâton transversal. C'est devenu un spectacle très goûté à Angelica que de regarder ces bestioles se tordre la gorge, fort embarrassées, pour essayer de se glisser entre les lattes.

C'est d'ailleurs l'unique distraction du village.

Les maisons en elles-mêmes ne sont pas vraiment laides : ce sont des huttes, couvertes de bardeaux, une superposition de troncs mastiqués de terre glaise en prévision d'hivers qu'on dit terribles. Les jardins ne sont pas sans gaieté : à l'extrémité du vallon, des fermes se consacrent même à la culture de rosiers touffus. Les fleurs sont à la mode depuis que les colons de Gallipolis y ont porté l'emblème de la colonie du Scioto : l'iris jaune qui croît librement un peu partout. C'est un luxe qui ne cache pas la vraie pauvreté : l'appareil misérable des boutiques, les *log houses* abandonnées, l'herbe qui pousse en l'absence de tout pavage sur les chemins, des vêtements déchirés et de gros godillots pendus aux fenêtres en attendant un hypothétique soleil pour sécher sont l'ordinaire de la colonie.

Les visages disent tout : étiques, malades, fuyants, regards baissés. On a honte de sa misère. Les enfants ont des figures hâves, les yeux enfoncés très profondément, inquiets. Ils ont fini de jouer depuis longtemps : à dix ans, ils sont bûcherons et charpentiers, font des bateaux plats pour aller sur le Genesee, construisent les maisons, défrichent et tiennent entre leurs jeunes mains les vérités du monde adulte. Leurs mères ont perdu toute recherche dans le costume, partagent avec les hommes les manières grossières, la faiblesse en plus : la maladie semble présente à chaque coin de rue, devant chaque maison, sur chaque visage. C'est la maladie de l'isolement.

La première poste est à quarante milles, c'est-à-dire à une journée et demie de route.

— Vous n'allez pas repartir ! Vous savez où est Bath ! a dit le capitaine Church quand il a su que Victor voulait envoyer une lettre à Irénée.

— Mais comment faites-vous d'habitude ?

Church lui a expliqué. Il y a un an, les représentants du village avaient décidé de créer un système de courrier rapide, utilisable à tout moment.

— Mais il n'y aura aucun fermier pour accepter d'abandonner ses terres afin de faire le facteur ! avait affirmé le shérif.

— Tous les hommes valides ont autre chose à faire..., avait renchéri le représentant de l'Assemblée.

— Tous sauf un, s'était écrié Church.

— Qui donc ?

— L'aveugle, pardi !

Une souscription avait été organisée dans le village pour permettre à l'aveugle, un jeune créole qui montait parfaitement à cheval, d'aller deux fois le mois porter et chercher le courrier à Bath en traversant les montagnes et les bois. On lui avait acheté un bon cheval, qu'il avait dressé et en qui il avait toute confiance Doué d'un sens assez stupéfiant de l'orientation, l'aveugle avait déjà fait la course plusieurs fois et en connaissait tous les obstacles.

— Et puis, un jour, il n'est pas revenu, dit le capitaine.

Le cheval du jeune homme avait dû l'entraîner hors du sentier habituel et le perdre. Dès lors il était fichu. Pendant quinze jours, tout le *settlement* avait été sur pied pour le chercher. On avait même trouvé sa trace sur plusieurs milles, mais la première neige d'octobre avait déjà recouvert les pas du cheval.

— Le malheureux aura culbuté dans un marais, y sera mort de faim ou aura été dévoré par une bête.

Church, dont le grade de capitaine tient à une vague mission pendant la guerre d'Indépendance, est peut-être le seul homme affable de la colonie. Il est venu à Angelica en sachant ce qu'il allait y trouver. Il y a distillé de l'alcool de pomme, s'est lancé dans le commerce du sel gemme avec un certain succès. C'est la rivière du Genesee qui l'a attiré ici : il a organisé des retenues sur l'eau, créant ainsi de vastes flaques. Il y recueille de grosses anguilles qu'il vend, fumées, assez cher aux marchés de Bath, de Painted Post et même d'Albany. La rivière lui tenant à cœur, il y a installé de magnifiques embarcadères où les bateaux à fond plat prennent le relais des sloops qui naviguent sur la rivière d'Hudson. Autant dire que le capitaine Church a entre ses mains une bonne part du commerce de la colonie et qu'il s'est fait une assez jolie fortune.

— Venez pêcher avec moi. Vous comprendrez le plaisir qu'on peut avoir à faire griller des anguilles vivantes sur des braises !

Victor, à peine arrivé, a accompagné Church dans ses courses. Ils se sont promenés sur les rives le long des vergers, des jardins clos d'épines et des potagers.

Le Genesee, qui donne son nom à cette vallée, est un gros ruisseau qui forme avec ses boues noirâtres une presqu'île sur laquelle une partie du village s'est construite, situation relativement précaire pendant les mois d'inondation. Tout autour de ses rives s'étendent les terres défrichées, les guets de chasse qui surplombent les marais asséchés.

— La terre est assez étrange, ici, mon cher du Pont, vous le verrez. Tous les trois ou quatre ans se produit un phénomène bizarre, dangereux.

Et Church a parlé de ces feux qui prennent d'eux-mêmes dans la forêt à la saison sèche.

— On appelle cela l'ignition ignée...

Le mot savant a fait fortune dans la colonie. Il ne s'agit en réalité que d'une curieuse réunion dans la terre de matières inflammables : du charbon, de la limaille, du soufre, de l'huile de chènevis et du noir de fumée. A un certain degré de chaleur, le sol prend feu.

« Il faudra que j'écrive la recette à Irénée. Cela le découragera un peu plus de fabriquer sa sale poudre », pensa Victor.

Victor s'est fait raconter par Church les débuts de la colonie d'Angelica. Ce temps où les arbres étaient en si grande abondance qu'on coupait parfois une cinquantaine de cèdres pour construire une cabane à cochons, ces années pendant lesquelles on était tout occupé à scier, sarcler, semer, à faire des gerbes et à cultiver le maïs et les melons d'eau. Ces heures presque glorieuses de la fondation quand des bals étaient organisés, des pique-niques champêtres, de la musique en plein air. On espérait alors qu'une école instruirait les bons colons en leur faisant lire Marmontel, Voltaire ou Rousseau. Le peuple des *backcountries* se passionnait pour la création d'une nouvelle race de chevaux ou l'implantation d'un moulin sur le Genesee.

— Et puis nous avons fait une grosse erreur. Nous avons cru vaincre la forêt en défrichant, nous avons mis au jour ce fichu marais qui est situé entre la rivière et le village. Les fièvres sont venues.

Depuis ce jour, Angelica s'est laissée aller. Hommes oisifs, occupant des heures entières à attendre des miracles devant leurs maisons, bras croisés, pipe au bec. Le goût des dollars et la passion du défrichement ont épuisé en eux les espérances que leurs livres religieux leur avaient données.

— Regardez-moi ces femmes hideuses qui détournent le regard dès qu'elles vous rencontrent, ne se coiffent plus, se sont mises à boire...

Les colons, s'ils n'ont que médiocrement accueilli Victor et sa famille, se sont pourtant portés bénévoles pour la construction de leur maison. L'édification d'une pareille hutte est un acte qui engage le village tout entier et la coutume veut que les bûcherons d'Angelica y apportent leur concours.

— Construisez léger ! on ne sait jamais. Si on se met dans l'idée de changer un jour l'alignement des rues, il faudra pouvoir avancer ou reculer à volonté votre affaire.

Gabrielle imagina avec effroi sa *log cabin* déplacée de plusieurs mètres, tirée sur des roues par un troupeau de gros bœufs. Des maisons d'écorce et de planches lui semblaient déjà participer d'un bien curieux théâtre. Church voulut la rassurer :

— Nous commencerons par la cheminée, madame, et demain ce sera fait !

Et, chose extraordinaire, l'on commença en effet par mettre la cheminée en place.

— Elle sera au milieu de la salle commune, décida Victor qui avait soigneusement choisi la meilleure parcelle de ses terres pour planter sa maison, un peu à l'écart du village.

— Invitez tous vos voisins, cela ne vous coûtera que quelques gallons de whisky et deux ou trois pots de bière par personne... sans compter que vous avez de l'excellente poudre à chasser, assura Church.

Le lendemain matin, trente hommes forts d'Angelica étaient au rendez-vous. Sur les plans retenus par Victor, on se mit au travail. Un travail facile : les hêtres et les érables étant sur place, il suffisait de les découper, de les dégrossir et de les entailler. Un peu d'équarrissage permit de rendre le bois présentable. On peindrait plus tard. Tandis que les cloisons se montaient, les femmes mastiquaient au fur et à mesure les ouvertures.

— Un pignon, Victor, un homme comme vous se doit d'avoir un pignon, protesta le capitaine en voyant la maison presque achevée.

Le pignon fut posé dans la journée. Après avoir passé plusieurs heures à raboter, à clouer et à se déchirer les mains, le Superbe examina son chef-d'œuvre, un mélange gothique du plus simple appareil.

— Nous y coucherons bientôt...

La *log cabin* fut achevée dans la journée du lendemain. Des chevrons supportaient assez habilement les lattes de bois et les plaques d'écorce en guise de toit. Quelques feuilles de papier huilé feraient office de vitre. Il ne manquait plus que des lits, un bahut, une ou deux tables pour donner vie à ce palais à la mode des bois.

Gabrielle fit preuve d'un assez grand génie de la transformation. Elle habilla la *log cabin* de rideaux de mousseline venus de *Good Stay,* planta en bonne citoyenne ses iris jaunes et déballa les caisses avec plaisir. Les beaux chandeliers polis, la faïence, la porcelaine et le piano rappelleraient les fastes passés. La merveilleuse de New York travailla son manuel d'économie rurale pour n'être point en reste avec son mari que le travail de la terre occupait du matin au soir. Elle se mit à faire des lessives à la vapeur qui blanchissaient le linge au premier degré de perfection, sans savon, matière dont on manquait cruellement à Angelica. Elle apprit à faire de la peinture au lait qui supplanta celle à la colle qu'on utilisait pour peindre les façades des maisons, elle se fit boulangère et repasseuse...

Ils vivaient de petits riens qui leur paraissaient des trésors : le creek était poissonneux, les bois riches en gibier et les jardins bien verts.

Le premier sacrifice de Gabrielle fut certainement l'article de la mode : la vue d'un petit chiffon lui était encore agréable et elle fit, au début, quelque apparence de toilette dans les réunions publiques avec ses vieilles robes de New York et de Paris. Elle dut très vite abandonner ses souliers de peau noirs qu'elle avait toujours portés, mais qui ne convenaient guère à l'étrier ou aux promenades dans les marais. Pour les jours de fête et pour donner envie à Amélia d'être plus tard une élégante s'il se pouvait qu'ils quittent un jour cette vallée sauvage, elle prit l'habitude de porter une jolie robe de calicot et de percale, très simple, et de relever ses cheveux sous un petit bonnet comme une débutante qui va au bal pour la première fois. Toutes les jouissances du luxe et de l'amour-propre étant annulées sous ce climat et dans cet environnement, elle consentit à porter une *ridingdress,* vêtement commun à toutes les femmes du Genesee, cette jupe noir et bleu, ces gros bas de laine qui grattaient affreusement et les mocassins achetés aux Indiens. Puis elle déclara à Victor qu'elle allait se mettre à fabriquer de la cire et à récolter du sucre pour améliorer leur ordinaire.

La cire l'occupa plusieurs mois d'affilée. Elle se mit à la recherche des *candleberry trees,* arbres assez difficiles à trouver dans la forêt et qui ne poussaient que par petits groupes isolés. Leurs fruits recueillis à l'automne permettaient à toute la vallée du Genesee de s'éclairer convenablement : de grosses graines ressemblant à celles du poivre étaient enrobées d'une matière onctueuse, assez grasse, qu'il suffisait de jeter dans un pot d'eau bouillante. La graisse extraite fondait et nageait à la surface. En refroidissant, elle prenait une couleur verdâtre qui pouvait être rattrapée et produire la transparence de la chandelle, une fois raffinée. Cette soudaine transformation de Gabrielle inquiétait autant qu'elle réjouissait Victor qui craignait qu'un feu brûlant ne couve en profondeur. Il concevait difficilement et presque à regret que sa femme puisse ainsi se passionner pour la vie domestique et simple des bois. C'est elle qui l'avait convaincu d'exploiter les érables de leurs terres pour en tirer du sucre qu'ils vendaient à Bath. Avec Church, elle entailla une bonne vingtaine d'arbres et recueillit plusieurs pintes de liqueur dans un baquet de bois à l'aide de tubes faits de joncs bien secs. Le capitaine prêta sa chaudière pour faire bouillir et fermenter le sucre.

Victor, de son côté, pavoisait sur ses terres en tenue d'agriculteur : son frère ne l'eût pas reconnu. Ce grand bonhomme avec sa chemise de toile bleue, ses guêtres en peau de cerf, ses bandages de drap autour des jambes pour se protéger des champs d'épines qu'il arrachait tout le jour, continuait néanmoins de faire la mode et d'imposer ses goûts à une colonie qui se passait depuis des lustres de tout canon vestimentaire : s'il avait emprunté aux trappeurs la grosse ceinture en cuir repoussé et la bandoulière du parfait coureur des bois où s'accrochaient le fusil, la poire à poudre du Pont, la corne aux chiens, le couteau et la hache à *chopper,* il avait inventé des petits souliers en gomme élastique qui rendaient bien des services par les saisons humides. La couverture de laine jetée avec négligence sur l'épaule signalait à tous l'élégance du nouveau settler des propriétés d'Omer Talon.

Le major du Pont, comme on l'appelait à Angelica, s'était persuadé que les terres et les eaux étaient les seules richesses respectables. Son père eût trouvé dans la vallée du Genesee un merveilleux champ d'expérimentation de ses chères théories physiocratiques. Certes, au bout d'une année de joies champêtres et d'aimables fantaisies de chasse et de pêche, il avait fallu imaginer un destin plus âpre et se consacrer enfin à la culture de ces deux cents acres qui étaient à son nom. Il commença avec Thomas et deux ou trois choppers à brûler les arbres et à lâcher les moutons pour dégager les herbes. Il défricha et plaça des clôtures durant tout l'hiver. Parce qu'on ne pouvait tout de même pas vivre uniquement de raisins sauvages, de pigeons, de pommes et de groseilles, Victor sema du blé de Turquie, de l'avoine et plusieurs acres de sarrasin dont il comptait bien vendre le superflu. Il y ajouta des pommes de terre, des melons d'eau et quelques plants de tabac pour bourrer sa pipe. L'unique vache donnait du lait pour la famille, un lait assez écœurant et qui avait pris le goût de l'ail des pâturages. Gabrielle se mit à faire des petits pots de beurre à leur chiffre et à préparer le sirop de sucre d'érable. Ils passèrent ainsi l'hiver, abondamment pourvus, goûtant les chairs de l'ours, de l'écureuil, du dindon sauvage, tendre et gras. En prévision d'une visite d'Irénée, Victor imagina de somptueux menus, fit une grande provision de selles de venaison, de quartiers de bœuf et de mouton qu'on mit à saler, tua un des cochons, accumula les cailles, les faisans, les fromages et les saucisses. Ils n'avaient jamais autant mangé de leur vie.

Puis, quand on sut qu'Irénée ne pourrait venir cette année, Victor décida de faire un voyage. Sans Gabrielle.

Cela faisait maintenant deux ans qu'il entendait parler des sources salées de la vallée du Genesee et du lac Onondaga sur les bords duquel s'étaient repliés les Indiens. Il eut l'idée — que Church trouva exécrable — d'aller signer avec eux un traité qui l'autoriserait à pratiquer le commerce du sel, très prisé dans les environs. On disait que les Indiens en faisaient un étrange usage.

— J'en connais un qui a tué sa femme, l'a salée et l'a mangée pendant six mois, rôtie, bouillie, grillée, assura le capitaine.

XL

— Les sauvages sont comme les arbres, les ennemis naturels de l'Amérique. Il faut les exterminer jusqu'au dernier, par le feu, le fer ou le brandy...

Telle était la philosophie assez pragmatique du capitaine Church. Fort américain en cela. Depuis toujours ses compatriotes haïssaient ces bestioles peinturlurées qui leur avaient cependant appris la culture du manioc, du maïs et du cacao et leur vendaient de belles selles de monte, des pipes, des ceintures, des blagues à tabac et quelques bonnes peaux d'ours. Les habitants d'Angelica n'en avaient pas une meilleure opinion : quand la colonie s'était créée sur un territoire discutable, les Oneidas, pourtant reconnus comme l'une des tribus les plus pacifiques de l'Etat de New York, s'en étaient pris à leurs chevelures pommadées et parfumées, avaient conservé quelques crânes et fait quelques prisonniers dont on avait perdu la trace. L'un d'eux qui avait réussi à s'échapper avait, par la peinture des cruautés indiennes, attisé la colère du village. Depuis ce temps, on ne labourait jamais sans une arme au côté. Les rapports entre la tribu et Angelica se limitaient à quelques coups de feu échangés derrière des arbres.

Les rares Français de la colonie passaient pour plus tolérants. Depuis toujours les Indiens avaient préféré ces colons-là, les appelant même frères et s'attaquant rarement à eux, sauf sous l'empire de l'alcool et payés comme des mercenaires. Victor se souvenait d'être allé au Théâtre-Français, à quatorze ans, voir avec son père *la Jeune Indienne*, pièce sentimentale de Chamfort qui mettait en scène les amours sur le sol américain d'un quaker et d'une jeune sauvage. S'il avait un peu oublié ce divertissement, il avait encore en mémoire la petite réception qui avait suivi. La Fayette avait ramené d'Amérique des Indiens qui avaient construit dans les jardins du Palais-Royal plusieurs wigwams avec des pieux, des feuilles de palmier, des plaques d'écorce et des peaux, petites huttes enfumées sous lesquelles les dames du monde étaient allées boire une ou deux coupes de vin de Champagne en rêvant à cette vie singulière. Cela avait été un assez beau spectacle de voir ces messieurs en habit français, l'épée au côté, le bas de soie blanc, avec leurs bourses à cheveux, bien poudrés, vanter aux sauvages, sans jamais y avoir été, les vertus de leur pays où les mœurs, comme en témoignait la pièce de Chamfort, paraissaient si libres.

S'il n'avait pas eu avec lui Gabrielle et leurs trois enfants, Victor se fût certainement essayé à la vie de ces Indiens plutôt que d'essuyer la très ennuyeuse compagnie des colons d'Angelica. Ne disait-on pas de lui qu'il partageait avec eux cette même *sauvagerie*?

Il croisa en route un original qui vivait à l'écart du village et à qui il n'avait encore jamais rendu visite : c'était un ancien avocat d'Argenton, ayant commerce lié avec les sauvages, personnage quelque peu exalté qui prétendait descendre du Romain Pompée et qui, ayant bâti sur ces origines un assez joli conte, s'habillait à la romaine, portait une longue barbe et professait la religion païenne des Anciens dans les bois en assurant qu'elle était fort proche des cultes des aborigènes. Tout son mobilier consistait en quelques livres latins, un vieux lit, une table, deux chaises et une cheminée : il parlait — à lui-même — tout le jour en latin, se refusait à l'anglais mais connaissait parfaitement le dialecte des Oneidas.

— Que je vous emmène là-bas ? Je travaille un peu pour eux, je leur répare des fusils mais je ne peux pas vous assurer qu'ils accepteront cette concession sur les sources salées du lac...

Bosio n'avait jamais su réparer des fusils. Il travaillait, et tout le monde le savait, pour Auguste Penel, le plus gros pelletier d'Albany, et achetait aux Oneidas des peaux l'hiver et du ginseng l'été. C'était donc pour Victor le meilleur interprète auprès de la tribu.

— Vous savez, depuis quelques années, depuis qu'on leur vend de l'alcool, ils ont changé. Ils sont devenus très paresseux, ne chassent presque plus et l'argent leur a tourné la tête. Quand ils sauront qu'un Blanc s'intéresse à leur sel, vous aurez les pires difficultés.

Contre la promesse d'un peu de poudre du Pont, Bosio accepta de conduire Victor. Il lui montra en route d'anciennes carrières d'argile, d'un rouge très foncé dont les Indiens se barbouillaient autrefois avant que les Européens ne leur donnent du vermillon. Le trappeur avait quitté sa toge romaine pour revêtir un habit de petit-maître français avec des festons et des galons à la chasse du feu roi Louis XVI.

— Un vieux souvenir. Les Oneidas respectent l'uniforme français, vous comprenez.

Victor ne chercha pas à comprendre. Il marcha, silencieux, absorbé par cette rencontre qu'il allait faire. On lui avait parlé du colonel Louis, nom du chef des Oneidas, qui parlait le français et qui d'après Bosio avait servi auprès des Américains pendant la guerre d'Indépendance.

Après une nuit de bivouac, ils arrivèrent à un petit village fait d'une dizaine de huttes où vivait l'avant-garde de la tribu. Il fallait se faire annoncer et attendre que le colonel et ses hommes les rejoignent. Le grand village était interdit aux Blancs. Ils attendirent là toute une journée parce qu'on leur avait affirmé que Louis et les siens étaient partis chasser pour revendre des peaux au fameux Penel.

Le terrain était très fertile et les Oneidas, vêtus en trappeurs, y faisaient brouter chevaux et vaches. Ils voulurent que Victor leur achetât un gros bœuf, une ou deux pioches à maïs et des tomahawks. Bosio lui conseilla de prendre le tout et de ne surtout pas refuser les tomahawks dont il ne ferait certes rien mais qui, laissés de côté dans le marché, vexeraient horriblement les Indiens et engageraient mal la négociation sur le sel. Comme ils voulurent manger, on leur signifia qu'il fallait attendre la femme du colonel Louis, partie aux champs pour une heure ou deux.

L'Indienne arriva assez éméchée. A peine vit-elle Victor qu'elle s'accrocha à lui, lui secouant le bras en lui demandant du tabac à chiquer dans un dialecte émaillé de quelques mots d'anglais. Un enfant de six ans leur tournait autour, partageant son temps entre une sieste dans un panier de feuilles et de lianes suspendu aux branches d'un hêtre pourpre et sa mère assise par terre, une jeune Indienne qu'il tétait encore longuement.

Contre le tabac, on leur donna une bouillie rance de lait de beurre et de blé de Turquie pilé. L'alcool bu en grande quantité fit office de coupe-faim. Quelques femmes ivres traversaient le campement, tombaient à terre et poursuivaient, silencieuses, leur chemin à genoux.

— Ils sont ainsi toute la journée ? demanda Victor.

— A peu près et pire encore après leurs *frolics*. Les femmes comme les hommes. Et les enfants aussi, à qui l'on donne du rhum pour les faire dormir.

Les Indiennes déçurent Victor. Il avait lu que, lorsque Cartier était arrivé chez elles, elles lui avaient frotté les bras et la poitrine, avaient embrassé son sexe avant de lui faire manger de gros morceaux indigestes de phoque.

Tout autres étaient les Oneidas : des cheveux raides, noirs, très épais, souvent longs, qui ressemblaient au crin de cheval, de grands visages plats, bosselés aux pommettes, ce qui leur donnait un petit air mongol, le front bas mais large, la tête carrée, avec des sourcils arqués et épais, un œil d'ours, une barbe presque inexistante chez les hommes et qui se présentait en petits bouquets lorsqu'elle poussait, des regards qu'aucun sourire n'animait. La face, quand elle n'était pas peinte, était couverte de suie. Perdus dans ce noir profond, deux yeux mi-clos.

Victor et Bosio assistèrent à quelques scènes distrayantes de maquillage : de grandes lignes bleues de l'épaisseur d'une veine furent dessinées tandis que le reste de la peau tannée et cuivrée était passé à la graisse, au noir de fumée et méthodiquement peint de petits losanges bleus et rouges. Les oreilles, le nez, toutes les peaux les plus délicates étaient horriblement déformés et griffés par les pendeloques, les anneaux et les plaques d'argent.

Ils furent interrompus par quelques salves tirées au loin. Les Oneidas déchargeaient leurs fusils pour signifier le retour de la chasse. Le colonel Louis, un grand gaillard à la peau très noire et aux cheveux légèrement frisés — on le disait mélangé d'une Oneida et d'un nègre — arriva à la tête de ses hommes. Tandis que les guerriers avaient le corps presque nu, Louis se distinguait par sa culotte de peau, une chemise de lin et un petit bonnet étroit en peau de chevreuil.

Bosio présenta Victor et lui exposa les motifs de leur visite. Louis, sans rien répondre, se retira dans sa hutte pour examiner la poudre qu'on avait apportée et qui devait permettre d'obtenir la concession des sources salées. Après des palabres mouvementés, le colonel revint vers eux d'un air assez satisfait, secoua vivement la main de Victor en lui demandant des nouvelles de son Père — entendez le roi, le chef ou l'empereur de France — mais dit qu'il ne pouvait accepter la poudre sans l'essayer. Si celle-ci était bonne, il était d'accord pour céder l'exploitation du sel sur une durée de dix ans, accord qu'on signerait avant de faire un frolic.

L'expérience était simple à réaliser : Victor montra l'éprouvette de Régnier qu'Irénée lui avait donnée, un très court mortier de bronze qu'on bourrait de poudre et qui, placé dans un angle à 45° avec le sol, devait propulser un petit boulet d'un poids fixe. Il commença par un échantillon de la poudre que les Oneidas utilisaient ordinairement et qui lui parut très humide, allant même jusqu'à se réduire en crasse sous les doigts dès qu'on la frottait. Par prudence et par une astuce apprise de son frère, il chargea la poudre des Oneidas à la volée tandis qu'il cogna son éprouvette afin de bien tasser celle d'Irénée. L'épreuve eût été concluante même sans cette petite supercherie : la poudre des Oneidas n'envoya pas le boulet à plus de cent cinquante mètres tandis que l'Eagle Powder des du Pont fit sensation dès le premier essai en portant à deux cent dix mètres.

Le marché était conclu. Désormais le sel du lac Onondaga était à Victor. Il ne restait plus qu'à faire le *frolic* avant de redescendre à Angelica par la rivière, les Oneidas ayant accepté de leur prêter une pirogue.

Ce fut la partie la plus épuisante du traité. Les Indiens, qui menaient le jour la vie pastorale des Tartares, avaient, la nuit, une santé de carabins. Avant les danses, on signa sur un morceau de papier graisseux la concession du lac accompagnée d'une carte grossière : Victor pourrait exploiter la source et en retirer tout le sel désiré à l'entrée du Camassaragacreek. Les Oneidas se réservaient les droits de pêche et de chasse : on autorisait Victor, en gage d'amitié, à y pêcher cinquante saumons par an. Un Victor qui ne sut jamais pourquoi, dans ces négociations, il fut appelé Othaséthé, c'est-à-dire, d'après la traduction de Bosio, *le beau porteur de carquois*.

Le tonneau de rhum apporté par Bosio fut mis en perce et une dizaine de jeunes danseurs habillés d'un seul tablier de peau entre les jambes, enjolivé de grelots, de rubans et de jarretières, se mirent à pousser quelques cris au son d'un petit tambourin fait d'un baril recouvert de parchemin et battu avec beaucoup de monotonie par un vieux sage à demi saoul. Une fois la danse finie, tandis que la nuit se mettait à tomber, quelques guerriers, ivres de rhum, vinrent tour à tour raconter leurs exploits avec force mimiques et hurlements. Le *frolic* fit vivre jusqu'au petit matin la vallée du Genesee et brûler des arbres entiers tandis qu'on tirait de toutes parts des coups de feu pour célébrer l'excellence de la nouvelle poudre. Ces cris arrivaient parfois, selon le vent, aux oreilles des colons d'Angelica qui avaient souvent craint quelque expédition criminelle et s'armaient en prévision d'une attaque. Ils ne purent s'imaginer ce soir-là qu'on célébrait l'alliance entre Othaséthé et la tribu des Oneidas, du clan de la Tortue. Gabrielle ne pouvait non plus deviner la fatigue et l'ennui d'un Victor qui, tout beau porteur de carquois qu'il était, s'était endormi au bout de quelques heures près du feu, la tête contre les jambes velues d'une Oneida qui n'avait rien de l'audace des Indiennes de Cartier, rien de la beauté de celles d'Amerigo Vespucci, un Victor qui rêvait déjà aux grandes sources salées du lac Onondaga.

XLI

La poudre du Pont ne triomphait pas seulement chez les sauvages du Genesee. Eleutherian Mills avait enfin conquis son monde. Après cinq années de démarches, d'épreuves et de découragements, la du Pont Eagle Powder était devenue la poudre officielle du gouvernement américain. Et cela malgré les nombreuses cabales organisées par la concurrence et les manufactures anglaises.

Jefferson, alors président, avait été un allié précieux. Le major Tousard avait publiquement fait savoir qu'il fallait arrêter l'achat de la poudre anglaise, de qualité inférieure et qui établissait une fâcheuse dépendance avec de virtuels belligérants. L'état-major américain, qui nourrissait des sentiments assez mitigés à l'encontre des Français, continuait cependant de donner son salpêtre à un apothicaire de Philadelphie qui se chargeait de le traiter. Interrogé sur son procédé de raffinage, Irénée avait mis sur le papier de précieux renseignements qui, destinés au vieil Henry Dearborn, secrétaire d'Etat à la Guerre, s'étaient étrangement retrouvés dans l'atelier de l'apothicaire. Irénée dut multiplier les visites à Washington, au Congrès et rencontrer plusieurs fois le président, à qui Pierre-Samuel, de Paris, avait déjà envoyé d'interminables suppliques, vantant la poudre de son fils, « la seule, disait-il, qui obéisse aux principes physiocratiques et la meilleure au monde, ce qui ne gâche rien... ».

L'année 1810 vit le gouvernement s'intéresser de plus près aux moulins de l'Upper et du Lower Yard de la Brandywine et quelques contrats portant sur des sommes non négligeables furent confiés à Irénée : les vieilles poudres des arsenaux ayant besoin d'être rebattues, on lui en confia le traitement. Dearborn dut reconnaître que la poudre noire fabriquée selon les procédés de Lavoisier était plus portante et se vit obligé, sur la pression de Jefferson, de la déclarer poudre exclusive du gouvernement. Une poudre qui permit à la marine nationale de remporter ses premiers succès contre les citadelles de Tripoli et de Derna où étaient enfermés de nombreux Américains, capturés par les pirates des Etats barbaresques de l'Afrique du Nord. De la Méditerranée à l'Ouest américain, on ne parla plus que de l'Eagle Powder : les grands travaux de percement, la construction des canaux, la lutte contre les sauvages, le maintien de l'ordre, l'exploration des nouveaux territoires cédés par le traité de la Louisiane chargèrent de barils le dos de milliers de mulets qui sillonnèrent ainsi le pays. On parlait déjà, pour le plus grand bénéfice de la E.I. du Pont Company, de placer des machines à vapeur sur des rails d'acier, de creuser des tunnels, de relier les lacs et les rivières entre eux. Les ventes de poudre, qui avaient été estimées à quelques dizaines de milliers de dollars, se firent par plusieurs centaines avec un bénéfice net de plus du sixième. On manqua assez vite de temps pour la fabrication et, tandis que les frégates qui partaient pour l'Algérie vidaient les magasins, d'autres pays, l'Espagne, le Portugal, passaient des commandes qu'on ne pouvait plus honorer.

La vie d'Irénée était devenue harassante. En l'absence d'un chef poudrier, que de toute manière il n'eût pas souhaité, chaque étape de la fabrication lui revenait. Tandis que ses concurrents produisaient une poudre remplie de graisses et de sel, Irénée, qui n'utilisait que du bois de bourdaine, respectait la formule dite 75-15-10 (soixante-quinze pour cent de salpêtre, quinze de charbon, dix de soufre), chère à Lavoisier. Grâce aux machines importées de France, il traitait lui-même les trois composants, les triturait, les broyait des heures durant : le concassage, le grenage, le tamisage, le lissage et l'époussetage lui demandaient encore quatre à cinq semaines avant qu'on ne songe à enfoncer les barils. Mais les manipulations n'étaient pas sans danger : il fallait en permanence vérifier l'humidification suffisante des matières mélangées pour que ne se reproduise pas l'accident d'Essonnes, nettoyer les tamis de grenage, vérifier le polissage afin d'obtenir une poudre au grain rond bien sec. Les machines furent améliorées, on passa des meules rudimentaires à une grande cuve dans laquelle un énorme pilon broyait plus rapidement les matières élémentaires.

Le transport de la poudre, surtout, était délicat. Les habitants des villes et des villages s'inquiétaient de voir passer les convois sous leurs fenêtres. Il fallait choisir la voie des eaux, des fleuves et de la mer et compter avec les aléas de la saison, la Delaware qui gelait en janvier, la panique d'un capitaine qui, au plus gros de la tempête, se débarrassait de la cargaison.

La vallée, elle aussi, était transformée : on avait fait construire de l'autre côté du creek plusieurs nouveaux bâtiments, des maisons pour les ouvriers, des magasins, des ateliers de lissage, des écuries. Ce qui n'était que rochers entassés il y avait dix ans était aujourd'hui murailles, digues et embarcadères. Les arbres, poutres, charpentes et barils. Les pierres s'étaient changées en pain... et ce qu'il y avait de terre entre elles en jardins et vergers pour les cent cinquante ouvriers qui vivaient à demeure sur la Brandywine. Des ouvriers qui s'endormaient et se réveillaient au son des pilons qui tapaient contre les chaudières, des haches qui cognaient, des meules qui s'écrasaient : c'était une machine effroyable que celle-ci, une machine qui ne pouvait s'arrêter la nuit, dirigée de main de maître par un seul homme, un homme qui négociait avec tout le monde, charretiers, mariniers, vendeurs, acheteurs. Deux fois l'an, le jour de Noël et le 4 juillet, la fabrique se reposait quelques heures avant de reprendre sa course infernale. Les contacts avec l'extérieur n'étant guère souhaitables pour une industrie de cette sorte, Irénée avait imaginé de faire vivre sa petite colonie au creux de cette vallée et avait ouvert un *store* qui approvisionnait les trois cents bouches de la Brandywine. Une église, un cimetière vinrent naturellement s'ajouter au nombre des édifices tandis que, dans une bâtisse en bois, Sophie enseignait l'histoire de France à ces petits Irlandais qui, à douze ans, travaillaient déjà aux côtés de leurs pères : on créa une *Sunday School*, dont le projet avait enthousiasmé, à distance, le cher Pierre-Samuel.

Il arrivait parfois à Irénée de regarder ces maisons bourdonnantes et ces sombres usines comme on regarde une œuvre étrangère à ses désirs, à sa volonté : tout occupé par ses travaux hydrauliques et mécaniques, il ne mesurait plus l'ampleur de cette chose gigantesque, incompréhensible, née de son cerveau, faite de ses mains. Cette ville dans les bois lui semblait monstrueuse bien qu'il en eût conçu chaque recoin et qu'il y régnât un air d'industrie et de charme qui participait de la belle gravité du lieu.

Les grondements de la guerre se firent entendre au début de l'année 1812. Le « pacifique ami de la liberté », comme il avait été baptisé, songea à se retirer à ce moment-là : un autre combat commençait qui n'était plus le sien et dont il deviendrait l'une des pièces maîtresses s'il n'abandonnait pas la partie. Au mois de mai, Madison, le successeur de Jefferson, vint lui rendre visite. Quelques jours plus tard, malgré l'opposition farouche du Congrès, le Sénat vota la déclaration de guerre contre l'Angleterre. C'était déjà trop tard pour renoncer au commerce de la poudre.

Accusés d'arrêter les bateaux américains, de créer des séditions chez les Indiens et de pratiquer l'embargo, les Anglais ne furent guère surpris : ils coupèrent aussitôt la voie du salpêtre. Quelques jours plus tôt, sur les avertissements de Madison, la compagnie s'était fait livrer de Calcutta une importante réserve de ce composant raffiné. Battus dans l'Ohio, les Anglais se retirèrent aussitôt sur les bords du Niagara, à quelque vingt milles de l'établissement de Victor. Du jour au lendemain, les commandes du gouvernement affluèrent ; l'armée américaine, paniquée, réclamait 200 000 livres de poudre pour pallier ses premières défaites au Canada.

C'était plus qu'Eleutherian Mills n'en pouvait produire. Contre l'avis de Bauduy, Irénée décida d'acheter de nouveaux terrains, de construire des moulins et de doubler la production. En cas de conflit court, le pari semblait risqué : c'était se condamner en temps de paix à mettre au chômage des dizaines et des dizaines d'ouvriers et à investir pour rien. Et dans l'hypothèse d'une guerre plus longue, tournant à l'avantage des Anglais, il ne fallait pas exclure que le gouvernement ne puisse plus honorer ses dettes. Les défaites américaines inquiétèrent le directeur de la poudrerie. Devait-on accepter la commande des 500 000 livres nouvelles de poudre que Madison passait alors que les premières traites n'étaient toujours pas payées ? Jefferson intervint pour convaincre

Irénée que le salut de la nation était entre ses mains et promit un règlement rapide de la dette. Les dix-neuf moulins travaillèrent nuit et jour avec des équipes de relais et des bateaux qui venaient directement prendre les barils sur les bords de la Brandywine.

L'état de siège était déclaré. La poudre du Pont faisait des ravages dans les rangs anglais. Quand les Britanniques débarquèrent dans la baie de Chesapeake, John Beresford, l'amiral en chef, déclara aussitôt qu'il était dans ses intentions de « rendre visite à un gentleman français, sur les bords de la Brandywine ». Eleutherian Mills ne se résigna point à être détruit. Les ouvriers se changèrent en soldats, la scène de la vallée se transforma peu à peu. Des pistolets, des sabres, des canons arrivèrent en renfort au son des tambours. Des deux côtés du creek furent installés des watchmen en armes qui contrôlaient les chemins.

Sur les paisibles rives de la Brandywine, tous attendaient désormais les Anglais de pied ferme. On laissa entendre que certains ouvriers irlandais étaient passés à l'ennemi et travaillaient, sur l'ordre du commandement britannique, à tout faire sauter. Irénée apprit que la capitale était occupée par les Anglais, que le président lui-même avait pris la fuite et que sa maison était en flammes. On décida de créer une milice dans les environs de Wilmington. Trois mille hommes en armes, sous la conduite du général Bradford, allèrent au-devant des Anglais pour leur couper la route de la poudrerie. L'incendie de la capitale ne présageait rien de bon : Madison, cette vieille tête à perruque, effrayé par sa propre ombre et par la folie de cette guerre qu'il avait souhaitée, paraissait perdu.

Puis les rumeurs se dissipèrent. La guerre semblait évanouie. En Belgique, en effet, diplomates anglais et américains signaient la paix, tandis que Jackson écrasait les dernières résistances britanniques à La Nouvelle-Orléans.

Irénée se réveilla enfin de ce mauvais songe qui avait duré plusieurs mois. On passa de la tristesse à la gloire, les cloches de Wilmington se mirent à sonner : si les quatre millions de poudre fournis payaient à peine les dépenses engagées pour la production, la Eagle Powder était désormais l'orgueil de la patrie. Après quatorze années d'un terrible et dangereux labeur, les du Pont étaient enfin regardés comme de bons Américains, ayant bien mérité de leur pays.

Et pourtant Irénée ne guérissait point de sa maladie de mélancolie. Les médecins, au regard de l'abattement soudain qui le prenait parfois, s'imaginèrent que le foie était atteint. On lui donna un horrible et inutile remède, le mercure : il passa des heures épouvantables, menacé d'étouffement, la langue si gonflée que la bouche ne pouvait plus la contenir. Des mois durant, il fut inapprochable et d'une sauvagerie qui fit peur à son entourage. Il s'enfermait tout le jour dans son cabinet, refusant toute nourriture, n'ouvrant la bouche que pour dire qu'il ne souhaitait à personne, et surtout pas à ceux qui avaient encore la bonté de s'intéresser à lui, de connaître une pareille maladie du cœur et de l'âme.

— Je suis incapable de m'occuper de mes affaires, je ne puis plus travailler, ni dormir, je suis torturé par un mal inconnu, je ne sais plus ce que je fais, confiait-il parfois à sa femme.

Il dirigeait, il est vrai, sa fabrique avec une humeur incompréhensible à tous en ces heures de gloire, un peu comme un général qui fait son devoir avec la certitude que son armée sera battue.

L'espoir du retour de Pierre-Samuel l'avait un temps soutenu. D'une année sur l'autre, lettre après lettre, le vieux du Pont différait son arrivée, prétextant quelque changement politique, un travail à achever, l'impossibilité de laisser la bonne Poivre seule à Paris : Françoise n'avait aucun désir de retourner en Amérique où sa vie avait été malheureuse et ne pouvait se résoudre à quitter Isle de France. Bureaux de Pusy venait de mourir dans sa préfecture de l'Allier.

Les ruses grossières dont usait Victor pour ne point le rejoindre sur les bords de la Brandywine mirent un comble à son découragement. Cette maudite poudre, il ne l'avait jamais fabriquée que pour son père, son frère, sa famille. Pour les faire vivre tous, eux qui, trop physiocrates ou trop mondains, n'avaient jamais su faire leurs comptes. Tandis que le cadet n'espérait que l'approbation générale, il ne recevait en partage que l'ironique amitié de son frère qui lui demandait à distance de contribuer à son naufrage genesien et l'exaspérante leçon d'un Pierre-Samuel qui, de France, ne comprenait pas que la compagnie soit encore déficitaire et puisse souffrir des retards du Trésor américain et des investissements onéreux qu'elle avait faits. Irénée avait un besoin extrême de la présence de ces deux êtres, un besoin physique d'affection dont il eut bientôt presque honte. Il eût payé pour les avoir auprès de lui.

Irénée était un de ces éternels jeunes gens qui ne se consolent pas d'avoir été sevrés. Nourri des années durant des bons préceptes physiocratiques qui parlaient à son cœur et lui faisaient miroiter le rêve d'une famille unie, productive et agricole, il mesurait aujourd'hui combien il était étranger au pays qui l'avait recueilli. Son père avait fait de lui un industriel. Buffon, Lavoisier, Linné et Turgot et Quesnay paraissaient bien loin des réalités âpres de la Brandywine. Il était devenu ce qu'il n'était pas : un homme seul, mûr et accablé de responsabilités. Il rêvait maintenant de redevenir ce pour quoi il était fait : un *petit* frère.

Le 21 janvier 1814, on s'apprêta à fêter le quarante-deuxième anniversaire d'Irénée. Sophie et les enfants avaient construit un petit théâtre. Victor, de son Genesee, avait envoyé plusieurs couplets à lire en l'honneur de son frère. Le grand dîner familial s'annonçait charmant. Charles avait même imaginé une illumination dans la cour, un double escalier posé sur une table qui faisait une pyramide sur laquelle deux cents coquilles d'huîtres chargées de bougies dessinaient un superbe *Irénée*.

Les guirlandes et les lanternes de papier peint restèrent éclairées toute la nuit dans la grande cour.

Irénée avait disparu en pleine fête. Il avait laissé un mot à l'écurie, avant de seller son cheval : « Pardonnez-moi, j'ai besoin de retrouver Victor, je pars pour Angelica ! »

XLII

Dans la vallée du Genesee, ils affrontaient un septième hiver, c'est-à-dire un mélange assez éprouvant de brouillards, de glace et de *storms* de neige. Rien de commun avec les hivers bâclés de Caroline : d'octobre à mars, l'encre gelait au bout des plumes que les doigts récalcitrants laissaient échapper. La ténacité de ce froid, l'inconstance du soleil, les neiges fondues qui se prolongeaient jusqu'en mai, les débordements de la rivière faisaient parfois regretter le climat de Charleston, les grandes chaleurs humides, les moustiques et la fièvre. La salubrité de l'Etat de New York finissait par ennuyer, non pas que les soirées d'hiver soient trop longues — la routine était prise et mille affaires d'écriture, de surveillance et de pourparlers faisaient que Gabrielle se plaignait souvent du manque de solitude — mais parce que celles d'été se faisaient trop rares, trop courtes les journées pour la récolte du blé et du seigle dont Victor, par paresse, n'avait planté que trois acres au lieu des huit prévues, trop courtes encore pour que mûrisse le maïs, trop pluvieuses enfin pour les sorties. Les « dénigrants du Genesee », comme Victor nommait Irénée et dans une moindre mesure Sophie, avaient beau jeu de critiquer. Il fallait attendre tard dans la saison pour que les robins se remettent à chanter, pour que les premiers canards songent à repeupler la rivière, pour que les faisans se séparent par couples, pour que les Oneidas reviennent par bandes, que les marmottes sortent de leurs trous ou que les érables donnent leur sucre. Cinq mois durant, le village connaissait sa grande nuit blanche : vivant ainsi hors d'atteinte des tentations du monde et de la société, Gabrielle ne souffrait plus guère de l'isolement. Les privations elles-mêmes avaient disparu après quelques hivers édifiants. Les rhumes, l'influenza, les creeks gelés, l'urine transformée en glace dans les pots sous les lits devinrent choses familières, tout comme on s'habitua à des printemps de comète, à des étés moroses et aux gelées précoces qui détruisaient impitoyablement les raisins d'automne. Ils vivaient donc aujourd'hui leurs hivers avec beaucoup de maintien, rentrant très tôt les fourrages, faisant leur réserve de bois, de bœuf et de cochon salé.

La saison avait ses charmes. Victor défrichait tout le jour, partait visiter des petits lacs à travers bois en compagnie de Church, faisait quelques parties de pêche si la gelée n'était pas trop forte, allait inspecter les travaux du turnpike qui passerait bientôt par Angelica et relierait la rivière du Nord à celle des Alleghanys, route qui serait celle des émigrants de la Nouvelle-Angleterre vers les Etats de l'Ouest. Gabrielle, de son côté, avait découvert les joies des courses en traîneaux élégants tirés par deux chevaux harnachés et habillés de couvertures et d'un collier à grelot qui signalait aux passants leur galop assourdi par la neige. On la voyait souvent traverser le village, enveloppée dans d'épaisses fourrures, coiffée d'un beau bonnet de poil, filant vers ces horizons givrés des plaines du Genesee où quelques arbres pelés constituaient tout le paysage. Le traîneau était à cette saison un meuble indispensable, à moins de se condamner à ne pas dépasser le seuil de sa porte. Church lui-même, malgré son âge, partait ainsi le samedi, faisait dans sa journée plus de quarante milles pour visiter un ami qui vivait dans les bois, passait la nuit avec lui à boire et à raconter des histoires invraisemblables et revenait le lendemain, à demi endormi, emmitouflé dans ses laines, mené devant sa porte par un cheval qu'il n'avait presque pas eu à guider.

— Quand je pense que ces imbéciles de quakers se privent de circuler sur les routes le dimanche pour respecter leurs lois et celles de Pennsylvanie, soupirait-il en se jetant sur son lit au coin du feu.

La saison prenait un mauvais tour en avril, les routes devenaient des torrents de boue, impropres au passage des attelages, suaient de toutes leurs eaux accumulées en glace et détrempaient la terre au point de repousser les semailles au mois suivant. Sur l'un de ces chemins, Gabrielle, victime de sa farouche jockeymanie, fut emportée une fois dans les bois par une jument qu'on lui avait recommandée pour la plus douce des bêtes, mais qui, ayant un petit recoin de pur-sang dans les veines, s'en était brusquement souvenue. Elle avait voulu montrer sa race en compagnie du cheval de Victor et avait vidé la jeune femme contre un gros arbre.

On ramena Gabrielle étourdie, avec de nombreuses plaies ouvertes sur tout le corps.

Victor fit venir Bosio : le vieux fou lui avait assuré que le colonel Louis était réputé parmi les Oneidas pour ses grandes capacités de guérisseur. Et aller à Bath alerter un médecin prendrait trois bonnes journées...

Gabrielle se fatiguait, elle avait au ventre une forte plaie d'où sortaient à chaque respiration du sang et une espèce d'écume blanchâtre. Bosio se proposa pour aller chercher Louis.

— Similia similibus, avait-il dit. Vous savez que les Indiens comme les Anciens établissent une relation entre le lieu où est survenue la maladie et celui où l'on trouvera son remède. Si un serpent vous mord, pansez la plaie avec l'herbe de l'endroit où le serpent se plaît à vivre... Le semblable par le semblable, ainsi le veut le Créateur !

Les Oneidas récoltaient la pimprenelle, l'herbe bleue, le ginseng, la salsepareille, la queue-de-renard ou le pinbrook pour se soigner. On savait à Angelica qu'ils en faisaient des jus et des décoctions qui guérissaient les fièvres inflammatoires putrides et même la petite vérole. Les écorces des chênes blancs et noirs, du noyer et du bouleau, une fois trempées dans de l'eau prise en haut du cours d'une rivière, avaient des vertus dites miraculeuses. Les Oneidas se targuaient enfin de soigner les empoisonnements avec un mélange assez écœurant de peau de blaireau brûlée avec son poil et réduite en miettes, ajoutée à des fèves pilées et à de la poudre à canon. Church prétendait que la vue de ce seul remède et *a fortiori* sa consommation provoquaient de tels vomissements qu'en effet l'on était guéri sur l'instant.

Louis, arrivé le lendemain matin, se fit raconter les circonstances de l'accident, ne jeta qu'un coup d'œil distrait sur les blessures de Gabrielle, mais demanda à voir la jument. On le conduisit devant la bête, qu'il enfourcha et fit galoper en rond pendant quelques minutes à un train d'enfer, avec une muette autorité et une gravité un peu grotesque.

— J'ai bien peur que votre ami ait mal compris le problème, glissa Church à Bosio. Nous n'avons pas besoin des sauvages pour nous apprendre à dresser nos chevaux !

Le colonel ramena la jument à l'écurie, apparemment satisfait quoique toujours silencieux. Il recueillit dans un bol un peu de bave qui sortait de la bouche de l'animal et chercha une herbe dans son sac de cuir.

— Voici, Othaséthé, c'est le pied-de-poulain...

Cette racine sèche ressemblait en effet à un pied de cheval. Louis passa de longues minutes à la mélanger à la bave de la jument, pila le tout très consciencieusement et en couvrit à la main toutes les plaies de Gabrielle, les jambes, le ventre, le visage, les bras...

— Avant que le soleil ne se couche, il n'y aura plus de sang...

Le soleil disparut quelques heures plus tard. Gabrielle ne saignait plus depuis longtemps.

Victor avait fait, ces dernières années, d'exécrables affaires. Les sources salées du lac Onondaga valaient beaucoup moins que la poudre qui avait servi à en obtenir la concession. C'était diablement loin, le transport était coûteux... On en avait raffiné quelques barils pour l'usage alimentaire et la conservation des viandes et l'on avait abandonné.

Avec une belle activité et une ferveur de jeune prêtre, Victor ne s'en était guère ému. Le passé, à ses yeux, n'était qu'une simple expérience : il trouva tout naturellement en lui les ressources pour se persuader qu'il fallait laisser faire les choses à leur rythme et que, dans leur embarras et leurs revers, cette retraite était des plus sages. Si les moyens étaient lents à Angelica, la marche en était sûre et les spéculations bien moins hasardeuses que les loteries new-yorkaises. Certes la vallée du Genesee n'était point la terre promise par Talon, les melons et les fruits y mûrissaient mal, le blé avait une fâcheuse tendance à pourrir sur pied, mais il fallait persévérer et éprouver du dégoût pour toute idée de changement. A voir ainsi Victor, si naturel dans ses nouveaux errements, acceptant si bien les inévitables privations, avec un grand fond de modération dans le cœur qui ne semblait point lui coûter, Gabrielle faisait parfois appel à sa mémoire pour se souvenir que son mari avait, autrefois, mené une vie bien différente. Il paraissait heureux, engraissait assez considérablement, courait, rangeait, charpentait, contemplait les cartes de cet Etat qu'il connaissait par cœur. Les colons l'appréciaient car il allait se chauffer les pieds tous les matins une demi-heure au *land office* du village.

Gabrielle s'était mise à l'aimer à un degré qu'elle ne pouvait réprimer, avec une bonhomie et un abandon qui lui avaient toujours été étrangers. Elle aimait à s'en faire peur. La sévérité des débuts et du dépaysement avait laissé place à la douceur et à l'agréable routine des saisons. Et si elle écrivait encore parfois à ses amies laissées à New York, ce n'était que pour épancher ce qu'elle appelait « une fraîche de paroles ». Bien loin était ce temps où elle comptait sur ses doigts dans sa *log house* le nombre de personnes qui lui étaient chères ! elle avait maintenant dans la vie domestique des satisfactions assez tendres et suffisantes. Elle se remémorait les jouissances de son ancien moi avec une curiosité mêlée d'étonnement.

Si l'Amérique était devenue son pays — à la manière de ceux qui, croyant que Rome n'est plus dans Rome, assurent que Rome est en eux — il demeurait en elle un feu mal éteint. Bien que ses enfants fussent nés ici et qu'elle se destinât à y terminer ses jours, elle ne pouvait se détacher du désir d'aller dire adieu à la terre natale. Revoir Versailles, ses jardins et sa chère terrasse... Ce voyage qui avait tenu tant de place dans son cœur semblait aujourd'hui impossible, interdit même depuis que le retour de Pierre-Samuel était annoncé pour bientôt. Elle devait aller de l'avant sans murmure dans son existence, suivre son Victor, bon visage, bon appétit, avec un excellent genre de philosophie concourant au bonheur général et ne plus jamais se livrer aux démons de la mélancolie.

Victor ne lui en laissait guère le temps. Après avoir successivement renoncé au commerce du sel, à celui de la potasse et du bois, il avait persuadé son monde que leur salut tenait aujourd'hui dans l'établissement d'une tannerie. Church et lui avaient déjà acheté des peaux, bâti une corroierie et copié l'exemple de quelques tanneries qui parties de rien avaient fait en dix ans des fortunes considérables.

— Bon ou mauvais, le cuir se vendra ici et ne restera pas une semaine en magasin, avait-il promis.

La tannerie, pour fonctionner et écouler ses marchandises, nécessitait l'ouverture d'un magasin, cheville ouvrière de toute entreprise tant soit peu conséquente dans ces pays de bois. On avait construit une baraque en rondins de l'autre côté de la route et il fallait maintenant l'approvisionner. Les débuts avaient été assez difficiles, on avait acheté à crédit des marchandises que les colons leur reprenaient à crédit... L'argent était rare dans la vallée. Tandis qu'il n'avait songé au commencement qu'à vendre de la poudre du Pont, il lui avait fallu très vite, pour contenter ses principaux clients, les Indiens, y ajouter de l'eau-de-vie et du tabac. Puis, les premiers acheteurs arrivant, on s'était mis à proposer de la toile, de la mousseline et du camelot rouge pour les jupons des dames, de la verrerie, de la flanelle et des rubans. L'investissement était devenu considérable pour sa bourse : Irénée avait été sollicité pour une petite aide de trois mille dollars avec lesquels on avait agrandi la boutique. Les produits domestiques, la chandelle, le savon, le sucre d'érable, les barils de vinaigre, le pain, le beurre, les poulets, les œufs et la viande étaient du ressort de Gabrielle. Peaux, souliers et vêtements provenaient de la tannerie. Afin de mieux résister à la concurrence, on s'était mis à vendre de tout, de la quincaillerie, des planches, du merrain, des biscuits, du fer, des clous, des aiguilles, des allumettes et des étoffes. Le *general store* d'Angelica était devenu le bazar du comté de Bath : les colporteurs et les vendeurs de fer-blanc y écoulaient des marchandises invendables que le Superbe achetait à des prix très élevés sans jamais être sûr de son affaire.

Au début de l'année 1813, on en était arrivé à cette situation critique : le *store* du Pont regorgeait de toutes sortes de produits, avait en stock pour près de dix mille dollars de marchandises mais faisait, en comptant large, un chiffre d'affaires journalier de 15 dollars. Il fallait trouver une nouvelle bonne idée pour sauver la boutique, sans quoi le spectre de la faillite reviendrait planer sur eux. Ce septième hiver du Genesee s'annonçait bien cruel.

— Et si nous demandions à Irénée de nous envoyer Don Pedro ? lança Victor un soir en plein dîner.

— Et nous allons, si je comprends bien, *begin the world again ?*

— C'est à peu près cela…, mais cette fois-ci sera la bonne, affirma Victor qui déjà faisait ses calculs.

De ce jour Don Pedro fut paré de toutes les vertus.

L'histoire remontait au voyage en France que Victor avait entrepris avec Irénée en 1802 afin de rechercher des capitaux pour la défunte compagnie du Pont. Le Superbe avait fait un petit détour en Espagne pour y rencontrer d'éventuels actionnaires et n'en avait ramené qu'un de ces gros moutons, de l'espèce bien singulière des mérinos. Premier de sa race à débarquer sur le sol américain, Don Pedro avait un temps amusé les enfants, puis Victor l'avait donné à son frère pour que l'animal coule de paisibles jours sur les bords de la Brandywine.

— Comprends un peu, Gabrielle. Si nous avons la meilleure laine espagnole, si nous achetons les meilleures machines anglaises et faisons venir les meilleurs ouvriers d'Écosse, nous nous ferons un nom dans les manufactures américaines.

Il restait à convaincre Irénée. Non pour le prêt du mérinos, bien sûr…, mais pour le reste, les machines à carder, à tisser…

Victor ne rêvait qu'à la laine soyeuse de son cher mérinos et se préoccupait déjà de lui trouver quelques femelles. Les troupeaux à laine grossière ne résisteraient pas longtemps à l'arrivée sur le marché de Don Pedro. Mais la race allait être détruite en Espagne, prohibée en France et en Angleterre et l'embargo ne laissait guère d'espoir de la voir se reproduire en Amérique. Victor conçut alors le projet d'intéresser Thomas Jefferson à l'affaire. Lui seul pourrait, par son influence, faire passer les animaux. Il fallait convaincre l'ancien président, aujourd'hui cultivateur sur ses terres de Monticello, du bien-fondé de cette opération.

Alors que personne à Angelica ou à Wilmington n'imaginait que la chose avait une chance d'aboutir, Jefferson fit savoir qu'il serait de la partie et que déjà d'Espagne on acheminait un navire avec une trentaine de brebis et une dizaine de béliers à bord. Jefferson s'en réservait la moitié et proposait l'autre à Victor. Plutôt que de faire venir du matériel d'Angleterre, on rachèterait celui d'un manufacturier qui avait fait faillite et qui bradait à bon prix des machines à ouvrir la laine, à mélanger les couleurs, à carder, à filer et de nombreux métiers à navette volante. Jefferson offrait vingt mille dollars, à charge pour Victor de trouver les vingt mille autres et de mettre en place la manufacture.

Victor, qui avait inoculé la mérinomanie à tout Angelica, se préoccupa aussitôt de donner un nom à la fabrique. Pour faire concurrence au drap parfait des environs de Rouen, on décida que la petite manufacture des bords du Genesee prendrait le nom de Nouvelle-Louviers. Bien avant d'avoir tondu son premier mérinos, Victor avait déjà trouvé l'insigne de la compagnie. On fit poser avec les plus grandes difficultés Don Pedro pendant des heures en lui donnant à manger des croûtes de pain jusqu'à ce que, lassé de l'attente, il perdît patience et fonçât toutes cornes dehors sur le pauvre Thomas qui essayait de le peindre le plus justement du monde. On continua de mémoire et l'on put, quelques jours après la lettre de Jefferson, envoyer le premier bon de livraison, illustré par une scène touchante : deux Indiens coiffés de plumes chevauchaient des béliers à la tête ceinte de rubans, avec en fond de paysage l'aigle américain qui figurait déjà sur les étiquettes de la poudre de la Brandywine.

Il ne restait plus qu'à convaincre Irénée d'avancer les vingt mille dollars nécessaires. Les vieilles objections contre l'alliance fraternelle disparurent comme par enchantement. Victor expliqua au poudrier de Wilmington qu'il commençait cette manufacture dans le Genesee mais qu'il ne tarderait pas à venir s'implanter sur les bords de la Brandywine.

Irénée fut assez sceptique mais fit ce qu'on lui demandait. Sa lettre mit tout de même Victor dans une belle rogne : « Tu resteras pour moi le grand frère qui ne peut mal faire, tu ne seras jamais une charge car nous sommes comme des jumeaux. Quand l'un meurt, l'autre meurt aussi... Tu sais bien que je t'aime de tout mon cœur et que c'est bien la seule chose qu'il ne te sera jamais possible de me refuser. L'une de mes filles s'appelle Victorine, l'une des tiennes Eleuthera. C'est assez dire pour notre fraternité. Tu n'ignores pas que notre père souhaite que nos fils soient plus frères que cousins, qu'ils soient Oreste et Pylade. Et qu'à terme il faudra songer à marier nos enfants entre eux.

» J'apprends, non sans surprise, que tu te passionnes pour le chardon bonnetier et que tu t'apprêtes à tondre toi-même ta laine sur le dos d'une dizaine de braves bêtes.

» Sache bien que c'est au nom seul de l'amitié que je te ferai parvenir ces vingt mille dollars, somme énorme que je n'ai pas et pour laquelle j'userai de mon crédit pour l'obtenir en temps, car la prudence fraternelle exigerait que je te les refuse. Je te crois fort peu fait pour cette folie, à supposer que cette folie soit faite pour quelqu'un de sensé... »

Victor n'avait même pas eu le temps de répondre. Irénée, qu'on n'avait encore jamais vu sur les bords du Genesee, avait déserté la Brandywine au soir de son anniversaire et fait le voyage à cheval depuis Wilmington en douze jours. Il apportait vingt mille dollars en traites payables à son nom.

Cela faisait plus de six ans que les deux frères ne s'étaient pas embrassés.

7

1815-1817

Passer sur l'autre rive

XLIII

Assis sur un tas de bûches de sapin, le vieil homme au visage creux, aux mèches rares d'un blanc sale, se laissait aller au rythme de ce dragon à grande roue qui crachait le feu. Dans le sillage d'écume que traçait derrière lui le steamboat, des flammèches venaient se perdre, refoulées par de grandes cheminées au col évasé par le haut. Les lumières de ce luxueux salon flottant qui remontait paisiblement de Trenton à Philadelphie jetaient un éclairage étrangement joyeux sur ces rives désolées, plates et boueuses.

Cette traversée réveillait en lui des sensations endormies sous le poids du grand âge et rafraîchissait les couleurs affaiblies du passé.

Le corps de l'homme paraissait singulièrement usé, la frêle machine bien affaissée, mais on pouvait encore lire dans le regard cette espèce d'agitation intérieure qui prend ordinairement les enfants quand ils sont sûrs de leur coup : *sûrs de créer la surprise*. En attendant son heure qui n'allait pas tarder, il se remit à son travail. Entre deux traductions de l'Arioste, le voyageur s'était mis dans la tête de transcrire en vers les chants d'amour des pies, des rossignols et des castors d'Amérique.

— Il faut bien justifier mon salaire, marmonnait-il dans sa barbe de deux mois.

C'était un conseiller d'Etat qui débarquait en Amérique et qui, après avoir signé l'acte d'abdication de Napoléon dans la cour de Fontainebleau le 11 avril 1814, s'était cru, quinze jours durant, le presque maître de la France.

— Bon Papa a été nommé secrétaire du gouvernement

provisoire par Talleyrand ! s'était exclamée Sophie à la lecture de la gazette de Wilmington.

Déjà Irénée se voyait en France et, si Victor avait été au courant, nul doute que le Superbe n'eût modestement réclamé une place de ministre...

L'ironie de l'Histoire et la lenteur des communications avec l'Amérique avaient voulu que Sophie lise cet article alors même que le Bon Papa en question venait d'arriver sur le *Fingal* au port de New York.

— Pelée comme une pomme, la France ! avait assuré Pierre-Samuel au capitaine du steamboat qui le menait maintenant à Philadelphie. Elle périra et entraînera l'Europe dans sa chute... Pensez donc, cette brute de Buonaparte nous a bousillé six millions de jeunes gens, cinq cent mille chevaux sans compter quelque trois mille pièces de canon !

Ce qu'ignorait Pierre-Samuel, c'est que, au moment même où il mettait le pied en Amérique, ce « Buonaparte » qui l'avait chassé en faisant sa spectaculaire rentrée d'Elbe était arrêté à son tour. Fâcheux chassé-croisé qui faisait maintenant le bonheur de la famille d'Irénée. Neuf années durant, le patriarche avait laissé espéré son retour, le différant toujours pour une peccadille. Mais aujourd'hui, ayant fait ses bagages en trois heures à l'annonce du débarquement du « tyranneau corse », s'imaginant ruiné, saisi, pendu, guillotiné s'il ne prenait pas la fuite, le Bon Papa était bel et bien là.

— Je ne pouvais quand même pas attendre son arrivée à Paris. Je sais ce qu'il en a coûté, même de gloire, à Cicéron pour avoir cru aux promesses d'Octave, disait-il pour excuser sa précipitation.

Une fois encore, le vieux Samuel s'était trompé dans ses calculs politiques. S'il avait su attendre cent jours, même caché, lui qui avait supporté dix années de purgatoire sous l'Empire, petit sous-bibliothécaire à l'Arsenal, signant sans le sou des billets à ordre, risquant de se retrouver à Sainte-Pélagie ou à la Force, n'ayant plus que des dégoûts, réduit à la plus stricte économie et à essuyer les airs protecteurs de la part d'un tas de petits personnages qui dix ans plus tôt lui faisaient la cour ! Il y avait eu heureusement la chute du despote, ces quelques jours de revanche pendant lesquels le secrétaire du gouvernement provisoire avait oublié ses anciennes humiliations. Hélas ! ce gouvernement portait bien son nom : il était provisoire.

Le dernier rescapé de la bande des économistes avait donc fini par venir embrasser ses fils, filles et petits-enfants à la barbe de l'Empereur.

Pour apprendre, quinze jours après son arrivée, cette singulière nouvelle.

— Votre ami Buonaparte ne va pas tarder à venir vous rejoindre. On le dit sur un navire en partance pour New York.

Ce n'était pas une bonne nouvelle.

Le patriarche fut installé en grande pompe sur les bords de la Brandywine. Il fit connaissance avec les dernières recrues des du Pont, les trois enfants d'Irénée qui étaient nés depuis son premier séjour américain et il admira la gigantesque fabrique. Son exubérance ajouta beaucoup à la joie suscitée par son retour : les usines, les moulins, les turnpikes, les barils de poudre, les steamboats, tout lui était nouveau. Il en avait tant rêvé de cette vallée ! On le logea dans une petite annexe de la maison, avec une fenêtre sur la Brandywine.

Il tint la parole donnée à Victor à qui il avait promis une visite à Angelica. Là aussi, les retrouvailles furent émouvantes.

— Il faut que tu rejoignes ton frère à Wilmington. Je vous ai élevés pour que vous viviez ensemble. Mariez donc les petits cousins entre eux !

L'esprit de tribu, à soixante-seize ans passés, devenait sa seule préoccupation.

— Il y a dans vos deux familles une chose bien singulière. Charles dans ta branche et Victorine, Evelina, Alfred et Eleuthera dans celle d'Irénée ont des visages longs, sérieux, assez maigres et pâles. Par ailleurs, Amélia, Samuel-Francis et Sophia-Angelica de ton côté et Julia du côté d'Irénée ont de grosses faces rondes, réjouies, couleur de rose. Les longs paraissent entre eux frères et sœurs et l'on en dirait autant des ronds...

Il insista pour qu'on remette aux deux aînés de ses petits-fils les épées avec lesquelles il avait, quarante ans plus tôt, sacré chevaliers Victor et Irénée. A Jefferson, enfin, il écrivit au lendemain de son arrivée : « Mon ami, ne nous désolons pas, nous sommes des limaçons, certes, mais nous avons à monter sur des cordillères... » Une image qui lui était peut-être venue depuis que les républiques de Carthagène, de Caracas et de la Nouvelle-Grenade lui avaient demandé ses suggestions pour la rédaction de leurs constitutions. « Je n'ai encore été qu'un jeune homme actif, avec de bons sentiments. Mes cheveux blancs me commandent d'être enfin quelque chose de plus », avait-il dit en acceptant cette tâche.

Quand il ne s'essayait pas vainement une nouvelle fois à l'anglais, le patriarche se promenait sur les bords de la Brandywine avec sa robe de chambre de piqué blanc, ses culottes et ses longs bas montant jusqu'aux genoux. Souffrant presque continûment d'insomnies, il passait ses nuits à la faible lueur d'une chandelle qui noircissait plus les murs qu'elle n'éclairait, à marcher dans sa chambre, à lire sa vieille collection du *Moniteur,* à s'interroger sur ce roi dont il était le conseiller d'Etat à distance, à s'ennuyer de Victor qui ne voulait pas abandonner ses fichus bois du Genesee, d'Irénée qui était trop occupé par la fabrique et ne lui donnait pas tout le temps qu'il désirait.

Le vieux patriarche, parmi les siens, se sentait seul.

Fort heureusement, Buonaparte n'était pas venu lui tenir compagnie. D'autres fausses nouvelles avaient suivi, plus invraisemblables encore : l'empereur déchu avait pris la fuite depuis Sainte-Hélène par un grand souterrain, débarquait avec une armée de nègres, de Turcs et d'Algériens... Une seule chose était sûre : après les royalistes qui s'étaient autrefois réfugiés en Amérique, c'était maintenant au tour des amis du Corse de rejoindre le nouveau continent. On ne comptait plus les généraux, Clauzel, Bernard, Lefebvre-Desnouettes, Lallemand, les dignitaires de l'Empire, les Lakanal, les Ney, les Fouché et autres duc de Montebello. Avec un chef à leur tête, Joseph, le propre frère de Napoléon. Un homme qui avait été roi d'Espagne et de Naples et qui cultivait maintenant ses terres dans sa ferme de Point Breeze, au cœur du New Jersey. Le comte de Survilliers, comme on le surnommait ici, bien qu'il fût si proche de son ennemi intime, n'était pas antipathique à Pierre-Samuel qui eut l'occasion de le rencontrer deux ou trois fois. Victor voulut se rappeler lors d'un dîner au bon souvenir de Jérôme. Le gras Joseph — dont la physionomie ressemblait à celle de l'Empereur — avait regardé le Superbe d'un œil vague, terne, fatigué de tant de retournements, avait tiré de sa poche un grand mouchoir et avait essuyé son large front découronné avec la lassitude des rois déchus.

Si l'Amérique fourmillait de proscrits bonapartistes, il y en avait un pour lequel la famille du Pont avait une indulgence toute particulière. On l'aimait tant qu'on avait fini par mettre à sa disposition une chambre sur la Brandywine, non loin de celle de Pierre-Samuel. Il était marquis, aristocrate et donc suspect aux yeux des autres émigrés. Sa femme était une Pontécoulant, sa sœur Mme de Condorcet, et sa fille Mme d'Ormesson. Recommandé par La Fayette, il était dignement fêté en Amérique, invité à tous les dîners, tous les bals dont il faisait l'attraction. Ses manières rappelaient à tous l'ancien temps, et pourquoi pas l'Ancien Régime... Paradoxe de ce personnage qui, quoiqu'il fût l'un des meilleurs soldats de l'Empereur, n'avait jamais été sa créature. On disait que du fond de sa retraite le Corse le vomissait aujourd'hui, le tenant pour responsable de son échec. Un homme qui ne semblait d'ailleurs guère embarrassé de fréquenter les du Pont, farouches antibonapartistes, et paraissait presque se réjouir avec eux de la restauration des Bourbons.

M. de Grouchy se sentait parfaitement *at home* sur les bords de la Brandywine. Dans son malheur et son isolement, il avait trouvé là un toit français bien hospitalier, des amis à conversation et de la poudre tant qu'il en pouvait rêver.

Car, Irénée en était convaincu, ce qui attachait Grouchy au séjour sur la Brandywine, c'était l'odeur de la poudre. Sous le prétexte d'aimer la chasse aux faisans et aux bécasses, ce sauvage de Grouchy promenait ses cent kilos de chair dans les bois de Wilmington en tirant des coups de fusil en l'air pour imiter le bruit de la guerre.

Grouchy était devenu fou en débarquant en Amérique. Honni des bonapartistes, méprisé par les royalistes, il ne s'était jamais vraiment remis de l'accusation portée contre lui : son retard sur le champ de bataille de Waterloo. Il ne vivait que dans la haine des Prussiens, simulait sa revanche, battait la campagne sur son cheval en commandant sa tragique armée des songes, injuriant avec le plus grand sérieux du monde les retardataires et cajolant les braves. Dans ces longues courses solitaires où sa maladie mentale visitait les forêts d'Amérique, on l'entendait parfois jurer entre deux décharges de poudre du Pont.

Grouchy avait fini par ne plus dormir, refaisant cent fois sur le papier le plan de la bataille de Waterloo. Chaque matin, il portait ses cartes à un imprimeur amusé de Wilmington à qui il donnait tout son argent afin que « la vérité de Grouchy soit publiée à la face du monde » ! Bientôt il finirait d'écrire ses Mémoires qu'il enverrait en France, bientôt, se disait-il, « on rendra grâce à Grouchy d'avoir laissé passer Blücher ».

Et, bien qu'on reprochât à Pierre-Samuel de trop se faire l'avocat des émigrés, bien que l'ambassadeur de France l'eût plusieurs fois admonesté, trouvant peu convenable qu'un conseiller d'Etat de Louis XVIII abrite sous son toit un pareil ennemi de la nation et du roi, Grouchy continuait d'avoir chaque jour son couvert à la table de la Brandywine.

Il y avait à cette grande table familiale une place qui restait désespérément vide. C'était celle de Françoise.

Mme du Pont de Nemours n'avait pu accompagner son mari aux Etats-Unis : elle soignait alors une fracture à la hanche après une mauvaise chute en descendant de voiture. Elle s'était inquiétée des vents d'ouest qui avaient soufflé pendant que son mari se trouvait en mer sur le chemin de l'Amérique. Restée à Paris avec sa fille, elle avait vu le mangeur d'hommes conduit à Sainte-Hélène, avait espéré le retour du patriarche auprès d'elle, ne se sentant guère capable dans son état d'affronter la traversée. Le vieux Pierre-Samuel l'avait conjurée de se faire mener jusqu'au Havre en chaise, de se faire hisser sur un navire, d'en descendre à Philadelphie ou à New York, on viendrait la chercher et ils finiraient leurs jours ensemble dans cette même union qui les avait liés pendant vingt ans, dans la même affection, dans la même envie de bien faire.

Estropiée depuis maintenant plus d'un an, la bonne Poivre avait de son côté un raisonnement quelque peu différent.

« Dépêche-toi, ce qu'il nous reste à vivre s'écoule... »

Ce qui voulait dire que la route de France lui était désormais ouverte, que, maintenant qu'il avait embrassé ses enfants, il pouvait fort bien revenir à Paris, y conduire l'un de ses petits-fils qui y passerait quelques années. Les grands bals étaient de nouveau à la mode, les spectacles, les revues... Paris était gai, Pierre-Samuel y serait fêté, y ferait une édition complète de ses œuvres. Ses amis l'attendaient, sa femme se désespérait de lui.

— Il faut donc que je revienne, quoique ma santé soit fort altérée, quoique à Paris je craigne le pire, la prison, la calomnie de tous les partis. Ma femme me réclame, je ne puis ainsi l'abandonner, gémissait Pierre-Samuel.

La dernière lettre de Françoise lui avait brisé le cœur. « Je ne peux croire, avait-elle écrit, qu'il y ait des amours qui ne doivent pas occuper toute une vie... et dont, après un mariage long et heureux, le sentiment tendre, actif et profond ne convienne plus à notre vieillesse. Dès que ma blessure sera fermée, je viendrai te rejoindre. » Il répondit aussitôt : « Nous aurons pendant le restant de notre vie, ma Françoise, une jolie maison américaine à notre fantaisie, une suffisante aisance, un amour éternel, une amitié aussi douce que l'amour même. Et si tu me fais venir en France, comme nous y périrons, nous aurons une autre fin. Mais tout dénouement qui me fera dîner avec toi tous les jours, dormir avec toi tous les soirs, travailler à côté de toi pendant la journée, sera délicieux, dût-il être fatal... »

Chaque semaine, clouée sur son lit, sa femme lui donnait des nouvelles de France, lui envoyait des gazettes dont il lisait avidement les faits divers datés de plus de quatre mois. Françoise, à la veille de le rejoindre, fit une nouvelle chute. Elle resterait boiteuse. Mais c'était surtout une saison manquée pour son départ.

— Il va falloir que je te rejoigne. Sans toi, je ne puis avoir de complet bonheur, ni toute ma faculté de travailler. Sans toi, je n'ai que la moitié de mon esprit.

— Pourquoi ne sommes-nous pas morts ensemble, il y a bien des années, avant que cette chute ne scelle notre séparation ? Je viendrai te rejoindre quand je pourrai marcher.

— Je ne puis entrer dans ton cabinet sans un serrement de cœur. Que le ciel nous réunisse puisque la terre ne le veut pas.

Tel fut leur dialogue au début de l'année 1817. Emaillé de détails cliniques afin de justifier les hésitations réciproques. La bonne Poivre s'était fait une troisième entorse, se traînait dans son appartement, les mains appuyées sur une chaise au-devant d'elle, était retombée une quatrième fois en descendant de son lit, attendrait la belle saison... La belle saison passait, ses genoux étaient toujours enflés. Quant à Pierre-Samuel, il était accablé de crises de goutte, avait perdu sommeil et appétit, souffrait affreusement de la vessie, se plaignait de l'humidité de la Brandywine, de la chaleur des étés, souffrait des souffrances de Françoise qui elle-même voyait ses douleurs redoubler à l'énoncé de celles de son pauvre mari.

Ils s'ennuyaient mortellement l'un de l'autre et ce *mortellement,* bien que l'ennui les occupât, leur faisait peur. A tel point que, devant tant de rendez-vous manqués et de bonnes volontés déçues, ils s'étaient installés dans cette situation d'éloignement. Jamais en effet amour ne fut plus ardent, plus déclaré et plus sensuel que chez ces deux êtres-là, qui à cinq mille kilomètres de distance se tressaient des couronnes de lauriers, exaltaient les vertus du conjoint, se caressaient assidûment et flattaient le courage de l'autre en taisant le leur.

Les mauvaises langues les disaient assez satisfaits de cette passion épistolaire, assez dignes et aimants pour la regretter tout en trouvant parfaitement à leur goût cette séparation durable qui n'en finissait pas de les rapprocher.

XLIV

Michael Mooney, dit Mickey, était trop nerveux avant-hier matin. Le watchman l'avait envoyé se reposer chez lui. Les lendemains de la Saint-Patrick sont toujours difficiles sur les bords de la Brandywine. Sur les trois cents ouvriers que compte la poudrerie, plus des trois quarts sont irlandais.

Hugh McCallagh prétend pourtant que Mickey n'avait pas trop bu, ce 17 mars au soir. Il avait passé la nuit avec Philip Dougan, William Dougherty et Mary McLaughlin, sa petite amie. Il était rentré très tard de Wilmington, avait réveillé tout le monde au dortoir. Mais pas plus saoul que d'habitude.

— C'est au réveil qu'il m'a paru particulièrement agité, témoigne Catherin Brady, la veuve d'un poudrier qui tient depuis la mort de son mari la pension des ouvriers célibataires.

— Il m'a dit qu'il arrêtait de travailler pour les du Pont, que c'était trop dangereux, qu'ils allaient tous y passer, passer sur l'autre rive, et qu'il voulait rentrer en Irlande, ajoute la vieille Brady.

— Et il vous a dit pourquoi, pourquoi cela lui était venu ? demande Charles Dalmas qui est venu rendre visite à la logeuse dans ce bâtiment qui jouxte les magasins calcinés.

— Il était en proie à une grande excitation. Je ne comprenais rien à ce qu'il racontait, trop vite, en bougeant ses bras comme pour signifier la fin du monde. Il a dit, je crois bien, qu'il avait entendu pleurer sa mère, qu'elle lui disait de rentrer au pays.

— Il vous a dit où... où il avait entendu sa mère ?

— Sur les rochers, oui, c'est cela, sur les rochers, de l'autre côté des moulins. Je lui ai dit que ce devait être un chat-huant, une bestiole, une chouette, qu'il avait rêvé, trop bu de bière. Mais Mickey ne voulait rien entendre. Il avait décidé de partir.

— Nous n'avons pas pu retrouver Mary McLaughlin. Mickey logeait bien chez vous ? Vous sauriez le reconnaître ?

Charles a fait amener une grande persienne sur laquelle un corps avait été allongé. Il soulève un drap.

Catherin Brady est saisie d'un hoquet énergique, d'un sanglot qui la fait trembler. Elle se retourne vivement, sans regarder plus, pour vomir.

— Je sais, c'est horrible. On m'a dit que Mickey vous aimait beaucoup, que vous n'avez pas d'enfants, murmure Charles qui ne baisse pas les yeux.

Les deux ouvriers vêtus de tabliers blancs qui ont apporté cette civière improvisée sont allés, eux aussi, vomir au bord de la rivière.

Catherin Brady ose un regard, est reprise de tremblements, fait mine de rentrer chez elle, s'arrête sur le seuil, interroge Charles, sans se retourner.

— Pourquoi vous voulez savoir ? A quoi ça sert, de toute façon... Lui ou un autre, Mickey manque à l'appel, ça vous suffit pas ?

Il faut calmer la logeuse. Charles Dalmas, c'est un patron ; et les patrons, aujourd'hui, il ne faut pas en parler à cette femme qui a perdu son mari dans une explosion de poudre il y a six ans. Mickey, c'était son gosse.

— Nous devons écrire à sa mère, vous comprenez... Celle qui de Dublin lui parlait sur les rochers, la nuit dernière... Et puis il faudra bien une tombe, une croix, une inscription.

La vieille Brady a dû trouver que la croix, le nom, c'étaient de bonnes idées. On doit bien cela à Mickey. Depuis deux ans qu'il travaillait dur pour les du Pont... Sans parler de sa fiancée qui vit à Wilmington, Mary, déjà veuve à dix-neuf ans de son premier mari, John McLaughlin, retrouvé déchiqueté entre les cadavres d'une douzaine de mulets dans Broad Avenue. C'était il n'y a pas tout à fait deux ans.

— Pauvre gamine, on devrait savoir pourtant, savoir que quand on est femme et jeune, il ne faut jamais épouser des gars qui font ce métiers-là. J' dis rien contre, monsieur Dalmas, mais c'est vrai que c'est dur, cette vie, pour des gosses comme Mickey.

Charles ne répond rien. Sous le bandage qui lui prend toute l'épaule et descend jusqu'au bout des doigts, son bras lui fait horriblement mal. La poutre qui lui est tombée dessus a cassé l'os et brisé trois doigts. Sous le linge, le sang coule encore un peu. Avec l'autre main, il s'essuie le front. De larges traînées noirâtres, des traces de suie.

Catherin, un mouchoir sur la bouche, s'est résolue à regarder le corps de Mickey. Ce qu'il en reste, un tronc sans bras, au bas duquel pend une jambe à moitié sectionnée. Un visage absolument calciné, des yeux de cendres. Une épouvantable odeur de roussi : les ongles, les cheveux, les poils et une partie de la peau ont brûlé.

— Comment voulez-vous que je... C'est pas un homme, ça, c'est des morceaux.

Elle ne cesse de sangloter.

— Et cette chaîne, cela vous dit quelque chose ?

— Faites voir...

La vieille Brady frotte avec son pouce un petit médaillon de métal sur lequel est gravée une Vierge.

— Comment savoir... Ils ont tous ça sur la poitrine, les gosses.

— Bien, je vous remercie, excusez...

Catherin Brady lui prend le bras :

— Et alors, qu'est-ce que vous décidez pour Mickey ?

— Ça va, on dira que c'est lui et on l'enterrera demain, ou ce soir si on a le temps. Merci, madame Brady.

L'histoire de Mickey intrigue Charles. Ce n'est pas la première fois que les ouvriers évoquent, juste avant une explosion, les fantômes de la Brandywine. La dernière fois, c'était quand le séchoir à poudre avait sauté : John Daherty, qui était le watchman de service la nuit qui avait précédé l'accident, avait crié sur tous les toits qu'il avait vu au-dessus du Lower Hagley Yard des jeunes filles habillées de blanc poursuivies par deux hommes. On n'avait pas pris l'histoire au sérieux. Le lendemain, une terrible déflagration ébranlait la manufacture : trois bâtiments sautaient avec leurs provisions de poudre et neuf ouvriers au nombre desquels Daherty. Mickey avait eu son explication, Charles s'en souvient :

— Il s'est fait sauter, lui et les autres, Daherty. Il ne supportait plus, il était devenu comme fou. C'était le meilleur ami de McLaughlin, c'est Mary qui me l'a dit. Après l'accident de son copain, il ne s'est jamais remis. Il voyait McLaughlin, mort, couché sur les mulets, ouvert en deux, il le voyait partout...

La mort de McLaughlin avait frappé tous les ouvriers de la manufacture et les habitants de Wilmington.

Quand on envoyait de la poudre dans l'Ouest, il fallait en effet d'abord la conduire aux charretiers qui s'occupaient du transport. On attelait un train de mules, six ou dix, à un petit wagon, on tirait au sort un ouvrier pour aller les mener à Wilmington. Parce que la moindre étincelle sous le pas d'une mule pouvait tout faire exploser, on ne ferrait pas les sabots et l'on utilisait de grandes roues sans cerclage d'acier. Des coffres de poudre étaient placés sur le wagon, hermétiquement fermés, recouverts d'une grande toile humide. Le voyage sur ces chemins raboteux, creusés d'ornières, qui conduisaient à la ville, sur le pavé mal égalisé de Wilmington, n'en restait pas moins dangereux. McLaughlin, cette fois, avait été désigné. John Daherty l'accompagnerait. Au détour d'une rue, un attelage les avait dépassés, trop vite, les mules avaient pris peur, reculé de deux pas, suffisamment pour que le chariot heurte une barre métallique sur le bas-côté. Les mille livres de poudre noire avaient projeté les mules et le pauvre McLaughlin à plus de vingt mètres. A l'emplacement du wagon, on avait retrouvé un énorme trou, avec Daherty au fond, survivant par miracle. Un de ces hasards incroyables qu'on ne s'explique pas. Daherty n'avait jamais compris, lui non plus. Plusieurs passants avaient été mortellement blessés, deux maisons s'étaient presque entièrement effondrées sous le choc, les vitres à trois cents mètres à la ronde avaient toutes sauté. A Wilmington, les habitants avaient commencé à se méfier de ces Français qui faisaient passer la mort sous leurs fenêtres. Tant que la poudre sautait dans leur maudite vallée, cela allait encore, on se contentait d'énormes baoum, de petites secousses dans les rues. Mais, depuis que les barils traversaient les beaux quartiers de la ville, on avait brusquement cessé d'apprécier les qualités, la discrétion, l'ardeur au travail des du Pont. Et, bien qu'Irénée fût l'un des principaux employeurs de la ville et l'une de ses sources de richesse, on avait fait voter en deux temps trois mouvements une loi empêchant ses convois de passer dans les rues. La presse avait fait pris fait et cause pour les citoyens.

Irénée, depuis plusieurs jours, était sur ses gardes. Presque nerveux... On était en pleins travaux sur la Brandy-wine, de nouveaux bâtiments se construisaient, bien à l'écart, afin de stocker cette poudre que faute de place on engrangeait encore dans des magasins trop proches des ateliers de raffinage, de lissage et de grenage, trop près des chaudières à charbon. Tant que les travaux n'étaient pas terminés, ils étaient sur une poudrière. Des canaux avaient été creusés en vitesse entre les bâtiments afin d'établir des coupe-feu. Plus que la maladresse, on redoutait l'explosion criminelle. Tous les outils étaient contrôlés chaque matin. On ne commençait jamais le travail sans avoir minutieusement inspecté les cuves, cherché le petit morceau de métal qui pouvait causer l'irréparable sous le pilon. Chaque soir les machines étaient nettoyées, brossées, le charbon à brûler sorti des chaudières. Un homme restait jusqu'à ce que le feu fût parfaitement éteint. Usé, surmené, tenaillé par l'angoisse, Irénée voyait le danger partout. Il lui arrivait souvent de malmener un ouvrier qui avait gardé sa gourmette au poignet et de le jeter dehors sans aucun ménagement. Depuis maintenant plus de dix ans, il veillait sans relâche, se levant parfois en pleine nuit parce que dans son sommeil il avait vu une porte ouverte, une serrure fracturée. Irénée avait terriblement vieilli, sa santé se détériorait, ses nerfs toujours sollicités avaient exacerbé une susceptibilité déjà remarquable. Cette vie lui était devenue un enfer, il ne voyait plus que des cylindres mal rincés, des cuves mal vidées, des négligences à chaque instant et rendait la vie impossible aux ouvriers, sermonnant sans raison les contre-maîtres. Il n'avait pas voulu cela, pas voulu pareille entreprise.

— Je suis complètement fou! Fou de vivre là, d'avoir installé ma famille si près...

Le lendemain de la Saint-Patrick, vers neuf heures du matin, Irénée était à Wilmington et négociait un transport avec un batelier quand la terre se mit à trembler violemment. Un grondement terrible suivit l'effet d'une détonation. La secousse avait porté jusqu'à eux. Le batelier hurla :

— C'est le bateau, le bateau de Milnor qui a explosé !

On se précipita jusqu'aux quais. Il n'y avait aucune fumée. Une seconde explosion retentit, plus forte encore. On comprit dans la ville que les moulins d'Irénée du Pont sautaient, les uns après les autres. La panique s'installa. Une immense colonne de fumée noire, aperçue du clocher de la *public house,* semblait venir de la vallée de la Brandywine. Déjà les senteurs âcres de la poudre, de la poussière de charbon leur parvenaient. Le volcan se réveillait.

— La poudre a parlé, la poudre a parlé ! hurla un type qui passait à cheval.

Ce 18 mars 1817, en entendit la terre trembler jusqu'en Pennsylvanie, à quarante milles de la Brandywine, à Lancaster. A Wilmington, les maisons s'écroulaient, les vitres s'étaient presque toutes cassées sous l'effet du souffle, les fenêtres étaient arrachées. La vaisselle s'écrasait au sol, tombée des buffets ouverts.

Déjà les femmes des poudriers, venues faire leur marché à Wilmington, avaient compris. Ce n'était pas la première fois que la terre tremblait ainsi, ce n'était pas la première fois qu'elles se regardaient, le visage décomposé.

— N'y allez pas, ce serait trop dangereux ! hurla Irénée en détachant son cheval.

En un éclair, il avait imaginé la scène. Charles, Sophie, les enfants, Pierre-Samuel, Grouchy... les trois cents ouvriers... et puis cette *dry house* qui n'était toujours pas prête, ce grainoir qui communiquait avec les magasins de poudre. Les flammes n'enjamberaient-elles pas les petits canaux destinés à isoler les bâtiments ? Une nouvelle explosion, plus violente encore, laissa entrevoir le pire. Irénée n'était plus qu'à un ou deux milles de la fabrique. La première et la seconde explosion, ce devaient être les ateliers. La dernière ne pouvait être que celle d'un magasin, pas le magasin principal avec ses cent mille livres de marchandise raffinée, mais la petite annexe sur le bord du creek dans laquelle on avait entreposé la poudre à repasser. Tout le mal devait venir du charbon ; on avait déjà remarqué qu'il se rallumait parfois spontanément, comme c'était arrivé à Essonnes. Il était neuf heures quand la première explosion s'était fait entendre... Neuf heures ! Tous les ouvriers étaient alors à leurs ateliers. Le temps était sec, le vent assez fort. Il devait déjà y avoir des victimes... Irénée en chevauchant tâchait de se rappeler la quantité de poudre entreposée dans le séchoir : huit cents livres au bas mot... Le magasin à charbon ne devait plus être qu'un brasier ! L'Upper Yard était fichu, mais si les hommes s'organisaient bien, si le pompage était pris dans la rivière, s'il arrivait à temps, le Lower Yard où se trouvait l'essentiel de la poudre pouvait encore être sauvé.

Sur le bord du creek, à travers un grand voile d'ombre et de fumée qui plongeait la manufacture dans une presque nuit, Irénée distingua des silhouettes qui s'agitaient, repoussées contre la rivière par les hautes flammes du séchoir. Une cloche d'alarme faisait entendre son dérisoire grelot. En pénétrant ce champ de ruines, il se racla la gorge : « L'enivrante odeur de poudre », lui avait dit autrefois Lavoisier.

Les arbres autour du séchoir se dressaient encore, grands spectres calcinés, semblant annoncer la catastrophe. Le feu avait pris dans la maison des ouvriers. Une partie de la pension de Catherin Brady venait de s'effondrer. Sous les décombres, quelques cris...

Il n'y avait, ce matin-là, qu'un seul homme qui paraissait presque satisfait. Dans son élément, du moins... et qui avait pris la direction des secours avec une ardeur presque suspecte de pompier pyromane. C'était le maréchal, que les explosions avaient sorti de cette torpeur animale qui s'était emparée de lui depuis son arrivée en Amérique. Le respectable Grouchy revoyait en quelques minutes sa glorieuse jeunesse de soudard, les vertueux combats qui avaient fait toute sa réputation. Il saurait vaincre l'ennemi, foi de Grouchy... un bien curieux ennemi qui tirait de toutes parts, mais que l'on ne voyait pas...

— C'est incroyable, j'entends les balles qui sifflent

autour de moi.., mais il n'y a personne. Où se cachent-ils
donc ?

La folie qui guettait le soldat depuis des mois l'avait enfin
rattrapé. Les yeux étaient terribles et la grosse moustache
dissimulait mal un effroyable sourire.

— Armez-vous, on nous tire dessus, je vous assure... Ils
sont là, ils sont revenus...

Les balles sifflaient en effet, de grosses balles de zinc qui
traçaient leur chemin dans le ciel. Mais des balles qui n'étaient
tirées par personne.

— Calmez-vous, Grouchy, c'est le magasin de munitions
qui prend feu... Il y a quelques barils de poudre qui
propulsent ces cochonneries...

Mais il n'y avait rien à faire, Grouchy croyait fermement
au retour de Blücher. Une guerre absolue, sans partage... où
il n'y aurait qu'un vainqueur. Le dérangement mental.

Dès que le feu gagnait un nouvel atelier, une énorme
explosion rejetait à plusieurs dizaines de mètres les poutres,
les solives, les pierres, les machines. Les hommes aussi ou
plutôt des morceaux d'hommes envoyés dans les arbres...

— Attention !

Toutes les vitres de l'atelier de mécanique explosèrent en
même temps. Un souffle terrible balaya plusieurs silhouettes à
terre. De la fumée, un visage émergea, un visage en sang,
piqueté de morceaux de verre...

— Sophie !

— Je n'ai rien...

— Sophie, tu es folle, rentre à la maison, vite...

— Charles est dans le brasier... Charles et ton père
aussi ! Va les chercher...

Une longue traînée de poudre fut léchée en une seconde
par le feu qui fit sauter une annexe de charpentiers. Charles,
là-bas, se débattait, cherchant à éteindre des flammes avec sa
veste. Un mécanicien avait été écrasé contre le mur... deux
autres se jetaient dans la rivière, en proie au feu.

— Le magasin principal, le magasin principal ! il faut
tout jeter à l'eau, nous sommes fichus si ça saute ! hurla
Irénée.

Une dizaine d'hommes coururent aux magasins. Charles
s'était plongé à son tour dans le creek. Sur l'autre rive, un
type hurlait, demandait qu'on vienne le chercher en barque.

Son frère et son père étaient retenus prisonniers dans l'atelier du grainoir par l'incendie. On lui envoya une petite embarcation. Il n'était pas arrivé que le grainoir explosa. D'autres bâtiments sentirent passer le souffle, fenêtres enfoncées, carreaux brisés, cheminées qui s'effondraient...

— Là-bas, un brandon, sur le toit, des flammèches, il faut jeter de l'eau !

Un mur de briques s'écrasa à leurs pieds. C'était trop tard pour sauver l'atelier de lissage. Une femme passait par là, fuyant l'incendie, un enfant contre sa poitrine. Une déflagration l'atteignit à la tête, elle reçut dans les jambes le cercle de fer d'un baril, fut fauchée dans sa course. Morte. L'enfant était indemne. Sophie le recueillit et monta le mettre à l'abri dans leur maison, sur la colline.

De la piazza de leur maison, on voyait, traversant le ciel, de grosses pièces de charpente, des solives de toit qui se détachaient et faisaient une course dans les airs avant de retomber, permettant au feu d'avancer. Les canaux d'isolation ne servaient à rien. Une pluie de cailloux, de planches et de pièces mécaniques s'abattait sur le creek. Le vent s'était levé et semblait vouloir pousser les flammes vers le magasin principal.

— Il faut vider les barils de goudron, cria Irénée qui organisait la chaîne de pompage dans la rivière.

On ouvrit les barils à la hache, on les fit couler en pataugeant dans l'épais liquide noir et on précipita le tout dans la Brandywine. En un instant la rivière fut couverte d'une couche brune et grasse. Pierre-Samuel, comme l'avait dit Sophie, aidait aux opérations, vieillard infatigable qui ne voulait pas voir mourir l'œuvre de son fils. Tout autour d'eux, des pans de mur tombaient, des ardoises, des moellons de pierre, des portes arrachées à leurs gonds... Irénée regarda ses mains, ses paumes brûlées.

— Mouillez tous les toits du magasin principal, creusez un grand fossé autour..., vite !

La charpente de l'annexe commerciale était en feu. Un ouvrier, grimpé sur le toit pour s'emparer d'un brandon qui menaçait, tomba dans l'écroulement du bâtiment. On l'appela. Il ne répondit rien. De grandes flammes orangées sortirent par l'endroit où on l'avait vu disparaître, une minute plus tôt. Quelques barils explosèrent à l'intérieur et blessèrent trois hommes qui avaient quitté la chaîne de pompage pour éteindre l'incendie des bureaux de la fabrique.

— Dites à mon père de se protéger... c'est trop dangereux !

Grouchy, diable surgi d'un écrin de fumée, avait enfourché un grand cheval bai et faisait passer les ordres, organisait la mêlée et cherchait toujours à encercler l'ennemi imaginaire : cet immense gaillard criait à tous vents, faisait de grands moulinets avec son sabre et se croyait revenu à l'ancien temps de la cavalerie impériale. Blessé au bras par un invisible Prussien, il avait fait un garrot avec sa bretelle et traînait son sang sur tous les lieux du drame. Il était midi quand on s'aperçut que, prenant de moulin en moulin, faisant fi des obstacles naturels, enjambant les canaux et les petits murets, le feu ne saurait être maîtrisé et qu'il ne tarderait pas à atteindre le magasin principal où cent mille livres de poudre bien sèche l'attendaient. Quelques hommes intrépides s'étaient portés volontaires pour aider Charles et Irénée à jeter les premiers barils à la rivière afin que le courant les emporte. On décida d'ouvrir toutes les portes et les battants du grand magasin afin que l'explosion puisse se propager plus librement au-dehors. Comme on avait perdu tout espoir de pouvoir intervenir, il fut ordonné par Irénée de se retirer au plus vite : on monta par bandes jusqu'à la maison du directeur, sur la colline, on s'installa sur la piazza, en ayant eu soin de casser toutes les vitres qui restaient encore et de descendre la vaisselle des buffets. On attendit l'irréparable du haut de ce promontoire.

Il y avait là toute la famille, Sophie au visage tuméfié par les coupures de verre, Pierre-Samuel, Charles, que sa blessure au bras faisait terriblement souffrir. Les enfants étaient à l'abri. Quant à Grouchy, il s'était, disait-on, jeté à la rivière avec son cheval pour poursuivre un baril de poudre qui dérivait. A côté d'eux, une trentaine d'ouvriers qui ne parlaient que des morts, de ces scènes effroyables, ces éclaboussures de sang et de chair dont leurs vêtements étaient maculés. Quelques femmes les avaient rejoints et, n'ayant pas trouvé les leurs, étaient en proie à des crises de nerfs, menaçaient de sauter par le balcon, dans la vallée, sur les ruines fumantes de la poudrerie si on ne leur disait pas la vérité.

Puis ce fut un long silence, un très long silence qu'Irénée commanda à tous. Les yeux rivés sur la Brandywine, il cherchait à distinguer dans la fumée l'avancée des flammes vers le magasin principal où était stockée la poudre d'une année entière.

Vers deux heures de l'après-midi, comme rien ne s'était produit, on crut que le vent avait fini par tourner.

Irénée parla de descendre, d'aller voir si l'on ne pouvait pas reprendre la chaîne de pompage.

La vallée se mit alors à rugir. La terre trembla. Un grand rideau de feu s'éleva quelques secondes devant leurs yeux comme une immense toile peinte tirée du ciel et qui représentait une scène de *l'Enfer* du Dante.

Ils furent jetés les uns contre les autres. Mais c'était fini pourtant, les flammes avaient eu raison de toute la poudre de la Brandywine, maintenant ce n'était plus qu'un incendie ordinaire, énorme, qui brûlait tout sur son passage, mais que la rivière, ce soir, demain, dans trois jours, finirait bien par arrêter.

XLV

Sur les bords du Genesee, à des milles de la Brandywine, la Nouvelle-Louviers vivait ses dernières heures. Les collines d'Angelica, couvertes de troupeaux et habillées de verdure, semblaient témoigner de la grandeur inutile de ce rêve insensé.

Les débuts avaient pourtant été assez brillants. Victor, grand prosélyte devant l'éternel, avait abondamment usé de cette figure de rhétorique si chère aux Américains : employer le présent de l'indicatif au lieu du futur ou du subjonctif. Cela se nomme anticipation : et avec lui l'éventualité était très vite devenue réalité. Don Pedro avait donné d'excellentes saillies. Le bélier à la superbe toison avait couvert tout ce qui existait de brebis dans la vallée. Le prix des bêtes n'avait pas tardé à baisser : un reproducteur qui valait il y avait trois ans cinq cents dollars ne s'échangeait pas à plus de cent aujourd'hui.

Victor, en bon chasseur qui n'était heureux que dans les marais fangeux du Genesee, avait un peu délaissé sa manufacture pour aller tirer le *redbird*. Si la chasse le mettait en appétit, le tissage de la laine ne cessait de le déprimer. La mérinomanie n'avait eu qu'un temps. Pourtant la *Merinowool Factory* avait emporté quelques bons marchés dès sa création : avec les naissances des premières bêtes et l'appui de Jefferson, il n'y avait pas un Washingtonien qui ne portât alors du drap du Pont. Du président lui-même aux membres du Congrès en passant par les secrétaires d'Etat, cette mode avait fait fureur. La Nouvelle-Louviers tissait ce qu'il y avait de mieux sur le continent : on avait même parlé d'une très grosse commande pour la fourniture de tous les draps propres à l'habillement des troupes américaines. Cinq cents mérinos travaillaient silencieusement au succès de l'entreprise, à la première grande fortune commerciale de Victor du Pont.

Curieusement, la réussite ennuya le Superbe. Le spectacle de ces moutons dans les prés, la nécessité de tondre la laine, de la laver, de la teindre, de la tisser, de la fouler dans la seule perspective de faire du drap bleu, noir ou gris pour habiller les soldats américains, voilà qui n'était guère fait pour enthousiasmer le grand solitaire d'Angelica. Il eût mille fois préféré acheter des toiles d'Inde, du madras ou faire venir des navires de Bombay, de Calcutta. La certitude de passer sa vie à payer ses fournisseurs, à régler ses dettes et d'avoir à travailler sans relâche pour les *fashionable taylors* de Philadelphie, Boston ou New York le persuada très vite des vertus de la paresse. De mois en mois, le drap se faisait plus mauvais, mal mesuré, filé trop gros, trop clair ou trop mince. Victor expédia le foulage, abusa de l'indigo dans ses couleurs. Plusieurs clients lui en firent la remarque.

— Vos jerseys manquent de corps...

— Vous tissez beaucoup trop lâche...

— Votre laine est mal dégraissée, mal mêlée...

C'était assez pour achever de lasser Victor. Devoir satisfaire à la demande, aux exigences de tous, accepter la critique, remettre l'ouvrage sur son métier, s'excuser, promettre qu'on allait faire mieux, s'appliquer..., autant de réalités du commerce qui lui étaient détestables. Incapable de démarcher, trop orgueilleux pour vendre ou solder son talent, Victor avait regardé, avec une certaine satisfaction, la manufacture mourir de sa mort lente.

Quant à la bonne santé de Victor dans ses bois, elle semblait provocante à Irénée... Gabrielle le disait dans ses lettres toujours aussi bon vivant, plus Américain que jamais, prêt à devenir membre de la législature de l'Etat de New York, incapable certainement de dire adieu aux collines d'Angelica, jouant aux cartes, buvant sec en compagnie, bien engraissé.

— On me contente assez quand on me caresse beaucoup, disait l'insolent.

Lui et Gabrielle n'avaient pas besoin de tout cet appareil, de toute cette industrie pour vivre. La ferme d'Angelica suffisait largement à des besoins que l'isolement rendait très faibles. Quant aux enfants, Victor ne pouvait souffrir l'idée de leur abandonner une aussi laborieuse affaire. L'argent et les moyens d'en gagner ne devaient pas les accaparer. Ils seraient amiraux, consuls ou médecins. Avec le peu que leur laisserait Victor, ils s'achèteraient des chevaux pour parcourir l'Amérique comme leur père avait fait. Charles, l'aîné des garçons, les avait déjà quittés pour aller étudier à New York. Francis se rêvait midshipman. Amélia ferait oublier sa vilaine figure en épousant un de ses cousins. Sophia-Angelica avait assez de charme pour faire un mariage d'argent. Quant à la petite dernière, Eleuthera, on avait bien le temps de voir...

Le traité de paix avec l'Angleterre, signé en 1815, accéléra le déclin de la *Merinowool*. La concurrence devint déloyale, les salaires trop élevés, le prix des denrées trop haut et la fabrication peu rentable. Deux hivers de glace précipitèrent la chute : quatre mois durant, les roues ne tournèrent plus. La rivière était gelée. Les moulins s'ennuyaient et les ouvriers attendaient des jours meilleurs. Ils ne vinrent jamais. Un matin, Victor décida que la plaisanterie avait assez duré.

— Les mérinos ne valent plus rien. Il vaut mieux les manger, sans quoi ils mangeront tout ce qui nous reste, et nous bientôt avec...

Don Pedro, vieux bélier qui ne reproduisait plus, fut épargné.

— On ne mange pas son fétiche... et puis je ne suis pas certain qu'une vieille carne de son espèce soit très comestible. Laissons-le au pré, il amusera les enfants du village.

XLVI

Les ouvriers de la Brandywine avaient travaillé à la hache toute la nuit sur les ruines des moulins et des magasins. Le feu couvait encore et la chaleur de l'incendie avait rendu difficile l'établissement de la pompe. Pendant plus de dix heures, les seaux avaient passé de main en main. Pierre-Samuel s'était glissé dans la chaîne. Le lendemain matin, il ne restait plus rien du brasier. Des arbres calcinés, un champ de pierres balayées en tous sens, noircies, les restes des fondations de quatorze moulins et bâtiments détruits par le feu et partout sur cette pelouse, qui descendait doucement sur la Brandywine, les témoignages éprouvants de cette catastrophe : des cadavres par dizaines, alignés sous des bâches, des morceaux de chair, des membres accrochés aux branches des saules. En reconstituant ce qui pouvait l'être, on dénombra quarante-neuf victimes : quarante ouvriers se trouvaient dans l'atelier lors de la première grande explosion. Cinq autres, dont deux femmes, avaient été tués en portant secours. Quatre hommes enfin s'étaient noyés en cherchant à fuir les flammes. Quant aux blessés, plus ou moins graves, on en dénombrait une bonne vingtaine.

On nettoya les murs sur lesquels des fragments déchiquetés de corps avaient été projetés. Irénée fit blanchir à la chaux tout ce qui tenait encore debout. Couvert de sueur, le visage barbouillé de suie, Pierre-Samuel voulut tout le jour aider les femmes à soigner les blessés. Des matelas furent dressés dans des *log cabins* que l'on construisit en quelques heures. Toutes les maisons d'habitation, quand elles n'étaient pas détruites, menaçaient de s'écrouler. Les murs de la résidence du directeur et de sa famille étaient largement lézardés. On parlait d'abattre et de se replier sur des maisons en rondins. Grouchy, qui à force de crier et de commander la retraite devant les Prussiens était resté sans voix, contemplait l'infirmerie avec ce regard de satisfaction douloureuse que portent les chefs militaires sur les quelques survivants qu'ils ont ramenés du théâtre des opérations. Un Grouchy qui ne pourrait oublier les gémissements de ces femmes accourues de Wilmington, veuves déchirantes, orphelins à leur suite, fouillant les décombres pour reconnaître des morceaux de maris, des fragments de pères.

Il fallait rembourser, indemniser.

— Nous reconstruirons les maisons de chacun. Toutes les veuves disposeront d'une pension, d'un logement et de bois de chauffage. Les blessés seront soignés à nos frais.

Quant aux morts, ils étaient méconnaissables aux yeux mêmes des leurs. Toute la nuit, on entendit les cris douloureux des infortunées. On parlait aussi de la colère des habitants de Wilmington, d'une manifestation qui se tiendrait après les obsèques, d'une campagne virulente de presse qui se préparait et d'ouvriers qui par dizaines avaient décidé de ne plus travailler dans la poudrerie.

Irénée passa la nuit à faire ses comptes. Bien que le livre du magasin ait été brûlé dans l'incendie des bureaux, on pouvait évaluer la perte à plus de cinquante mille tonnes de poudre noire. Certes une banqueroute aurait fait moins de bruit, mais plus de dégâts. Si les pertes humaines étaient irréparables, il y avait tout de même une consolation : quarante mille livres de poudre avaient été livrées la semaine dernière aux arsenaux militaires. Il ne restait plus qu'un seul moulin utilisable sur les quatorze ordinairement en activité. La poudrerie avait besoin d'argent et devait emprunter au pire moment. On ne comptait plus les maisons de commerce qui avaient fait faillite ou les créanciers insolvables. Reclus dans sa cabane, ayant cloué un tapis et des couvertures aux fenêtres pour se protéger du froid, couché sur une paillasse, le directeur de ce qui était encore hier un empire naissant méditait ce désastre, l'horreur humaine, la catastrophe financière. Cent mille dollars étaient irrémédiablement perdus, sans compter les indemnités promises aux familles des victimes.

A Wilmington, la population avait débaptisé la poudrerie du Pont : c'était maintenant pour tout le monde le *charnier*.

La santé de Pierre-Samuel était très préoccupante. En jetant ses dernières forces dans la lutte contre l'incendie, le patriarche avait pris froid et était atteint de lésions pulmonaires et d'une terrible crise de goutte.

— La goutte, c'est une maladie de philosophes..., de gens de lettres... Turgot, Quesnay, Poivre en ont souffert toute leur vie, disait-il en plaisantant.

Victor fut averti de la maladie de Pierre-Samuel. Son père souhaitait avoir ses deux fils à ses côtés dans ce qui ressemblait, disait Irénée dans sa lettre, à une agonie.

Le poudrier de Wilmington était en proie au plus grand des désespoirs. Désespoir d'amour filial parce que celui à qui il ressemblait tant disait vouloir lui dire adieu, désespoir d'amour fraternel également car Victor, dans son refus de s'installer sur les bords de la Brandywine, appelait délicatesse ce que lui prenait pour de l'ingratitude. Le bon cœur d'Irénée se révoltait toujours autant contre cette séparation du grand frère : jour après jour, avec sa poudre, il avait fait vivre sa famille, celle de Pierre-Samuel, il avait financé les déplorables projets de Victor et avait vécu dans l'isolement le plus complet. Un vieux fond de rigueur, la nécessité de tenir secrets les procédés de fabrication, la crainte d'être espionné, la peur des malveillances criminelles et des accidents, la timidité et la modestie d'Irénée avaient placé les du Pont dans une attitude réservée, presque froide vis-à-vis des Américains, des quakers, des Suédois et des Irlandais qui composaient la colonie de Wilmington. La mélancolie du cadet s'était considérablement accrue. Puisque Victor refusait obstinément de se sauver ou de périr avec lui, Irénée songeait à retourner en France.

Quand Victor arriva d'Angelica, après une course de sept jours dans les bois, il trouva son père, épuisé, allongé dans un fauteuil, s'obstinant encore à travailler, les jambes comprimées entre des planchettes de bois serrées avec des lanières, pour chasser le mal. Les douleurs furent de plus en plus violentes, on dut poser un vésicatoire : la goutte monta à l'estomac, au cœur.

— Rongé..., elle m'a rongé. Et moi qui voulais chercher le repos dans un magasin de poudre en Amérique ! parce que les explosions m'y semblaient moins dangereuses que celles d'un gouvernement arbitraire comme celui de la France !

Son écriture devint illisible. On dicta une dernière lettre à la bonne Poivre. Il ne quitterait désormais plus l'Amérique. C'était trop tard pour venir le rejoindre. Il devait lui dire adieu, adieu et qu'il l'aimait. Puis il tomba dans une certaine somnolence. Il eut un dernier regard pour ses deux fils, enfin réunis à son chevet.

— Vous êtes plus que frères, mes amis. N'oubliez jamais notre devise, *Rectudine sto*. Restez droits, comme je vous l'ai appris. Transmettez cela, notre esprit pontique... Il faut que les petits cousins se marient entre eux.

Le médecin annonça que Pierre-Samuel n'en avait plus que pour quelques heures de souffrances. Les deux frères contemplèrent ensemble, sans parler, ce grand corps qui ne luttait presque plus, celui de ce chef de famille qui avait tant rêvé sa Pontiana qu'il la voulait maintenant éternelle.

La douleur de Victor était calme. Raisonnée. Il était tranquille : une partie de son être était anéantie, la meilleure. De peur d'inspirer du dégoût à ceux qui l'entouraient, il se soumettait à cette main puissante qui tirait le rideau. A ses côtés, Irénée paraissait un mannequin de cire : tout lui était devenu indifférent, il lui semblait qu'il n'était plus de ce monde.

A trois heures du matin, ce 7 août 1817, ils fermèrent les paupières de Pierre-Samuel.

On trouva dans sa poche un billet de loterie.

Un billet gagnant. De quatre cents dollars.

Sur le haut de la colline, dominant la Brandywine, on trouva une clairière ombragée de hêtres, de noyers et de chênes. Sous la dalle de grès, une grande fosse fut creusée.

— Il y aura de la place pour moi, dit Irénée en jetant une poignée de sable.

— Pour moi aussi, ajouta le Superbe.

Irénée ne voulut pas en croire un mot. Cela faisait dix ans qu'ils étaient séparés et il n'espérait plus grand-chose. Victor terminerait sa vie de trappeur dans les bois, loin d'eux, et on lui ferait un trou sur les bords du Genesee.

— Non, Angelica, c'est fini, murmura doucement Victor.

Il prit la main glacée d'Irénée et l'entraîna le long de la Brandywine. Sur les berges, ils aperçurent quelques petites barques chargées de curieux qui étaient venus de Wilmington pour faire l'inventaire des dégâts. Tout était resté en place depuis l'explosion : les solives à demi calcinées qui baignaient dans la rivière, des pans entiers de murs écroulés. Ils marchèrent ainsi longtemps, côte à côte, et suivirent la rive en s'attardant quelquefois quand derrière un taillis un faisan prenait son envol. Victor s'étonnait de tout, de la beauté de ce creek, du nombre d'animaux qu'ils croisaient et du calme qui régnait dans la vallée. La rivière avait commencé de nettoyer les berges et charriait des morceaux de bois qui allaient se perdre dans les remous des premières chutes. Dans quelques semaines, la végétation reprendrait ses droits et s'emparerait des ruines des moulins. Victor trouvait le site sublime et ne pouvait s'empêcher d'en vanter les mérites à un Irénée qui écoutait, stupéfait, le propos de son aîné. Le Superbe semblait confiant dans l'avenir : les assurances rembourseraient, on reconstruirait et en plus grand bien sûr ! Le marché de la poudre était excellent et l'on pouvait même songer à fabriquer d'autres produits chimiques. Quelques mois suffiraient à la remise en marche de l'entreprise. Irénée ne possédait-il pas un terrain de l'autre côté de la rivière ? On pourrait y construire une maison. Turgot prétendait qu'en multipliant les familles on accroissait les richesses...

Vers six heures, après une longue marche qui les avait menés à un petit pont de pierre sur la Brandywine, ils décidèrent de se baigner, d'abandonner leurs vêtements sur la rive et de se laisser porter par le courant jusqu'à la fabrique. En sortant de l'eau. Irénée esquissa un geste, voulut demander quelque chose. Victor, une fois de plus, lui vola la parole :

— Oui, je reste.

Le visage d'Irénée s'éclaira brusquement. Un sourire immense. Aujourd'hui, pour la première fois, les deux frères se ressemblaient.

Philadelphie, 1986/Orbais-l'Abbaye, 1988.

Note de l'éditeur

Victor mourut en 1826, Irénée en 1834 ; la du Pont Company était à sa mort la plus importante fabrique de poudre du monde. Il légua à ses enfants et à ceux de Victor une fortune considérable.

Près de deux siècles après son installation sur les rives de la Brandywine, la famille du Pont, l'une des plus riches au monde, n'a toujours pas quitté l'Etat du Delaware.

Tous nos remerciements à la Hagley Library (Wilmington, Delaware, U.S.A.) où se trouvent les archives du Pont. Grâce au ministère des Affaires étrangères, l'auteur a pu travailler une année sur place. Merci également à Colette et François Thiénot et à Marie-Colette de leur hospitalité.

Lexique des termes américains

Acre : mesure américaine, 0,4 hectare.
Aldermen : conseillers municipaux.
Bowling green : pelouse servant au jeu de boules.
Chopper : bûcheron.
Constable : agent de police.
Drys : membre de la ligue antialcoolique.
Packets : paquebots.
Flat boat : bateau à fond plat.
Revival : cérémonie propre au culte des Noirs américains.
Settlement : colonie de pionniers.
Settler : pionnier qui défriche et s'établit sur ses terres.
Shopkeeper : gérant de magasin.
Stiffness rather desagreeable : d'une raideur plutôt désagréable.
Store : magasin d'approvisionnement.
Turnpike : voie à péage.
Unsettled : non défriché.
Watchman : homme de garde.
Wildernessroad : route non pavée.

TABLE

Achevé d'imprimer en janvier 1989
sur presses CAMERON
dans les ateliers de la S.E.P.C.
à Saint-Amand-Montrond (Cher)

— N° d'édition : 89008. — N° d'impression : 6694-2361. —
Dépôt légal : janvier 1989.

Imprimé en France